TROIS JOURS AVANT NOËL
LE VOLEUR DE NOËL

Tout d'abord secrétaire puis hôtesse de l'air, ce n'est qu'à la mort de son mari que Mary Higgins Clark se lance dans la rédaction de scripts pour la radio, puis de romans. Son premier thriller, *La Maison du guet*, est un best-seller. Encouragée par ce succès, elle continue à écrire tout en s'occupant de ses enfants. En 1980, *La Nuit du renard* obtient le Grand Prix de littérature policière. Mary Higgins Clark prend alors son rythme de croisière et publie un titre par an, toujours accueilli avec le même succès. Sa fille Carol voit le jour à New York en 1960. Elle travaille un temps pour la télévision et le cinéma, puis se lance à son tour dans une carrière de romancière à suspense. Il y a quelques années, la mère et la fille ont l'idée de faire se rencontrer leurs deux héroïnes, Alvirah Meehan et Regan Reilly. Elles ont depuis publié plusieurs romans où s'unissent à merveille le talent de conteuse de Mary et l'humour de Carol.

MARY ET CAROL HIGGINS CLARK

Trois jours avant Noël

et

Le Voleur de Noël

ROMANS TRADUITS DE L'ANGLAIS (ÉTATS-UNIS)
PAR ANNE DAMOUR

ALBIN MICHEL

Titre original de Trois jours avant Noël :
DECK THE HALLS

Titre original du Voleur de Noël :
THE CHRISTMAS THIEF

TROIS JOURS AVANT NOËL

*Dans l'esprit de ce voyage entrepris ensemble,
nous, Mary et Carol,
nous nous dédions réciproquement ce livre
avec amour.*

Jeudi 22 décembre

Regan Reilly soupira pour la centième fois en regardant sa mère, qui venait d'être admise à l'hôpital chirurgical de Manhattan. « Et dire que c'est moi qui ai acheté ce ridicule tapis au crochet sur lequel tu as trébuché, dit-elle.

— Tu l'as seulement acheté, c'est moi qui me suis pris le pied dedans », murmura faiblement Nora Reilly, la célèbre auteur de romans policiers. « Ce n'est pas ta faute si je portais ces stupides talons aiguilles. »

Nora voulut changer de position mais elle était immobilisée par un plâtre qui l'enserrait du talon jusqu'à la cuisse.

« Je vous laisse l'une et l'autre revendiquer la responsabilité de cette jambe cassée », dit Luke Reilly, heureux propriétaire de trois funérariums, mari de l'une des deux femmes et père de l'autre, extirpant son long corps du fauteuil bas placé au pied du lit. « Je dois assister à des funérailles, aller chez le dentiste, et ensuite, puisque nos projets de Noël semblent quelque peu compromis, je suppose que je ferais bien d'acheter un arbre de Noël. »

Il se pencha et embrassa sa femme. « Regardons les choses du bon côté : tu ne contemples peut-être pas le Pacifique, mais tu as une belle vue sur l'East River. »

Avec Regan, leur fille unique de trente et un ans, ils avaient projeté de passer Noël à Hawaii.

« Tu m'étonneras toujours, lui dit Nora. Espérons que tu rapporteras à la maison autre chose que ton habituel sapin déplumé.

— Ce n'est pas gentil, protesta Luke.

— En effet, mais c'est vrai. » Nora changea de sujet. « Luke, tu as l'air épuisé. Ne peux-tu te dispenser des obsèques de Goodloe ? Austin est capable de s'en charger. »

Austin Grady était le bras droit de Luke. Il avait organisé seul des centaines de funérailles, mais celles d'aujourd'hui étaient particulières. Le défunt, Cuthbert Boniface Goodloe, avait légué la presque totalité de ses biens à l'association Graines Plantes Fleurs et Bourgeons du New Jersey, l'État des Jardins. Son neveu et presque homonyme, Cuthbert Boniface Dingle, appelé C.B., digérait manifestement mal d'hériter d'une si maigre part. À la fin de la veillée funèbre, la veille, C.B. était revenu en douce vers le cercueil où Luke l'avait surpris en train de fourrer des déchets de plantes d'intérieur dans les manches du costume rayé que l'exigeant Goodloe avait lui-même choisi pour son ultime voyage.

En s'approchant par-derrière, Luke l'avait entendu marmonner : « Tu aimes les plantes ? Je vais t'en donner, des plantes, espèce de vieil hypocrite sénile. Respire un peu cette puanteur ! Et profites-en jusqu'au jour de la Résurrection ! »

Luke s'était reculé, ne voulant pas se retrouver face à C.B., qui continua à proférer des injures devant le corps de son pingre d'oncle. Il avait déjà entendu des proches dire leur fait à un défunt, mais l'usage de feuilles en décomposition était une première. Plus tard, Luke avait délicatement ôté l'outrageante végétation. Mais aujourd'hui, il préférait tenir C.B à l'œil. Qui plus est, il n'avait pas eu l'occasion de rapporter l'incident à Austin.

Luke faillit informer Nora de l'étrange conduite du neveu, mais aima mieux s'abstenir. « Goodloe a passé trois ans à organiser ses propres funérailles », dit-il seulement. « Si je ne fais pas acte de présence, il viendra à jamais me hanter.

— Je suppose que tu dois y aller. » La voix de Nora était endormie et ses yeux commençaient à se fermer. « Regan, tu devrais laisser ton père te déposer à l'appartement. Avec le dernier calmant qu'ils m'ont donné, je vais bientôt tomber dans les vapes.

— Je préfère rester jusqu'à l'arrivée de ton infirmière, dit Regan. Je veux m'assurer qu'il y a quelqu'un auprès de toi.

— Bon. À condition que tu ailles te reposer ensuite. Tu sais bien que tu ne fermes jamais l'œil quand tu prends l'avion de nuit. »

Regan, détective privée, résidait à Los Angeles. Elle préparait ses valises pour leur voyage à Hawaii lorsque son père lui avait téléphoné.

« Ta mère va bien. Mais elle a eu un accident. Elle s'est cassé la jambe.

— Cassé la jambe ?

— Oui. Nous nous rendions à une réception au

Plaza. Ta mère était l'une des invitées d'honneur. Elle était un peu en retard. J'ai appelé l'ascenseur... »

Une des méthodes paternelles, pas forcément subtiles, pour obliger maman à se presser, pensa Regan.

« L'ascenseur est arrivé, mais pas elle. Je suis retourné dans l'appartement et je l'ai trouvée allongée sur le sol, la jambe bizarrement tordue. Mais tu connais ta mère. Sa première question a été pour savoir si sa robe était déchirée. »

C'est maman tout craché, avait pensé Regan avec tendresse.

« Ils n'ont jamais vu débarquer une patiente aussi chic aux urgences de l'hôpital », avait conclu Luke.

Immédiatement après avoir raccroché, Regan avait sorti de sa valise les vêtements adaptés au climat hawaïen pour les remplacer par des tenues hivernales new-yorkaises. Elle avait attrapé de justesse le dernier vol de nuit pour Kennedy Airport, et, une fois arrivée à New York, était rapidement passée à l'appartement de ses parents dans Central Park South, le temps d'y déposer ses bagages.

Sur le seuil de la porte, Luke se retourna et sourit aux deux femmes de sa vie, si semblables d'une certaine manière avec leurs traits réguliers, leurs yeux bleus et leur teint clair, mais si différentes par ailleurs. De ses ancêtres irlandais Reilly, Regan avait hérité une chevelure noir de jais, peut-être un atavisme des Espagnols qui s'étaient installés en Irlande après la destruction de leur Armada par les Anglais. Nora, en revanche, était naturellement blonde et, avec son mètre cinquante-huit, mesurait dix centimètres de moins que sa fille. Du haut de son mètre quatre-vingt-douze,

16

Luke les dominait toutes les deux. Ses cheveux jadis bruns étaient aujourd'hui presque complètement gris.

« Regan, je viendrai te prendre ici vers dix-neuf heures, dit-il. Après avoir souhaité bon courage à ta mère, nous irons nous réconforter au restaurant. »

Il surprit le regard de Nora et lui sourit. « Tu encourages le crime, mon chou. Tous les critiques le disent. » Il leur fit un signe de la main. « À tout à l'heure, les filles. »

Ce fut un des rares rendez-vous que Luke serait dans l'incapacité d'honorer.

En plein centre de la ville, dans l'appartement 16B du 211 Central Park South, les préparatifs de Noël battaient leur plein. « Mon beau sapin », chantait Alvirah Meehan, faux, tout en plaçant une guirlande miniature autour de la photo encadrée qui les montrait, Willy et elle, en train d'accepter le chèque de quarante millions de dollars qui avait changé leur vie.

La photo lui rappela soudain cette soirée magique qui s'était déroulée trois ans auparavant. Elle était assise dans leur petit living-room de Flushing, un quartier de Queens, et trempait ses pieds douloureux dans une bassine d'eau chaude après avoir passé la journée à faire le ménage chez Mme O'Keefe. Willy somnolait dans son vieux fauteuil club. Il était rentré fourbu, car il s'était escrimé à réparer une canalisation qui avait éclaté et inondé d'eau rouillée les vêtements lavés et repassés de la teinturerie Spot Free Dry Cleaners en bas de la rue. Puis le présentateur de la télévision avait commencé à appeler les numéros gagnants du Loto.

C'est certain que je ne suis plus la même femme, songea Alvirah en contemplant la photo. Les cheveux d'un roux éclatant, que pendant tant d'années elle avait teints elle-même dans le lavabo de la salle de bains, avaient été métamorphosés par Madame Judith en une chevelure cuivrée aux reflets subtils. Le tailleur-pantalon de polyester violet avait depuis longtemps été banni de sa garde-robe par son amie, l'élégante baronne Min von Schreiber. Certes, elle avait toujours la même mâchoire volontaire, témoignant des intentions de Dieu lorsqu'il l'avait façonnée, mais elle avait considérablement minci, passant de la taille quarante-six à un petit quarante-deux. C'était indiscutable, elle paraissait aujourd'hui dix ans plus jeune et mille fois plus en forme qu'à cette époque.

J'avais soixante ans alors et l'apparence d'une femme de soixante-dix ans. Aujourd'hui j'ai soixante-trois ans et j'en fais à peine cinquante-trois. Quant à Willy, même vêtu de ce costume bleu acheté en solde agrémenté d'une cravate riquiqui, il se débrouillait pour être séduisant et distingué. Avec sa crinière blanche et ses yeux bleu vif, Willy faisait immanquablement penser à Tip O'Neill, le légendaire président de la Chambre des représentants.

Pauvre Willy, soupira-t-elle. Quelle malchance d'être aussi mal en point ! Personne ne devrait souffrir d'une telle rage de dents à l'approche de Noël. Mais le Dr Jay va le soulager. Notre erreur a été de consulter cet autre dentiste lorsque le Dr Jay est parti s'installer dans le New Jersey. Willy s'est laissé convaincre de la nécessité d'un implant malgré l'échec précédent, et maintenant il souffre le martyre. Bon, ça pourrait être pire, se consola-t-elle. Quand on songe à cette pauvre Nora Reilly !

Elle avait entendu à la radio que l'auteur de romans policiers, par ailleurs son écrivain de prédilection, s'était cassé la jambe la veille au soir dans son appartement, situé dans l'immeuble voisin du leur. Son talon aiguille s'était pris dans les franges d'un tapis. Le même genre d'accident est arrivé à grand-mère, se rappela Alvirah. À la différence qu'elle ne portait pas de talons hauts. Elle avait marché sur un vieux chewing-gum dans la rue et, lorsque les franges du tapis s'étaient collées à la semelle de sa chaussure orthopédique, grand-mère s'était étalée.

« Bonjour, mon chou. »

Willy, sortant de la chambre, apparut dans le couloir. Sa joue gauche était gonflée et son expression la preuve vivante que cet implant de malheur le torturait. Alvirah savait comment le réconforter.

« Willy, sais-tu ce qui me remonte le moral ?

— Non, mais j'ai hâte que tu m'en fasses part.

— C'est de savoir que le Dr Jay va te débarrasser de cet implant et que tu te sentiras beaucoup mieux ce soir. Écoute, n'es-tu pas mieux loti que cette malheureuse Nora Reilly qui est condamnée à se balader clopin-clopant sur des béquilles pendant des semaines ? »

Willy secoua la tête et parvint à sourire.

« Alvirah, crois-tu que je pourrai un jour avoir mal quelque part sans que tu me fasses remarquer que j'ai une sacrée veine ? Si j'attrape la peste bubonique, faudra-t-il aussi que je m'apitoie sur quelqu'un d'autre ? »

Alvirah éclata de rire.

« J'imagine que je t'y inciterai fortement.

— Lorsque tu as commandé la voiture, as-tu tenu compte des habituels encombrements des départs en vacances ? Je n'aurais jamais cru que je m'inquiéterais autant d'arriver à l'heure chez le dentiste.

— J'en ai tenu compte, le rassura-t-elle. Nous serons sur place bien avant trois heures. Le Dr Jay te prendra entre deux rendez-vous, juste avant son dernier patient. Il ferme son cabinet plus tôt à cause de ce long week-end de Noël. »

Willy consulta sa montre.

« Il est à peine plus de dix heures. J'aimerais qu'il puisse me recevoir tout de suite. À quelle heure la voiture vient-elle nous chercher ?

— À une heure et demie.

— Je vais me préparer. »

Avec un hochement de tête compatissant, Alvirah regarda l'homme qui était son mari depuis quarante-trois ans regagner sa chambre. Il se sentira beaucoup mieux ce soir, décida-t-elle. Je vais préparer une bonne soupe aux légumes et nous regarderons la cassette de *La vie est belle*. Heureusement que nous avons remis notre croisière à février. Je suis contente de passer calmement Noël à la maison cette année.

Alvirah parcourut la pièce du regard et huma l'air. J'adore l'odeur du sapin, se dit-elle. Et cet arbre est magnifique ! Ils l'avaient placé au centre de la baie vitrée qui donnait sur Central Park. Les branches ployaient sous le poids des décorations qu'ils avaient amassées au fil des années, des belles et des moins belles, toutes chargées de souvenirs. Alvirah repoussa ses grosses lunettes rondes, s'approcha de la table basse et s'empara de la dernière boîte de cheveux d'ange qu'elle n'avait pas encore ouverte.

« On n'a jamais assez de cheveux d'ange », dit-elle tout haut d'un ton déterminé.

Encore trois jours avant Noël, songea Rosita Gonzalez, vingt-six ans, tandis qu'elle attendait Luke Reilly, assise au volant d'une des limousines des Pompes Funèbres Reilly, à l'entrée de l'hôpital de la 71e Rue. Elle passait mentalement en revue les cadeaux qu'elle avait achetés pour ses fils de cinq et six ans, Bobby et Chris. Non, je n'ai rien oublié, se rassura-t-elle.

Elle désirait de tout son cœur qu'ils aient un beau Noël. Tant de choses avaient changé au cours des derniers dix-huit mois. Leur père était parti – non que ce fût une grande perte – et sa mère souffrante était rentrée à Puerto Rico. Depuis, les deux garçons s'accrochaient à Rosita comme s'ils redoutaient qu'elle aussi disparaisse.

Mes petits bonshommes, pensa-t-elle avec une bouffée de tendresse. Hier, ils étaient allés tous les trois choisir leur arbre de Noël, et ils le décoreraient ce soir. Elle avait trois jours de congé pour les fêtes, et son patron lui avait donné une prime généreuse pour Noël.

Rosita regarda dans le rétroviseur et redressa sa casquette de chauffeur sur ses boucles noires. Sûr que j'ai eu un vrai coup de chance d'obtenir un tel job dans cette entreprise de pompes funèbres. Elle avait commencé à travailler à mi-temps dans les bureaux, puis Luke avait appris qu'elle était chauffeur de maître pendant le reste de la journée. « Vous n'avez pas besoin de travailler à l'extérieur, Rosita, lui avait-il dit. Nous pouvons vous occuper à temps complet si vous le désirez. » Désormais, elle conduisait fréquemment les véhicules des pompes funèbres.

Un petit coup fut frappé à la vitre de la voiture. Rosita tourna la tête, s'attendant à voir le visage affable de son patron. Au lieu de quoi, elle croisa un regard dont l'expression lui était vaguement familière mais qu'elle fut incapable, à ce moment précis, de situer. Elle ouvrit la fenêtre de quelques centimètres et reçut en plein visage une bouffée de fumée de cigarette. Tendant le cou en avant, son visiteur imprévu se présenta d'un ton rapide et saccadé : « Salut, Rosie. Je suis Petey le Peintre. Tu te souviens de moi ? »

Comment avait-elle pu l'oublier ? Elle revit brusquement le jaune-vert éclatant dont il avait barbouillé les murs de la chambre mortuaire du funérarium Reilly à Summit, dans le New Jersey. Elle se rappela la réaction de Luke Reilly à la vue des dégâts. « Rosita, avait-il dit, je ne sais pas s'il faut rire, pleurer ou laisser tomber.

— Je laisserais tomber à votre place, monsieur Reilly », avait conseillé Rosita.

Inutile de préciser qu'aucun des trois funérariums Reilly n'avait plus jamais fait appel aux services de Petey le Peintre.

Petey avait ajouté une pointe de couleur bouton-d'or au vert mousse choisi par Luke, prétextant qu'il fallait égayer l'atmosphère. « Les familles des défunts ont besoin qu'on leur remonte le moral, avait-il expliqué. Ce vert était carrément déprimant. J'avais un petit supplément de peinture jaune dans ma voiture et je l'ai ajouté gracieusement. » En s'en allant, il avait demandé à Rosita de sortir avec lui, ce qu'elle avait promptement refusé.

Rosita se demanda s'il avait encore des éclaboussures de peinture dans les cheveux. Elle le regarda en vain. Une casquette à oreillettes lui recouvrait entièrement la tête et dissimulait son étroit visage osseux. Sa maigre silhouette disparaissait dans un anorak bleu nuit. Le col relevé frôlait la barbe grisonnante de plusieurs jours qui assombrissait son menton.

« Bien sûr que je me souviens de toi, Petey, dit-elle. Qu'est-ce que tu fabriques ici ? »

Il se balança d'un pied sur l'autre. « Tu es drôlement mignonne, Rosie. Dommage que tes passagers les plus importants ne puissent jamais en profiter. »

L'allusion, bien sûr, était due au fait que Rosita conduisait parfois le fourgon funéraire.

« Très drôle, Petey. À un de ces jours. »

Elle commença à relever la vitre, mais la main de Petey l'arrêta.

« Hé, on pèle dehors. Est-ce que je peux m'asseoir dans la voiture ? J'ai quelque chose à te demander.

— Petey, M. Reilly va arriver d'une minute à l'autre, et...

— Ça prendra pas plus d'une minute. »

À contrecœur Rosita déverrouilla les portes. Elle s'attendait à ce qu'il fît le tour de la voiture et prît place à côté d'elle sur le siège du passager. Au lieu de quoi, rapide comme l'éclair, il ouvrit la porte arrière et se glissa sur la banquette.

Contrariée par cette irruption, elle se retourna vers l'arrière de la voiture dont les vitres teintées protégeaient les passagers de la vue du monde extérieur. Ce qu'elle vit la stupéfia. Pendant un moment, elle crut qu'il s'agissait d'une plaisanterie. Non, ce ne pouvait pas être un revolver que brandissait Petey !

« Il n'arrivera rien à personne si tu m'obéis, fit Petey d'un ton apaisant. Contente-toi de plaquer un gentil sourire sur ton joli minois jusqu'à ce que le roi des macchabées s'amène. »

Un Luke Reilly à l'air las et préoccupé sortit de l'ascenseur et parcourut la courte distance qui le séparait de la porte de l'hôpital, sans même remarquer les décorations de Noël qui ornaient le hall. Une fois dehors, sous un ciel matinal cru et couvert, il aperçut avec soulagement sa limousine qui l'attendait au bout de l'allée.

En quelques pas, les longues jambes de Luke l'amenèrent jusqu'à la voiture. Il frappa à la vitre du côté du passager et, un instant plus tard, tourna la poignée de la portière arrière. Il l'avait refermée derrière lui quand il s'aperçut qu'il n'était pas seul sur la banquette.

Son infaillible mémoire des visages, ajoutée à la vue de boots éclaboussées de peinture, lui permit de reconnaître immédiatement l'individu armé d'un revolver qui lui faisait face. C'était l'attardé mental qui avait transformé la chambre mortuaire de son funérarium en cauchemar psychédélique.

« Au cas où vous ne me remettriez pas, je suis Petey le Peintre. J'ai travaillé pour vous l'an dernier. » Petey éleva la voix : « Démarre, Rosie, ordonna-t-il. Tourne à droite au coin et arrête-toi. C'est un kidnapping.

— Je me souviens de vous, dit calmement Luke. Mais je préfère vous voir avec un pinceau qu'avec une arme. Qu'est-ce que vous voulez ?

— Mon ami va vous expliquer tout ça quand il sera là. Drôlement confortable votre tire. » À nouveau, Petey haussa le ton. « Rosie, n'essaye pas un coup tordu comme allumer les feux de détresse. Pas question d'attirer l'attention des flics. »

Luke avait à peine dormi la veille, et il avait l'esprit confus. Il se sentait un peu détaché de la réalité, comme s'il rêvait ou regardait un film en somnolant à moitié. Il était assez attentif, cependant, pour deviner que ce kidnappeur imprévu n'avait probablement jamais tenu une arme de sa vie, ce qui le rendait deux fois plus dangereux. Il comprit qu'il ne pourrait pas tenter un geste pour maîtriser son ravisseur.

Rosita tourna au coin de la rue et s'apprêta à se garer, comme elle en avait reçu l'ordre. La voiture était à peine arrêtée que la porte du passager s'ouvrit et qu'un autre homme les rejoignit. Luke retint un cri de stupéfaction : le partenaire de Petey le Peintre n'était autre que C.B. Dingle, le neveu déshérité de feu Cuthbert Boniface Goodloe.

Comme Petey, C.B. portait une casquette à oreillettes trop lâche qui recouvrait tant bien que mal son crâne dégarni et un épais anorak informe enveloppait sa panse rebondie. Son visage rond et pâle était à moitié caché par une moustache noire et fournie qu'il ne portait pas le jour précédent à la veillée funèbre. Avec une grimace, il se débarrassa de son postiche broussailleux et s'adressa à Luke.

« Merci d'être à l'heure, dit-il aimablement en tapotant sa lèvre. Je ne veux pas être en retard à l'enterrement de mon oncle. Mais je crains que vous ne puissiez *vous-même* y assister, monsieur Reilly. »

Où nous emmènent-ils ? se tourmentait Rosita tout en suivant les instructions de C.B., qui lui ordonnait de tourner à droite dans la 96e Rue et de prendre la direction du F.D.R. Drive Nord. Elle avait vu C.B. la veille dans la chambre mortuaire, l'avait rencontré à deux reprises au funérarium alors qu'il accompagnait son oncle, qui passait son temps à changer ses dispositions concernant son dernier adieu au monde.

Elle sourit machinalement, se souvenant que Cuthbert Boniface Goodloe était venu un mois auparavant informer Luke que le restaurant qu'il avait choisi pour la réception des funérailles avait été fermé par le ministère de la Santé. Elle avait conduit M. Reilly, Goodloe et C.B. à l'Orchard Hill Inn, une auberge recommandée par M. Reilly à titre de remplacement. M. Reilly lui avait raconté par la suite que Goodloe avait minutieusement étudié la carte, éliminant les plats les plus coûteux du menu qui serait proposé à ses futurs invités.

Ce jour-là, C.B. comme à l'accoutumée s'était

montré particulièrement obséquieux envers son oncle, ce qui manifestement ne lui avait rien rapporté. À la veillée funèbre, le jour précédent, on avait vu se presser les membres bouleversés et reconnaissants de l'association Graines Plantes Fleurs et Bourgeons du New Jersey, l'État des Jardins – généralement connue sous le nom de Fleurs et Bourgeons – dont l'objectif d'embellir tous les coins et recoins du New Jersey venait d'être soutenu par une manne d'un million de dollars qui arrivait à point nommé. La rumeur disait que les derniers mots du mourant à son neveu avaient été : « Trouve du boulot ! »

C.B. était-il soudain devenu fou ? Était-il dangereux ? Et que nous veut-il, à M. Reilly et à moi ? se demandait Rosita, sentant ses paumes se glacer sur le volant, malgré ses gants.

« Direction le George Washington Bridge », ordonna C.B.

Au moins regagnaient-ils le New Jersey. Rosita se demanda si cela valait la peine d'implorer la pitié de C.B.

« Monsieur Dingle, vous savez certainement que j'ai deux petits garçons qui ont besoin de moi, dit-elle doucement. Ils ont cinq et six ans, et leur père ne s'est pas occupé d'eux et ne les a pas revus depuis plus d'un an.

— Mon père aussi était un salaud, répliqua sèchement C.B. Et ne m'appelez pas M. Dingle. Je déteste ce nom. »

La remarque n'échappa pas à Petey. « C'est un nom débile, renchérit-il. Mais tes deux autres prénoms sont pas mieux. Dieu merci, il y a les initiales. Monsieur

Reilly, est-ce que vous imaginez que la mère de C.B. lui a refilé un nom comme Cuthbert Boniface en l'honneur du mari de sa sœur ? Et ensuite, quand le vieux schnock casse sa pipe, voilà qu'il allonge presque toute sa fortune à ces stupides Fleurs et Bourgeons ? Peut-être qu'ils donneront son nom à une nouvelle espèce de plante vénéneuse.

— J'ai passé ma vie à prétendre que j'aimais ces noms de taré ! dit C.B. d'un ton rageur. Et qu'est-ce que j'en tire ? L'entendre me conseiller de bosser, trois secondes avant qu'il clamse.

— J'en suis navré pour vous, C.B., dit Luke fermement. Mais vos problèmes ne nous concernent pas. Pourquoi sommes-nous ici ou, plus précisément, pourquoi vous et Petey vous trouvez-vous dans ma voiture ?

— Permettez-moi d'être d'un autre avis », commença C.B.

Petey l'interrompit :

« J'aime vraiment ta façon de parler. C'est drôlement classe.

– La ferme, Petey, aboya C.B. Mon problème vous concerne tout à fait, monsieur Reilly. Et votre femme va avoir un million de façons de le résoudre. »

Ils étaient au milieu du George Washington Bridge.

« Petey, indique à Rosie où tourner. Tu connais la route mieux que moi.

— Prends la sortie de Fort Lee, commença Petey. On va vers le sud. »

Quinze minutes plus tard, la voiture s'engagea dans une route étroite qui longeait l'Hudson River. Rosita était au bord des larmes. Ils atteignirent un parking désert qui longeait la rivière ; face à eux, Manhattan se découpait sur le ciel. Sur la gauche se dressait la haute structure d'un gris menaçant du George Washington Bridge. Le flot ininterrompu des voitures dans les deux sens et sur les deux niveaux augmentait le sentiment d'isolement qui s'était emparé de Rosita. Elle fut soudain saisie d'épouvante à la pensée que C.B. et Petey avaient peut-être projeté de les tuer et de jeter ensuite leurs corps dans le fleuve.

« Sortez de la voiture, ordonna C.B. N'oubliez pas que nous sommes armés, Petey et moi, et que nous savons comment manier un revolver. »

Petey pointa son arme vers la tête de Luke, l'obligeant à quitter l'intérieur confortable de sa voiture à la suite de Rosita. Il fit tourner rapidement son arme autour de son index. « J'ai vu le Gaucher faire ça. Je deviens sacrément bon pour les moulinets. »

Luke haussa les épaules.

« Je vais vous accompagner, lui dit C.B. Nous n'avons pas de temps à perdre. Je dois assister aux funérailles. »

Ils furent contraints de marcher le long de la berge, dépassèrent une marina désertée, arrivèrent à un étroit ponton où était ancré un house-boat en piteux état dont les hublots étaient tous condamnés. Le bateau se balançait, oscillant au rythme du clapot qui venait frapper ses flancs. Luke constata dès le premier coup d'œil que la vieille embarcation flottait dangereusement bas sur l'eau.

« Regardez, la glace commence à se former au bord de l'eau. Vous ne pouvez pas nous laisser passer la nuit ici par un froid pareil, protesta Luke.

— C'est vraiment chouette en été, dit Petey. C'est moi qui m'occupe du bateau pour le type qui en est propriétaire. Il passe l'hiver en Arizona. Il souffre d'arthrite.

— On n'est pas en juillet, répliqua sèchement Luke.

— Il arrive qu'il fasse mauvais en juillet aussi, fit Petey. Un jour, on a eu un orage de tous les diables et...

— Boucle-la, Petey, grommela C.B. Je te l'ai déjà dit, tu parles trop.

— C'est ce que tu ferais si tu restais douze heures par jour à repeindre des pièces. Quand je me trouve avec des gens, j'aime parler. »

C.B. secoua la tête. « Il me rend cinglé, marmonna-t-il entre ses dents. Maintenant faites attention en montant à bord, dit-il à Rosita. Je n'ai pas envie de vous voir glisser.

— Vous ne pouvez pas nous faire ça. Je dois rentrer à la maison m'occuper de mes petits garçons », cria Rosita.

Luke perçut la note d'hystérie qui montait dans la voix de Rosita. La pauvre petite est morte de frayeur, pensa-t-il. Elle a quelques années de moins que Regan et la charge de deux enfants. « Aidez-la ! » dit-il sèchement.

De sa main libre, Petey saisit le bras de Rosita pendant qu'elle posait un pied hésitant sur le pont du bateau à l'équilibre instable.

« Vous savez y faire avec les gens, monsieur Reilly, le complimenta C.B. Espérons que vous aurez autant de succès pendant les prochaines vingt-quatre heures. »

Petey déverrouilla et ouvrit la porte de la cabine d'où une odeur de moisi s'échappa dans l'air froid du dehors.

« Beurk, fit Petey. Cette puanteur vous saute aux narines à chaque fois.

— Fais quelque chose, Petey, ordonna C.B. Je t'avais dit d'acheter une bombe d'Air Wick.

— Quelle sollicitude », railla Rosita en suivant Petey à l'intérieur.

Le regard de Luke se porta vers Manhattan qui se profilait à l'horizon, puis remonta jusqu'au George Washington Bridge, embrassant du même coup le petit phare rouge en contrebas. Je me demande si je reverrai tout ça un jour, pensa-t-il, tandis que C.B. pressait son revolver au creux de ses reins.

« Entrez, monsieur Reilly. Ce n'est pas le moment d'admirer le paysage. »

Petey alluma le maigre plafonnier et C.B. referma la porte derrière eux.

Sur un côté du misérable carré était installée une table de Formica entourée d'une banquette de cuir craquelé ; à l'opposé, une couchette du même cuir. Tout le mobilier était intégré. Près de la table, un petit réfrigérateur, un évier et une gazinière. Luke comprit que les deux portes sur la gauche conduisaient probablement à une cabine et à ce qui tenait lieu de salle de bains.

« Oh, non ! » s'exclama Rosita d'une voix étouffée.

Luke suivit son regard et s'aperçut avec consternation que deux chaînes étaient boulonnées aux parois du carré. C'était le genre d'entraves pour les pieds et les mains généralement utilisées lorsque l'on amenait les criminels dans les salles d'audience des tribunaux.

« Assieds-toi ici, indiqua Petey à Rosita. Garde-la à l'œil, C.B., pendant que je lui fixe les menottes.

— Je garde tout le monde à l'œil, répliqua C.B d'un air sentencieux. Installez-vous là, monsieur Reilly. »

Si j'étais seul, je tenterais de lui arracher son arme, pensa amèrement Luke, mais je ne peux pas risquer la vie de Rosita.

Un instant plus tard, il était assis et enchaîné à la banquette, Rosita en face de lui sur la couchette.

« J'aurais dû demander si l'un de vous voulait utiliser les toilettes, mais c'est trop tard à présent, vous n'aurez plus qu'à patienter, dit C.B. d'un ton guilleret. Je ne veux pas arriver en retard à l'enterrement de mon oncle. Après tout, c'est *moi* qui mène le deuil. Et Petey doit se débarrasser de votre voiture. À notre retour, il vous apportera de quoi manger. Je n'aurai pas faim pour ma part. Mon oncle m'offre à déjeuner aujourd'hui, n'est-ce pas, monsieur Reilly ? »

C.B. ouvrit la porte et Petey éteignit la lumière. Un instant plus tard, la porte se referma avec un claquement, et Luke et Rosita entendirent le grincement de la clé qui tournait dans la serrure rouillée.

Enfermés dans l'obscurité peuplée d'ombres, ils restèrent un moment silencieux, sentant le bateau osciller, prenant conscience de la précarité de leur situation.

Puis Rosita demanda doucement :

« Monsieur Reilly, que va-t-il nous arriver ? »

Luke choisit ses mots avec soin :

« Ils nous ont déjà laissé entendre qu'ils voulaient de l'argent. En supposant qu'ils ne désirent rien d'autre, je vous assure qu'ils l'obtiendront.

— Je m'inquiète seulement pour mes enfants. Ma baby-sitter habituelle est absente jusqu'à la semaine prochaine, et je n'ai pas confiance dans la fille qui la remplace. Elle a prévu d'aller danser ce soir. Elle ne voulait pas travailler aujourd'hui, et j'ai dû la supplier. Elle m'attend à la maison vers trois heures.

— Elle ne laissera pas les enfants seuls.

— Vous ne la connaissez pas, monsieur Reilly, elle ne raterait pas ce bal pour tout l'or du monde, affirma Rosita avec un tremblement dans la voix. Il faut que je rentre à la maison. Je dois absolument rentrer. »

Regan ouvrit les yeux, s'assit tant bien que mal, passa ses jambes par-dessus le bord du lit, et bâilla. Engourdie, elle posa les pieds sur la descente de lit. Sa chambre dans l'appartement de ses parents, situé Central Park South, était aussi confortable et familière que celle de la maison du New Jersey où elle avait grandi. Aujourd'hui, toutefois, elle ne s'attarda pas à savourer l'agréable décor dans les tons pêche et vert pâle. Elle avait l'impression d'avoir dormi une éternité, mais un coup d'œil au réveil la rassura, il n'était même pas deux heures de l'après-midi. Elle voulait téléphoner à l'hôpital pour prendre des nouvelles de sa mère, et ensuite joindre son père. Force lui était de constater qu'outre les effets du choc qui l'avait secouée à l'annonce de l'accident de sa mère joints à la fatigue du vol de nuit, elle se sentait gagnée par une anxiété indéfinissable. Une douche rapide devrait me ragaillardir, pensa-t-elle, puis je me mettrai en route.

Elle téléphona à La Parisienne, le café situé en bas dans la rue, et commanda son habituel petit déjeuner : jus d'orange, café, et un bagel toasté avec du fromage blanc. C'est ce que j'aime tant à New York, se dit-elle. Lorsque je sortirai de ma douche, le livreur sonnera à ma porte.

Le jet d'eau chaude puissant soulagea les courbatures qui lui raidissaient le dos et les épaules. Elle se lava rapidement les cheveux, sortit de la douche, s'enveloppa dans un peignoir de bain, et enroula une serviette autour de sa tête.

Dix secondes plus tard, le visage brillant de crème hydratante, elle ouvrait la porte au livreur, reconnaissante qu'il feignît de ne pas remarquer son apparence. Je parie que, dans son travail, il est habitué à en voir de toutes les couleurs, se dit-elle. Il lui adressa pourtant un large sourire quand elle lui offrit un généreux pourboire.

Quelques instants plus tard, assise dans la cuisine, le bagel tiré de son emballage, sa tasse de café à la main, elle téléphona à sa mère dans sa chambre d'hôpital. Elle savait que l'infirmière aurait dû être là, mais personne ne répondit. La sonnerie est peut-être coupée, pensa-t-elle. Elle raccrocha et appela le bureau des infirmières à l'étage.

Elle eut l'impression d'attendre des minutes interminables avant d'entendre la voix professionnelle, chaleureuse et rassurante de Beverly Carter. Beverly avait pris son service auprès de sa mère le matin même, au moment où Regan quittait la chambre, et bien qu'elles n'aient échangé que quelques mots, Regan avait immédiatement apprécié cette femme noire d'une quarantaine d'années, à la silhouette élancée, que le chirurgien lui avait présentée comme l'une des meilleures infirmières privées de l'hôpital.

« Bonjour, Beverly. Comment va ma mère ?

— Elle dort depuis votre départ.

— J'en ai fait autant de mon côté, dit Regan en riant. Quand elle se réveillera, dites-lui que j'ai téléphoné. Avez-vous eu des nouvelles de mon père ?

— Pas jusqu'à présent.

— C'est curieux. Il est vrai qu'il devait assister à ces fichues funérailles. Je vais l'appeler. Prévenez ma mère qu'elle peut toujours me joindre sur mon portable. »

Regan composa ensuite le numéro du funérarium. Austin Grady, le numéro deux de « Soyez en paix chez Reilly », comme Regan et sa mère avaient surnommé la société, répondit. Quand il décrocha, ses propos furent, comme à l'accoutumée, empreints d'une bienséante réserve.

« Austin, c'est Regan. »

La voix sévère prit un ton enjoué : « Bonjour, Regan. »

Regan était toujours étonnée par la rapidité avec laquelle Austin savait changer d'attitude, son comportement immédiat étant dicté par les exigences de sa profession. Ainsi que Luke le faisait remarquer, Austin était parfaitement adapté à son travail. Tel un chirurgien, il était capable de s'isoler entièrement des émotions de son entourage.

« Mon père est-il là ? demanda-t-elle.

— Non, je ne lui ai pas parlé depuis qu'il a demandé ce matin qu'on lui envoie une voiture. Votre pauvre mère », s'apitoya-t-il d'un ton étrangement guilleret. « Qu'allez-vous faire maintenant ? Je sais que votre père attendait ce voyage à Hawaii avec impatience. J'ai appris qu'elle s'était pris les pieds dans un tapis que vous lui aviez rapporté d'Irlande.

— Oui », dit vivement Regan, envahie à nouveau par un désagréable sentiment de culpabilité. Comme le disait toujours sa meilleure amie, Kit : « La culpabilité est un cadeau qu'on ne finit jamais de recevoir. »

« Austin, mon père nous a prévenues qu'il devait assister à un enterrement aujourd'hui. Vous ne l'y avez donc pas vu ?

— Non, mais la cérémonie s'est parfaitement déroulée. Le défunt l'avait préparée pendant des années. Votre père a sans doute jugé que sa présence n'était pas indispensable. » Austin émit un gloussement. « En ce moment précis, toute l'assistance est en train de savourer un excellent déjeuner aux frais dudit défunt. Il a laissé l'essentiel de sa fortune à l'association Fleurs et Bourgeons. Ils sont tous au restaurant et semblent plutôt joyeux. Ils ont hérité de suffisamment d'argent pour acheter un arrosoir pour chaque plante qui pousse dans le New Jersey.

— Tant mieux pour eux, dit Regan.

— Votre père a rendez-vous chez son dentiste à quinze heures trente. Cela m'étonnerait qu'il n'y aille pas.

— Merci, Austin. »

Regan raccrocha et composa le numéro du télé-

phone portable de Luke. Au bout de plusieurs sonne-
ries, le répondeur se mit en marche. En écoutant la
voix familière de son père prier son correspondant de
laisser un message, Regan fut envahie par un obscur
pressentiment. Personne n'avait eu de nouvelles de lui
depuis des heures ; il n'avait même pas pris des nouvelles de sa mère. Elle laissa un message, lui demandant de rappeler.

Elle but lentement son café et réfléchit. Bon, je ne
vais pas rester plantée ici, décida-t-elle. Elle regarda
la pendule. Il était quatorze heures trente-cinq. Elle
appela le cabinet du dentiste pour s'assurer que son
père n'avait pas annulé son rendez-vous.

« Voulez-vous lui demander de m'attendre ?
demanda-t-elle à la réceptionniste. Je quitte Manhattan
dans quelques minutes et ne devrais pas mettre plus
d'une heure pour arriver.

— Entendu », promit son interlocutrice.

Regan se sécha les cheveux et s'habilla en vitesse.
Lorsque mon cher père en aura terminé avec son dentiste, nous irons faire des courses, pensa-t-elle. Puis
nous retournerons en ville et rendrons visite à maman.

Mais tandis qu'elle enfilait son manteau et se hâtait
pour héler un taxi, Regan eut l'intuition confuse que
l'après-midi ne se déroulerait pas comme prévu.

Depuis combien de temps Rosita et lui étaient-ils
enfermés dans ce house-boat sombre et glacial ? Luke
avait perdu la notion du temps. Il lui semblait être là

depuis des heures. Ils auraient pu au moins laisser la lumière allumée, enrageait-il.

Après le départ de C.B. et de Petey, Luke avait tenté de rassurer Rosita. « Fiez-vous à mon instinct. Lorsque ces deux crétins reviendront, ils nous diront ce qu'ils veulent. Puis, une fois qu'ils l'auront obtenu, ils nous laisseront filer.

— Mais nous pouvons les identifier, monsieur Reilly. Pensez-vous vraiment qu'ils seront stupides à ce point ?

— Rosita, personne d'autre ne serait aussi bête, mais je crois cette paire de truands incapable de réfléchir une seconde. On ne mettra pas longtemps à constater notre disparition. N'oubliez pas que ma fille est détective, et qu'elle mettra la terre entière à notre recherche.

— Du moment que quelqu'un s'occupe de mes enfants. J'ai tellement peur que cette écervelée ne les laisse à quelqu'un qu'ils ne connaissent pas. Mon petit dernier, en particulier, est affreusement timide.

— Dès qu'elle s'apercevra de notre disparition, je peux vous assurer que Regan s'occupera de leur sécurité. »

Ils étaient restés sans parler pendant un long moment. À peine trois mètres le séparaient de la couchette où Rosita était enchaînée. S'était-elle assoupie ? Le clapotis de l'eau contre les flancs du bateau l'empêchait d'entendre le moindre mouvement de sa part.

« Rosita », appela-t-il doucement.

Avant qu'elle n'eût le temps de répondre, un bruit sur le pont les fit sursauter tous les deux. Le grincement de la clé dans la serrure mit fin à l'espoir de Luke de voir surgir par miracle un sauveteur.

La porte s'ouvrit. Un mince trait de lumière et un souffle d'air froid précédèrent Petey et C.B. dans la cabine.

« Comment se portent nos campeurs ? demanda jovialement C.B. au moment où Petey allumait la lumière du plafond. J'espère que vous n'êtes pas végétariens. Nous avons acheté des sandwichs au jambon et au fromage. »

Les deux hommes apportaient des sacs en papier.

C'est avec un sentiment mitigé que Luke remarqua la petitesse des sacs. Soit ils avaient l'intention de les libérer à brève échéance, soit ils comptaient se ravitailler sur place dans les fast-foods des environs d'Edgewater.

« L'un de vous désire-t-il aller aux toilettes ? » demanda Petey avec sollicitude.

Luke et Rosita hochèrent la tête ensemble.

« Honneur aux dames », dit Petey. Il libéra les entraves des poignets et des chevilles de Rosita. « Vous pouvez fermer la porte, mais c'est pas la peine de gamberger. D'ailleurs, il n'y a pas de fenêtre. »

Rosita regarda Luke et eut un petit sourire résigné.

Quand ce fut au tour de Luke de se trouver dans la minuscule cabine, il calcula les possibilités d'évasion et se rendit compte qu'elles étaient inexistantes. Même s'il parvenait à maîtriser Petey au moment où il l'enchaînerait à nouveau, C.B. se tiendrait là, avec son pistolet braqué sur Rosita. Je n'ai pas d'autre solution que de jouer leur jeu, pensa-t-il.

C.B. regarda Luke, Rosita et Petey mastiquer leurs

sandwichs, se contentant pour sa part de boire un café. « Je suis repu, dit-il à Luke. Le restaurant que vous aviez conseillé n'était pas mauvais. Le veau à la "parmigiana" est le meilleur que j'aie mangé depuis des années. Je suis même surpris d'avoir pu digérer mon repas, obligé que j'étais de le partager avec ces crétins de l'association Fleurs et Bourgeons. Heureusement la pensée de vous retrouver tous les deux ici m'a permis de tenir le coup. »

« Tu aurais pu me ramener du veau, ronchonna Petey. Le pain de seigle est rassis. Ils n'ont pas mis assez de mayonnaise sur le mien. » Il jeta un coup d'œil envieux au sandwich de Luke. « Échangeons. Filez-moi la moitié du vôtre. »

Luke prit la seconde moitié de son sandwich et en mordit une grosse bouchée. Il le reposa sur le papier d'emballage. « Je vous en prie, prenez-le. »

Le désappointement qui se peignit sur le visage de Petey l'emplit d'une satisfaction démesurée.

Petey se tourna vers Rosita. « Pas de dessert pour le patron. Tu peux avoir ses biscuits au chocolat.

— Plutôt mourir.

— Maintenant que nous sommes une grande et heureuse famille, parlons affaires. »

C.B. écrasa son gobelet de café et le fourra dans le sachet d'emballage.

« Fais gaffe, il reste des cornichons à l'intérieur », protesta Petey.

C.B. grommela et déversa le contenu du sac sur la table de Formica rayée.

« Ne sois pas en rogne contre moi, dit Petey. Je n'ai pas eu de déjeuner de luxe, moi. J'ai l'impression d'avoir passé ma journée dans le bus. Après avoir largué la voiture à Kennedy, j'ai dû prendre le car jusqu'à Port Authority. Puis j'en ai attendu un autre pour Edgewater. Et ensuite, je t'ai attendu à l'arrêt du bus. Tu es trop radin pour m'offrir un taxi. Et *toi* tu as passé ta journée dans une belle bagnole bien chauffée...

— La ferme ! »

Mais Petey n'avait pas fini.

« J'avais sorti mes quatre dollars au moment de traverser le George Washington Bridge. Ensuite, pendant que je fais la queue avant d'arriver au guichet, je m'aperçois qu'il y a une carte d'abonnement sur le plancher de la bagnole. Alors, je l'ai remise sur le pare-brise et j'ai changé de file en vitesse. Un abruti a failli me rentrer dedans. Il s'est mis à klaxonner comme un malade. Et je t'ai économisé encore du fric quand j'ai pris le Triborough Bridge. Tu aurais dû remarquer la carte quand tu es monté à l'avant. Ça me surprend de ta part. »

C.B. roula des yeux furibonds. « Tu as utilisé la carte d'abonnement ? Tu es fou ou quoi ! Je l'avais ôtée du pare-brise pour qu'on ne puisse pas nous repérer. Maintenant ils peuvent vérifier et découvrir où elle a été utilisée.

— Tu crois ? » Petey avait l'air consterné. « Mince alors. Qu'est-ce qu'ils sont capables d'inventer maintenant ! » Il se tourna vers Luke et Rosita. « C.B. est tellement intelligent. Il lit beaucoup de romans policiers. Moi je n'ai jamais eu la chance de lire. » Il s'adressa à Luke : « Monsieur Reilly, je sais qu'il aime particulièrement les romans de votre femme. Je crois même qu'il en a un dédicacé.

— Lorsque vous nous relâcherez, je lui en procure-rai un autre, assura Luke. Et pouvez-vous me dire ce qui va se passer maintenant ? »

Petey prit un cornichon.

« Explique notre plan, C.B. Il est formidable. Dans quelques jours, nous serons sur une plage quelque part avec un million de dollars dans notre valise. »

C.B. interrompit Petey : « Je ne vais pas te le répéter, Petey. Boucle-la une fois pour toutes ! » Il retira les télé-phones portables confisqués à Luke et Rosita de la pochette de cuir dans laquelle il les avait cachés. « Mon-sieur Reilly, il est presque seize heures trente. Nous allons entrer en contact avec votre famille et leur dire que nous voulons un million de dollars dès demain après-midi. »

Rosita sursauta.

« Un million de dollars ? »

Petey continua d'une voix de fausset : « Il a des salons funéraires dans tout le New Jersey, et sa femme vend des quantités de livres. Dis donc, C.B., peut-être qu'on pourrait demander davantage. »

C.B. l'ignora.

« Je vous garantis que ma famille vous remettra cet argent, dit Luke avec prudence. Mais nous sommes jeudi après-midi, et c'est la période de Noël. Je ne crois pas qu'ils puissent l'obtenir d'ici demain.

— Croyez-moi, ils le peuvent, dit C.B. S'ils le veulent.

— Il l'a lu dans un livre, expliqua Petey. Les banques font des exceptions pour les gens importants, comme leur ouvrir leur porte à n'importe quelle heure. Et vous êtes quelqu'un d'important.

— Mais ma femme est à l'hôpital, protesta Luke.

— Nous le savons. Où croyez-vous que nous vous avons enlevé ? dit C.B. Maintenant, à qui voulez-vous que nous téléphonions ?

— À ma fille. Elle vient d'arriver de Californie. Elle trouvera l'argent. » Il leur communiqua le numéro du portable de Regan. « 310-555-4237. »

Petey gribouilla le numéro sur un coin du sac en papier qu'il avait déchiré. « Répétez-le. »

Luke répéta lentement les chiffres.

C.B. composa le numéro.

« Cet implant n'a opposé aucune résistance, affirma le Dr Jay à Alvirah. J'ai mis Willy sous oxygène, mais j'aimerais que vous attendiez un peu avant de le ramener chez vous. Il est encore groggy.

— Le gaz hilarant le met toujours K.-O., expliqua Alvirah. Mais il avait hâte que ce soit terminé. Il souffrait tellement.

— Bon, laissez-le se reposer pendant un ou deux jours et il sera complètement remis. Les antibiotiques devraient venir à bout de l'infection. » Derrière ses lunettes, le visage amène du Dr Jay s'éclaira d'un sourire. « Il pourra profiter des fêtes de Noël. Je vous avoue que, pour ma part, je les attends avec impatience. » Il jeta un coup d'œil à sa montre. « Encore un patient et je serai en vacances.

— Vous avez des projets ? demanda Alvirah animée de son habituel intérêt pour tout ce qui concernait les allées et venues de ses congénères.

« — Ma femme et moi emmenons les enfants skier dans le Vermont.

— Formidable. » Alvirah secoua la tête. « Lorsque nous avons gagné au loto, j'ai établi une liste de tout ce j'avais toujours voulu faire durant mon existence. Le ski en faisait partie. Mais je n'ai pas encore eu l'occasion de m'y mettre. »

L'expression inquiète du Dr Jay ne lui échappa pas. « Je parie que vous m'en croyez incapable, fit-elle d'un air de défi.

— Alvirah, je vous connais depuis suffisamment longtemps. Rien de ce que vous faites ne peut me surprendre. »

Alvirah se mit à rire.

« Ne vous inquiétez pas. Ce n'est pas demain que je vous rentrerai dedans sur les pistes. La météo annonce une forte chute de neige, vous devriez avoir des conditions magnifiques pour skier.

— Si elle tombe demain, nous serons déjà sur place. Nous partons ce soir. » Le Dr Jay regarda en direction de la porte. « Il n'est jamais en retard », murmura-t-il, plus pour lui-même que pour Alvirah, puis il ajouta : « Je vais voir comment se porte Willy et commencer à mettre un peu d'ordre dans mes affaires. »

Une fois qu'il fut sorti, Alvirah s'avoua qu'elle s'était sincèrement inquiétée pour Willy – plus qu'elle n'avait voulu l'admettre. Willy avait toujours eu une santé de fer. Elle n'avait jamais imaginé qu'il puisse un jour souffrir de quelque chose de sérieux. Elle était tellement plongée dans ses pensées que la sonnerie de la porte la fit sursauter. C'était sans doute le dernier patient. Commandée à distance, la porte s'ouvrit automatiquement.

Alvirah comprit tout de suite que la mince jeune femme brune qui pénétrait dans la pièce n'était pas le patient attendu par le Dr Jay. Elle l'avait nettement entendu dire qu'*il* n'était jamais en retard.

Elle jaugea la nouvelle venue d'un coup d'œil rapide : la trentaine, très séduisante, vêtue d'une élégante veste de daim, d'un jean et de boots ; visiblement préoccupée. Elle adressa un sourire bref à Alvirah tout en contemplant le bureau désert de la réception.

« Tout le monde est rentré chez soi à l'exception du Dr Jay, la renseigna aimablement Alvirah. Il attend son dernier patient. »

L'expression soucieuse de la jeune femme s'accentua.

Le Dr Jay apparut dans l'embrasure de la porte.

« Content de vous voir, Regan. Où est votre père ? Il m'empêche de partir en vacances.

— J'espérais le trouver ici, dit la jeune femme.

— Il devrait arriver d'une minute à l'autre. Il avait rendez-vous il y a une demi-heure.

— C'est tellement inhabituel de sa part d'être en retard.

— La circulation est épouvantable ce soir. »

Le Dr Jay accompagna ses paroles d'un geste de la main.

L'expression de Regan resta néanmoins troublée.

« Quelque chose vous tracasse ? » demanda-t-il.

Regan s'approcha de lui et baissa la voix, précaution inutile car Alvirah Meehan aurait pu entendre une souris éternuer dans la pièce à côté. « Tout est arrivé si soudainement », commença-t-elle, et elle raconta brièvement l'accident de sa mère.

C'est donc elle ! s'étonna intérieurement Alvirah : la fille de Nora Reilly ! Bien sûr ! Son visage me semblait familier. Elle est détective, comme moi. Excepté qu'elle, elle a une licence. Alvirah se redressa sur son fauteuil et pencha la tête, priant le ciel qu'ils n'aillent pas poursuivre leur conversation dans le bureau privé du Dr Jay.

« J'avais prévu de faire des courses avec mon père cet après-midi une fois qu'il vous aurait vu, disait Regan. Comme nous avions projeté d'aller à Hawaii, il n'y a ni arbre de Noël ni la moindre provision à la maison. »

J'adore Hawaii, approuva Alvirah *in petto*.

« Ce qui m'inquiète, continua Regan, c'est de ne pouvoir joindre mon père sur son portable, et qu'il n'ait pas téléphoné à maman depuis qu'il l'a quittée dans sa chambre d'hôpital ce matin. Et maintenant il n'est pas chez vous. Tout cela lui ressemble si peu ! »

Elle paraissait abattue.

Oh, oh, pensa Alvirah. Elle a raison. Il y a quelque chose qui cloche.

« Attendons, nous verrons bien, tenta de la rassurer le Dr Jay. Il va bientôt arriver. À moins qu'il n'ait tout simplement oublié son rendez-vous. Avec ce qui s'est passé aujourd'hui, il est normal qu'il ait l'esprit ailleurs. Je suis sûr qu'il y a une explication logique à son retard. »

Il se tourna vers Alvirah.

« Willy devrait pouvoir partir dans un quart d'heure.

— Je ne suis pas pressée », répondit-elle, se félicitant que Willy ne soit pas encore prêt à franchir la porte.

Elle observa Regan qui allait nerveusement à la fenêtre, surveillait le parking, revenait s'asseoir dans le fauteuil en face du canapé.

Au bout de quelques minutes, Alvirah se pencha en avant. « Je voulais vous dire que j'adore les livres de votre mère. Je les ai tous lus sans exception. J'ai été navrée en apprenant qu'elle avait eu un accident. J'ai compris que vous étiez inquiète pour votre père, mais croyez-moi, lorsqu'il arrive quelque chose à leur épouse, les maris ne sont plus bons à rien. Ils oublient tout. »

Regan eut un petit sourire. « J'espère que vous avez raison. Je vais essayer de le rappeler. » Elle sortit son portable et composa un numéro. « Pas de réponse, dit-elle. Je vais tenter ma chance à l'hôpital. »

Pourvu qu'il y soit ou qu'il ait téléphoné, pria Alvirah pendant que Regan s'entretenait avec l'infirmière de sa mère.

Regan referma son téléphone. « Ma mère dort encore, ce qui est bien. Aucune nouvelle de mon père, ce qui l'est moins. » Elle se leva et retourna pour la énième fois à la fenêtre.

Alvirah aurait voulu la rassurer, mais elle savait qu'il n'y avait rien à dire. Et s'il était arrivé quelque chose à Luke Reilly ?

Plus de quinze minutes s'écoulèrent et il n'était toujours pas là.

« Bon, Alvirah, vous pouvez récupérer votre malade », annonça le Dr Jay en entrant dans la salle d'attente, une main passée sous le bras de Willy.

« Hello, mon chou, dit faiblement Willy.

— Ramenez-le chez vous et laissez-le dormir jusqu'à ce que les effets de l'anesthésie soient passés, recommanda le Dr Jay. Et passez de bonnes vacances. » Il se tourna vers Regan. « Aucune nouvelle ?

— Docteur, je suis persuadée que mon père ne viendra plus ce soir. Je vais appeler un taxi et rentrer à la maison. Je l'y retrouverai sans doute.

— Vos parents ont leur résidence à Summit, n'est-ce pas ? » demanda Alvirah, mais elle n'attendit pas la réponse. « Je le sais. Je l'ai lu sur la jaquette des livres de votre mère. Nous avons une voiture avec chauffeur qui nous attend dehors. Nous vous déposerons chez vous. Allons-y, Willy. »

Avant de pouvoir protester, Regan se retrouva assise à côté d'Alvirah à l'arrière d'une élégante limousine noire. Les jambes étendues, les yeux fermés, Willy était affalé sur le siège opposé.

« J'ai pris trois leçons de conduite en trois ans, expliqua Alvirah. Les moniteurs trouvaient toujours de bonnes raisons pour me refiler à quelqu'un d'autre. » Elle rit. « Je ne leur en veux pas. Vous n'imaginez pas toutes les bornes de parking que j'ai pu emboutir. »

Regan sourit. Alvirah lui avait tout de suite été sympathique, et elle se souvenait maintenant d'avoir entendu citer son nom. Alors que la voiture s'engageait sur la route principale, elle dit : « Il me semble vous connaître. Votre nom ne m'est pas étranger. »

Le visage d'Alvirah rayonna de satisfaction. « Je

sais que vous êtes détective, et disons que nous faisons un peu le même métier. En certaines circonstances, il m'est arrivé d'aider la police. Et de faire ensuite le récit des événements pour *The Globe*. Je suis ce qu'on pourrait appeler un reporter criminel occasionnel.

— Occasionnel n'est pas le mot qui convient, rectifia Willy sans ouvrir les yeux. Alvirah marche toujours pleins gaz, elle cherche les ennuis. »

Regan éclata de rire. « Ma mère m'a envoyé certains de vos articles. Elle les appréciait et pensait que ces affaires pourraient m'intéresser. Elle ne se trompait pas. » Le manteau d'Alvirah était ouvert. Regan se pencha vers elle. « Est-ce votre fameuse broche avec le micro incorporé ?

— Je ne sors jamais sans l'agrafer à ma veste », répondit fièrement Alvirah.

Regan fouilla dans sa poche. « Je vais essayer de joindre mon père à son bureau. »

Mais il n'y avait rien de nouveau : Austin Grady n'avait toujours aucune nouvelle de Luke.

Avec un soupir, Regan coupa la communication.

Pendant les cinq minutes suivantes, Alvirah fit un commentaire continu sur les décorations de Noël des maisons devant lesquelles ils passaient. À la fin, Regan indiqua : « Voilà notre maison, sur la gauche.

— Oh, elle est exquise », s'exclama Alvirah, tendant le cou pour mieux voir. « Beaucoup plus jolie que celles où je faisais le ménage, je peux vous l'assurer. »

Il était clair qu'il n'y avait personne à l'intérieur. Contrairement à ses voisines, la résidence des Reilly était plongée dans l'obscurité.

La longue allée d'accès se prolongeait jusqu'au

garage à l'arrière de la maison. Le chauffeur s'arrêta devant le chemin pavé qui menait à la porte d'entrée.

« Permettez-moi de vous accompagner à l'intérieur pendant que vous écoutez vos messages », proposa Alvirah, une note soucieuse dans la voix.

Regan comprit ce que signifiait la proposition d'Alvirah. Si un accident était arrivé à son père, il y aurait peut-être un message sur le répondeur. « Tout ira bien, Alvirah. Je ne sais comment vous remercier. Mais il faut que vous rameniez Willy chez vous. »

À regret, Alvirah la regarda monter les marches du perron et disparaître à l'intérieur. La voiture démarra lentement le long de l'allée. Ils venaient de s'engager dans la rue lorsque la sonnerie aigrelette d'un téléphone portable fit sursauter Alvirah. Je n'ai pas emporté le mien, se souvint-elle. Puis elle l'aperçut. Le portable que Regan avait utilisé précédemment était posé sur le siège à côté d'elle, son clignotant vert allumé.

Je vais répondre, se dit-elle. Je parie que c'est son père. Elle s'en empara et l'ouvrit d'un geste vif.

« Allô, mugit-elle.

— Regan ? »

La voix était basse et rauque.

« Je vais la chercher, dit Alvirah en criant au chauffeur de rebrousser chemin. Êtes-vous son père ?

— C'est un message de sa part.

— Ah bon ! »

Tandis qu'elle se précipitait hors de la voiture et remontait en courant vers la maison, elle n'entendit pas le commentaire de C.B. à l'adresse de Luke :

« J'ignore qui est la femme qui a répondu au téléphone, mais elle a une voix de clairon. »

Fred Torres suspendit son uniforme et claqua la porte de son casier. « Terminé pour deux semaines, Vince, dit-il à son coéquipier. Je vais jeter l'ancre ailleurs en ce qui me concerne.

— Moi aussi j'aimerais aller en croisière dans les Caraïbes, dit Vince Lugano en enfilant un sweater. Lorsque tu te tiendras sur le pont avec une bière à la main, je serai en train de me creuser la cervelle pour monter une voiture de pompiers et une maison de poupée. »

Les petites rides qui bordaient les yeux brun foncé de Fred se plissèrent. Il sourit.

« Tu adores ça.

— C'est vrai », admit Vince en regardant affectueusement l'homme qui était devenu son meilleur ami depuis qu'ils étaient entrés dans la police de Hoboken, New Jersey, six ans plus tôt.

Fred avait vingt-huit ans, un peu moins d'un mètre quatre-vingts, un corps mince et musclé. Son teint mat, ses cheveux noirs et son physique agréable faisaient de lui la cible idéale pour tous ses amis bien intentionnés qui avaient une sœur ou une cousine à caser. À son retour de vacances, il entamerait son dernier semestre à l'école de droit de Seton Hall.

Vince avait le même âge, cinq centimètres et dix kilos de plus, des cheveux blonds et des yeux couleur noisette. Il ne s'était jamais intéressé qu'à sa copine de lycée, qu'il avait épousée cinq ans auparavant.

« À quelle heure pars-tu ? demanda Vince.

— J'ai un vol demain matin à huit heures.

— Est-ce que tu viens à la fête de Mike ce soir ?

— Bien sûr.

— On se revoit là-bas. »

Fred avait prévu de regagner directement son appartement dans un petit immeuble de pierre au sud de la ville. Mais, en arrivant à l'angle de sa rue, il eut le regard attiré par la profusion de poinsettias disposés dans la vitrine du fleuriste. Je n'en aurai pas pour longtemps, se promit-il en entrant dans la boutique pour choisir une plante. Il avait rencontré Rosita Gonzalez chez des amis un mois plus tôt, et ils avaient dîné ensemble deux fois depuis. Il l'avait invitée à la fête de ce soir, mais elle n'avait trouvé personne pour garder ses enfants.

Il remonta dans sa voiture le sourire aux lèvres, se remémorant leur rencontre. Ils étaient arrivés à la soirée au même moment. Il avait garé sa voiture derrière la sienne. Elle conduisait une limousine noire rutilante. Comme ils montaient ensemble les marches du perron, il s'était présenté et avait dit : « C'est ce qu'on appelle une arrivée très chic.

— Attendez de voir dans quoi je vais rentrer chez moi », avait ri Rosita. « Parmi mes activités professionnelles, je suis chauffeur de limousine. Un de mes collègues va me ramener ma voiture et reprendre celle-ci. »

À la fin de la soirée, Fred l'avait raccompagnée jusqu'à sa Chevrolet, un modèle vieux de douze ans.

« Mon nom est Cendrillon », avait-elle dit avec un sourire.

Elle paraissait si jeune, avec ses boucles noires et son rire communicatif, qu'il avait eu du mal à croire qu'elle était la mère de deux petits garçons.

« Cendrillon a-t-elle un numéro de téléphone ? » avait-il demandé.

Et maintenant, en roulant vers la maison de Rosita, Fred se demandait si tout ça était vraiment une bonne idée. La circulation était plus dense qu'il ne l'avait escompté, et il n'avait pas commencé à faire ses bagages. Il était obligé d'admettre que Rosita risquait de se faire des illusions en le voyant débarquer chez elle. Il n'avait pas l'intention de s'engager avec qui que ce soit pour le moment. Et ultérieurement, où trouverait-il le temps de se consacrer à une relation amoureuse – surtout avec des enfants dans le circuit ?

Rosita habitait dans un ensemble d'immeubles modestes à Newark, non loin de Summit. Fred se rappela que le jour précédent avait été le plus court de l'année. C'est incroyable, s'étonna-t-il. Il est à peine seize heures trente, et il fait déjà nuit. Il se gara à un emplacement réservé aux visiteurs, parcourut l'allée qui menait à l'immeuble, prit la plante dans son emballage-cadeau de l'autre main, et sonna à la porte du rez-de-chaussée.

À l'intérieur de l'appartement, Nicole Parma, dix-sept ans, était au bord de l'hystérie. Au son du carillon, elle se rua vers la porte. « Votre mère a dû oublier ses clés », cria-t-elle à Chris et Bobby assis en tailleur devant la télévision.

Aucun des deux enfants ne releva la tête. « Maman

n'oublie jamais ses clés », déclara Chris, six ans, à son cadet.

Onze mois seulement les séparaient et on aurait pu les prendre pour des jumeaux.

« Mais maman a dit qu'elle rentrerait maintenant, protesta Bobby à voix basse. J'aime pas Nicole. Elle joue pas avec nous comme Sarah. »

Sarah était leur baby-sitter habituelle.

Oubliant que Rosita lui avait recommandé de ne jamais laisser entrer un étranger dans l'appartement, Nicole tira le verrou et ouvrit la porte en grand. Fred remarqua sur-le-champ sa profonde déception lorsqu'elle le vit apparaître devant elle.

« Madame Gonzalez est-elle là ? »

Il recula d'un pas, signifiant ainsi qu'il n'avait pas l'intention d'entrer sans y être invité.

« Non, et ça fait plus d'une heure que je l'attends ! »

La réponse ressemblait à un gémissement.

« C'est Fred ! s'écria Chris, se levant d'un bond.

— Fred », répéta Bobby à sa suite.

D'un seul mouvement, les deux garçons se retrouvèrent devant la porte, bousculant Nicole pour saluer Fred.

« C'est l'ami de maman, la renseigna Chris. Il est policier. Il arrête les gens.

— Salut, vous deux. » Fred se retourna vers Nicole. « Je voulais juste déposer cette plante pour leur mère. »

Les garçons tiraient Fred par le pan de sa veste.

« Je ne sais pas si je dois vous laisser entrer, dit Nicole. Rosita devrait être là d'une minute à l'autre.

— Maman ferait bien de se dépêcher, affirma

Chris, tirant Fred à l'intérieur de la pièce. Nicole est drôlement énervée. Il faut qu'elle se prépare pour aller danser ce soir, et elle veut pas avoir l'air moche parce que elle est aaamoureuse de son petit ami. »

Il pouffa, montrant Nicole du doigt. Si le regard pouvait tuer..., pensa Fred à la vue du coup d'œil furibond que lança Nicole à l'enfant.

« Sale môme ! Je t'ai déjà dit de raccrocher l'autre poste quand je parlais au téléphone. »

Chris imita bruyamment un bruit de baiser.

« Bisous, bisous, à tout à l'heure. Je suis folle d'impatience.

— Bisous, bisous, reprit Bobby, singeant la mimique de son frère.

— Ça suffit, les enfants », dit Fred. Les yeux de Nicole étaient brillants de larmes. « J'ai l'impression que vous allez être en retard, lui dit-il.

— Affreusement en retard. »

Sa bouche tremblait et les larmes commençaient à couler le long de ses joues.

« Rosita n'a pas téléphoné ?

— Non. J'ai essayé en vain de la joindre sur son portable.

— Elle est sans doute en chemin », dit-il. Mû par la même impulsion qui l'avait poussé à entrer chez le fleuriste, il ajouta presque sans le vouloir : « Écoutez, j'ai un peu de temps. Je peux rester avec les enfants. » Il sortit sa carte de police. « Vous avez pu voir que ces deux gamins me connaissent. »

Chris courut vers une table basse au bout du canapé et s'empara d'une photo encadrée. Elle représentait un groupe de personnes à la soirée où Fred et Rosita s'étaient rencontrés. « C'est lui, au dernier rang. »

Sans s'attarder à regarder ni la carte de Fred ni la photo, Nicole s'était élancée hors de la pièce, un bras déjà passé dans la manche de son manteau.

« Elle est pas sympa, déclara Chris. Tout ce qu'elle a fait c'est de parler au téléphone avec son petit ami. Beurk.

— Et elle a pas voulu jouer aux dames avec nous, ajouta doucement Bobby.

— Pas *voulu* ? » Fred avait juste ce qu'il fallait d'incrédulité dans la voix. « *Moi*, j'aime beaucoup jouer aux dames. Trouvons un endroit pour poser la plante de votre maman, et ensuite nous verrons si tous les deux vous arrivez à me battre. Noirs ou blancs ? »

Lorsque Regan ouvrit la porte, Alvirah agita le téléphone sous son nez. « C'est l'appel que vous attendiez ! » dit-elle d'une voix essoufflée.

Regan saisit le téléphone. « Papa ? »

Sans hésiter, Alvirah franchit le seuil de l'entrée et referma la porte. Elle voulait s'assurer que tout allait bien. Mais un instant plus tard, à en juger par l'expression de Regan, elle était certaine qu'il se passait quelque chose de grave, de très grave.

Au lieu de la voix à laquelle elle s'attendait, Regan entendit un ordre bref : « Vous allez lui parler dans une minute. D'abord, débarrassez-vous de la personne qui est avec vous. »

L'appel ne provenait ni la police ni d'un hôpital,

pensa Regan. Elle décida de garder Alvirah auprès d'elle. Non qu'elle eût le choix, d'ailleurs ; les deux pieds d'Alvirah étaient pratiquement ancrés dans le sol de marbre de l'entrée. Mais à la voir aussi soucieuse de l'aider, Regan se félicita de sa présence. « Merci, Alvirah, dit-elle à voix haute. Je ne vous retiens pas. » Elle passa devant elle, ouvrit et referma bruyamment la porte d'entrée.

Ce type veut que personne d'autre n'entende sa conversation avec Regan, conclut Alvirah. Déboutonnant en vitesse son manteau, elle décrocha sa broche, mit en marche le petit micro incorporé et tendit le bijou à Regan.

Passé le premier moment d'ébahissement, la jeune femme acquiesça d'un signe de tête, comprenant l'intention d'Alvirah. « Laissez-moi parler à mon père, dit-elle en approchant la broche de l'écouteur.

— Pas si vite ! gronda la voix. J'ai d'abord une liste de demandes. »

Dans le bateau, Petey manifesta son approbation. « On dirait la liste du hit-parade », murmura-t-il à Luke, avec une bourrade amicale à son bras enchaîné.

C.B. lui jeta un regard noir.

« Désolé », murmura Petey.

C.B. poursuivit :

« Procurez-vous un million de dollars d'ici demain après-midi. En coupures de cent dollars, le tout dans un sac de marin. À dix-huit heures tapantes, je dis bien *tapantes*, vous serez dans votre voiture et vous pénétrerez dans Central Park par l'entrée de la Sixième Avenue. Là vous recevrez un appel vous indiquant où déposer le fric. N'appelez pas la police, si vous voulez revoir un jour votre père et sa mignonne petite conductrice. Une fois l'argent entre nos mains et compté, vous aurez un autre appel vous indiquant où les ramasser.

— Maintenant je veux parler à mon père », exigea Regan.

C.B. se dirigea vers Luke et approcha le téléphone de son oreille. « Dites bonjour à votre fille chérie. Et conseillez-lui de faire exactement ce qu'on lui demande. »

C'est avec un soulagement douloureux que Regan entendit la voix calme de Luke. « Bonsoir, mon petit. Nous allons bien pour l'instant. Ta mère saura comment rassembler rapidement cette somme. »

Sans laisser à Regan le temps de lui répondre, C.B. écarta le téléphone de son oreille. « Assez pour vous. Au tour de Rosita. » Il s'approcha de la jeune femme. « Dites quelque chose. »

Les mots se bousculèrent dans la bouche de Rosita : « Prenez soin de mes enfants. »

Une fois de plus, C.B. ne laissa pas à Regan le temps de répondre. « C'est bon comme ça, Regan Reilly, dit-il. Vous avez bien noté le rendez-vous. Dix-huit heures demain, c'est compris ? »

— J'y serai, répondit Regan. Mais il faudra que je parle à mon père et à Rosita avant de déposer l'argent. » S'efforçant de dissimuler la rage qui montait en elle, elle lui demanda à son tour : « C'est compris ? »

— Compris, Regan. »

La communication fut coupée.

« Beverly, je ressemble à une vieille voiture cabossée », déclara Nora à son infirmière en se regardant dans la glace de son poudrier.

Elle appliqua soigneusement son rouge à lèvres. Beverly Carter sourit.

« Vous avez l'air très en forme, au contraire. Je suis contente que vous ayez dormi aussi longtemps. Vous semblez beaucoup mieux que ce matin.

— C'est vrai, je me sens mieux. » Elle jeta un coup d'œil au réveil. « Il est dix-huit heures trente. Écoutons les nouvelles, voyons ce qui s'est passé dans le monde aujourd'hui. »

« Coucou, c'est moi », annonça Regan en poussant la porte restée entrouverte.

Le visage de Nora s'éclaira. « Tu es en avance. C'est merveilleux. Où est ton père ? »

Regan hésita. « Il a été retardé.

— Madame Reilly, je vous laisse. Si jamais vous avez besoin de moi, je ne suis pas loin, dit l'infirmière.

— Beverly, vous devriez en profiter pour aller dîner, suggéra Regan. Je vais bavarder un moment avec ma mère. Prenez votre temps. »

Une fois l'infirmière partie, Regan ferma la porte et se retourna lentement pour faire face à sa mère. Son expression reflétait l'inquiétude qui l'habitait.

« Regan, que se passe-t-il ? demanda Nora, soudain alarmée. Qu'y a-t-il ? Il est arrivé quelque chose à ton père, n'est-ce pas ?

— Maman, je..., commença Regan, cherchant les mots appropriés.

— Il n'est pas mort, au moins ? Je vous en prie mon Dieu, pas ça !

— Non, non... il n'y a rien d'aussi grave, la rassura Regan. Je lui ai parlé il y a deux heures.

— Alors quoi ? Qu'est-ce que c'est ?

— Je préfère te le dire carrément. Il a été kidnappé et quelqu'un m'a téléphoné en exigeant une rançon.

— Sainte Vierge », murmura Nora. Elle joignit les mains sur sa poitrine comme pour se protéger d'un autre coup. « Comment est-ce arrivé ? Que sais-tu exactement ? »

Regan vit avec désespoir la douleur se peindre sur le visage de sa mère pendant qu'elle relatait le peu qu'elle savait concernant la disparition de Luke : ses vaines tentatives pour le joindre ; sa visite au cabinet du Dr Jay ; le retour en voiture jusqu'à leur maison de Summit avec Alvirah Meehan et, pour finir, l'appel sur son portable réclamant une rançon de un million de dollars.

« Si Rosita est avec lui, et qu'il n'a pas assisté aux funérailles, c'est que l'enlèvement a eu lieu ce matin, juste après qu'il a quitté l'hôpital. »

Les yeux de Nora se remplirent de larmes. Elle regarda par la fenêtre. Comment imaginer que son mari, l'homme avec lequel elle vivait depuis trente-cinq ans, se trouvait quelque part dans cette nuit noire et froide, à la merci de quelqu'un qui pouvait à tout moment mettre fin à sa vie ? « Nous pouvons bien sûr réunir ce million de dollars. Mais, Regan, il faut avertir la police.

— Je sais. Alvirah Meehan est en bons termes avec le type qui dirige la brigade des affaires spéciales à Manhattan. C'est sans doute l'homme qu'il nous faut. Cette brigade est chargée des kidnappings de personnalités importantes. Alvirah m'a accompagnée. Elle attend à l'extérieur.

— Fais-la entrer, dit Nora, mais attends une minute. Qui d'autre est au courant ?

— Personne, excepté le mari d'Alvirah et sa sœur, une religieuse. Elle est auprès de lui. Il a subi une intervention de chirurgie dentaire et n'est pas au mieux de sa forme.

— Et les enfants de Rosita ? Qui s'occupe d'eux ?

— J'ai trouvé son numéro de téléphone personnel dans l'agenda de papa, répondit Regan. Lorsque j'ai appelé, je suis tombée sur un ami de Rosita qui m'a dit avoir pris le relais de la baby-sitter. Je l'ai simplement prévenu que Rosita avait été retardée, mais j'ai compris qu'il soupçonnait quelque chose.

— Tant que tout va bien pour les enfants... » Nora prit une profonde inspiration et tenta péniblement de se redresser. Maudite jambe, maugréa-t-elle en son for intérieur. Être coincée au lit quand tout son être n'aspirait qu'à être utile ! « Fais entrer Alvirah, dit-elle. Nous appellerons son contact dans la police, puis nous rassemblerons ce million de dollars. »

Regan avait à peine ouvert la porte qu'Alvirah se précipita dans la pièce, s'avança jusqu'au lit et pressa chaleureusement la main de Nora. « Nous retrouverons votre mari et cette jeune femme sains et saufs », promit-elle.

Il y avait quelque chose chez Alvirah qui suscitait immanquablement la confiance.

« L'an dernier, j'ai donné une conférence sur une affaire de kidnapping d'enfant que j'avais résolue, lui raconta Alvirah. Les journaux l'avaient intitulée "l'histoire de l'enfant au nid d'ange", parce que j'avais trouvé le nid d'ange dans lequel le bébé était emmailloté au moment de son enlèvement à l'hôpital.

— Je me souviens de cette histoire, dit Nora. C'était aussi à l'époque de Noël. »

Alvirah hocha la tête.

« En effet. Nous avons récupéré le bébé la veille de Noël. Jack Reilly assistait à ma conférence ce jour-là et il m'a invitée à déjeuner. C'est un homme formidable, très intelligent. À trente-quatre ans, il est déjà à la tête de la brigade des affaires spéciales, avec le grade de commandant. » Elle tendit la main vers le téléphone. « Il saura comment gérer tout ça. Ses bureaux sont au One Police Plaza.

— Reilly ? s'étonna Nora.

— C'est incroyable, non ? Et son nom s'épelle exactement comme le vôtre. Je lui ai demandé si vous étiez parents. » Alvirah écarta cette supposition d'un geste. « Aucun rapport. »

Regan sourit légèrement. Elle était assise au bord du lit, la main posée sur les doigts de sa mère, et toutes les deux écoutaient Alvirah qui s'obstinait malgré une fin de non-recevoir.

« Je me fiche que vous ne l'attendiez pas avant lundi, disait-elle. Personne n'est attendu avant lundi. Débrouillez-vous pour le joindre. Dites-lui simplement : "Rappelez d'urgence Alvirah Meehan au"... quel est le numéro de téléphone de la chambre, Regan ?

— Donnez-lui mon numéro de portable, répondit Regan. Le 310-555-4237. »

Alvirah raccrocha. « Tel que je connais Jack Reilly,

j'aurai de ses nouvelles dans les dix minutes qui viennent. »

Huit minutes plus tard, le téléphone sonnait.

Jack Reilly ne prêtait même pas attention aux encombrements qui bloquaient la circulation sur l'East Side Drive. Sa valise était dans la malle et il était en route pour la maison de ses parents à Bedford. Le trajet qui prenait une heure en temps normal promettait de durer le double. L'exode de Manhattan pour les vacances était bien entamé.

De ses six frères et sœurs, il y en avait trois qu'il n'avait pas revus depuis le mois d'août qu'ils avaient tous passé ensemble dans la résidence familiale de Martha's Vineyard. En comptant les conjoints et les enfants, ils seraient dix-neuf rassemblés sous le même toit pendant quatre jours. J'espère seulement que nous ne finirons pas par nous entre-tuer, se dit-il avec une grimace. La météo prévoyait une forte tempête de neige pendant le week-end.

Il appuya à fond sur le frein. Malgré les bouchons, la voiture qui roulait sur sa droite avait brusquement changé de file, lui coupant la route. « Tu crois donc arriver plus vite, mon pauvre vieux ? » marmonna-t-il, contemplant le ruban rouge des feux arrière qui se déroulait aussi loin que le regard portait.

Jack Reilly, un mètre quatre-vingt-cinq, avait des cheveux blonds ondulés, des yeux noisette tirant sur le vert, des traits réguliers dominés par une mâchoire volontaire et une carrure d'athlète. Intelligent, plein d'humour et doté d'un sens de la repartie commun à ceux qui ont grandi dans une famille nombreuse, il possédait un charisme indéniable. Aussi bien dans la vie sociale que professionnelle, sa présence décontractée ne passait jamais inaperçue.

Cette insouciance disparaissait toutefois dès qu'il enquêtait sur une affaire. Petit-fils d'un lieutenant de police new-yorkais, sorti diplômé de l'université de Boston, il avait surpris sa famille en décidant de s'engager dans les forces de maintien de l'ordre. Au cours des douze années qui avaient suivi, il avait gravi tous les échelons jusqu'à la direction de la brigade des affaires spéciales. Et, dans le même temps, il avait également passé deux maîtrises. Son ambition était de devenir préfet de police de New York et, parmi son entourage, peu de gens doutaient qu'il y parviendrait.

Son bip sonna. Il l'avait retiré et rangé dans le vide-poche sous le tableau de bord. Il le prit, jeta un coup d'œil au numéro affiché, et fit la grimace en constatant que son bureau cherchait à le joindre. « Que se passe-t-il encore ? » maugréa-t-il en sortant son téléphone portable.

Quinze minutes plus tard, il frappait à la porte de la chambre d'hôpital de Nora Reilly. C'est Alvirah qui vint lui ouvrir.

« Je suis bien contente que vous ayez pu arriver aussi vite ! s'exclama-t-elle.

— J'étais juste à proximité d'une sortie sur le F.D.R. Drive », dit Jack en déposant un baiser sur la joue d'Alvirah.

Il regarda derrière elle et reconnut Nora Reilly. Il comprit que la séduisante jeune femme qui se tenait à côté d'elle devait être sa fille. Il avait vu la même expression angoissée chez d'autres parents de victimes d'enlèvements. Ils attendaient de l'aide, pas de la compassion.

« Jack Reilly, se présenta-t-il en serrant la main des deux femmes. Je suis sincèrement désolé de ce qui est arrivé. Vous souhaitez certainement que nous entrions tout de suite dans le vif du sujet.

— Les faits, rien que les faits, n'est-ce pas ? fit Regan avec l'ombre d'un sourire. Oui, c'est ce que nous souhaitons. »

Ce garçon me plaît, pensa Nora en le regardant sortir son calepin. Il inspire confiance. Il sait ce qu'il fait. Avec un pincement au cœur, elle le vit parcourir la chambre du regard et approcher la chaise que Luke avait occupée le matin même.

Dès qu'ils eurent terminé leur conversation téléphonique avec Regan Reilly et dicté la liste de leurs exigences, C.B. et Petey enfilèrent leurs manteaux. Comme C.B. l'expliqua complaisamment à Luke et à Rosita, c'était l'heure des consommations à moitié prix au bar d'Edgewater où il avait rencontré Petey trois mois plus tôt.

« Ouais, claironna Petey. Et savez-vous, monsieur Reilly, qu'on s'est connus grâce à vous ?

— Je voudrais bien savoir comment ! s'étonna Luke, une pointe d'irritation dans la voix, pliant et dépliant ses doigts engourdis par les menottes.

— Je vais vous raconter ça. Une vraie coïncidence,

comme on dit. Deux semaines après avoir repeint votre chambre mortuaire, je me trouvais au Elsie's Hideaway et il y avait C.B. à l'autre bout du bar, en train de noyer ses nombreux chagrins.

— Tu étais toi-même dans un sale état, l'interrompit C.B.

— Ouais, on peut le dire. À cette époque je me sentais pas tellement bien dans ma peau.

— Des vrais nuls, murmura Rosita.

— Hein ? demanda Petey.

— Rien.

— Viens, Petey, dit C.B. impatiemment. On s'en va. Il n'y aura plus rien à se mettre sous la dent quand on arrivera.

— Les types qu'on rencontre là-bas ! Des vautours, tous autant qu'ils sont », fit Petey en secouant la tête d'un air dégoûté. Déterminé à finir son histoire, il poursuivit : « Alors je me dis à moi-même, j'ai déjà vu ce type quelque part, mais où ? Puis je me dis, attends un peu – je sais où. C'était dans votre joyeux établissement, monsieur Reilly. Il se trouve qu'avec sa vieille fripouille d'oncle, il était passé dans les parages pendant que je faisais mon boulot de peintre.

— Quelle histoire touchante ! se moqua Rosita.

— Ouais. Alors je m'approche amicalement avec ma bière, et on se met à parler. » La voix de Petey changea : « Et il m'a raconté que vous vous moquiez tous de cette jolie couleur avec laquelle j'avais peint votre pièce – alors que j'avais fait ce mélange spécialement pour vous. »

C.B. ouvrit la porte qui donnait sur le pont. « Quand

66

l'oncle Cuthbert a jeté un coup d'œil à la pièce, il a dit qu'il préférerait reposer dans un Luna Park.

— C'est ça qui m'a fait de la peine, grommela Petey. Mais après, les choses ont tourné pour le mieux. » Son visage s'illumina. « S'il avait pas passé son nez dans la pièce avec son oncle, j'aurais pas rencontré C.B. Et maintenant on va commencer une nouvelle vie avec votre million de dollars, monsieur Reilly. On passera nos journées à la plage, on rencontrera des filles superbes et tout le reste.

— Tant mieux pour vous, dit Luke d'un ton sec. Est-ce que cette radio là-bas fonctionne ? »

D'un geste du menton, il désigna le coin-cuisine.

Petey regarda le haut du réfrigérateur sur lequel était perchée en équilibre instable une radio éraflée qui ne datait pas d'hier. « De temps en temps. Si les piles fonctionnent. » Il tendit la main et mit l'appareil en marche. « Qu'est-ce qui vous ferait plaisir ? Informations ou musique ?

— Les informations.

— Il vaudrait mieux qu'il n'y ait pas de communiqué sur votre disparition, dit C.B. d'un air sombre.

— Je peux vous assurer qu'il n'y en aura pas. »

Petey tourna les boutons jusqu'à ce qu'il eût trouvé une chaîne d'informations en continu. Le son était âpre et métallique, mais assez clair pour être audible. « Amusez-vous bien », lança-t-il en sortant du carré à la suite de C.B.

Lorsqu'ils furent partis, Luke et Rosita écoutèrent le point sur la circulation et la météo. Un vent de nord-est devait souffler sur la côte Est. D'après les prévisions, il gagnerait Washington D.C. le lendemain, puis atteindrait la région de New York la veille de Noël.

« Nous recommandons la prudence à tous ceux qui feront des achats de dernière minute, annonça le présentateur. Les chutes de neige pourront atteindre de vingt à vingt-cinq centimètres d'épaisseur. Mieux vaut avoir terminé vos courses demain après-midi. Samedi les routes deviendront dangereuses, ne prenez pas de risques, prévoyez de rester à la maison au pied de votre arbre de Noël. »

« J'avais prévu d'installer notre sapin ce soir avec mes fils », dit Rosita doucement. « Monsieur Reilly, croyez-vous que nous serons rentrés chez nous pour le réveillon de Noël ?

— Nora et Regan vont faire en sorte que la rançon soit versée. Et, à mon avis, ces types ont l'intention de nous relâcher. À la limite, ils indiqueront à quelqu'un où nous trouver une fois qu'ils seront en possession de l'argent. »

Luke ne confia pas à Rosita ce qu'il redoutait le plus. Aussi stupides qu'ils fussent, C.B. et Petey ne dévoileraient jamais l'endroit où ils étaient détenus avant de s'être mis eux-mêmes à l'abri, hors de portée de la loi. C'est-à-dire dans un pays où ils ne risqueraient pas d'être extradés. Si nous sommes encore ici samedi, réfléchit-il, la rivière sera chargée de blocs de glace assez puissants pour défoncer cette barcasse pourrie. Décembre a été inhabituellement froid. Une tempête pourrait entraîner jusqu'ici la glace qui s'est déjà formée au nord de la rivière.

Trois longues heures plus tard, C.B. et Petey réapparurent, chargés cette fois de barquettes McDonald's.

« Elsie avait mis les petits plats dans les grands, raconta Petey. Normalement, c'est une radine de première, mais il y a peut-être des miracles pendant les fêtes. Bien qu'elle ait pas eu l'air enchanté quand j'ai voulu mettre des restes de côté pour vous deux. C'est pour ça qu'on vous a rapporté deux Big Mac.

— Donne-les-leur et qu'on n'en parle plus, dit sèchement C.B. Ensuite va chercher les couvertures et les oreillers dans la cabine. Dès qu'ils auront mangé et seront installés pour la nuit, je me tire. Et passe une bonne nuit, toi aussi. Une dure journée nous attend demain.

— À qui le dis-tu ! acquiesça Petey, la parole légèrement brouillée par les bières d'Elsie. *Qui veut être millionnaire ?* Nous ! C.B. et Petey, les champions du New Jersey ! Mais qui a besoin de Regis[1] ? Nous avons Luke Reilly. »

La longueur des chaînes leur permit de s'étendre, Luke sur la banquette et Rosita en face de lui sur la couchette. Luke resta éveillé une bonne partie de la nuit. Les ronflements sonores de Petey, dans la petite cabine à l'avant, se répercutaient dans le carré parcouru de courants d'air, mais ils étaient malgré tout moins douloureux à supporter que les pleurs silencieux de Rosita.

---

1. *Who wants to be a Millionaire ?* show télévisé connu dans toute l'Amérique dont l'animateur, Regis, est une célébrité du petit écran (*N.d.T.*).

« Nous sommes donc bien d'accord », dit Jack Reilly, résumant l'heure qu'ils venaient de passer ensemble dans la chambre de Nora. « Madame Reilly...

— Nora », corrigea-t-elle.

Peut-être un jour « Belle-maman », se dit-elle avec un éclair malicieux dans l'œil. Mon Dieu, j'imagine la réaction de Luke si je lui racontais qu'alors même qu'il vient d'être kidnappé, moi, comme d'habitude, je songe à marier Regan. *Quand* je lui raconterai, et non *si,* se reprit-elle. Mais une chose était certaine, Jack Reilly plairait à Luke.

« Nora, poursuivit Jack, il est préférable que vous n'ayez pas d'infirmière privée dorénavant. Vous risquez de recevoir des appels concernant Luke et Rosita, et moins il y aura de gens au courant, mieux ce sera. À présent, essayez de vous reposer. Si vous pensez à quelqu'un susceptible d'avoir une dent contre vous, Luke ou même Regan, prévenez-moi tout de suite. »

Nora secoua la tête et leva les mains dans un geste d'impuissance.

« Je n'imagine même pas qui pourrait nous vouloir du mal.

— Je comprends. Bien entendu nous allons enquêter aussi du côté de l'ex-mari de Rosita. » Il marqua une pause avant de continuer : « Mais c'est peut-être simplement quelqu'un qui sait que vous avez de l'argent.

— Voilà pourquoi, lorsque le comité du loto nous a demandé, à Willy et à moi, d'apparaître dans un spot publicitaire vantant le bonheur d'être devenus riches, je les ai envoyés balader, déclara Alvirah. J'avais déjà participé à une quantité d'émissions, mais trop c'est trop.

— Vous avez raison, Alvirah, dit Jack. Nora, dès demain matin, vous joindrez votre agent de change au téléphone et contracterez un prêt de un million de dollars garanti par votre portefeuille d'actions. Vous êtes sûre qu'ils ne vous poseront pas de questions ?

— C'est notre argent, dit-elle fermement. Personne n'a à nous dicter notre conduite. »

Regan constata avec plaisir que sa mère avait retrouvé son esprit combatif.

« Nous allons prévenir la Banque fédérale de réserve pour qu'ils réunissent les billets de la rançon », expliqua Jack. Puis il se tourna vers Regan. « Avec Alvirah vous allez vous rendre chez Rosita et parler à la personne qui garde ses deux petits garçons. Tâchez de lui en dire le moins possible. Nos services ont dû mettre le téléphone de l'appartement sur écoute à l'heure qu'il est. Si la baby-sitter veut partir, nous pouvons envoyer une assistante sociale.

— J'ai quelqu'un qui fera parfaitement l'affaire, dit Alvirah d'un ton triomphant. Sœur Maeve Marie. Elle travaille avec Cordelia, la sœur de Willy. Maeve est formidable avec les enfants, et elle a fait partie de la police de New York. Et comme sœur Cordelia, elle est capable de transformer le Sphinx en moulin à paroles. »

Jack sourit. « Bon. Regan, après avoir vérifié que tout va bien chez Rosita, vous et Alvirah irez interroger l'associé de votre père. »

Regan hocha la tête. À la demande de Jack, elle avait téléphoné à Austin Grady et obtenu le numéro d'immatriculation de la voiture que Rosita conduisait, ainsi que le numéro d'enregistrement de la carte d'abonnement. Jack avait déjà communiqué les informations à son bureau.

Ils étaient convenus qu'Austin devait être tenu au courant, mais jusqu'à présent Regan lui avait seulement dit qu'il y avait un problème grave.

« Il nous attend, dit-elle.

— Ce soir, vous ramènerez en ville la voiture avec laquelle vous irez remettre la rançon, indiqua Jack.

— Oui. Ce sera la BMW de ma mère.

— Un de mes hommes vous retrouvera plus tard à l'appartement de vos parents, Central Park South. Il descendra la voiture downtown pour la faire équiper. »

Les trois femmes savaient que le mot « équiper » dans le langage de la police désignait l'installation d'un système électronique, maintenu par un aimant sous la voiture, permettant à un hélicoptère de la suivre à la trace. Un autre détecteur serait placé avec les billets de la rançon afin que, une fois transféré, l'argent soit constamment repéré jusqu'à l'endroit où le transporteraient les ravisseurs.

Ce qu'ils espéraient, bien sûr, c'était que les ravisseurs les conduiraient ensuite jusqu'au lieu où ils détenaient les otages.

« Alvirah, confiez-moi l'enregistrement que vous avez fait de la demande de rançon, demanda Jack.

— À condition que vous m'en remettiez une copie dès demain matin, dit-elle en détachant la cassette de la broche.

— C'est encore une de vos brillantes initiatives ! » la félicita Jack affectueusement, tenant entre ses doigts la minuscule cassette. « Même si le ravisseur a tenté de déguiser sa voix, nous en avons une trace, et nos techniciens pourront peut-être tirer quelque chose des bruits de fond. »

Alvirah lui adressa un sourire radieux.

« Mes hommes m'attendent au One Police Plaza », continua Jack. Il prit la main de Nora entre les siennes. « Tâchez de ne pas trop vous inquiéter. » Et se tournant vers Regan : « Nous nous tiendrons mutuellement au courant. »

Après son départ, la pièce parut soudainement vide. Le silence plana pendant un moment, puis la même pensée sembla traverser simultanément les trois femmes.

Il n'y avait pas de temps à perdre.

La journée avait été chargée pour Ernest Bumbles, le président de l'association Graines Plantes Fleurs et Bourgeons du New Jersey. Réveillé à l'aube, il avait pris conscience de son bonheur. Non, ce n'était pas un rêve, Cuthbert Boniface Goodloe avait bien légué l'essentiel de sa fortune à leur association.

La joyeuse nouvelle leur avait été annoncée quelques heures seulement après que M. Goodloe eut poussé son dernier soupir. Ernest avait reçu un appel de l'avocat de Goodloe qui avait « de tristes et bonnes nouvelles à lui annoncer », suivant son expression. « M. Goodloe nous a quittés, avait-il dit d'un ton affligé, mais sa collaboration à Fleurs et Bourgeons lui a donné tant de satisfaction durant les trois dernières années qu'il a légué à votre association la presque totalité de sa fortune qui s'élève à plus de un million de dollars. »

Ernest était en train de pailler ses chardons dans la serre derrière la maison lorsque sa femme, Dolly, était arrivée au pas de course en agitant son téléphone portable. Sujette aux allergies, elle se couvrait le visage d'un masque chirurgical chaque fois qu'elle pénétrait dans la serre.

« Bumby, cria-t-elle d'une voix étouffée, c'est pour toi. La voix est impatiente, c'est sans doute important. Atchoum. »

Malgré le masque, les paillis la faisaient toujours tousser.

La raison pour laquelle M. Withers l'avait appelé avant même que son client ait atteint les grilles du paradis fut vite claire. M. Goodloe avait expressément spécifié que les membres de Fleurs et Bourgeons devraient assister au grand complet à la veillée funèbre, aux funérailles et au déjeuner qui suivrait. Inutile de préciser que dans l'État entier les membres avaient posé leur bêche, ôté leurs gants de jardin, et s'étaient réunis pour pleurer – et célébrer – leur généreux et bien-aimé donateur.

Lors du conseil d'administration extraordinaire convoqué par Ernest avant la cérémonie, l'un des membres avait fait remarquer que sans Luke Reilly, rien de tout cela ne serait arrivé. Trois ans plus tôt, ils avaient élu Luke Reilly homme de l'année lors de leur banquet annuel, en reconnaissance du développement inespéré apporté par ses trois funérariums à l'industrie florale de la région. Le soir de la remise de cette distinction, Luke avait invité Cuthbert Boniface Goodloe à sa table.

Goodloe avait tellement apprécié le film de quatre minutes tourné par l'association et vantant les bienfaits de la parole sur les plantes qu'il avait voulu devenir membre de Fleurs et Bourgeons le soir même.

À la réunion qui avait suivi le décès de Goodloe, ils avaient décidé à l'unanimité de proclamer Luke Reilly membre à vie de l'association Fleurs et Bourgeons en reconnaissance de son rôle d'ambassadeur, proclamation qui serait faite à l'issue du déjeuner des funérailles. À leur grande déception, cependant, Reilly n'avait pas assisté à la réception. Son associé, Austin Grady, les avait informés du malheureux accident survenu à son épouse.

Ernest fut particulièrement déçu. Il aurait voulu remettre en main propre à Luke la proclamation encadrée – écrite sur le plus beau parchemin que l'on puisse trouver et ornée de fleurs séchées. Il avait hâte de voir l'émotion qui se peindrait sur son visage à l'instant où il ôterait l'emballage et lirait la proclamation :

« À TOUS CEUX QUI LIRONT CES LIGNES

Salutations et bienvenue,
Il est dit ici que Luke Reilly,
Pour avoir introduit notre donateur bien-aimé
Cuthbert Boniface Goodloe
Au sein de Fleurs et Bourgeons,
Est aujourd'hui et à jamais
Par l'autorité et suivant l'avis du
Conseil d'administration,

Librement et sans réserve
Membre à vie de
L'association Graines Plantes Fleurs et Bourgeons
Du New Jersey, l'État des Jardins,
Avec tous les honneurs, droits
Et privilèges qui y sont attachés.
Décerné en ce vingt-deuxième jour du
Mois de décembre à l'aube du second millénaire
E Pluribus Unum. »

Comme Luke n'était pas apparu au déjeuner, Austin
Grady avait assuré à Ernest qu'il passerait au funérarium en fin d'après-midi. Ernest s'était présenté à
dix-sept heures, mais Luke n'avait toujours pas donné
signe de vie. Austin lui conseilla alors de déposer le
cadeau dans son emballage de fête, et lui promit de le
faire parvenir lui-même à Luke Reilly. Une proposition inacceptable, bien entendu. Rares sont les
moments dans la vie, pensait Ernest, où l'on a l'occasion de lire sur un visage une expression de joie sans
mélange. S'il était humainement possible de remettre
ce présent à Luke Reilly avant de partir pour les fêtes
chez la mère de Dolly, il n'allait pas rater l'occasion.

« Bumby, dit Dolly en lui versant une deuxième
tasse de café, si tu veux t'arrêter au funérarium avant
la répétition des chants de Noël avec la chorale, nous
devons nous dépêcher.

— Tu as raison, comme toujours. »

Il avala son café et repoussa sa chaise. Vingt
minutes plus tard, il était de nouveau dans le bureau
du funérarium et s'enquérait de Reilly.

« Je crains qu'il n'ait été retardé », lui dit Austin
Grady.

Bumbles crut déceler une légère irritation dans la voix de son interlocuteur. Il fut tenté de lui expliquer ce que contenait le paquet, mais craignit de gâcher l'effet de surprise.

« Je reviendrai plus tard, promit-il.

— Nous fermons à vingt et une heures, l'avertit Grady. Dans un peu plus d'une heure.

— À demain matin, dans ce cas », dit Bumbles d'un ton jovial.

Il reprit avec précaution le paquet qu'il avait déposé sur une chaise et quitta la pièce, des passages de la proclamation lui traversant l'esprit : « ... Il est dit ici que Luke Reilly, pour avoir introduit notre donateur bien-aimé Cuthbert Boniface Goodloe au sein de Fleurs et Bourgeons... »

Bumbles avait hâte que le monde entier sache ce que Luke Reilly avait fait pour eux.

Il était vingt et une heures trente quand leur voiture s'arrêta devant l'ensemble résidentiel où vivait Rosita. Alvirah et Regan avaient mis au point le scénario qu'elles suivraient une fois à l'intérieur. D'abord, il leur faudrait prendre la mesure de l'homme qui gardait les enfants. S'il s'agissait d'un proche de Rosita, elles le mettraient au courant. S'il rendait simplement un service en attendant son retour, elles lui diraient que sœur Maeve Marie était prête à venir en voiture de New York.

Nora leur avait dit que la mère de Rosita était repartie à Puerto Rico rejoindre le reste de sa famille. Jack estimait plus sage de ne prévenir aucun proche.

« Ils ne seront d'aucune aide, avait-il fait remarquer,

et les choses pourraient mal tourner si la nouvelle de l'enlèvement s'ébruitait. »

« Faites attention », les prévint le chauffeur en ouvrant la portière, tendant la main pour aider Alvirah à sortir de la voiture. « C'est très glissant par ici. »

« Il est tellement attentionné, fit remarquer Alvirah à Regan tandis qu'elles parcouraient l'allée. J'ai eu scrupule à remonter la vitre de séparation pour l'empêcher de nous entendre.

— Moi aussi, dit Regan. C'est pourquoi je serai heureuse d'utiliser la voiture de ma mère une fois que nous serons sorties de chez Rosita. Il faut que nous puissions parler librement si Jack Reilly ou quelqu'un d'autre appelle. »

Alvirah savait que, dans la bouche de Regan, « quelqu'un d'autre » signifiait les ravisseurs.

Le chauffeur avait raison, l'allée était recouverte de plaques de glace. Regan prit Alvirah par le bras pour l'empêcher de glisser.

À l'entrée de l'appartement de Rosita, au rez-de-chaussée de l'immeuble, elles échangèrent un bref regard, puis Alvirah appuya fermement sur le bouton de la sonnette.

À l'intérieur, Fred était assis sur le canapé, un enfant assoupi de chaque côté de lui. En entendant le carillon, Chris se redressa. « C'est peut-être maman qui a vraiment oublié ses clés », dit-il d'une voix ensommeillée et pleine d'espoir.

Bobby se frotta les yeux. « Maman est rentrée ? »

Fred sentit sa gorge se contracter. Combien de fois dans ses fonctions avait-il été celui qui sonnait à la porte pour annoncer la nouvelle d'un accident ou pire ? Regan Reilly était restée évasive au téléphone. Que venait-elle leur dire ?

Il éprouva un sentiment de soulagement en apercevant les deux silhouettes qui se dressaient dans la pénombre sur le seuil de la porte. Un soulagement qui, malheureusement, fut de courte durée. Une femme plus âgée se tenait près de celle qui ne pouvait être que Regan Reilly. Peut-être une assistante sociale, pensa-t-il, saisi d'une soudaine appréhension. Dans ce cas, cela signifiait qu'un malheur était arrivé à Rosita.

« Fred Torres ? » demanda la plus jeune des deux femmes.

Il hocha la tête.

« Regan Reilly.

— Et moi Alvirah Meehan, dit Alvirah avec un grand sourire.

— Entrez », dit doucement Fred.

Alvirah précéda Regan. Son regard parcourut la pièce. Deux petits garçons aux cheveux bruns se tenaient côte à côte près du canapé, leurs grands yeux sombres trahissant à la fois l'inquiétude et la déception.

« Lequel de vous deux est Chris et lequel est Bobby ? questionna-t-elle, le visage éclairé d'une expression chaleureuse. Laissez-moi deviner. Mme Reilly m'a beaucoup parlé de vous. Chris est l'aîné, ce doit être toi. »

Elle désigna le plus grand des deux enfants.

Chris eut un sourire hésitant.

« Et moi je suis Bobby, fit le plus jeune en se rapprochant de son frère.

— Où est maman ? demanda Chris.

— Saviez-vous que Mme Reilly s'était cassé la

jambe hier soir ? » demanda Alvirah, baissant la voix comme si elle leur confiait un secret important.

« Maman nous l'a dit ce matin avant de partir, répondit Bobby avec un bâillement. Maman a dit que ce soir on écrirait une carte et qu'on l'enverrait à Mme Reilly.

— Eh bien, Mme Reilly a besoin de votre maman ce soir, expliqua lentement Alvirah. Alors elle voudrait juste que vous vous couchiez gentiment, et elle rentrera à la maison aussi vite que possible.

— Je veux qu'elle rentre tout de suite, implora Bobby, soudain au bord des larmes.

— Mme Reilly est gentille, dit Chris. C'est normal que maman reste avec elle quand elle est malade.

— Mais quand c'est qu'on pourra décorer l'arbre ? s'inquiéta Bobby.

— Vous aurez tout le temps avant Noël », leur assura Alvirah.

Regan avait observé la scène. Alvirah savait vraiment s'y prendre avec les enfants. Elle s'approcha à son tour.

« Je suis la fille de Mme Reilly, et je suis contente que votre maman soit auprès de la mienne en ce moment. Ma mère se sent beaucoup mieux quand elle est là.

— Alors c'est M. Reilly votre papa ? demanda Chris. J'aime beaucoup ses voitures.

— Surtout celles qui sont très très longues, ajouta Bobby, bâillant de plus belle.

— Vous savez, je crois que vous êtes très fatigués tous les deux, fit remarquer Alvirah, et moi aussi j'ai affreusement sommeil. »

Fred comprit ce que les deux femmes cherchaient à faire – à rassurer d'abord les deux garçons à propos de leur mère et, ensuite, à les éloigner pour qu'ils n'entendent pas ce qu'elles avaient à lui dire.

« Ouste, les garçons, c'est l'heure d'aller au lit », dit-il en les prenant fermement par les épaules.

Bobby leva vers lui un regard anxieux. « Tu ne vas pas nous laisser, hein, Fred ? »

Fred se pencha vers les deux petits visages inquiets. Il hésita, puis déclara d'un ton résolu : « Pas avant que maman ne soit rentrée. »

Pendant qu'il accompagnait les enfants dans leur chambre, Alvirah alla dans la cuisine et mit la bouilloire sur le feu. « J'ai envie d'une tasse de thé, et vous, Regan ?

— Volontiers. »

Regan regarda autour d'elle la pièce chaleureuse bien qu'un peu encombrée. Le canapé recouvert d'un tissu coloré et le fauteuil assorti, avec leurs accoudoirs arrondis et leurs épais coussins, semblaient douillets et confortables. Un angle de la pièce garni de rayonnages était réservé aux cassettes vidéo et aux jouets des enfants. Mais c'est la vue de l'arbre de Noël, déjà en place dans l'attente d'être décoré, qui lui serra le cœur.

Fred Torres ressortit de la chambre des enfants au moment où la bouilloire se mettait à siffler.

« Je vous promets de rester là, dans la pièce à côté », dit-il en refermant la porte.

Alvirah apparut sur le seuil de la cuisine. « Je fais comme chez moi, Fred. Désirez-vous une tasse de thé ?

— Oui, merci. » Il regarda Regan. « Maintenant, dites-moi ce qui se passe.

— Quels sont vos liens avec Rosita ? demanda-t-elle.

— Nous sommes sortis ensemble deux fois. » Il lui présenta sa carte. « Je suis policier. Rosita a des ennuis. De quoi s'agit-il ? »

Alvirah entra dans la pièce de séjour en apportant un plateau. « Je vais le poser sur la table. Nous pourrions tous nous asseoir et discuter. »

Fred se percha raide comme un piquet au bord du fauteuil, Alvirah et Regan prirent place en face de lui sur le canapé.

« Fred est un agent de police, Alvirah », dit Regan avant de se tourner vers lui, plantant son regard dans le sien. « Rosita et mon père ont été enlevés durant la matinée. Probablement entre dix heures, lorsque mon père a quitté l'hôpital après avoir rendu visite à ma mère, et midi, heure où il aurait dû assister à un enterrement. »

Elle contempla la tasse qu'elle tenait à la main. « À seize heures trente, j'ai reçu un appel réclamant une rançon de un million de dollars à verser impérativement demain après-midi. Nous nous sommes déjà mis en rapport avec le chef de la brigade des affaires spéciales de New York. »

Fred eut l'impression d'avoir reçu un coup à l'estomac. « Enlevés ? » répéta-t-il, incrédule, son visage trahissant la consternation. Il tourna son regard vers le couloir et la porte de la chambre. « Pauvres gosses. »

Alvirah lui fit face et désigna sa broche soleil piquée à la veste de son tailleur ; durant le trajet de l'hôpital à l'appartement de Rosita elle y avait inséré une cassette vierge.

« Fred, voyez-vous un inconvénient à ce que j'enregistre notre conversation ? Il arrive que nous échangions des propos qui paraissent sans importance sur le moment, mais peuvent se révéler utiles par la suite. Dans certaines affaires que j'ai aidé à résoudre, écouter et réécouter les bandes m'ont permis de trouver la solution de l'énigme.

— Allez-y », dit-il.

Négligeant la tasse de thé qui refroidissait sur la table devant lui, il prêta attention à ce qu'Alvirah et Regan rapportaient.

« Qui a pu faire ça ? En a-t-on une vague idée ?

— Pas la moindre, répondit Regan. Nous pensons cependant que l'argent est le seul motif. À notre connaissance, mon père n'a pas d'ennemis.

— Rosita vous a-t-elle parlé de son ex-mari ? demanda Alvirah. D'après ce que Nora nous en a dit, c'est une espèce de raté qui aimerait probablement avoir un peu plus d'argent.

— Je n'ai rencontré Rosita que le mois dernier, à une soirée. Nous avons ensuite dîné ensemble à deux reprises. Manifestement, elle n'avait pas envie de parler de lui. Aujourd'hui, les garçons m'ont dit qu'ils n'avaient pas vu leur père depuis longtemps.

— Charmant personnage, fit Regan. La police s'apprête à enquêter sérieusement sur lui. »

Fred secoua la tête.

« J'espère pour les enfants qu'il n'a rien à voir làdedans. Rosita n'a pas laissé entendre qu'elle avait eu des ennuis avec lui récemment. Lors de nos sorties, nous avons parlé de choses et d'autres. Elle aime beaucoup son travail. » Il se tourna vers Regan. « Elle dit que votre père est le meilleur patron que l'on puisse rêver. Et qu'il est capable de garder son sang-froid dans toutes les circonstances. Mais rien dans ce qu'elle m'a raconté n'indiquait qu'il ait pu avoir des différends avec quiconque. »

Regan reposa sa tasse.

« En sortant d'ici, nous irons voir l'associé de mon père à son bureau. Nous essaierons de savoir s'il y a eu des problèmes significatifs dans ses affaires. Le ravisseur est peut-être un client mécontent, voire un ancien employé qui aurait une dent contre mon père.

— C'est judicieux, et pratiquement la seule chose à faire. Le plus pénible dans un enlèvement est d'être obligé d'attendre le coup suivant de la part des ravisseurs, ajouta Fred d'un ton amer.

— Je ne peux pas rester sans rien faire », dit calmement Regan, et elle se leva en même temps qu'Alvirah.

« Ma belle-sœur est religieuse », dit Alvirah à Fred en emportant les tasses à la cuisine. « Il y a une jeune femme dans sa congrégation, sœur Maeve Marie, qui a servi dans la police avant d'avoir la vocation. Maeve est géniale avec les enfants ; elle peut être ici dans une heure si vous désirez rentrer chez vous. »

Fred songea à la soirée qu'il allait manquer, à l'avion qu'il était censé prendre le lendemain matin, aux vacances prévues de longue date qu'il devait passer sur un voilier avec des amis. Des projets qui lui paraissaient sans importance à présent. Il revoyait

Rosita, ses boucles noires et son sourire mutin : « Mon nom est Cendrillon. »

Tous les kidnappings n'ont pas une issue heureuse, pensa-t-il sombrement. En réalité, beaucoup se terminent mal.

Il secoua la tête.

« Non. Vous m'avez entendu le promettre aux enfants. Je reste. »

Il était clair qu'Alvin Chance portait mal son nom. Cinquante-deux ans, de petite taille, le cheveu brun et rare, le sourire chaleureux bien que timide, il vivait avec sa mère dans un appartement à loyer contrôlé, dans la 86e Rue Ouest de Manhattan. Auteur de douze romans policiers jamais publiés, il gagnait péniblement sa vie grâce à de petits boulots, en attendant le coup de veine qui lui ouvrirait les portes du monde de l'édition.

En cette saison, son travail consistait à porter un costume rouge et une barbe blanche, et à pousser des Ho ! ho ! ho ! en parcourant le rayon des jouets d'un grand magasin vétuste, non loin de Herald Square.

« Cessez de traîner les pieds, Alvin ! » lui criait régulièrement le chef de rayon. « Le Père Noël est censé avoir une certaine prestance. »

On croirait que je travaille pour F.A.O. Schwarz et non pour cette boutique de vieilleries, pensait-il.

Alvin ne manquait pourtant pas de tonus.

Et son insuccès dans le monde des livres n'était pas dû à un manque de connaissance du sujet. Il avait épluché minutieusement tous les polars ou romans à suspense qui s'étaient trouvés sur la liste des best-sellers du *New York Times* au cours des vingt dernières années, voire plus. Alvin était une encyclopédie ambulante s'agissant des scénarios, personnages et lieux utilisés par des douzaines de romanciers. Il avait noirci des carnets entiers de synopsis divers, et il les consultait régulièrement quand il travaillait à ses propres histoires. Il avait divisé les scénarios en catégories : espionnage, braquages de banques, meurtres, crimes passionnels, détournements, incendies volontaires, affaires judiciaires et enlèvements.

Son seul luxe était d'assister à des séminaires d'écriture et à des congrès d'auteurs de romans policiers, au cours desquels il écoutait attentivement les avis autorisés d'écrivains reconnus, pour ensuite tenter de coincer n'importe quel éditeur dans un cocktail.

Il s'apprêtait à partir travailler le jeudi quand il avait entendu à la radio que Nora Reilly s'était cassé la jambe. En mangeant le porridge que sa mère lui préparait tous les matins, il en avait discuté avec elle.

« Écoute ce que je te dis, lui avait-il déclaré. Le prochain bouquin de Nora se situera dans un hôpital. Elle sait tirer le meilleur parti de ce genre de situation.

— Mange ton porridge, Alvin, il va refroidir », l'avait rabroué sa mère.

Alvin avait docilement repris sa cuillère et englouti le mélange grumeleux.

« Je crois que je vais lui envoyer un mot, dit-il.

— Tu devrais y ajouter la photo de son mari que tu as prise au dernier dîner des auteurs de romans policiers.

— Tu as raison. C'est une bonne photo, se souvint Alvin. Mais c'est la seule. Sur l'autre, il a la tête coupée parce qu'il est trop grand.

— J'aime les hommes grands. Ton père était un nabot, paix à son âme.

— Je mettrai peut-être la photo dans un petit cadre et je la déposerai à l'hôpital après mon travail. Le magasin a de jolis cadres avec des inscriptions de Noël.

— Ne va pas te ruiner pour ça, lui recommanda sa mère.

— Ils sont en solde, dit Alvin sans cacher son irritation. Nora Reilly m'adresse toujours la parole dans les cocktails et elle ne manque jamais de m'encourager.

— On ne peut pas en dire autant des éditeurs », soupira sa mère.

Alvin partit travailler, se félicitant à l'avance de la surprise qu'il allait faire à Nora Reilly. À sa grande déception, les plus jolis cadres avaient déjà été vendus. Il finit par en choisir un sur lequel était inscrit : *Je serai à la maison pour Noël... au moins dans mes rêves.* La sachant immobilisée à l'hôpital, il pensa que ces mots la concernaient plus que son mari, mais tant pis, ça ferait quand même l'affaire.

Dépité, il apprit qu'il n'y avait pas de rabais pour les employés sur les articles en solde.

« À quoi vous attendiez-vous ? demanda la vendeuse en mastiquant son chewing-gum. C'est déjà pratiquement un cadeau à ce prix-là. » Elle examina le cadre avant de le mettre dans un sac. « C'est vrai qu'ils pourraient carrément le donner », marmonnat-elle pendant qu'Alvin rangeait son portefeuille dans une des profondes poches de son déguisement de Père Noël.

Le Père Noël de l'équipe du soir avait visiblement loupé son traîneau, et le patron d'Alvin le prévint qu'il devrait travailler jusqu'à vingt heures, heure à laquelle un écriteau indiquait que le Père Noël avait regagné son atelier. En attendant, Alvin crut devenir sourd. Il était las des demandes répétées que lui lançaient à la tête un flot incessant de gamins, qui semblaient tous prendre un malin plaisir à venir se cogner contre ses genoux.

« Tu ne ressembles pas tellement au Père Noël », lui avaient lancé une quantité de ces petits chéris.

Bref, la journée avait été longue, mais cela n'empêcha pas Alvin de faire le détour prévu dans l'Upper East Side. Responsable du bon état de son déguisement, il l'emportait matin et soir avec lui. Il l'avait soigneusement plié dans un sac, la photo encadrée de Luke Reilly posée sur le dessus.

Il avait choisi une carte de vœux de bon rétablissement et écrit : « Nora, j'ai pensé que vous aimeriez avoir une photo de l'homme de votre vie. » Et dans la foulée il avait signé : « Votre fan numéro 1. »

Désormais il aurait quelque chose à dire à Nora Reilly la prochaine fois qu'il la rencontrerait. Il pourrait lui révéler qu'il était le mystérieux donateur de la photo.

Une fois dans le hall de l'hôpital, Alvin remarqua une boutique de cadeaux, et dans la vitrine le mot *soldes* attira son attention. Sous la pancarte étaient disposés d'adorables ours en peluche coiffés de bonnets de Noël. Il entra précipitamment dans la boutique au moment où elle allait fermer. Je n'en dirai rien à ma mère, décida-t-il. Mais le cadeau sera encore plus original si c'est un ours en peluche qui tient la photo de Luke Reilly.

La vendeuse le regarda patiemment déballer le cadre et le coincer entre les bras de l'ours. Elle noua ensuite un énorme nœud autour d'une boîte pendant qu'Alvin calculait le montant exact de son achat, soit quatorze dollars et quatre-vingt-douze *cents*.

La remerciant, il sortit de la boutique et se dirigea vers le bureau de la réception où on lui assura que son paquet serait porté sur-le-champ à Mme Reilly.

« Oh non, pas avant demain matin, pria-t-il. Ne la dérangez pas. Il est tard.

— C'est très courtois de votre part, le remercia aimablement la réceptionniste. Passez de bonnes fêtes de Noël. »

Alvin se retrouva à nouveau dans l'air froid de la nuit et remonta York Avenue jusqu'à l'arrêt du bus qui traversait la ville pour regagner la 86ᵉ Rue. L'esprit léger, il offrait un sourire joyeux aux passants qui sortaient des nombreux magasins et restaurants.

Personne ne prêta attention à lui.

Le premier assistant de Jack Reilly, le sergent Keith Waters, ainsi que le lieutenant Gabe Klein, chef du T.A.R.U., l'unité technique d'intervention, étaient déjà là lorsque Jack entra dans son bureau au One Police Plaza.

« Un bout de temps qu'on ne s'est pas vus, dit

Waters laconiquement. Tu ne supportes pas de t'éloigner d'ici, on dirait ? »

Le regard vif et intelligent, Waters, un Noir athlétique proche de la quarantaine, dégageait une énergie contenue.

« C'est toi qui me manquais », répliqua Jack.

Ils reprirent leur sérieux dès qu'ils en vinrent au motif de leur réunion.

« Qu'avez-vous recueilli concernant la voiture ? » demanda Jack.

Gabe Klein commença :

« Les enregistrements des cartes d'abonnement montrent que la voiture a emprunté le Lincoln Tunnel en direction de Manhattan à neuf heures quinze. Ce qui correspondrait au trajet de la fille lorsqu'elle est allée prendre Luke Reilly à l'hôpital. À un moment donné, la voiture a probablement été ramenée dans le New Jersey car elle a emprunté à nouveau le George Washington Bridge vers New York à onze heures seize. Puis elle a traversé le Triborough Bridge en direction de Queens à onze heures quarante-cinq. C'est la dernière trace d'activité enregistrée par la carte.

— Donc ils se trouvaient peut-être dans le New Jersey avant d'être enlevés, dit Jack. À moins qu'ils n'aient été enlevés à New York et conduits dans le New Jersey. La voiture a probablement été abandonnée quelque part. Pas facile de cacher une limousine extralongue.

— On a émis un avis de recherche pour la voiture, dit Keith, mais sans résultat jusqu'à présent.

— Avec des instructions concernant les empreintes ? »

90

La question était de pure forme. C'était la première chose à faire dans un cas d'enlèvement. Si on retrouvait la voiture, personne n'y toucherait avant l'arrivée des techniciens du laboratoire.

Puis, brièvement, Jack leur communiqua le reste des informations.

Les deux hommes l'écoutèrent tout en prenant des notes.

Gabe Klein, la cinquantaine, le crâne dégarni, portait des lunettes perchées au bout de son nez, qui lui donnaient un air studieux, un peu vague. Pour un observateur peu attentif, c'était le genre d'homme incapable de changer une ampoule.

L'impression était absolument fausse – Gabe était un technicien de génie et dirigeait une unité extrêmement sophistiquée, qui était devenue un outil essentiel pour la recherche des criminels par la police.

« Voilà les lignes téléphoniques que nous surveillons, O.K. ? »

Gabe énuméra rapidement les numéros que Jack lui avait communiqués par téléphone. Ceux de la maison des Reilly et de leur appartement, celui de Rosita Gonzalez, des trois funérariums et de la chambre d'hôpital de Nora Reilly.

« Et s'ils rappellent le portable de sa fille, ajouta-t-il, elle essaiera de les garder en ligne assez longtemps pour que nous puissions les repérer.

— Regan est détective privée à Los Angeles, dit Jack. Elle connaît son boulot.

— C'est une chance, fit remarquer Keith. Tu crois donc qu'on peut la laisser aller seule en voiture remettre la rançon ?

— Elle est intelligente », répondit brièvement Jack. Et bougrement séduisante, ajouta-t-il *in petto*.

« Dans ce cas, quand pourrons-nous commencer à travailler sur la voiture ? demanda Gabe.

— Elle nous l'amène ce soir. Elle sait que nous devons l'équiper, dit Jack.

— Nous avons informé la Banque fédérale de réserve qu'il nous faut le million de dollars demain après-midi. Ils s'en occupent, dit Keith à Jack. La famille a-t-elle des soupçons sur les auteurs du rapt ?

— L'épouse et la fille de Reilly n'ont pu fournir aucun nom. L'ex-mari de Rosita Gonzalez a eu quelques ennuis. Il s'appelle Ramon. Mme Reilly croit qu'il vit à Bayonne.

— On va s'en occuper, dit Keith.

— Rosita a deux petits garçons. Regan Reilly doit se rendre à son appartement, voir s'ils vont bien et à quoi ressemble la personne qui les garde. Elle ira ensuite s'entretenir avec l'associé de son père. »

Jack consulta sa montre. « Je n'ai pas le temps de vous raconter comment, mais Regan a rencontré Alvirah Meehan aujourd'hui et la voilà qui suit l'affaire elle aussi. Vous vous souvenez d'elle ? C'est la gagnante du loto qui a donné une conférence à John Jay.

— Bien sûr, dit Keith. C'est elle qui a retrouvé cette enfant il y a deux ans, alors que la moitié de la police de New York tournait en rond. »

Jack sortit la cassette de sa poche. « Eh bien, Alvirah est toujours dans la course. Et elle a toujours l'esprit aussi rapide. Elle s'est débrouillée pour enregistrer l'appel des ravisseurs. »

92

Gabe ouvrit des yeux ronds à la vue de la minuscule cassette. « Sans blague. » Il la prit et l'examina. « Est-ce qu'elle cherche un job ? Je suis prêt à l'engager.

— Elle me tuera si tu ne lui en fais pas une copie. En attendant, écoutons-la. Avec le son au maximum. Il y a peut-être quelque chose dans l'environnement sonore qui pourra nous aider. »

Pendant qu'on préparait le magnétophone, Jack sentit l'agacement le gagner. Ils pouvaient étudier la bande, mettre un détecteur sur les billets, équiper la voiture, rechercher des suspects. Mais en attendant le moment où ils suivraient la voiture de Regan jusqu'au point de rendez-vous avec les ravisseurs, ils ne pourraient rien faire que patienter.

Le téléphone sur le bureau de Jack sonna. Il décrocha. « Jack Reilly. » Suivit une pause. « Bon travail », dit-il d'un ton décidé. Puis, se tournant vers Gabe et Keith : « Ils ont retrouvé la limousine à Kennedy Airport. »

À vingt et une heures trente, Austin Grady ferma les portes du funérarium derrière le dernier des visiteurs venus pleurer Maude Gherkin, morte dans sa cent troisième année, connue pour son caractère acariâtre. En vérité, le terme « pleurer » ne convenait guère, car durant toute sa carrière d'ordonnateur des pompes funèbres Austin n'avait jamais entendu prononcer avec plus de ferveur les mots : « C'est une bénédiction. »

À quatre reprises depuis son centième anniversaire,

Maude avait échappé aux griffes de la mort. Lors de son dernier séjour à l'hôpital, un écriteau portant : PITIÉ ! NE LA RESSUSCITEZ PAS avait été affiché au-dessus de son lit. Les médecins soupçonnaient que son fils, lui-même âgé de quatre-vingts ans, en était l'auteur. Après le quatrième retour à la vie de sa mère, on l'avait entendu s'écrier : « Je n'en serai donc jamais délivré ! »

Austin alluma la lumière dans la salle où reposait Maude. Il soupira. Malgré leurs efforts, ils n'étaient pas parvenus à camoufler l'expression renfrognée de la défunte.

« Bonne nuit, Maude », murmura-t-il.

Mais c'est sans sourire qu'il accomplit son petit rituel – il était trop préoccupé par la disparition soudaine de Luke et de Rosita. Depuis l'appel de Regan quelques heures plus tôt, l'hypothèse d'un enlèvement était devenue pour lui une certitude. Pour quelle autre raison Regan aurait-elle réclamé le numéro d'immatriculation de la limousine et celui de la carte d'abonnement ? Pourquoi refusait-elle de lui parler au téléphone ?

Une heure plus tard, lorsque Regan arriva en compagnie d'Alvirah Meehan, ses soupçons se confirmèrent.

« La police a fait mettre les lignes téléphoniques sur écoute, lui annonça Regan. Au cas où les ravisseurs appelleraient ici. »

Ils sursautèrent en entendant un coup frappé à la fenêtre.

« Encore lui ! » maugréa Austin en reconnaissant Ernest Bumbles, le nez collé à la vitre, qui brandissait en souriant le paquet qu'il avait déjà apporté plus tôt dans la journée.

Austin alla à contrecœur ouvrir la fenêtre.

« Désolé de vous déranger, dit Ernest, avec une contrition feinte. J'ai aperçu de la lumière et pensé que M. Reilly était peut-être de retour. »

Cette fois Austin ne chercha pas à cacher son irritation. « Il n'est pas là ! Si vous voulez laisser votre paquet, je m'arrangerai pour qu'il lui soit remis. Mieux encore, sa fille va le lui apporter chez lui. »

Il désigna Regan d'un geste de la main. Ernest passa la tête par la fenêtre ouverte.

« Enchanté de faire votre connaissance. Votre père est un homme merveilleux. »

C'est incroyable ! Qui est ce bonhomme ? se demanda Regan.

Alvirah s'était tournée vers la fenêtre afin d'enregistrer ce qui se disait à l'aide de sa broche.

« Je regrette de ne pas pouvoir entrer, mais ma femme Dolly m'attend dans la voiture. Elle ne se sent pas très bien. Nous étions en train de répéter nos chants de Noël, et elle a forcé sur la dernière mesure de *Mon beau sapin*. »

C'était mon chant de Noël préféré, songea Regan. Plus maintenant.

« Je reviendrai demain, continua Ernest. Je voudrais offrir moi-même ce cadeau à votre père. À plus tard. »

Et comme il était apparu, Ernest disparut dans la nuit.

Austin referma la fenêtre avec un claquement. « Ce type est complètement cinglé.

— Qui est-ce ? demanda Regan.

— Le directeur d'une association horticole. Ils ont décerné une sorte de distinction honorifique à votre père il y a quelques années.

— J'en ai un vague souvenir, dit Regan. Il fait partie de tant d'associations et on lui décerne toujours un tas de distinctions. »

Regan se rendit compte qu'elle n'en pouvait plus. Elle n'avait plus rien à faire ici de toute façon. Austin lui avait dit que personne à sa connaissance n'avait de grief contre Luke. Autant qu'il s'en souvenait, il n'était jamais rien arrivé d'inhabituel dans aucun des trois funérariums.

« Nous ferions mieux de rentrer, dit Regan. Je me suis arrangée pour dormir dans la chambre de ma mère à l'hôpital, et auparavant je dois conduire la voiture à Manhattan afin que la police la prépare pour demain. Nous nous parlerons dans la matinée.

— Regan, je viendrai tôt demain matin et passerai au crible tous les documents des derniers mois, au cas où un problème serait survenu à mon insu, promit Austin. Je ne pense pas trouver grand-chose, mais on ne sait jamais. »

Au moment où ils s'apprêtaient à partir, Alvirah nota l'écriteau discret portant le nom de Maude Gherkin, et la flèche qui indiquait la salle où elle reposait. Elle se signa.

« Qu'elle dorme en paix. Connaissez-vous l'histoire de la femme qui passait devant la chambre funéraire de Frank Campbell à New York en sortant des toilettes ? Elle se dit qu'elle ne pouvait quitter le funérarium sans rendre un dernier hommage à quelqu'un. Elle entra donc dans une pièce où personne ne veillait le pauvre diable dans son cercueil, fit une rapide prière et signa le registre. Dans son testament ce type léguait dix mille dollars à quiconque viendrait le veiller. »

Regan sourit.

« Alvirah, vous avez déjà gagné au Loto !

— Et croyez-moi, vous perdriez votre temps à signer le livre de Maude », dit Alvin tandis qu'ils sortaient tous les trois et qu'il refermait la porte derrière eux. « Gardez la maison, Maude », dit-il tout bas.

Vendredi 23 décembre

« Tout le monde sur le pont ! Maintenant commence notre journée à un million de dollars ! » cria Petey en émergeant de la cabine, vêtu d'un pyjama rayé, sa brosse à dents en main. Il alluma le plafonnier. « C'est un peu comme du camping, non ? »

« Pourquoi cet abruti ne nous laisse-t-il pas dormir ? » maugréa Luke. La dernière fois qu'il avait regardé le cadran lumineux de sa montre, il était quatre heures du matin. Il avait fini par s'endormir, et voilà qu'il était sans raison tiré de son sommeil par cet énergumène. Il plissa les yeux pour voir le cadran : sept heures quinze.

Il sentait une sourde migraine le gagner. Il avait les membres douloureux sous l'effet combiné de l'humidité, du froid et de la mauvaise position de son corps sur l'étroite et courte banquette. En outre, le clapot qui se levait sur la rivière faisait cogner le bateau contre le quai, augmentant son inconfort.

Je donnerais tout pour une douche bien chaude. Et des vêtements propres. Une brosse à dents. Les petites commodités de la vie.

Il regarda la couchette de l'autre côté du carré où

reposait Rosita. Elle s'était redressée sur un coude. Son visage trahissait l'épreuve qu'elle endurait. Ses yeux sombres semblaient énormes, contrastant violemment avec la pâleur de son teint.

Mais quand leurs regards se croisèrent, elle parvint à lui sourire et fit un signe de tête en direction de Petey. « Votre valet de chambre, monsieur Reilly ? »

Avant que Luke ait pu répondre, des coups violents furent frappés à la porte. « C'est moi, Petey, criait C.B. impatiemment. Ouvre. »

Petey le fit entrer, lui prenant des mains les sacs McDonald's dont il était chargé.

« Et voici le maître d'hôtel, chuchota Rosita.

— T'as pas oublié de m'apporter un McMuffin à l'œuf avec une saucisse, j'espère ?

— Je n'ai pas oublié, crétin. Habille-toi. Je ne supporte pas de te voir comme ça. Tu te prends pour Hugh Hefner, le patron de *Play-Boy*, ou quoi ?

— Hugh Hefner a un tas de filles. Quand on aura ce million, j'irai m'acheter un pyjama en soie, juste comme Hef.

— Si je te laisse faire, nous ne mettrons jamais la main sur ce million », grogna C.B. en allumant la radio.

Il regarda Luke. « J'écoutais l'émission *Imus le matin* en venant ici. Il a interviewé votre femme à l'hôpital. Elle va passer à l'antenne dans quelques minutes. »

Nora était souvent invitée à l'émission d'Imus. L'animateur avait sans doute appris l'accident et Nora lui avait accordé une interview au téléphone. Luke

102

s'assit et se pencha en avant, impatient d'entendre sa voix.

C.B. triturait les boutons, cherchant la station. « La voilà », dit-il enfin.

La voix de Nora se fit entendre parmi les parasites. « Bonjour, Imus. »

« Où sont les patates sautées ? »

Petey fouillait dans le sac.

Luke ne put se contenir.

« La ferme ! » hurla-t-il.

« Bon, vous énervez pas. »

« Nora, nous sommes navrés de cet accident, disait Imus. J'ai fait une chute de cheval et vous vous êtes pris les pieds dans le tapis. Qu'est-ce que nous avons fait au bon Dieu tous les deux ? »

Nora éclata de rire.

Luke s'émerveilla de la décontraction dont elle faisait preuve dans ses réponses. Il savait qu'elle ressentait exactement ce qu'il aurait éprouvé à sa place. Mais elle devait faire bonne figure devant le reste du monde jusqu'à ce qu'ils se soient tirés de cette maudite situation.

Quelle qu'en soit l'issue.

« Comment va le directeur des pompes funèbres ? » demandait Imus.

« Il parle de vous, s'écria Petey. Ça alors ! »

« Oh, il est en pleine forme », dit Nora en riant.

« Il fait du bateau », hurla Petey en direction de la radio, se tapant sur les cuisses, ravi de sa plaisanterie.

Imus remerciait Nora pour les livres qu'elle avait envoyés à son jeune fils. « Il adore qu'on lui lise des histoires. »

Luke eut un moment de nostalgie au souvenir des livres que Nora et lui lisaient à Regan quand elle était petite. Lorsque Nora prit congé d'Imus, il sentit une boule se former dans sa gorge. Entendrait-il jamais sa voix à nouveau ?

« Mme Reilly a aussi envoyé des livres à mes enfants pour Noël, lui dit doucement Rosita. Elle m'a dit que le moment préféré de Regan, quand elle était petite, était celui où vous lui lisiez des histoires. »

Et elle avait un livre de prédilection, se rappela Luke, un livre qu'elle m'apportait toujours. *« Lis-le-moi encore une fois, papa »*, disait-elle en grimpant sur ses genoux. Oh, Seigneur ! Il retint une exclamation en se rappelant le titre du livre.

Luke chercha désespérément une solution. Il savait que C.B. avait accepté que Regan leur parle, à lui et à Rosita, avant de verser la rançon. Y avait-il une chance de lui indiquer où ils se trouvaient ? Un moyen de lui faire savoir que de l'endroit où ils étaient détenus on voyait le George Washington Bridge et le drôle de petit phare rouge en contrebas ?

Son livre préféré mentionnait ces deux constructions. Il était intitulé : *Le petit phare rouge et le grand pont gris.*

« Au revoir, Imus. »

Nora raccrocha.

« Tu as été formidable, maman », dit Regan.

Toutes les deux avaient dormi d'un sommeil irrégulier, Regan allongée sur un lit de camp que les infirmières avaient fait installer à son intention. Parfois, en se réveillant, elle avait entendu la respiration légère de sa mère, preuve qu'elle était endormie. A plusieurs reprises, cependant, elle s'était aperçue que Nora était éveillée et elles avaient alors bavardé calmement dans l'obscurité, jusqu'à ce que l'une d'elles s'assoupisse à nouveau.

À un certain moment, Nora avait dit : « Tu sais, Regan, on raconte qu'à l'instant de la mort, votre vie entière se déroule en un éclair devant vous. J'ai l'étrange impression que c'est ce qui m'arrive maintenant, mais au ralenti.

— Maman ! avait protesté Regan.

— Oh, je ne dis pas que je suis sur le point de mourir, non, mais lorsqu'un danger menace un être qui vous est proche, l'esprit se transforme en un kaléidoscope de souvenirs. Il y a un instant, je revoyais l'appartement où nous habitions, ton père et moi, lorsque nous étions jeunes mariés. Il était minuscule, mais c'était le nôtre, et nous étions ensemble. Le matin, Luke partait travailler et je me mettais à ma machine à écrire. Même lorsque les éditeurs me signifiaient leur refus par un simple formulaire, jamais il n'a douté une seule minute de moi. Le jour où j'ai vendu ma première nouvelle, quelle fête ! »

Nora s'était interrompue. « Je n'imagine pas la vie sans lui. »

Regan, qui avait passé une grande partie de la nuit à se remémorer ses propres souvenirs de son père, avait dû se forcer pour répliquer fermement : « Alors, ne l'imagine pas. »

À six heures, Regan s'était levée, avait pris une

douche et enfilé le jean noir et le sweater qu'elle était passée chercher à l'appartement avant de rejoindre sa mère à l'hôpital.

La veille, alors qu'elle rentrait du New Jersey avec Alvirah, elle avait téléphoné à Jack Reilly et appris qu'on avait retrouvé la limousine à Kennedy Airport. Elle avait été remorquée jusqu'au laboratoire du garage de la Police Academy dans la 20e Rue Est, où ils allaient la passer au peigne fin, à la recherche d'indices sur l'identité des ravisseurs.

Regan n'ignorait rien des tests méticuleux qui seraient entrepris, ni des procédures soigneusement définies qui suivraient. Ils compareraient toutes les empreintes non identifiées trouvées dans la voiture avec celles que le FBI conservait par millions dans ses ordinateurs. Ils recueilleraient les moindres traces de fibres afin de les analyser. Elle-même avait participé à de nombreuses affaires où une broutille était devenue la pierre de Rosette.

Jack lui avait également rapporté ce qu'avaient révélé les enregistrements de la carte d'abonnement.

« ... rien de nécessairement significatif, comme vous le savez. Ils ont pu utiliser une autre voiture. »

Regan jeta un coup d'œil sur le plateau du petit déjeuner de sa mère resté pratiquement intact.

« Tu pourrais au moins boire ton thé, dit-elle.

— De la pénicilline irlandaise », marmonna Nora, prenant malgré tout sa tasse.

L'annonce de son accident avait provoqué une avalanche de fleurs de la part de tous leurs amis. Une fois la chambre presque transformée en reposoir, Nora avait demandé que les autres bouquets soient distribués dans l'hôpital.

On frappa à la porte et une aide hospitalière bénévole demanda avec un sourire : « Puis-je entrer ? »

Elle tenait une boîte entourée d'un ruban de Noël écarlate.

« Bien sûr, dit Nora avec un sourire forcé.

— Première livraison de la journée, annonça gaiement la jeune femme. Quelqu'un l'a déposé pour vous hier soir, mais la réceptionniste a laissé des instructions précisant de vous le remettre seulement ce matin. Voilà. »

Nora prit la boîte.

« Merci.

— De rien », dit la jeune femme. Elle se tourna vers Regan. « Veillez à ce qu'elle fasse attention à sa jambe.

— Comptez sur moi. »

Regan savait que son ton était sec, mais elle tenait à éloigner de la chambre les gens qui n'avaient rien à y faire. Si les ravisseurs téléphonaient avant l'heure annoncée, elle voulait pouvoir parler sans contrainte et enregistrer la conversation grâce à la broche d'Alvirah.

« Je conserve toujours un double », avait expliqué Alvirah en lui confiant le minuscule dispositif. « Même si la police a mis votre téléphone sur écoute, vous aurez votre propre enregistrement des appels qui vous parviendront. »

Nora dénouait le ruban autour de la boîte.

« Au revoir », dit l'aide hospitalière.

Elle sortit, laissant la porte entrouverte. Au moment

où Regan la refermait, elle entendit sa mère pousser un cri étouffé, et se retourna brusquement.

« Regan, viens voir ! » s'écria Nora d'une voix affolée.

Regan se hâta vers le lit et contempla le paquet ouvert. À l'intérieur, coincée entre les pattes d'un ours brun en peluche, coiffé d'un bonnet tricoté, il y avait une photo de Luke en smoking, arborant son plus beau sourire. Mais c'était l'inscription sur le vulgaire cadre rouge et vert qui l'emplit d'un effroi glacé. *Je serai à la maison pour Noël*, lisait-on sur la partie supérieure. *Au moins dans mes rêves*, disait la suite au bas du cadre.

Il y avait une enveloppe dans la boîte. Regan l'ouvrit en la déchirant. Sur une carte de vœux ordinaire l'expéditeur avait écrit en lettres capitales : « Nora, j'ai pensé que vous aimeriez avoir une photo de l'homme de votre vie. » Et en guise de signature : « Votre fan numéro 1. »

C'est un avertissement, pensa Regan.

« Laisse-moi lire. » Nora lui prit la carte des mains. « Ils nous menacent, Regan !

— Je sais.

— Si un incident se produisait et qu'ils n'aient pas l'argent... », murmura Nora.

Regan était déjà en train de composer le numéro de Jack Reilly.

Jack était resté debout toute la nuit à diriger le tourbillon d'activités qu'une situation extrême déclenchait toujours au sein de la brigade des affaires spéciales.

Le labo avait relevé les empreintes dans la limousine, les comparant avec toutes celles qui étaient enregistrées dans leur système informatique. Sans rien trouver jusqu'à présent. Des poils de polyester noirs laissaient penser que l'un des ravisseurs portait un postiche. Une fausse moustache plutôt qu'une perruque, étant donné la petitesse des poils. L'autre découverte d'une éventuelle importance était la présence de quelques écailles de peinture sur le plancher de la limousine, autour de la pédale de frein.

Les soupçons commençaient à converger vers l'ex-mari de Rosita, Ramon Gonzalez. Les renseignements fournis par la police de Bayonne avaient révélé qu'il était bien connu de ses services. Joueur invétéré, on le disait lourdement endetté auprès des bookmakers locaux, et personne ne l'avait vu récemment dans ses repaires habituels.

Il y avait un autre fait non négligeable : son jeune frère, Junior, joueur lui aussi, était occasionnellement peintre en bâtiment. Ils partageaient un appartement dans une vieille maison décrépite de deux étages. Le propriétaire, qui habitait sur place, disait n'avoir vu aucun des deux hommes depuis deux jours et se plaignait de leur retard dans le paiement du loyer.

Jack avait prévenu le FBI et travaillait désormais en liaison avec eux. Outre l'hélicoptère de la police, qui suivrait la voiture de Regan à la trace, un avion du FBI capterait les signaux de l'émetteur caché dans le sac contenant l'argent de la rançon.

L'enregistrement de l'appel des ravisseurs communiqué par Alvirah avait fait l'objet d'une analyse minutieuse. La voix de l'individu qui avait réclamé la rançon et celles de Luke et de Rosita s'entendaient clairement. Il était probable que l'inflexion lente et gutturale de l'homme était destinée à camoufler son intonation normale. Une deuxième voix d'homme était perceptible à l'arrière-plan, mais si faible qu'on n'avait pas encore pu déchiffrer ce qu'il disait.

D'après l'analyse des bruits ambiants, il était à peu près certain que Luke et Rosita étaient détenus dans un espace confiné situé à proximité de l'eau.

Comme Gabe Klein le fit observer : « Voilà qui réduit vraiment les hypothèses – les trois quarts de la planète sont couverts d'eau. »

À présent, à l'exception de la traque des deux frères Gonzalez, la police était entrée dans la phase d'attente de l'enquête.

L'appel de Regan, cependant, vint tout changer.

« J'arrive », lui dit Jack.

Vingt minutes plus tard, il était dans la chambre de Nora, à l'hôpital.

« Le logo sur la boîte est celui de la boutique du hall de l'hôpital, lui dit Regan.

— Rien sur la photo n'indique l'endroit où elle a été prise, dit Nora. Luke et moi assistons à tant de soirées habillées.

— Lorsque nous avons pris conscience de ce que pouvait signifier cet envoi, nos empreintes étaient déjà sur le cadre et sur la carte, dit Regan.

— C'est sans importance, leur signala Jack. S'il y a d'autres empreintes que les vôtres, nous les trouverons. Savez-vous à quelle heure ouvre la boutique de cadeaux ?

— Je me suis renseignée, dit Regan. À neuf heures.

— Peut-être pourriez-vous aller les interroger discrètement, tenter d'apprendre quelque chose sur la personne qui a fait cet achat. On ne doit pas se douter qu'il s'agit d'une enquête de police.

— Je pourrais leur dire que l'auteur de ce présent a oublié de signer la carte, et que nous aimerions lui envoyer un mot de remerciement. »

Jack acquiesça. Il contempla les fleurs qui remplissaient la pièce. « Nora, on a beaucoup parlé de votre accident. Ceci, bien sûr, pourrait n'être qu'une macabre coïncidence.

— Je reçois une quantité de lettres de mes lecteurs, admit Nora, mais l'inscription sur ce cadre n'est-elle pas davantage qu'une coïncidence ?

— C'est possible.

— Auquel cas c'est une menace d'un goût amer », dit Nora.

Regan observait Jack. « Jack, vous semblez privilégier la thèse de la coïncidence. Pourquoi ?

— Parce que l'ex-mari de Rosita est notre principal suspect et que, d'après ce que je sais du personnage, ce genre de démarche est beaucoup trop subtile pour lui. Mais en même temps... » Il haussa les épaules et consulta sa montre. « Il est presque neuf heures. Regan, descendons ensemble à la boutique de cadeaux et voyons ce que nous pourrons y découvrir. Ensuite j'emporterai tout ça au labo. »

Il se tourna vers Nora. « Je sais à quel point tout ça vous bouleverse. Mais c'est peut-être un coup de chance pour nous. Nous risquons d'y trouver des empreintes correspondant à certaines de celles que nous avons relevées dans la voiture. Si le cadre n'a pas été acheté ici, nous chercherons d'où il provient. Quelqu'un à la boutique sera peut-être à même de nous décrire l'acheteur de l'ours en peluche. »

Retenant visiblement ses larmes, Nora hocha la tête. « Je comprends. »

Jack se tourna vers Regan. « Allons-y. »

Pendant ce temps, dans l'Upper West Side, à moins d'un mile de l'hôpital, penché au-dessus de son bol de porridge, Alvin Chance rayonnait littéralement à la pensée du plaisir qu'éprouverait Nora Reilly en déballant son cadeau, peut-être en ce moment précis.

S'en tenant sagement à sa résolution, il n'avait pas révélé à sa mère l'achat de l'ours. Mais sa sagesse s'était arrêtée là.

« Comment ça, tu n'as pas signé ta carte ? s'était exclamée sa mère en se laissant lourdement tomber sur la chaise en face de lui. Tu es stupide ou quoi ! À quoi penses-tu ? Elle pourrait t'aider à te faire publier. Pour l'amour du ciel, tu ne sais donc pas que son éditeur est Michael Korda ! »

« Est-ce que maman va rentrer bientôt ? »
Ce fut la première question que posèrent Chris et Bobby en ouvrant les yeux à sept heures trente. Au

moins ont-ils bien dormi, se consola Fred en répondant : « Elle va rentrer dès qu'elle le pourra. »

Sur un rayon de la penderie de la chambre il avait trouvé des draps, une couverture et un oreiller, et s'était installé sur le canapé. Il eût été plus confortable de s'étendre sur le lit de Rosita, mais il s'en était senti incapable. Il aurait eu l'impression d'envahir l'intimité de la jeune femme.

Il savait qu'il y avait une raison plus profonde à sa réticence. Tout dans la chambre évoquait de manière troublante la présence de Rosita.

Une photo d'elle, souriante, entourée de ses deux petits garçons, trônait sur la commode. Il régnait dans l'air une légère trace de parfum – celui-là même qu'elle portait lors de leur dernière rencontre – qui émanait du vaporisateur posé sur la coiffeuse. Lorsqu'il avait ouvert la porte de la penderie pour y prendre les draps, la première chose qu'il avait vue était sa robe de chambre de soie blanche et, à demi dissimulée, une paire de mules en satin.

Cendrillon, avait-il pensé avec un serrement de cœur.

La veille, avant d'aller s'allonger sur le canapé, il avait appelé Josh Gaspero, l'ami avec qui il aurait dû partir. « Envolé », murmura-t-il pour lui-même, tandis que le répondeur se mettait en marche. « Normal. Il est probablement en train de boire un verre chez Elaine avec les habitués. »

L'explication qu'il avait laissée était brève : « Retardé par une affaire délicate. Je ne peux t'en parler ici. J'essaierai de te rejoindre là-bas dans deux jours. J'ai noté la liste des escales. »

À présent, il regardait Chris et Bobby se diriger vers la salle de bains et s'emparer machinalement de leurs brosses à dents. Quand vint le moment de se laver la figure, Fred décida d'intervenir. « Comme le disait ma mère, il faut se frotter derrière les oreilles », dit-il en s'emparant d'un gant de toilette et du savon.

Pendant qu'il préparait le café, les enfants disposèrent sur la table leur jus d'orange et leurs bols de céréales.

« S'il te plaît, est-ce que tu peux faire griller le pain dans le four ? demanda Chris. Le grille-pain est cassé et on n'a pas la permission d'allumer le gaz tout seuls.

— Maman nous gronde si on joue près de la cuisinière, dit Bobby.

— Maman a raison », répliqua Fred.

Le labo avait-il trouvé quelque chose de significatif dans la limousine ? se demanda-t-il. À cette heure ils l'avaient probablement examinée de fond en comble. Alvirah Meehan l'avait appelé la veille au soir pour lui annoncer que la voiture avait été retrouvée.

« Regan m'a recommandé de vous prévenir. Elle vous fait dire que nous vous tiendrons au courant de la suite des événements. »

Ils finissaient leur petit déjeuner lorsque le sergent Keith Waters de la brigade des affaires spéciales téléphona. « Reilly m'a demandé de t'informer, Fred. Je sais quelle est la situation de ton côté. Quant à nous, voilà ce que nous savons à l'heure qu'il est. »

Il commença par les résultats de l'inspection de la voiture par le laboratoire, et la décision de concentrer les recherches sur Ramon Gonzalez et son frère.

« Mais nous sommes sur leur piste. Puisque tu es

chez Rosita en ce moment, nous aimerions que tu fouilles soigneusement l'appartement. Vois si tu peux trouver quelque chose indiquant que son ex la menaçait ou essayait de lui soutirer de l'argent. Ou un indice pouvant nous apprendre où il se cache maintenant. Tu connais la routine. Nous avons un mandat de perquisition, bien entendu. »

Fred s'aperçut que les garçons écoutaient attentivement la conversation, cherchant à deviner qui était à l'autre bout du fil. « C'est entendu, fit-il en haussant la voix. Et si tu vois Rosita, dis-lui que ses enfants sont très sages et qu'ils sont contents qu'elle aide Mme Reilly.

— Mais dis-lui aussi qu'il faut qu'elle soit là pour Noël, cria Bobby, l'air consterné.

— Et quand est-ce qu'on va décorer l'arbre ? » C'était au tour de Chris d'être au bord des larmes.

« Que vas-tu leur raconter ? demanda doucement Waters.

— Je vais le leur dire immédiatement », claironna Fred. Il se tourna vers les garçons : « Maman vous fait dire qu'elle risque d'être très fatiguée en rentrant à la maison, et qu'elle aimerait bien que nous décorions l'arbre à sa place aujourd'hui. »

Il vit le doute apparaître sur le visage des enfants.

« Je suis très bon pour accrocher les guirlandes et je peux atteindre le haut de l'arbre. Nous garderons vos décorations préférées pour que maman les accroche elle-même quand elle rentrera. Qu'en dites-vous ?

– Bonne chance, mon vieux », dit Keith Waters en raccrochant.

En rentrant sur la pointe des pieds à minuit, Alvirah avait trouvé Willy en train de ronfler bruyamment dans la chambre à coucher, et sœur Cordelia profondément endormie sur le canapé du salon.

Les mains de Cordelia reposaient à plat sur un journal, ses lunettes perchées sur le bout de son nez. Alvirah avait retiré les lunettes et le journal, débranché les guirlandes de l'arbre de Noël et éteint la lumière.

À présent, pendant qu'ils prenaient leur petit déjeuner, tous les trois confortablement emmitouflés dans leur robe de chambre, Alvirah relatait par le menu ce qui s'était passé depuis qu'elle avait téléphoné à Cordelia pour lui demander de rester avec Willy.

« La remise de la rançon a été fixée à dix-huit heures ce soir et j'ai l'intention de prendre place dans une des voitures banalisées qui suivront Regan », déclara-t-elle en beurrant généreusement son muffin.

Maintenant qu'il était débarrassé de son maudit implant, Willy avait retrouvé sa mine des bons jours ainsi que l'usage de la parole. « Mon chou, je n'aime pas l'idée de te savoir dans une de ces voitures », commença-t-il par protester. Puis, secouant la tête, il se versa davantage de café. « Rien à faire », marmonna-t-il.

Cordelia, l'aînée des six sœurs de Willy, était entrée au couvent cinquante-trois ans plus tôt, à l'âge de dix-sept ans. Aujourd'hui mère supérieure d'une petite congrégation dans l'Upper West Side de Manhattan, elle s'occupait avec quatre autres religieuses des nécessiteux de la paroisse.

Parmi de nombreuses activités, elles avaient créé une garderie d'enfants. Deux ans auparavant, Alvirah avait retrouvé la trace d'une fillette disparue qui autrefois avait été l'une de leurs petites protégées[1].

Étant sa belle-sœur depuis plus de quarante ans, rien de ce que faisait Alvirah n'étonnait Cordelia, même pas le fait qu'elle ait gagné quarante millions de dollars au loto.

Alvirah et Willy s'étaient montrés prodigues de leur nouvelle fortune. Comme le disait Cordelia : « Ils sont restés les gens simples qu'ils ont toujours été. Will ne nous fait jamais défaut chaque fois que l'un ou l'autre a besoin d'un plombier. Le seul changement chez Alvirah est qu'au lieu de faire des ménages elle s'est transformée en détective amateur de premier plan. »

Avec sa prestance et sa sagesse naturelle, Cordelia inspirait à la fois confiance et respect. Elle avait aussi une manière toute personnelle d'entrer immédiatement dans le vif du sujet.

« Ces remises de rançon sont-elles toujours couronnées de succès ?

— Elles le sont davantage dans les romans que dans la réalité, répondit Alvirah avec un soupir. Et l'ennui c'est que, s'il arrive un pépin, les ravisseurs paniquent. »

Cordelia secoua la tête.

« Je vais demander à tout le monde de faire des prières. Je dirai simplement que c'est dans une intention particulière.

— Nous avons tous besoin de prières, soupira Alvirah. Je me sens tellement impuissante.

— Mon chou, grâce à toi ils ont l'enregistrement

---

1. Allusion à *Une si longue nuit* de Mary Higgins Clark, Albin Michel, 1998 ; Le Livre de Poche n° 17139 (*N.d.T.*).

de la voix du ravisseur. Cela peut leur être d'une grande aide, lui rappela Willy.

— Tu as raison, bien sûr ! Et l'inspecteur m'en a fait porter une copie. Écoutons-la. »

Elle se leva, prit la cassette dans son sac et ouvrit le secrétaire d'acajou du salon qui renfermait un magnétophone perfectionné, autre cadeau du rédacteur en chef du *Globe*.

Elle avait passé de nombreuses heures l'oreille collée au haut-parleur, cherchant à saisir les nuances imperceptibles des conversations qu'elle avait enregistrées au cours de ses enquêtes.

Willy écarta la cafetière tandis qu'elle plaçait l'appareil entre l'assiette de bacon vide et le pot de confiture de framboises.

Alvirah introduisit la cassette.

« Lorsque nous l'aurons écoutée, j'irai à l'hôpital. J'ai promis à Regan d'y passer dans la matinée. Une longue journée les attend, elle et sa mère. Il n'y a pratiquement rien d'autre à faire que de patienter jusqu'à dix-huit heures.

— Je me sens mieux aujourd'hui. Si je peux faire quelque chose d'utile, je serai content de rendre service, proposa Willy.

— Je t'appellerai depuis l'hôpital », promit Alvirah en mettant l'appareil en marche.

L'audition de la cassette leur laissa une impression lugubre. Le front plissé, les lèvres serrées, Willy et Cordelia partageaient manifestement la colère et l'angoisse d'Alvirah.

« C'est simple et direct, dit Cordelia à la fin.

Entendre cette jeune mère s'inquiéter pour ses enfants me brise le cœur.

— J'aimerais mettre la main sur ce type », dit Willy, frappant inconsciemment sa paume gauche de son poing droit.

Alvirah rembobinait la cassette.

« Je veux l'écouter encore une fois.

— Tu as remarqué quelque chose ? demanda Willy plein d'espoir.

— Je n'en suis pas sûre. »

Elle écouta une deuxième fois, puis une troisième, les yeux fermés. Enfin, elle arrêta le lecteur.

« Il y a quelque chose qui me turlupine là-dedans, mais je n'arrive pas à déceler quoi.

— Écoute-le à nouveau, insista Willy.

— Non, c'est inutile pour l'instant. Cela me reviendra plus tard. C'est toujours pareil. » La mine contrariée, Alvirah se leva. « Je sais que c'est quelque chose d'important. *Mais quoi ?* »

Lorsque Regan et Jack entrèrent dans la boutique de cadeaux de l'hôpital, la femme d'une quarantaine d'années parfaitement maquillée qui se tenait derrière le comptoir bâillait. À leur vue, elle porta mollement à sa bouche une main manucurée.

« Excusez-moi, dit-elle, je tombe de fatigue. Tout ce bazar en période de fêtes m'a claquée.

— Je comprends, murmura Regan avec sympathie.

— Vous au moins, vous avez un beau mec avec

vous. Moi, ça fait des mois que je n'ai pas eu de jules convenable, poursuivit la vendeuse.

— Oh, nous ne sommes pas... »

Jack la poussa du coude et sourit à la jeune femme dont le badge indiquait : « Bonjour. Je m'appelle Lucy. »

« Mes copines m'ont conseillé de prendre un job à l'hôpital. Vous y rencontrez plein de médecins, qu'elles m'ont dit. Bref, je me suis fait engager comme extra pendant le mois de décembre. » Elle s'interrompit, prit un air stupéfait : « Vous ne me croirez pas, pas un toubib n'a mis les pieds ici depuis que j'ai commencé voilà trois semaines. Ils passent tous en coup de vent dans le vestibule avec leurs blouses blanches.

— Ma pauvre », murmura stupidement Regan, malgré elle. Elle s'éclaircit la voix. « Bon, je regrette de vous ennuyer mais...

— Allez-y. » Résignée, la jeune femme porta à ses lèvres son gobelet de café. « Je suis tout ouïe.

— Nous aimerions parler à la personne qui travaillait ici hier soir.

— Elle est devant vous. Pourquoi suis-je éreintée, à votre avis ? »

Regan et Jack échangèrent un regard qui traduisait leur pensée : la chance est avec nous.

Jack avait mis l'ours en peluche et la photo encadrée dans un sac en plastique transparent qu'il avait emprunté dans le bureau des infirmières.

Regan le tendit à la vendeuse.

« Nous croyons que cet ours a été acheté ici hier soir.

120

— Exact.

— Vous vous souvenez donc de l'avoir vendu ? demanda Jack.

— Exact.

— Pouvez-vous nous donner quelques indications sur la personne qui l'a acheté ?

— Ah ! Ne m'en parlez pas. Je l'ai laissé entrer alors que j'étais en train de fermer, et le voilà qui prend une éternité pour choisir un ours en peluche. » Lucy désigna les ours exposés sur les rayonnages. « Vous voyez une différence, vous, entre ceux-là et celui que vous tenez à la main ? Pas moi. Ensuite il fouille dans un sac de grand magasin et en tire le paquet dans lequel était emballé le cadre. Je reste plantée là – après être restée sur mes jambes toute la journée – et j'attends qu'il défasse son paquet, comme s'il avait l'intention de réutiliser le papier. Puis il coince le cadre entre les pattes de l'ours et me demande de remballer le tout. Alors je l'ai mis dans une boîte que j'ai nouée avec un ruban. Là-dessus, il prend son portefeuille et met des heures à extraire la somme exacte d'un petit compartiment spécial. » Elle leva les yeux au ciel et conclut :

« Je peux vous dire une chose, si une fille sort avec ce mec, chacun paye sa part.

— Il a réglé en liquide ? » interrogea Jack.

Elle eut l'air chagriné.

« C'est ce que je viens de vous dire, non ?

– Comment le décririez-vous ? » continua Jack, l'agacement perçant dans sa voix.

Elle ne répondit pas tout de suite. « Pourquoi toutes

ces questions ? Ne me dites pas que vous recherchez le frère disparu de Bill Gates. »

Regan se força à sourire.

« Il a déposé cet ours en cadeau pour ma mère, qui est hospitalisée ici, mais a oublié de signer la carte. Elle voudrait pouvoir le remercier.

— C'est drôle, dit Lucy, sincèrement perplexe. Il avait l'air si content de lui, vous savez, pendant qu'il mettait le cadre dans la boîte avec l'ours en peluche. Je pensais qu'il aurait signé la carte.

— Je pourrais peut-être trouver de qui il s'agit, si vous me décrivez vaguement à quoi il ressemble », insista Regan.

Lucy fit une moue dégoûtée.

« À pas grand-chose. La cinquantaine, des cheveux bruns, rares, taille moyenne, plutôt du genre débile.

— Vous dites qu'il portait un sac, dit Jack. Avez-vous remarqué de quel magasin il provenait ? »

Elle leva les yeux au ciel à nouveau.

« Vous parlez que je l'ai reconnu. J'y suis allée une seule fois. J'ai acheté une robe qui s'est transformée en charpie au premier lavage.

— Où était-ce ? demanda Regan.

— Chez Long. Vous connaissez sûrement leur publicité : "Allons chez Long." Je vais vous dire une bonne chose : je ne remettrai plus les pieds chez Long avant longtemps.

— À quelle heure fermez-vous la boutique ? demanda Jack.

— En général à dix-neuf heures. Cette semaine, nous restons ouverts jusqu'à vingt et une heures. Il faut liquider toutes ces babioles de Noël. Après les fêtes, vous ne pouvez même plus vous en débarrasser gratis. »

Il était évident qu'il n'y avait plus rien à tirer de la vendeuse. Regan et Jack traversèrent le hall jusqu'au bureau de la réception. L'hôtesse savait qui était de service le soir précédent. « C'est mon amie, Vanessa. Je vais l'appeler au téléphone. »

Déçue, Regan écouta Vanessa lui faire la même description vague de l'homme qui avait déposé le paquet.

« A-t-il mentionné son nom ou précisé qu'il était un ami de ma mère ?

— Il n'a rien dit, sinon qu'il ne voulait pas qu'on la dérange hier soir. »

Regan s'efforça de garder un ton détaché :

« Dans ces conditions, je crois que cet homme devra se passer de remerciements.

— Du suspense pour la reine du suspense, dit Vanessa gaiement. Dites à votre mère que je lui souhaite un rapide rétablissement. »

Regan raccrocha.

« Elle en a fait le même portrait, malheureusement sans aucun détail supplémentaire, Jack. »

Elle se tourna vers l'hôtesse et la remercia de sa complaisance. Alors qu'ils s'éloignaient de la réception, Jack lui fit remarquer les caméras de surveillance installées dans le hall.

« Je vais demander les bandes vidéo de la soirée d'hier. Nous devrions pouvoir l'identifier grâce à la grosse boîte qu'il portait. »

« Hello, vous deux. » La voix énergique d'Alvirah était reconnaissable entre mille. Avant qu'ils n'aient eu le temps de lui répondre, elle vit que Jack tenait quelque chose à la main.

« Vous devez avoir une bonne raison pour vous balader avec cet ours en peluche dans un sac en plastique.

— Montons dans la chambre de Nora, proposa Jack, nous y parlerons plus tranquillement. »

Cinq minutes plus tard, ils y pénétraient, au moment où Nora reposait le combiné du téléphone.

« J'ai appelé mon agent de change. Le million de dollars sera débité de notre compte titres et versé à la Chase Manhattan. De là, il sera transféré à la Banque fédérale de réserve. Je leur ai dit qu'il s'agissait d'un investissement à l'étranger. » Elle sourit faiblement. « Dieu fasse que ce soit le meilleur usage que nous ayons jamais fait de un million de dollars. »

Jack tenta de la rassurer. « Nous ferons tout ce qui est en notre pouvoir pour ça. »

Regan et lui racontèrent ensuite le peu qu'ils avaient appris sur l'auteur du cadeau.

« Il n'y avait rien de remarquable dans son apparence. Il a payé en liquide. D'après ce que nous savons, il n'était ni pressé ni nerveux. Et il avait un sac de Long.

— Long ! s'exclama Alvirah. Avant de gagner au loto, j'y allais souvent. Il ressemble à la plupart de ces magasins de soldes. Il faut fouiller dans une quantité de trucs sans valeur avant de mettre la main sur quelque chose d'intéressant, mais vous faites parfois une affaire. Les gens adorent ce genre de défi. »

Elle jeta un coup d'œil sur le cadre.

« Oui, c'est exactement le genre d'articles qu'ils ont

en promotion. Voulez-vous que j'aille vérifier, Jack ? »

Jack savait qu'Alvirah était imbattable pour dénicher des informations. Elle avait un don incroyable pour amener les gens à se confier à elle. Pourquoi pas ? pensa-t-il. Par la suite, s'ils avaient la chance d'obtenir une image à peu près convenable des caméras de surveillance, il enverrait un des gars de la brigade au magasin voir si quelqu'un pouvait identifier ce type.

« Je crois que ce serait une idée excellente qu'Alvirah aille chez Long », dit Nora.

Regan faillit lui proposer de l'accompagner, mais elle préféra s'abstenir. Le magasin serait bondé en cette veille de fêtes et, si les ravisseurs l'appelaient sur son téléphone portable, elle pourrait à peine les entendre.

Il y avait autre chose. L'expression qu'elle avait surprise sur le visage de sa mère l'incitait fortement à rester auprès d'elle.

Jack s'apprêta à partir.

« Je vais aller visionner les vidéos des caméras de surveillance.

— Quant à moi, je pars de ce pas chez Long », annonça Alvirah, heureuse de se lancer enfin dans l'action.

C.B. et Petey avaient eu une matinée bien remplie. Après le petit déjeuner, ils avaient quitté le house-boat et pris la direction de l'ouest, se dirigeant vers une ferme isolée et décrépite, à l'écart de la route 80, où le cousin de Petey lui laissait garer son bateau à moteur hors-bord.

Sur la route cahotante qui y menait, C.B. grommela : « Dans quel trou perdu m'amènes-tu ? »

Petey se vexa.

« C'est là qu'habite mon cousin, et grâce à lui j'ai un endroit où garer le bateau qui va nous permettre de ramasser un million de dollars, monsieur l'arrogant. C'est pas aux clochards de faire les difficiles.

— Es-tu sûr que ton cousin n'est pas là ?

— Sûr. C'est les vacances de Noël, au cas où tu l'aurais oublié. Tout le monde se tire quelque part, même nous – hein, C.B. ? J'ai conduit mon cousin et sa femme à la gare routière il y a quelques jours. À l'heure qu'il est, ils devraient être chez ma tante à Tampa. »

C.B. grommela à nouveau :

« Ne me parle pas d'oncle ni de tante.

— C'est ton oncle qui te manque ? » gloussa Petey, écrasant le frein de son pick-up maculé de peinture.

Il venait de s'arrêter devant la porte d'une grange.

C.B. ne daigna pas répondre. Si l'oncle Cuthbert avait fait ce qu'il fallait pour moi, songea-t-il, je n'aurais pas à supporter ce dégénéré. Plus approchait le moment où ils mettraient la main sur l'argent, plus il redoutait que l'opération tourne mal.

Il savait que l'endroit où serait remise la rançon était parfaitement choisi. Le problème était de faire confiance à Petey, de le croire capable d'arriver sans casse jusque-là avec son bateau à moteur. Mais Petey lui avait assuré qu'il pouvait naviguer autour de

126

Manhattan les yeux fermés – ce qui devait probablement être son habitude, pensa C.B.

Ils descendirent de voiture et Petey courut ouvrir la porte.

« Et voilà », s'écria-t-il en retirant brusquement une vieille bâche d'un bateau en piteux état, monté sur sa remorque de mise à l'eau.

C.B. en aurait pleuré. Il maudit son oncle encore davantage.

« Tu ne vas pas me dire que ce machin-là *flotte* ? »

Petey grimpait déjà sur la remorque, sautait dans le bateau.

« Si ce bateau avait une voile, il gagnerait la coupe de l'America », cria-t-il. Il ôta la casquette de peintre qui était son habituel couvre-chef, et l'agita en direction de C.B. : « Ohé matelot ! lança-t-il joyeusement.

— Amène-toi Popeye. »

Petey leva le pouce en signe de satisfaction et descendit du bateau. Il tapota l'embarcation : « Ce petit bijou ne manque pas de pep, tu verras. Mon cousin a retapé le moteur que j'avais trouvé à la décharge.

— Qui est l'endroit où il aurait dû rester. Quand cette baignoire a-t-elle vu l'eau pour la dernière fois ?

— Je suis allé à la pêche un jour de beau temps, en octobre, dit Petey, se grattant la tête. Attends que je réfléchisse. C'était peut-être Columbus Day, ou le week-end suivant ?

— Plutôt Halloween », répliqua C.B. « Bon, accrochons ton épave au pick-up et déguerpissons. On gèle ici. »

Petey entreprit de faire reculer son véhicule, la tête

penchée hors de la fenêtre, demandant à C.B. de le guider. « Je passe ou non ? »

Avant que son compère n'ait pu répondre, Petey avait accroché le mur de la grange.

Après plusieurs essais infructueux pour assurer la remorque à l'arrière du pick-up, ils finirent par reprendre péniblement la route.

Petey renifla et s'essuya les yeux.

« Je ne reviendrai peut-être plus jamais ici.

— Dis-toi que tu as une sacrée veine. »

C.B. sortit son carnet et ils étudièrent le plan qu'ils avaient mis au point. Ils mettraient le bateau à l'eau dans une anse que connaissait Petey, à un demi-mile au sud de l'emplacement du house-boat. Ils se débarrasseraient de la remorque dans les parages.

À dix-huit heures précises, Petey embarquerait, remonterait l'Hudson et franchirait le Spuyten Duyvil en haut de Manhattan. Il viendrait s'amarrer au quai, près de la jetée à hauteur de la 127e Rue. C'est à cet endroit que Regan Reilly déposerait la rançon. Petey mettrait un peu plus d'une demi-heure pour faire le trajet.

C.B. serait alors à bord du house-boat et, à dix-huit heures, il passerait le premier coup de fil à Regan Reilly, la laisserait parler brièvement à son père et à Rosita. Il lui dirait ensuite de s'engager dans Central Park. Puis il raccrocherait avant que l'appel ne puisse être repéré.

Il ne lui resterait plus ensuite qu'à franchir en vitesse le George Washington Bridge, descendre l'East Side Drive en appelant Regan à intervalles réguliers pour lui indiquer précisément son trajet.

« C'est ce qu'on appelle une action de retardement, expliqua-t-il à Petey. Au cas où elle téléphonerait aux flics, il leur sera plus difficile de la suivre à distance. Ils croiront que nous l'avons toujours à portée de vue. »

À la fin, Regan recevrait l'ordre de traverser la Seconde Avenue à hauteur de la 127e Rue, de prendre la sortie de Marginal Road et de pénétrer dans le dock désert. Là, elle devrait déposer le sac de marin au bord de la jetée et repartir.

Une fois la rançon remise, Petey grimperait la récupérer, redescendrait dans son bateau, et filerait pleins gaz jusqu'à la 111e Rue où C.B. l'attendrait dans la voiture qu'ils avaient louée sous une fausse identité.

Petey abandonnerait le bateau, dont la trace était impossible à retrouver étant donné qu'il n'avait jamais pris la peine de le faire enregistrer, et que le moteur venait d'une décharge.

Ensuite, ils regagneraient le house-boat et s'amuse-raient à compter leur argent jusqu'à l'heure de leur vol pour le Brésil, le lendemain soir.

« J'espère que la tempête annoncée ne va pas tout faire capoter, dit C.B., inquiet. Plus tôt nous déguerpi-rons de ce bled, mieux ce sera.

— *Arriba ! arriba ! Cha-cha-cha !* » chantonna Petey, frappant en cadence le volant.

C.B. décida que le mieux à faire avec Petey était de l'ignorer. Il sortit de son sac un des premiers livres de Nora Reilly et l'ouvrit au chapitre 8, qui était noirci par ses propres notes.

« Je veux juste revoir tout ça une dernière fois », dit-il, plus pour lui-même que pour son complice.

Austin Grady arriva tôt au bureau ce vendredi matin et, sans attendre, passa en revue l'épais agenda dans lequel Luke Reilly notait ses rendez-vous.

Commençant par le jour présent, il examina l'emploi du temps de Luke minutieusement, remontant deux mois en arrière. Rien, absolument rien ne mentionnait que Luke ait pu avoir un problème ou une difficulté quelconque.

Les notes concernant les rendez-vous avec le regretté Cuthbert Boniface Goodloe amenèrent un sourire involontaire sur ses lèvres, et soulagèrent momentanément le sentiment d'angoisse et d'oppression qui s'était emparé de lui. Aucune jeune mariée n'avait jamais planifié son mariage avec l'attention manifestée par Goodloe pour ses funérailles.

Désirant qu'une assistance conséquente soit présente à ses derniers adieux, Goodloe avait donné des instructions précises. S'il mourait durant un week-end, la veillée funèbre n'aurait pas lieu avant le mardi. Il voulait que son corps soit exposé pendant deux jours et deux nuits entiers et que l'enterrement ait lieu le jeudi. Et c'est ainsi que les choses s'étaient passées.

« Il faut du temps pour prévenir tout le monde et publier l'annonce du décès dans les journaux », avait-il dit.

Dieu sait que les membres de Fleurs et Bourgeons avaient été prévenus longtemps à l'avance, songea Austin – et maintenant on n'arrivait plus à se débarrasser d'eux.

Le téléphone sonna sur son bureau. « Pourvu que ce ne soit pas cet exalté de Bumbles », murmura-t-il. C'était Regan. En entendant le son de sa voix, il eut le fol espoir qu'elle appelait pour lui annoncer que Luke et Rosita avaient été retrouvés sains et saufs. Mais, naturellement, il n'en était rien.

Il lui rapporta ce qu'il était en train de faire. « Je vais tout passer en revue, promit-il. Et poser discrètement quelques questions autour de moi. Il y a peut-être eu un problème avec un employé dont nous n'aurions pas eu connaissance.

— Merci, Austin, dit Regan d'une voix sourde. Comment savoir qui a pu agir ainsi ? Pour le moment la police se concentre sur l'ex-mari de Rosita. Il paraît qu'il aurait de grosses dettes de jeu, envers des gens peu recommandables.

— Le genre de chose qui pourrait pousser quelqu'un à trouver un million de dollars par n'importe quel moyen.

— Mais c'est peut-être aussi l'œuvre d'une personne qui en veut à mon père depuis dix ans. » Le ton de Regan se fit plus léger. « Vous savez ce que l'on dit de nous autres Irlandais : que nous oublions tout sauf une vieille rancune.

— J'en sais quelque chose, Regan », fit Austin, se rappelant sa vieille grand-mère qui n'avait jamais pardonné à sa cousine de l'avoir « éclipsée » en se mariant deux semaines avant elle.

Sur son lit de mort, soixante ans plus tard, grand-mère vitupérait encore contre l'affront qu'elle avait subi. Que sa cousine ait fait un mariage détestable ne l'avait pas apaisée.

« Comment se porte votre mère ? demanda-t-il.

— Elle trouve le temps long. Je resterai auprès d'elle jusqu'à la fin de l'après-midi. »

Il savait ce qu'elle voulait dire.

« Faites-lui mes amitiés, et soyez prudente, Regan.

— Bien sûr. À bientôt. »

Austin avait à peine raccroché que le téléphone sonna à nouveau. Il décrocha, espérant en secret entendre la voix calme de Luke lui dire, comme des centaines de fois auparavant : « Qu'est-ce qu'on a de prévu aujourd'hui, Austin ? »

« Austin Grady, dit-il.

— Ernest Bumbles à l'appareil, monsieur Grady ! »

La voix grinça aux oreilles d'Austin comme des ongles sur un tableau noir.

« Luke n'est pas là, lui annonça Austin d'un ton ferme. Et non, j'ignore quand nous le verrons.

— J'essaierai plus tard. À bientôt. »

Luke et Rosita s'étaient enveloppés dans leurs minces couvertures, du mieux qu'ils pouvaient. Le maigre chauffage au gaz était impuissant à combattre l'humidité glaciale qui régnait dans le bateau parcouru de courants d'air.

« Si nous sortons d'ici, j'emmènerai mes enfants à Puerto Rico pendant une semaine, dit Rosita. J'aurai besoin d'au moins huit jours pour me réchauffer.

— *Lorsque* nous sortirons d'ici, c'est moi qui vous y enverrai, en première classe », promit Luke.

Rosita sourit.

« Vous feriez mieux de vérifier votre compte en banque, avant. N'oubliez pas qu'il vient d'être délesté de un million de dollars.

— Et que vous m'en devez la moitié.

— Vous avez du culot ! » Cette fois, Rosita rit de bon cœur. « Comme l'a dit et répété C.B., si vous n'aviez pas présenté feu son cher oncle à Fleurs et Bourgeons, il n'aurait jamais modifié son testament.

— Je ne savais pas qui inviter à ce dîner, protesta Luke. J'avais des tables entières à remplir.

— Croyez-vous que M. Grady pourrait faire le rapprochement et mettre la police sur les traces de notre ami C.B. ? » demanda Rosita.

Luke préféra être franc.

« Je ne vois pas pourquoi il le ferait. C.B. a très bien contenu sa rage pendant la veillée funèbre, bien que je l'aie surpris en train de fourrer des feuilles pourries dans le cercueil de son oncle.

— Pas possible ? L'avez-vous raconté à M. Grady ?

— Malheureusement non. Je dois dire que je l'ai surtout plaint. Au fil des années, j'ai rencontré beaucoup de gens naturellement bouleversés, qui se comportaient de façon totalement imprévisible lorsque survenait un décès.

— Et ensuite il a assisté aux funérailles et au déjeuner, je parie qu'il s'est bien comporté. Comme vous-même n'y avez pas assisté, ils croient probablement aujourd'hui que nous avions déjà disparu. Si bien que personne ne pensera jamais à faire le lien avec lui, conclut Rosita.

— En effet. Il n'y a aucune raison qu'ils le fassent.

— Et personne n'imaginera que Petey puisse être dans le coup, poursuivit Rosita. Avec votre flegme habituel, monsieur Reilly, vous n'avez même pas montré que son travail ne vous convenait pas.

— J'étais extrêmement contrarié en réalité, mais il était plus facile de le payer et de l'envoyer se faire voir ailleurs. Et avouez que nous avons bien ri de cette histoire.

— Ça oui !

— J'y pense, Rosita. Si vous aviez accepté de sortir avec Petey, nous ne serions peut-être pas ici.

— Je préfère être ici. »

Luke pouffa. « Je ne peux pas vous en vouloir. »

Ils restèrent un moment silencieux ; puis Rosita dit :

« Je me demande qui s'occupe de mes enfants.

— Qui que ce soit, ne vous inquiétez pas. Regan s'assurera qu'on prend bien soin d'eux.

— Oh, je sais, dit-elle vivement. Mais ils sont probablement avec quelqu'un qu'ils ne connaissent pas, et il leur faut toujours un peu de temps avant de se sentir en confiance. » Elle marqua une pause. « Je leur manque, bien sûr, mais je suis certaine qu'ils m'en veulent aussi de ne pas être encore rentrée à la maison. Tout n'a pas été toujours rose pour eux depuis un an et demi, avec leur père qui les a abandonnés.

— Dès que vous serez rentrée, la vie reprendra son cours normal plus vite que vous ne le croyez, dit Luke, cherchant à la rassurer.

— Ce qui m'inquiète, dit-elle avec hésitation, comme réticente à exprimer son angoisse la plus secrète, c'est qu'un individu tel que C.B., apparemment incompétent, ait conçu et jusqu'à présent mené à bien cet enlèvement. Je me demande de quoi il est capable s'il décide de ne pas laisser de témoins. »

Luke préféra ne pas exprimer tout haut ce qu'il pensait. Au cas où un micro serait caché dans la pièce.

Il aurait voulu révéler à Rosita son plan pour faire comprendre à Regan qu'ils se trouvaient à proximité des sujets de son livre d'enfants préféré, celui qui parlait d'un pont et d'un phare. Il savait que c'était un peu tiré par les cheveux, mais il n'avait pas d'autre carte à jouer.

Rosita avait raison. C.B. était capable d'un ultime acte de vengeance.

Alvirah passa rapidement devant Macy's et se dirigea vers Long, au coin de la rue suivante. La circulation en ville était si dense qu'elle avait quitté son taxi pour s'engouffrer dans le métro. Malgré le froid, la foule se ruait dans les magasins pour les achats de dernière minute. En temps normal, Alvirah faisait volontiers du lèche-vitrines, mais elle avait autre chose à l'esprit pour le moment.

Elle savait qu'elle n'avait logiquement aucune chance de retrouver l'homme qui avait acheté ce cadre à trois sous, pourtant elle était décidée à essayer.

Elle franchit d'un seul élan la porte à tambour de Long puis s'arrêta et regarda autour d'elle, cherchant à s'orienter. Je ne suis pas venue ici depuis un certain temps, se dit-elle. Franchement, je ne peux pas dire que je le regrette. Elle se souvenait de la disposition des rayons comme si elle y était venue la veille. Le département « hommes » était au rez-de-chaussée, comme dans tous les magasins, nota-t-elle. Tout commerçant sait que les hommes ont horreur de faire des courses. Une fois que vous les avez enfin piégés, mieux vaut que le rayon vêtements leur saute aux yeux.

Des articles de pacotille tels que le cadre se trouvaient certainement au sous-sol. Il y avait la queue pour descendre par l'escalator. La jeune femme devant Alvirah traînait trois gamins à sa suite et paraissait épuisée.

« Tommy, je t'avais prévenu de ne pas dire à tes frères qu'il n'y a pas de Père Noël, souffla-t-elle à l'oreille de l'aîné.

— Mais il n'y en a pas ! protesta-t-il. Maman, tu ne crois quand même pas que ce débile au rayon des jouets est réellement le Père Noël ?

— Il le dépanne !

— J'ai entendu quelqu'un l'appeler Alvin.

— Et alors ? » dit sa mère tout en guidant ses enfants vers les marches de l'escalator.

Cet enfant est précoce, pensa Alvirah, amusée. Mais leur vue lui rappela les deux petits garçons dans le New Jersey qui attendaient le retour de leur mère et elle revint au sujet qui l'avait amenée là.

Au sous-sol se déployait une banderole portant l'inscription : SOLDES. Le rez-de-chaussée est peut-être encombré, pensa Alvirah, mais ici c'est l'émeute. Les cartes de vœux étaient vendues à moitié prix, les tables croulaient sous les décorations de Noël, les girandoles, les rouleaux de papier-cadeau. Le cadre vient certainement d'ici, décida Alvirah qui avait repéré devant elle un comptoir couvert d'accessoires divers.

Sa longue expérience de la chasse aux bonnes affaires lui avait appris à se faufiler parmi les rayonnages des soldes sans bousculer les autres acheteurs.

Quelques secondes lui suffirent donc pour dénicher l'endroit où s'empilaient les cadres dans leur emballage, avec un exemplaire de chaque modèle exposé dans une boîte ouverte. L'un d'eux était la réplique exacte de celui de Nora.

Cachant mal son excitation, elle s'empara vivement du cadre, chaussa ses lunettes. *Sonne donc joyeux carillon*, proclamaient les lettres dorées en haut du cadre.

« Pas pour moi », marmonna Alvirah en retournant rageusement le cadre contre la table. Mais lorsqu'elle souleva le suivant, un large sourire éclaira son visage. *Je serai à la maison pour Noël... au moins dans mes rêves*, disait la légende. C'était le bon.

Alvirah parvint à attirer l'attention du vendeur, un jeune homme d'apparence aimable, d'à peine plus de dix-huit ans.

« Je voudrais celui-là, dit Alvirah, agitant le cadre sous son nez.

— Laissez-moi vérifier duquel il s'agit. » Il le lui prit des mains. « Oh, il en reste encore une quantité. »

Il remit le modèle d'exposition sur le comptoir et prit une boîte sur la pile la plus haute. Elle portait la mention : FABRIQUÉ EN EXCLUSIVITÉ POUR LONG.

Bon, pensa Alvirah. Voilà un problème résolu.

« Je m'étonne qu'il en reste autant », dit-elle vivement.

Le vendeur haussa les épaules.

« Les autres se sont vendus comme des petits pains, mais pas celui-ci.

— Peut-être ne sont-ils en vente que depuis peu, suggéra Alvirah.

— On dirait plutôt qu'ils ont toujours été là. »

Il prit l'argent qu'elle lui tendait et actionna le tiroir-caisse.

Alvirah sentit le découragement la gagner. Autant chercher une aiguille dans une meule de foin.

« Peut-être pourriez-vous m'aider », dit-elle précipitamment, consciente de l'impatience de la femme derrière elle. « Quelqu'un a offert un cadre similaire à l'une de mes amies, et la carte qui l'accompagnait ne portait aucun nom. Elle ignore d'où provient ce cadeau et en est désolée. Vous ne vous souviendriez pas en avoir vendu un récemment, par hasard ?

— Vous plaisantez, madame ? Est-ce que vous imaginez la foule que nous avons vue défiler ici depuis Thanksgiving ? Dans deux secondes, je ne me souviendrai même plus de vous.

— Je vais coller ma photo dans un de ces cadres et vous l'envoyer », répliqua vertement Alvirah.

« Tout va bien par ici ? » La question provenait d'un chef de rayon qui venait de surgir à l'impromptu.

« Je m'entretenais simplement avec cet aimable jeune homme, répondit Alvirah d'une voix suave. Il s'est montré tellement serviable.

— Long toujours à votre service ! » chantonna le chef de rayon, se hâtant d'aller régler quelque conflit ailleurs.

« Je travaille seulement comme remplaçant à ce rayon durant les pauses », dit le jeune homme, visiblement reconnaissant qu'Alvirah ne se soit pas plainte de son attitude. « La vendeuse habituelle est en congé aujourd'hui. Elle sera de retour demain matin. Nous ouvrons à sept heures pour le dernier jour de shopping avant Noël.

— Comment s'appelle-t-elle ?

— Darlene.

— Darlene quoi ?

— Darlene Krinsky.

— Elle travaillait hier ?

— Toute la journée jusqu'à la fermeture.

— Merci », dit Alvirah.

Elle confierait cette information à Jack Reilly. C'était le mieux qu'elle puisse faire pour l'instant.

Alors qu'elle s'en allait, elle entendit la femme qui avait attendu derrière elle dire tout haut :

« Dieu soit loué, nous voilà enfin débarrassés de Sherlock Holmes. »

L'heure où devait être remise la rançon approchant, la tension montait au sein de la brigade des affaires spéciales au One Police Plaza. Les allées et venues se succédaient dans le bureau de Jack Reilly.

La journée n'avait apporté que des déceptions. Les empreintes trouvées dans la limousine ne correspondaient à aucune de celles qui étaient enregistrées dans leur banque de données. Les vidéos des caméras de surveillance de l'hôpital n'avaient été d'aucune utilité. L'homme qui avait déposé le cadeau pour Nora Reilly était de taille moyenne et se tenait penché en avant. En pénétrant dans le hall de l'hôpital, il tenait le sac provenant du magasin de telle façon qu'il lui masquait le visage. Seule sa nuque était visible lorsqu'il était entré dans la boutique de cadeaux et, quand il en était sorti, le gros nœud de la boîte avait caché son visage aux caméras.

Alvirah avait fait le récit de son expédition chez Long. L'administration du magasin leur avait communiqué l'adresse et le téléphone de Darlene Krinsky, mais jusque-là on n'avait pas pu la joindre. Rien de surprenant à deux jours de Noël, se dit Jack. Elle fait des courses ou s'amuse chez des amis. Non qu'il attendît grand-chose d'un entretien avec elle. Si ce type n'avait pas utilisé de carte de crédit pour l'achat de l'ours dans la boutique de l'hôpital, il était peu probable qu'il en ait utilisé une pour un cadre valant moins de dix dollars.

Toutefois sa conversation avec Alvirah avait eu une conséquence imprévue. Ce soir, elle serait assise à l'arrière de sa voiture. Il ne comprenait toujours pas comment elle l'avait convaincu, mais ainsi qu'elle l'avait fait justement remarquer, leur seul lien direct avec les ravisseurs était l'enregistrement obtenu grâce à sa présence d'esprit. Un fait indéniable.

À quinze heures, tous les acteurs de l'opération se rassemblèrent dans le bureau de Reilly. Jack et son ami du FBI, Charlie Winslow, firent ensemble le point de la situation. Ils passèrent minutieusement leur plan en revue. Six voitures affectées à l'unité mobile de surveillance couvriraient Regan Reilly pendant qu'elle suivrait les instructions des ravisseurs. Elles resteraient en liaison entre elles par radio, utilisant une fréquence réservée du FBI.

La cellule technique chargée d'intercepter les appels

sur le portable de Regan relaierait immédiatement ces instructions à l'unité mobile.

« Nos agents ont pris livraison de l'argent à la Banque fédérale de réserve, leur dit Winslow. Ce soir notre avion survolera la scène et suivra les billets à la trace.

— Quant à vous, dit Jack Reilly, s'adressant aux cinq inspecteurs qui se tenaient sur le côté droit de la salle, vous surveillerez de près l'immeuble des Reilly, au cas où ces types tenteraient un coup tordu au moment où Regan quittera le garage. Dès qu'elle sera dans la rue, vous regagnerez vos véhicules et rejoindrez l'unité mobile. Des questions ? »

Dan Rodenburg, trente ans de service, se tortilla sur sa chaise.

« La pensée que Regan Reilly sera seule dans sa voiture ne me plaît pas tellement », dit-il sans détour.

À moi non plus, pensa Jack.

« Nous en avons discuté franchement avec elle. Elle risquerait de mettre la vie des deux otages en danger si l'un de nous se dissimulait dans sa voiture. Elle a reçu l'ordre de ne pas prévenir la police. Regan sait ce qu'elle fait ; elle possède une licence de détective et jouit d'une excellente réputation en Californie. »

La moue sceptique de Rodenburg n'échappa pas à Charlie Winslow. « Elle est enrôlée par le FBI dans cette affaire. Tranquillisez-vous : elle sera armée. »

Jack poursuivit : « La voiture que conduira Regan sera amenée dans le garage de l'immeuble de ses parents, à Central Park South, à dix-sept heures quarante-cinq. Regan attendra sur place. Le sac de marin contenant l'argent aura été placé sur le siège avant. À dix-huit heures, Regan longera le bloc qui sépare son immeuble de la Sixième Avenue et tournera à gauche pour s'engager dans le parc. »

Il marqua une courte pause.

« Je ne devrais pas avoir à vous le dire, mais soyons très clairs. Il se peut que l'un d'entre vous soit tenté de coincer l'individu qui prendra l'argent. N'en faites rien. La sécurité de Luke Reilly et de Rosita Gonzalez est en jeu et c'est la seule chose qui importe. Celui qui ramassera la rançon peut avoir prévu qu'un éventuel complice fasse disparaître les otages s'il n'est pas de retour au bout d'un temps donné. Malheureusement, nous avons tous été témoins de ce genre de choses. » Il se leva. « C'est à peu près tout. Vous n'ignorez pas que nous avons lancé un avis de recherche concernant Ramon et Junior Gonzalez. Tout semble les incriminer. »

Au moment où son assistance s'apprêtait à quitter la salle, le téléphone de Jack retentit. Ils s'immobilisèrent, sachant qu'il avait donné l'ordre de différer toutes les communications, excepté celles qui concernaient directement le kidnapping.

Il souleva l'appareil. « Reilly. » Il écouta. « Tous les deux ?... depuis mardi ?... vous avez vérifié tous les enregistrements téléphoniques ?... ils gagnent gros, dites-vous ? »

Il raccrocha.

« Les frères Gonzalez mènent la grande vie à Las Vegas, et regagnent l'argent qu'ils ont perdu à Atlantic City. Ce qui signifie... »

Charlie Winslow termina sa phrase :

« ... que nous ignorons totalement à qui nous avons à faire. »

Pendant une bonne partie de la matinée, Fred avait occupé les fils de Rosita à trier les décorations de Noël et à démêler les guirlandes lumineuses. Tandis que l'un s'appliquait à battre l'autre de vitesse, il inspecta discrètement l'appartement. C'était une tâche qui l'embarrassait. Seule la pensée de Rosita retenue prisonnière l'autorisait à chercher un indice, le plus petit fût-il, qui permettrait de la ramener chez elle.

La vie de Rosita ressemblait à un livre ouvert. Les documents de son divorce avaient été établis presque un an auparavant. Ils octroyaient un droit de visite étendu au père – qu'apparemment il n'utilisait guère. Les relevés bancaires prouvaient qu'elle ne vivait pas au-dessus de ses moyens, aucune lettre de relance ne témoignait de factures impayées.

Des questions anodines posées aux enfants sur leurs activités et les amis de leur mère n'avaient fourni aucun élément.

Autant qu'il pût en juger, Rosita ne fréquentait aucun autre homme, et voyait peu son ex-mari. Tout cela confirmait ce que Fred pensait depuis le début, à savoir que Luke était la cible de cet enlèvement, et que Rosita avait simplement eu la déveine de se trouver avec lui à ce moment-là.

À midi, il alla chez lui avec les enfants et se changea. Puis il les emmena au Sports World, un parc d'attractions couvert, où ils déjeunèrent et montèrent sur divers manèges. Il avait gardé son téléphone portable dans sa poche de poitrine. Il savait que Keith Waters l'appellerait immédiatement s'il y avait du nouveau, ou si quelqu'un laissait un message sur le répondeur de Rosita.

Ils regagnèrent l'appartement en fin d'après-midi. Son atmosphère chaleureuse et accueillante semblait l'avoir déserté. L'entrain des deux garçons se dissipa instantanément.

Les larmes commencèrent à couler sur les joues de Bobby. « J'espérais que maman serait là. »

Fred leur montra les girandoles et les décorations rangées en piles sur le sol.

« Allons, il faut décorer l'arbre maintenant. Ainsi, maman aura une belle surprise en arrivant.

— Mais on en laissera un peu pour elle, lui rappela Chris.

— Bien sûr. Dites donc, est-ce que maman met parfois de la musique pour Noël ?

— Oui, oui, maman adore les chants de Noël. On a plein de CD.

— C'est moi qui choisis. »

Bobby se précipita vers la chaîne stéréo.

Comme résonnaient les premières notes joyeuses de *Rudolph, le petit renne au nez rouge*, le téléphone sonna. Chris s'élança vers l'appareil. « Allô », cria-t-il d'une voix pleine d'espoir. Visiblement déçu, il se tourna vers Fred : « C'est pour toi. »

C'était Keith Waters, qui lui annonçait que les frères Gonzalez ne faisaient plus partie des suspects. Pas une grande surprise, pensa Fred en raccrochant.

Mais malgré tout une déception. Comme dit le proverbe : « Mieux vaut connaître son ennemi. » Gonzalez avait peut-être désespérément besoin d'argent, néanmoins il était difficile d'imaginer le père de ces enfants capable d'assassiner leur mère pour en obtenir.

Luke et Rosita étaient-ils entre les mains de psychopathes ?

À seize heures trente, Nora dit à Regan : « Tu devrais partir maintenant. Aller à l'appartement te préparer. »

Regan savait que sa mère s'inquiétait. « Je préférerais que tu ne restes pas seule.

— Je sais comment m'occuper. » Nora ouvrit le tiroir de sa table de nuit et en retira un chapelet.

« Quelques dizaines d'Ave, fit Regan en souriant.

— Un rosaire complet plutôt », corrigea sa mère.

Regan se pencha et l'embrassa sur le front.

« Sois prudente, Regan. »

La voix de Nora se brisa.

Incapable de répondre, Regan la serra rapidement contre elle et se détourna. Sur le seuil de la porte, elle s'immobilisa et regarda sa mère. « Tu sais, maman, il y a un autre poème qui dit : "Je serai à la maison pour Noël...

— ... attends-moi", termina Nora.

— Exactement ! »

Regan leva le pouce et referma la porte derrière elle.

Luke écarquilla les yeux de stupéfaction en voyant Petey sortir de la cabine.

Rosita murmura : « Oh, Seigneur, qu'est-ce que c'est que cette mascarade ? »

« Tous à la plage ! » s'écria Petey en traversant gauchement la pièce, visiblement gêné et à l'étroit dans sa combinaison de plongée.

« Ne me dites pas que la remise de rançon aura lieu dans un bal costumé », dit Luke.

Rosita hocha la tête. « Et il s'est déguisé en commandant Cousteau. »

« Taisez-vous ! gronda C.B., hors de lui. Rien ne m'oblige à indiquer l'endroit où l'on pourra vous retrouver.

— Ce serait pas juste », protesta Petey, clignant des yeux. Il tortillait le cou, remuait ses épaules. « Je me sens serré dans ce truc. J'aurais dû prendre une taille au-dessus.

— Cesse de te plaindre et va chercher tes lunettes de plongée et le reste, ordonna C.B. en enfilant son manteau. Il est temps de partir.

— Une minute », dit Luke, craignant de ne pas avoir l'occasion de parler à Regan. « Vous avez dit à ma fille qu'elle pourrait s'entretenir avec nous avant de vous remettre l'argent. Elle ne vous donnera pas un sou si vous ne respectez pas vos engagements.

— Vous en faites pas, dit Petey. C.B. me conduit seulement à mon bateau.

— Tu viens, oui ou non !

— Bon. Ne me bouscule pas, se plaignit Petey. J'ai trop de choses à l'esprit. »

Ils étaient enfin partis.

Pas pour longtemps. Dix minutes plus tard, Petey était de retour.

« Oublié les clés de mon bateau, dit-il en s'excusant presque. Comme je l'ai dit à C.B., voilà ce qui arrive quand on se presse trop. »

À dix-sept heures trente, Alvirah se changea et enfila un tailleur-pantalon confortable et des chaussures à semelles de caoutchouc, s'apprêtant à jouer sérieusement son rôle de passagère dans la voiture de Jack Reilly. Elle agrafa sa broche soleil à sa veste.

« Je mettrai le micro en marche dès l'instant où je monterai dans la voiture. »

Willy examina d'un air soucieux les chaussures de sa femme : « Mon chou, s'il faut poursuivre les malfaiteurs à pied, tu ne vas quand même pas te joindre à la course ?

— Ça ne risque pas, Willy. Je ne cours pas assez vite. Mais si, pour une raison ou une autre, nous devons descendre de la voiture, je ne veux pas me rompre le cou. Il y a du verglas.

— Tant que tu me promets de rester en arrière quoi qu'il arrive... »

Ils rejoignirent Cordelia qui les attendait dans le salon.

Lorsque Regan avait téléphoné une vingtaine de minutes plus tôt, c'est Cordelia qui lui avait répondu.

« Est-ce que votre mère est seule à l'hôpital ? avait-elle gentiment demandé.

— Oui, avait répondu Regan. Cela me tracasse, mais

elle ne veut absolument rien dire de cette histoire à personne, même à ses plus proches amies. Elle redoute une indiscrétion auprès des médias.

— Elle ne devrait pas rester seule, affirma sœur Cordelia. Je viendrais volontiers lui tenir compagnie. Et je sais que Willy aussi. »

Cinq minutes plus tard, Regan avait rappelé.

« Je croyais que ma mère voulait rester seule, mais elle dit qu'elle sera ravie de votre présence auprès d'elle. »

Ils prirent l'ascenseur ensemble.

Le portier héla un taxi pour Willy et Cordelia, puis se tourna vers Alvirah.

« J'attends quelqu'un », expliqua-t-elle.

Depuis la porte d'entrée, elle apercevait le garage de l'immeuble des Reilly. À dix-sept heures cinquante-trois, Regan apparut au volant d'une BMW vert foncé. « Bonne chance, Regan », murmura Alvirah au moment où la voiture de Jack Reilly se garait le long du trottoir. Elle franchit en courant les quelques mètres qui l'en séparaient et se glissa sur le siège arrière.

« Alvirah, voici l'inspecteur Joe Azzolino », dit Jack avec un geste vers le conducteur, sans quitter des yeux la BMW qui les précédait.

« Contente de vous connaître », fit Alvirah.

L'heure n'était pas aux mondanités.

Tout le long du pâté de maisons jusqu'à la Sixième Avenue, nom que les vieux New-Yorkais donnaient encore à l'Avenue des Amériques, la chaussée était bloquée par la file des taxis et des voitures de maître qui chargeaient et déchargeaient leurs passagers devant les hôtels et les restaurants de luxe en bordure de Central Park South.

Ils suivirent la voiture de Regan dans sa lente progression. « Ces embouteillages tombent à pic, dit Jack avec satisfaction. Regan n'aura pas à ralentir trop longtemps pour nous attendre au croisement. »

À dix-huit heures précises, elle tourna à gauche et s'engagea dans Central Park.

Une voix s'éleva sur la ligne du FBI : « Son portable est en train de sonner. »

« Tu as tout pigé ? » demanda C.B. en suivant l'étroit chemin qui menait à l'anse où ils avaient amarré le bateau de Petey et caché la remorque.

« Est-ce qu'un canard sait nager ? Est-ce que le pape est catholique ? Est-ce que les ours...

— Laisse tomber, implora C.B. Répétons depuis le début une dernière fois. Tu embarques sur cette périssoire bouffée par les termites que tu appelles un bateau. Tu surveilles l'heure et, à dix-huit heures tapantes, tu mets le contact et tu démarres.

– Est-ce qu'il faut synchroniser nos montres, capitaine ? »

C.B. lui lança un regard noir, puis continua : « Avec ton baquet, tu franchiras Spuyten Duyvil, contourneras la pointe nord de Manhattan jusqu'à la Harlem River...

— Spuyten Duyvil est un mot hollandais, l'interrompit Petey. Je crois que ça veut dire "malgré le diable". Le courant est vicieux dans le coin. C'est sûr.

Mais pas de problème pour un vieux loup de mer comme moi.

— Ferme-la ! Ferme-la ! *Ferme-la !* Tu te serviras du téléphone portable de Rosita...

— Celui de M. Reilly est beaucoup plus récent. Tu aurais pu me le refiler. Mais non... »

C.B. freina si violemment que Petey fut projeté en avant. « J'aurais pu avoir une commotion cérébrale, gémit-il.

— Continuons, je t'appellerai ce soir vers dix-huit heures quarante-cinq. Tu seras alors à ton poste, amarré au quai à la hauteur de la 127ᵉ Rue, près de la jetée. Je te parlerai brièvement. *Tâche* de piger qu'un portable peut être repéré en moins d'une minute. »

Petey siffla avec admiration. « C'est super-rapide. Tout est vachement technologique aujourd'hui, hein, C.B. ? Moi, je préfère les trucs un peu plus simples.

— Dieu sait que tu l'as prouvé », marmonna C.B.

En dépit du trafic dense sur River Road, C.B. mit moins de dix minutes pour franchir le demi-mile qui séparait l'anse, où il avait laissé Petey, du house-boat. Quand il quitta la voie à grande circulation, il craignit qu'une voiture de police ne le suive et ne le voie s'engager dans une route qui menait à une marina fermée pour l'hiver.

Quand ils avaient concocté le plan à l'origine, c'était Petey qui avait imaginé d'amener le house-boat de Lincoln Harbor, une marina qui était ouverte toute l'année, jusqu'à l'appontement isolé de Edgewater.

Cette partie du plan avait marché, reconnaissait malgré lui C.B. en jetant un regard inquiet dans le rétroviseur. Et la prochaine fois que j'emprunterai cette route, j'aurai un million de dollars sur le siège arrière.

Il prit le tournant, roula à la vitesse d'un escargot jusqu'à ce qu'il fût certain que personne ne le suivait. Puis il accéléra pendant le reste du trajet jusqu'au parking. Une fois arrivé là, il gara la voiture et longea à pied l'appontement où était amarré le house-boat. Le vent s'était levé et la température chutait. Le bulletin météo qu'il avait entendu en chemin prévoyait que la tempête annoncée passerait peut-être plus au large.

Je me fiche de l'endroit où elle soufflera. D'ici là je me serai envolé avec le fric, pensa-t-il.

L'accès au house-boat était hasardeux. Le courant écartait puis rapprochait violemment le bateau de l'appontement. Qui au monde aurait envie d'habiter un truc flottant ? se demanda-t-il en hissant péniblement la lourde masse de son corps sur le pont. Il eut un instant de panique lorsque ses jambes firent le grand écart, un pied sur l'appontement, l'autre partant au large avec le bateau.

« Il faut être acrobate pour faire ça tous les jours », gémit C.B. à voix haute quand il se retrouva enfin les deux pieds fermement plantés sur le pont. Mais ce cauchemar est presque terminé, se promit-il à lui-même avant d'entrer à l'intérieur.

Dix minutes plus tard, à dix-huit heures précises, il composa le numéro du portable de Regan. Dès qu'elle répondit, il ordonna d'une voix gutturale : « Continuez à rouler vers le nord. Votre père et Rosita vont bien.

À propos, ils ont même entendu votre mère dans l'émission d'Imus ce matin... n'est-ce pas, Luke ? »

Il plaça le téléphone devant la bouche de Luke.

« J'ai effectivement écouté ta mère ce matin, Regan », dit Luke. Faites qu'elle comprenne ce que j'essaye de lui dire, pria-t-il. « Je me vois justement en train de te lire ton livre préféré quand tu étais petite.

— Ça suffit ! dit C.B. Au tour de Rosita.

— Regan, qui s'occupe de mes enfants ? »

C.B. ne laissa pas à Regan le temps de répondre.

« Faites le tour du parc. Je vous rappellerai. » Il coupa la communication. « Je vous quitte, annonça-t-il à Luke et à Rosita. Souhaitez-moi bonne chance. »

Son père et Rosita étaient toujours en vie. Les ravisseurs s'apprêtaient à récupérer la rançon. Regan se rendait compte maintenant à quel point elle avait redouté qu'ils ne paniquent pour une raison ou pour une autre et qu'ils ne la rappellent plus.

Faites le tour du parc. C'était l'ordre qu'il lui avait donné. La circulation était dense sur la route qui sinuait dans le parc jusqu'à la sortie de la 72ᵉ Rue, où un flot ininterrompu de voitures tournait dans la Cinquième Avenue. D'autres bifurquaient sur la gauche vers le West Side. Rares étaient celles qui continuaient vers le nord.

C'est ennuyeux, réfléchit Regan. Avec si peu de circulation, il sera plus facile de repérer que je suis suivie. En approchant de la 110ᵉ Rue, la route tournait vers l'ouest, puis revenait vers le sud. Son interlocuteur n'avait pas fixé de limite de temps pour la traversée du parc, et il ne lui avait pas dit non plus de se presser. Il est probablement assez malin pour savoir que la police peut repérer l'endroit d'où émet un portable s'il fonctionne plus d'une minute. C'est pourquoi il a tout juste permis à ses otages de dire quelques mots.

Papa a entendu Nora dans l'émission d'Imus ce matin. Imus a mentionné les albums que maman lui avait envoyés pour ses enfants. Mais pourquoi papa a-t-il parlé des livres qu'il me lisait lorsque j'étais petite ? Il *savait* certainement qu'il ne disposait que de quelques secondes. Et il a fait allusion à mon livre préféré. Lequel était-ce ? Je ne m'en souviens même pas.

Elle passait devant la sortie de la 96e Rue sur le West Side. Le trafic augmentait.

Hier soir maman m'a dit qu'elle ne cessait de penser aux premiers temps de sa vie avec papa. Elle a évoqué leur premier appartement et le jour où elle a vendu sa première nouvelle. Apparemment, papa se plonge lui aussi dans les souvenirs.

Regan refoula les larmes qui lui montaient aux yeux.

Elle passait devant la Tavern on the Green. Le restaurant, brillamment éclairé en temps normal, était aujourd'hui décoré de guirlandes lumineuses qui lui donnaient un air de fête. Enfant, elle adorait faire un tour sur le manège installé près du zoo de Central Park et aller ensuite déjeuner à la Tavern on the Green.

Elle atteignait l'extrémité sud du parc et roulait sur

une portion de route parallèle à Central Park South. Elle avait décrit un cercle complet.

Son portable sonna à nouveau.

« *Sailing, sailing over the bounty Maine* », chantait Petey, chaussé de ses lunettes de plongée, tandis qu'il passait sous le George Washington Bridge et virait vers le nord. Sentant l'air froid et humide lui piquer les joues, il entonna une autre chanson qu'il avait apprise à l'école : « *Oh, it's so thrilly when it's chilly in the winter.* »

Bang !

« Alerte aux glaces ! » glapit Petey tandis que le bateau tanguait violemment. Cette fois-ci il entonna « ... *my heart will go on and on* ». Il avait vu *Titanic* trois fois. Si j'avais été à la barre de ce rafiot, il n'aurait pas sombré, se dit-il.

Petey se sentait libre comme l'air. Il lui semblait avoir toute la rivière pour lui seul, et il était dans les temps. Il tapota le bord du bateau.

« Tu vas me manquer quand je serai au Brésil. On s'est bien amusés tous les deux. J'espère que les flics te trouveront un port confortable. »

Il était presque arrivé en haut de Manhattan. « Spuyten Duyvil, me voici », cria-t-il en virant de bord pour pénétrer dans l'étroit chenal qui reliait l'Hudson et la Harlem River.

« J'ai l'impression d'être dans une machine à laver », murmura-t-il, pris dans les remous qui bousculaient son vieux bateau.

« Victoire ! » cria-t-il triomphant un quart d'heure plus tard, en s'amarrant au quai à hauteur de la 127e Rue, bien dissimulé sous le Triborough Bridge.

Où vont donc tous ces gens ? C.B. enrageait en attendant derrière une file de voitures de pouvoir payer le péage du George Washington Bridge. Ils devraient être chez eux en train d'emballer les cadeaux. Quant à moi, je déballerai le mien dans quelques heures, songea-t-il. Cette pensée lui remonta le moral.

Il avait couché sur une feuille de papier les instructions qu'il avait l'intention de communiquer à Regan Reilly. J'espère que vous aimez zigzaguer, songea-t-il, car c'est ce que vous allez faire jusqu'à dix-neuf heures.

Il vérifia l'heure à sa montre. Dix-huit heures vingt. Il était temps de rappeler Regan, mais pas avant d'être dans le voisinage du pont. Il voulait être certain qu'il n'y aurait pas d'interférences sur la ligne.

Dès qu'il eut atteint le Harlem River Drive, C.B. sortit son portable. « L'heure est venue d'aller admirer les jolis arbres de Noël sur Park Avenue, Regan », dit-il.

« Qu'est-ce qu'ils concoctent à ton avis, Jack ? » demanda Joe Azzolino à son chef, comme les instructions des ravisseurs leur étaient communiquées par le centre d'écoute du quartier général.

« Eagle » était le nom de code donné à l'opération.

« Le plus probable est que l'un d'eux la suit et essaye de repérer nos voitures », dit Jack. Mais pourquoi ai-je l'obscur pressentiment qu'ils ont un atout dans leur manche dont nous ne nous doutons pas ? se demanda-t-il. Le centre d'écoute n'était pas parvenu à localiser leur portable. Les deux appels avaient été trop brefs.

Le suivant eut lieu à dix-huit heures trente-cinq. Regan reçut alors l'ordre de quitter Park Avenue, de remonter la Troisième Avenue, de s'arrêter à la hauteur de la 116ᵉ Rue et d'attendre.

Jack mit en marche son émetteur. « Eagle Un à toutes les unités. Restez à distance, mais ne la perdez pas de vue. »

Blottie au fond du siège arrière, Alvirah était restée étonnamment silencieuse jusque-là, pour la bonne raison qu'elle cherchait ce qui la poursuivait depuis une demi-heure. Soudain tout lui revint à l'esprit et elle comprit ce qui l'avait tracassée plus tôt dans la journée lorsqu'elle écoutait la cassette du premier appel des ravisseurs. Un des livres les plus anciens de Nora Reilly avait pour sujet un kidnapping à Manhattan. Dans ce roman, la femme de la victime recevait l'ordre de remonter la Sixième Avenue depuis Greenwich Village et de pénétrer dans le parc par l'entrée de Central Park South. L'entrée de Central Park South, c'est cette coïncidence qui me trottait dans l'esprit, pensa-t-elle.

Lorsqu'elle atteignit la 116ᵉ Rue, Regan s'arrêta et resta en double file. Azzolino se gara à la hauteur de la 115ᵉ Rue, volant la place que s'apprêtait à prendre un autre conducteur. Ils attendirent en silence.

Tandis que revenait à sa mémoire le scénario du livre de Nora, Alvirah se souvint que, dans cette histoire, le ravisseur baladait la conductrice du West Side à l'East Side. Son intention, toutefois, était de l'amener habilement de plus en plus au nord de la ville, de plus en plus près de la Harlem River.

Dans le roman, il était question de déposer la rançon près de la rivière. *Et ensuite ?* se demanda-t-elle. Elle l'avait lu voilà bien longtemps et les détails lui échappaient. Alvirah plissa le front sous l'effet de la concentration. Il faut que je prenne le temps de réfléchir. Mais elle devait au moins *signaler* la similitude entre ce qui était arrivé dans le roman de Nora Reilly et ce qui se passait actuellement.

« La police a-t-elle une patrouille fluviale à Randall's Island ? demanda-t-elle.

— Bien sûr, dit Jack sans tourner la tête. Pourquoi ?

— Eh bien, il se trouve simplement que Randall's Island est près du Triborough Bridge. Un bateau mettrait à peine quelques minutes pour traverser la rivière.

— En effet. »

Il y avait une pointe d'agacement dans la voix de Jack.

« Vous savez, dans un livre de Nora que j'ai lu autrefois, la rançon était remise... »

Au même moment ils entendirent : « Eagle à toutes les unités. Elle vient de recevoir l'ordre de prendre la Troisième en direction du nord. »

« Dans ce livre, poursuivit Alvirah, la femme de la victime va jusqu'au bout d'une jetée, d'un embarcardère ou de quelque chose de ce genre et dépose l'argent sur un quai. Quelqu'un attend dans un bateau, tend le bras et s'en empare. »

Un semi-remorque avait brûlé le feu rouge et était maintenant arrêté au milieu du carrefour dans la Troisième Avenue. Regan avait franchi le croisement avant que le camion ne s'y engage. Maintenant ils étaient bloqués derrière le maudit véhicule et l'avaient perdue de vue. « Eagle Un à toutes les unités, lança Jack dans son émetteur. Nous sommes coincés. Ne la perdez pas. »

« Jack...

— Alvirah, pas maintenant, s'il vous plaît. »

Le semi-remorque se dégageait lentement. Azzolino écrasa l'accélérateur. Même en brûlant le feu rouge, ils n'arrivèrent pas à rattraper Regan. Ils se trouvaient à un bloc derrière elle.

Ils dépassaient la 123e Rue.

Curieusement, Alvirah savait ce qui allait se passer ensuite. Dix contre un que Regan recevrait l'ordre de s'engager sur une route déserte longeant la Harlem River. Puis ils lui diraient de déposer l'argent sur le quai.

« Jack, je sais que vous allez me trouver complètement folle, mais écoutez-moi. Ces ravisseurs ont lu les livres de Nora Reilly, et ils s'inspirent d'un de ses scénarios. Vous devriez dire à vos hommes d'aller faire un tour sur l'eau aux environs du Triborough Bridge. Il y a un bateau là-bas qui est prêt à ramasser la rançon. »

Il ne nous manquait plus que ça, pensa Azzolino.

« Eagle à toutes les unités. Elle va tourner dans la 127e. »

Marginal Street, se dit Alvirah. C'est la route qu'ils vont lui faire prendre.

« Jack, écoutez-moi. Envoyez une de vos vedettes là-bas si vous ne voulez pas qu'ils vous échappent.

— Alvirah, pour l'amour du ciel... »

« Eagle à toutes les unités. Elle doit maintenant se diriger vers l'est et prendre la sortie... »

« ... de Marginal Street », prononça Alvirah en même temps que lui.

Marginal Street ressemblait moins à une rue qu'à une longue route désolée et défoncée longeant des docks. Regan la suivit lentement, sans savoir jusqu'où elle devait aller.

Son portable sonna à nouveau. « Roulez jusqu'au Triborough Bridge et arrêtez-vous. » La communication fut coupée.

Crispé, C.B. téléphona à Petey. « Elle arrive dans trente secondes ! »

Petey poussa un cri de joie, puis se mit à parler si bas que sa voix parut sortir du fond de ses entrailles. « Prêt, camarade. » Il se félicita d'avoir su, surtout en cet instant particulièrement critique, déguiser sa voix.

Les yeux de Regan parcoururent les alentours, sans y trouver le moindre signe d'une présence humaine. Elle arriva sous le tablier du pont et s'arrêta. Au-dessus d'elle, des centaines de voitures allaient de l'une à l'autre des trois agglomérations, mais cet endroit semblait tellement désolé, déserté de toute activité, qu'il aurait pu appartenir à une autre planète.

Elle regarda de part et d'autre de la voiture, puis dans le rétroviseur. La route était si déserte que l'apparition du moindre véhicule indiquerait aux ravisseurs qu'elle était suivie. *Ne vous approchez pas trop près, Jack*, pria-t-elle, *vous les feriez fuir. Je saurai me débrouiller seule.*

La sonnerie de son portable retentit.

« Je suis là, dit-elle.

— Sortez de la voiture. Portez le sac de marin jusqu'au quai et déposez-le sur le bord. Regagnez votre voiture. Reculez lentement. Lorsque nous serons en possession de l'argent, vous serez informée de l'endroit où se trouvent votre père et Rosita. Sinon... »

La communication fut interrompue.

Regan sortit de la voiture, en fit le tour, ouvrit la porte du passager. Jack lui avait dit que le sac de marin pesait une dizaine de kilos. Elle le souleva par la poignée, le prit dans ses bras et le porta jusqu'au quai. En se penchant pour le déposer à terre, elle remarqua un bateau amarré au quai à quelques mètres d'elle.

Un bateau, songea-t-elle accablée. C'est donc par bateau qu'ils vont emporter la rançon ! L'unité mobile de la brigade serait impuissante.

Le sac, au moins, était équipé d'un émetteur. L'avion pourrait le suivre jusqu'à sa destination. Dieu fasse que ce soit l'endroit où ils détiennent papa et Rosita.

Désirant à tout prix relever un indice qui lui permettrait par la suite d'identifier le ravisseur, Regan jeta un regard furtif vers le bateau au moment où elle se redressait. Elle ne distingua qu'une chose : l'individu qui était à bord portait une combinaison de plongée.

Avant de pénétrer dans sa voiture, elle entendit une voix provenant du bateau :

« Merci beaucoup, Regan. »

« Eagle Un à toutes les unités. Restez où vous êtes. Le transport de la rançon va probablement s'effectuer par bateau. »

Ils regardèrent la voiture de Regan parcourir quelques mètres le long des docks avant de s'arrêter.

« Elle a reçu l'ordre de sortir de la voiture et de déposer l'argent sur le quai, les avertit le centre d'écoute.

— Mettez-moi en communication avec la patrouille fluviale », dit nerveusement Jack.

Alvirah écouta Jack donner hâtivement ses instructions au commandant. « Suivez le bateau dans lequel... pas de feux de route... ne les abordez pas... »

« Jack, Regan fait demi-tour. Elle a dû déposer la rançon. » Azzolino désignait la BMW, qui revenait lentement vers eux.

Jack bondit hors de sa voiture, ouvrant la portière de celle de Regan sans attendre qu'elle fût complètement arrêtée. « Ils ont un bateau », dit-il.

Ce n'était pas une question.

« J'ai eu l'impression qu'il n'y avait qu'un seul individu à bord. Il portait une combinaison de plongée. » Regan secoua la tête. « C'est incroyable. Ce cinglé m'a appelée par mon nom pour me remercier. C'était terrifiant. Il avait une voix de môme.

— En tout cas c'est un môme qui a lu les livres de votre mère », dit Jack d'un ton amer.

Il scruta l'eau. Une vedette de patrouille, tous feux éteints, descendait la rivière.

Ce type est sans doute à un mile d'ici, maintenant, en train d'abandonner le bateau, pensa Jack. Notre seul espoir reste l'émetteur dans le sac de marin.

J'aurais dû écouter Alvirah.

Petey le Peintre n'avait jamais ressenti une telle excitation. Le sang battait à ses tempes, son cerveau était près d'éclater, ses oreilles bourdonnaient, ses mains tremblaient. Il n'avait jamais été aussi heureux de sa vie.

Il y avait un million de dollars à ses pieds ! Un million de dollars à partager avec C.B. pour mener la belle vie. Il aurait aimé qu'ils puissent partir sur-le-champ pour le Brésil, ce soir même. Il méritait de prendre des vacances. Copacabana, les jolies filles ! Il avait entendu dire que beaucoup se baladaient seins nus sur les plages. Waouh !

Ses doigts étaient glacés à l'intérieur de ses gants. Ils se réchaufferaient au contact de l'argent, quand il compterait les billets.

Le courant de la rivière portait vers le nord. Mais Petey accéléra l'allure et aperçut bientôt la jetée de la 111e Rue. Ainsi que la passerelle pour piétons qu'il utiliserait pour franchir le F.D.R. Drive.

C.B. l'attendrait dans la voiture. Il s'y engouffrerait avec le fric, et en route !

Il aborda la jetée et y amarra rapidement le bateau. Le plus difficile restait à faire. Il se mit debout, les pieds écartés, et se prépara à ramasser le sac et à le hisser sur le quai. Il se pencha et le prit entre ses bras. Aucune mère n'avait jamais tenu son nouveau-né avec plus de tendresse.

Il était temps de partir. A quelque chose malheur est bon, pensa Petey avec tristesse en contemplant son bateau pour la dernière fois. Les larmes aux yeux, il se pencha pour embrasser l'étrave. Au moment où ses lèvres touchaient la surface mouillée, une courte vague vint frapper l'embarcation. Petey bascula en avant.

SPLASH !

Alors qu'il faisait un plat retentissant dans l'eau, son précieux fardeau lui échappa des mains et fut brutalement projeté hors de sa portée. Les remous du courant de l'East River s'en emparèrent, l'entraînant vers le nord.

Petey se mit à nager furieusement, battant des bras et des jambes, cherchant désespérément à le récupérer, mais il comprit vite que ses efforts étaient vains. Le courant le tirait vers le fond. Il parvint tant bien que mal à regagner le bateau, qu'il n'avait plus envie d'embrasser, et s'agrippa au plat-bord dans un dernier sursaut.

Que faire ? Que faire ? pensa-t-il, l'esprit plongé dans la plus totale confusion.

Il n'avait qu'une solution, se dit-il, reprenant lentement son souffle. Se hisser sur le quai, franchir la passerelle, et retrouver C.B. Il s'en remettra. Après tout, ce n'est que de l'argent, et j'aurais pu me noyer.

Cinq minutes plus tard, trempé, Petey frappait à la

vitre de la voiture de location à l'intérieur de laquelle l'attendait C.B.

« J'ai une bonne et une mauvaise nouvelle à t'annoncer », commença-t-il.

« Vous avez fait tout ce que vous pouviez », dit Alvirah à Regan pendant le trajet entre Marginal Street et l'hôpital. « Et vous dites que le type dans ce bateau vous a même poliment remerciée ? C'est bon signe.

— Je l'espère. Alvirah, je n'arrive pas à croire que ces gens se soient inspirés d'un livre de ma mère pour choisir l'endroit où je devais remettre la rançon. J'ai lu ce livre il y a si longtemps que j'ai tout oublié.

— Vous deviez être très jeune à l'époque où il est sorti. »

Regan soupira.

« Ma mère a écrit tant de livres ; même elle oublie les détails de scénarios vieux de vingt ans. J'essaye vainement de me rappeler la fin de celui-là. »

Alvirah la connaissait. La victime du kidnapping n'avait jamais été retrouvée.

Elles sortirent du F.D.R. Drive à la 71e Rue et garèrent la voiture sur la Première Avenue. En entrant dans l'hôpital, elles passèrent devant la boutique de cadeaux. Jetant un coup d'œil à l'intérieur, elles constatèrent que Lucy était de service. Elles échangèrent un regard. Lucy leur fit un signe de la main.

« Toujours au poste », leur cria-t-elle.

« C'est la vendeuse que vous avez interrogée à propos de l'ours en peluche, n'est-ce pas ? demanda Alvirah.

— Oui. »

Dans l'ascenseur qui les menait à l'étage où se trouvait la chambre de Nora, Alvirah nota mentalement d'aller voir Lucy avant de partir. Il arrive que l'on ignore soi-même ce que l'on sait, se dit-elle. Si je lui parle, je peux peut-être déclencher un souvenir dans la mémoire de cette fille. Cela vaut le coup d'essayer.

Regan ouvrit la porte de la chambre. Nora, sœur Cordelia et Willy avaient l'air accablé lorsqu'elles entrèrent.

« Que se passe-t-il ? » demanda Regan, soudain glacée. « A-t-on des nouvelles de papa ?

— Jack vient de téléphoner, dit Nora. Il n'a pas voulu occuper la ligne de ton portable. Il pense qu'il y a de fortes chances pour que tu reçoives un nouvel appel sous peu.

— Pour dire qu'ils ont retrouvé papa et Rosita ? demanda Regan, se doutant de la réponse.

— Non. » Nora s'interrompit un instant. « La patrouille de la police fluviale vient de repêcher dans l'East River le sac de marin avec le million de dollars.

— Oh, mon Dieu », s'exclama Regan d'une voix sourde.

Le visage de Nora était couleur de cendre.

« Selon Jack, il y a deux explications. Soit ils ont laissé tomber le sac par inadvertance – ce qui serait favorable –, soit pour une raison quelconque ils ont été pris de panique parce qu'ils soupçonnaient la présence d'un émetteur à l'intérieur du sac. » Sa voix prit un ton plus aigu : « Regan, si jamais nous avons une seconde chance de traiter avec ces gens, il n'y aura rien d'autre que l'argent dans le sac.

— Maman, si nous avons utilisé cet émetteur c'est uniquement dans l'espoir qu'ils transporteraient l'argent là où ils détiennent papa et Rosita. Tu le sais. »

Ils le savaient tous, mais Regan lut sur leur visage la même peur que celle qui l'habitait. Qu'il s'agisse d'un acte de maladresse ou d'un geste délibéré de leur part, cela signifiait que son père et Rosita étaient entre les mains de ravisseurs frustrés et furieux.

« *Tu donnais un baiser d'adieu à ton bateau ?!* » hurla C.B. en remontant la Première Avenue. « Tu ne pouvais pas le faire pendant que tu attendais Regan Reilly, non ? Tu avais le temps de le couvrir de baisers !

— Veux-tu monter le chauffage ? implora Petey. J'ai attrapé la crève dans cette rivière. » Il éternua. « Tu vois ? »

C.B. donna un coup de poing dans le volant.

« Tu avais un million de dollars entre les mains et tu l'as laissé filer !

— Ça ne sert à rien de regretter ce qui est fait, dit Petey. J'aurais pu me noyer, tu sais. Est-ce que tu y as pensé ?

— Et toi, est-ce que tu as pensé que nous n'avons plus un sou, que nous avons deux otages sur les bras, et que...

— Nous aurions dû faire une petite provision d'argent pour leur nourriture. J'ai casqué six dollars pour...

— Une petite provision ! Tu viens de nous faire perdre un million de dollars ! »

C.B. avait mal à la gorge à force de crier.

« On va trouver un moyen de le récupérer, dit Petey plein d'optimisme.

— Et que proposes-tu ? » demanda C.B., dont la voix prenait une intonation dangereusement sourde.

« Bonne question.

— Tu crois peut-être que nous devrions appeler Regan Reilly et lui raconter que tu n'es qu'un pauvre crétin.

— Euh...

— Ou prendre l'avion pour le Brésil avec à peine de quoi se payer une semaine de vacances ?

— Euh...

— Ou relâcher Reilly et Rosita, puis aller boire une bière avec eux chez Elsie ?

— Euh...

— Alors, que suggères-tu ?

— J'ai du mal à réfléchir quand j'ai froid. » Petey se retourna et prit un sac-poubelle sur la banquette arrière.

« Puisqu'on n'en a plus besoin, je vais m'en servir pour essayer de me réchauffer. »

Il se mit à le déchirer aux coutures.

« J'avais pensé à tout, gémit C.B. Je savais qu'ils réuniraient facilement un million de dollars. Je savais qu'ils préviendraient probablement les flics. Je savais qu'il y aurait presque sûrement un émetteur dissimulé dans le sac. J'ai lu pas mal de romans policiers, tu sais...

— C'est important de lire, approuva Petey.

—... j'aurais transféré l'argent du sac de marin dans ce sac-poubelle avec lequel je t'étranglerais volontiers. Et à l'heure qu'il est le sac de marin devrait se trouver au beau milieu de la 111e Rue au lieu de flotter dans l'East River. »

Petey se tortilla sur son siège, le sac-poubelle crissant pendant qu'il l'enfilait. « Attends un peu. Tu crois qu'ils ont appelé les flics ?

— Bien sûr. Ils appellent toujours les flics.

— C'est agaçant. Nous leur avions demandé de ne pas le faire, hein ? se plaignit Petey. Tu devrais le dire à Regan quand tu l'appelleras. »

C.B. le foudroya du regard, puis ses yeux se plissèrent. La meilleure défense est l'attaque, songea-t-il. Un plan commençait à germer dans son esprit.

Peu après vingt heures trente, Jack Reilly rejoignit Regan, Alvirah, Willy et Cordelia dans la chambre de Nora.

« J'ai appris que j'avais été d'une grande aide pour les ravisseurs de mon mari, dit Nora.

— Apparemment, acquiesça Jack. J'ai un peu plus d'informations, continua-t-il, mais pas autant que je l'aurais voulu. On a trouvé un bateau amarré au pied de la jetée à la hauteur de la 111e Rue. Nous sommes à peu près certains qu'il a été abandonné par les ravisseurs. Le labo va l'examiner. Nous pensons également que c'est l'endroit où le sac de la rançon est tombé à l'eau.

— Comment pouvez-vous le savoir ? demanda sœur Cordelia.

— C'est le point où les types qui suivaient le sac à la trace en avion l'ont vu changer de direction et se diriger vers le nord.

— Le bateau a-t-il une immatriculation quelconque ? demanda Regan.

— Aucune, répondit Reilly. Et le moteur a manifestement été refait, ce qui signifie qu'on a peu de chances d'en retrouver l'origine. Restent les empreintes. »

Il y eut un moment de silence. Chacun avait compris que l'initiative suivante viendrait des ravisseurs.

Sœur Cordelia pressa la main de Nora.

« Nous allons vous laisser vous reposer.

— Votre présence m'a réconfortée », dit Nora. Elle se tourna vers Willy. « Vous êtes même arrivé à me faire rire. »

Il lui sourit.

« Je vous raconterai mes meilleures histoires lorsque vous serez rétablie. »

Alvirah s'adressa à Regan :

« Tenez-moi au courant. Vous pouvez m'appeler à n'importe quelle heure. Je vais voir ce que je peux tirer de ces bandes. »

Jack lui avait confié une cassette contenant tous les appels des ravisseurs enregistrés par le centre d'écoute. « Ce n'est peut-être pas orthodoxe, mais après ce qui s'est passé aujourd'hui, je m'en fiche, avait-il dit. Alvirah, la prochaine fois que vous essaierez de me dire quelque chose, je vous jure de vous écouter. »

Le médecin entra au moment où Alvirah, Willy et Cordelia s'en allaient. La tension qui régnait dans la chambre ne lui avait pas échappé, mais il ne fit aucun commentaire.

« Comment se porte cette jambe ? demanda-t-il.

— Ce n'est pas fameux », admit Nora dont le regard trahissait la lassitude.

Elle accepta à regret de prendre un calmant.

Regan était certaine qu'une fois seule, sa mère s'endormirait rapidement. « Maman, je vais descendre dans le hall prendre un café. Je ne serai pas longue. Veux-tu que je te rapporte quelque chose ?

— Non, mais tu devrais manger un morceau. »

Jack sortit avec Regan. « Vous ne voyez pas d'inconvénient à ce que je me joigne à vous ? »

Une fois dans la cafétéria, il insista pour qu'elle commande un sandwich.

« Nous vous empêchons de profiter de vos vacances, dit Regan. Quand je pense que demain est la veille de Noël. Vous aviez certainement des projets.

— Ma famille sera encore sur place quand j'irai les rejoindre. Mes parents vivent à Bedford, et le clan au complet doit s'y retrouver cette semaine. Nous sommes tellement nombreux qu'ils ne se rendront même pas compte que je ne suis pas parmi eux. »

Regan sourit.

« Étant enfant unique, mon absence ne passe jamais inaperçue. »

Jack se mit à rire.

« Même si vous faisiez partie d'une famille de dix enfants, elle ne passerait pas inaperçue. »

Voilà une remarque qui ravirait ma mère. Regan sourit. D'ailleurs elle ne me déplaît pas non plus.

Ils discutèrent des éventuelles réactions des ravisseurs.

« Ma plus grande crainte est qu'il ne se passe plus rien désormais, avoua Regan.

— Regan, n'oubliez pas que vous avez parlé à votre père et à Rosita il y a trois heures seulement, dit Jack.

— Ces quelques mots prononcés par mon père ne cessent de me trotter dans la tête. Il a fait allusion au livre qu'il me lisait toujours lorsque j'étais petite. Sur le coup, j'ai cru qu'il était simplement nostalgique, comme ma mère, hier soir, lorsqu'elle évoquait les premiers temps de leur mariage. » Elle secoua la tête. « Mais maintenant je n'en suis plus aussi sûre. J'ai l'impression qu'il essayait de me communiquer quelque chose de précis.

— Et quel était votre livre préféré ? demanda Jack.

— J'ai beau me creuser la cervelle, je ne m'en souviens pas. » Ses doigts tapotaient nerveusement sur la table. « Mon père a peut-être fait cette remarque parce que ma mère et Imus ont parlé de livres d'enfants ce matin.

— C'est le plus vraisemblable. Mais vous savez comme moi que les victimes d'enlèvements essayent souvent de faire passer un message s'ils en ont l'occasion. »

« Tiens, encore vous deux ! »

L'interpellation venait du fond de la salle. Ils levèrent les yeux et aperçurent Lucy, la vendeuse de la boutique de cadeaux, qui se précipitait vers eux.

« Vous êtes inséparables, on dirait. » Elle jeta un regard autour d'elle. « Je fais toujours un tour par ici avant de rentrer chez moi. Comme d'habitude, pas de sosie de George Clooney en vue. » Elle haussa les épaules. « Qu'est-ce que vous comptez faire ? Dites donc, votre mère doit tenir mordicus à ses remerciements. Une de ses amies vient de passer à la boutique, posant un tas de questions sur le type qui a acheté l'ours en peluche. »

Regan et Jack échangèrent un coup d'œil.

« Alvirah », dirent-ils en même temps.

Willy et Cordelia attendaient Alvirah dans le hall de l'hôpital quand elle sortit de la boutique de cadeaux.

« Enfin, j'ai quand même découvert quelque chose, leur rapporta-t-elle.

— Qu'as-tu appris, mon chou ? interrogea Willy.

— L'homme qui a fait porter cet ours avec la photo de Luke Reilly avait un sac de chez Long.

— Tu le savais déjà.

— Oui, mais Lucy – c'est le nom de la vendeuse – s'est rappelé autre chose. Il y avait une veste ou un pull rouge, ou un vêtement de cette couleur, dans le sac.

— Et alors ? demanda Cordelia.

— Oh, je sais que ce n'est pas lourd, mais c'est toujours quelque chose, dit Alvirah avec un soupir. Cela peut réveiller la mémoire de la vendeuse de Long quand j'irai lui parler demain. »

Cordelia rentrait chez elle.

Alvirah et Willy la mirent dans un taxi, puis en hélèrent un autre pour eux. « 211 Central Park South », dit Willy.

Malgré l'heure tardive et la température en baisse,

les rues étaient bondées. Lorsque le taxi arriva à la hauteur de l'hôtel Plaza, Alvirah remarqua avec un brin de tristesse : « C'est toujours si joyeux par ici à cette époque de l'année. » Elle secoua la tête au souvenir du chagrin qui assombrissait le regard de Nora.

Une fois qu'ils furent arrivés chez eux, elle enfila sa confortable robe de chambre, prépara du thé et s'installa à la table de la salle à manger. *Je finis la journée comme je l'ai commencée*, pensa-t-elle en mettant en marche son magnétophone.

Elle écouta toutes les cassettes, l'une après l'autre, dans l'ordre où elles avaient été enregistrées. D'abord, le premier appel des ravisseurs, puis la conversation avec Fred Torres dans l'appartement de Rosita. Elle écouta cette bande à deux reprises, s'arrêtant chaque fois au même endroit. « C'est sans doute sans importance, mais c'est peut-être intéressant de lui poser la question », dit-elle à voix haute en griffonnant une phrase sur son bloc-notes.

Willy la rejoignit alors qu'elle passait la bande sur laquelle le ravisseur donnait ses instructions à Regan.

« Quelle impression te fait cet homme ? demanda Alvirah.

— Il déguise sa voix. Il sait qu'il doit interrompre la communication rapidement avant d'être repéré. Il a organisé cette remise de rançon dans le moindre détail.

— Il a été assez malin pour se servir du scénario imaginé par Nora, et il a failli réussir. Maintenant écoute ça. »

Elle passa la cassette de l'appel téléphonique au cours duquel Luke et Rosita avaient parlé à Regan, au moment où elle pénétrait dans Central Park.

« Est-ce que tu entends quelque chose ? demanda-t-elle à Willy.

— Le son n'est pas aussi clair que dans les autres enregistrements.

— En effet. La réception est moins bonne. Sans doute à cause de l'endroit où ils sont enfermés. Tu sais, il y a parfois beaucoup d'interférences. » Alvirah repassa la bande.

« Y a-t-il quelque chose qui te frappe dans ce que dit Luke Reilly ?

— Le malheureux évoque visiblement ses souvenirs. C'est ce que je faisais moi aussi quand j'ai été enlevé. Et...

— Et quoi ?

— On dirait qu'il insiste sur le mot *voir*. Comme s'il voulait lui faire comprendre quelque chose.

— C'est exactement mon impression. »

Willy jeta un coup d'œil sur le bloc-notes d'Alvirah.

« Qu'est-ce que tu as écrit ? »

Il désignait la phrase qu'elle y avait inscrite.

« C'est quelque chose dont je veux m'entretenir avec Fred Torres demain. Rosita lui a dit que Luke Reilly gardait toujours son sang-froid. Je veux savoir si elle parlait d'une situation particulière ou d'une attitude générale de sa part. » Elle consulta sa montre. « Il est onze heures du soir et toujours rien de Regan. Ce qui signifie qu'elle n'a eu aucune nouvelle des ravisseurs.

— Peut-être sont-ils en train de concocter leur prochain plan, suggéra Willy.

— Alors ils feraient bien de réfléchir vite. Car plus longtemps durera la disparition de Luke, plus grandes

174

sont les chances que s'ébruite la nouvelle de son enlèvement. Si elle est publiée par les médias, Dieu seul sait ce qui peut arriver. »

C.B. ne chercha pas à cacher la situation à Luke et à Rosita. Dès son retour avec Petey dans le houseboat, il expliqua exactement ce qui s'était passé.

« On n'invente pas un truc pareil », dit Rosita, jetant un regard noir à Petey au moment où il allait dans la cabine ôter sa combinaison.

« Vous avez réellement utilisé le scénario d'un roman de ma femme pour la remise de la rançon ? demanda Luke incrédule.

— Et ça a failli marcher, cria Petey depuis la cabine. Est-ce qu'elle a d'autres histoires d'enlèvement dont on pourrait s'inspirer ? » Il passa la tête par la porte. « Il faut se dépêcher. Pas question de manquer notre vol de demain soir. Les avions sont surbookés.

— J'ai lu tous ses romans, dit C.B. Il n'y a pas d'autres enlèvements. »

Oh si ! pensa Luke. Il y en avait un qu'il s'était rappelé deux semaines plus tôt, un jour où il avait à faire dans Queens et s'était trompé de direction en sortant du Queens Midtown Tunnel. Il s'était trouvé sur la même route que celle utilisée pour une remise de rançon dans une des premières nouvelles de Nora. Il s'en souvenait parce que, à l'époque, elle était enceinte de Regan et clouée au lit. Elle lui avait demandé d'aller vérifier l'itinéraire qu'elle voulait faire suivre aux ravisseurs.

« Quelles sont vos intentions maintenant ? demanda-t-il à C.B.

— Je vais appeler votre fille et lui dire qu'elle ferait bien de trouver un autre million de dollars. A moins, naturellement, que les flics aient déjà récupéré notre argent dans l'East River. »

Sa voix a un accent désespéré, nota Luke. Ils doivent quitter le pays demain soir, et ils ne peuvent pas partir sans l'argent.

« Lorsque vous me la passerez au téléphone, je lui dirai qu'elle fasse le nécessaire pour rassembler à nouveau cette somme.

— Vous avez intérêt, en effet. Mais d'abord, je dois réfléchir à l'endroit où elle le déposera. »

Cela vaut la peine d'essayer, se dit Luke. À l'heure actuelle, Nora savait certainement qu'ils s'étaient inspirés d'un de ses romans pour la remise de rançon. Se rappellerait-elle cette nouvelle et avertirait-elle la police ?

C'était une idée folle. Elle avait une chance sur un million, voire aucune, d'aboutir. Mais de même qu'il avait essayé précédemment de faire comprendre à Regan qu'ils se trouvaient à proximité du George Washington Bridge et du phare, il devait tenter l'impossible pour les faire sortir, Rosita et lui, de ce guêpier.

« Écoutez, C.B., commença-t-il d'un ton amical, il y a deux semaines j'ai dû aller chercher le corps d'une vieille dame décédée dans une petite maison de retraite de Queens. Après avoir franchi le Midtown Tunnel et être sorti sur Borden Avenue du côté de Queens, je me suis perdu. J'ai longé quelques pâtés de maisons et me suis retrouvé dans une zone complètement déserte sous l'Expressway de Long Island. Si j'avais l'intention d'organiser un kidnapping, je pense que je choisirais cet endroit pour une remise de rançon. Allez vérifier par vous-même, vous comprendrez ce que je veux dire. »

Les yeux de C.B. se réduisirent à deux fentes. « Pourquoi vous montrez-vous aussi coopératif ?

— Parce que j'ai envie de sortir d'ici. Plus tôt vous aurez l'argent, plus tôt vous les appellerez pour leur dire où nous sommes, non ?

— Je me sens mieux », annonça Petey, émergeant de la cabine en survêtement. « Rien de tel que des vêtements secs. »

Il sortit un Coca-Cola du petit réfrigérateur.

« J'ai entendu ce que vous disiez, monsieur Reilly. Vous savez vraiment faire fonctionner votre ciboulot. Je connais bien le trou perdu dont vous parlez. Je m'y suis paumé une fois, moi aussi, en allant chez un client. Mais j'y allais pas pour chercher un macchabée. » Il se tourna vers C.B. « C'est l'idéal. Nous serions près de l'aéroport. Ils sont furieux quand on se présente pas à l'enregistrement au moins deux heures avant le décollage. Quelquefois ils disposent de ton siège. C'est arrivé à mon cousin...

— Petey ! hurla C.B. La ferme ! »

« Fichez-lui la paix, dit Rosita. J'adorerais entendre la suite de l'histoire. »

Il était visible que C.B. ruminait la suggestion de Luke. Il fouilla dans sa poche et en sortit une feuille de papier pliée en quatre. Elle était couverte des ins-

177

tructions détaillées qu'il avait communiquées précédemment à Regan. Il retourna le papier.

« D'accord, monsieur Reilly, allez-y. Donnez-moi les indications. Je vais faire un tour par là-bas avec Petey, et nous verrons si vous êtes aussi astucieux que votre femme.

— On va ressortir dans ce froid ? » protesta Petey.

Luke leur expliqua l'itinéraire à suivre, puis ajouta :

« Avant de partir, vous feriez bien d'appeler ma fille pour qu'elle prenne des dispositions concernant l'argent. Et ne la brusquez pas. Elle doit être folle d'inquiétude.

— Qu'elle s'inquiète ! »

Il était presque minuit lorsqu'ils réapparurent. Rosita avait somnolé, mais Luke était parfaitement réveillé. Il avait repassé en esprit les quelques mots qu'il dirait brièvement à Regan lors du prochain appel.

C.B. alluma le plafonnier ; Rosita ouvrit les yeux et se redressa.

« Alors ? demanda Luke.

— Pas mal, fit C.B. Ça pourrait faire l'affaire.

— À vous fiche la chair de poule ! s'exclama Petey. J'ai dit à C.B. de verrouiller les portières de la voiture.

— Je pense que votre fille doit être morte d'inquiétude à l'heure qu'il est, dit C.B. Croyez-vous qu'il soit trop tard pour l'appeler ?

— J'en doute », répondit Luke.

Regan était assise auprès de sa mère endormie lorsque le téléphone sonna. Faites que ce soit eux, pria-t-elle, le cœur battant. Elle souleva le récepteur.

« Allô ?

— Avez-vous récupéré l'argent ? »

Regan se raidit.

« Que voulez-vous dire ?

— Je veux dire que nous avons compris qu'il y avait un émetteur dans le sac, répondit C.B. d'un ton sec. Ne recommencez pas ce genre de plaisanterie. Si vous n'avez pas récupéré l'argent, tenez un autre million à notre disposition ou vous le regretterez. Je vous rappellerai demain après-midi, à seize heures. Je vous passe votre papa.

— Regan, au point où nous en sommes, je *vois rouge*. Fais ce qu'il te dit et sors-nous d'ici. »

La ligne fut coupée.

Samedi 24 décembre

Fred avait eu des nouvelles de Regan peu après minuit. Elle lui avait fait part de l'appel des ravisseurs, ajoutant qu'ils l'avaient avertie de ne pas équiper d'un émetteur la prochaine rançon. Elle n'avait pas parlé à Rosita, ajouta-t-elle, mais son père avait dit : « Sors-nous d'ici. »

Après cet appel, Fred s'était tourné et retourné sur le canapé. Si la prochaine remise de rançon échoue, ils abandonneront, pensa-t-il. Et ne laisseront pas de témoins.

À trois heures du matin, emportant couverture et oreiller, il était allé s'étendre sur le lit de Rosita. Peu après, il fut rejoint par les deux petits garçons apeurés qui se pelotonnèrent contre lui et s'endormirent à leur tour.

« Maman est malade, hein ? demanda craintivement Bobby en se réveillant le lendemain matin.

— Peut-être qu'elle est tombée malade comme grand-mère, et qu'elle est partie à Puerto Rico sans nous, hasarda Chris.

— Écoutez, tout ce que souhaite votre maman c'est de rentrer à la maison et d'être avec vous deux, les

183

rassura Fred. Mais Mme Reilly a vraiment besoin d'elle en ce moment.

— Elle ne va pas rester avec Mme Reilly demain, dis ? » demanda Bobby.

Demain, pensa Fred, le jour de Noël ! Que pourrait-il leur raconter si elle n'était pas de retour ? Et qu'allait-il dire à la mère de Rosita si elle téléphonait pour leur souhaiter un joyeux Noël, ce qu'elle ferait vraisemblablement ?

Pour passer le temps il emmena les enfants prendre leur petit déjeuner dehors, mais ils refusèrent d'aller s'amuser au parc d'attractions, comme il le leur proposait à nouveau.

« C'est mieux d'être à la maison au cas où maman rentrerait », déclara gravement Chris.

Ernest Bumbles se réveilla la veille de Noël d'une humeur inhabituellement maussade. Il n'était toujours pas parvenu à rencontrer Luke Reilly, bien qu'il se soit arrêté au funérarium à deux reprises la veille – une première fois l'après-midi et une seconde dans la soirée.

« Un cadeau tardif est un cadeau raté », avait-il dit à Dolly en faisant sa valise pour leur visite annuelle à sa belle-mère.

Dolly connaissait la nature passionnée d'Ernest. Lorsqu'il ressentait quelque chose, il l'éprouvait de tout son être. Lorsqu'il voulait quelque chose, aucun obstacle ne l'arrêtait. C'est pourquoi, année après année, il avait été réélu à l'unanimité à la présidence de l'association Fleurs et Bourgeons. Mais c'était aussi un homme attentionné. Il n'avait jamais laissé une plante dépérir.

« Bumby, proposa-t-elle gentiment, en partant cet après-midi, pourquoi ne pas nous arrêter à la résidence de M. Reilly et sonner à sa porte ?

— Je ne veux pas faire figure de casse-pieds.

— Oh, arrête. Tu n'es jamais casse-pieds. »

Nora s'était réveillée pour entendre Regan parler au ravisseur de Luke. Une fois leur brève conversation interrompue, Regan lui rapporta, mot pour mot, ce qui avait été dit.

Le téléphone sur la table de chevet sonna presque immédiatement.

« Ils ne peuvent pas savoir qu'il y avait un émetteur dans le sac, dit Jack Reilly d'un ton ferme. Ils bluffent. Je ne serais pas surpris que le type qui était à bord du bateau l'ait laissé tomber dans l'eau accidentellement.

— Cela ne me surprendrait pas non plus, dit Regan. Mais cette fois, ma mère refuse absolument que l'on mette un émetteur dans le sac.

— Je comprends, dit Jack. Regan, le fait que vous ayez pu parler à votre père une seconde fois est un signe positif. Il faut que votre mère le sache. Il vous a dit : "Je vois rouge." Est-ce une expression habituelle de sa part lorsqu'il est en colère ?

— C'est la première fois que j'entends ces mots dans sa bouche, dit Regan. Et ma mère aussi.

— Par conséquent, il cherche certainement à vous

communiquer quelque chose. Réfléchissez-y avec votre mère, voyez si vous trouvez un rapprochement quelconque. »

Regan et Jack convinrent de se rappeler le lendemain matin, puis Regan téléphona à Alvirah et à Fred.

Nora et elle passèrent donc une seconde nuit presque blanche, tentant désespérément de trouver un sens aux propos de Luke, de se souvenir du livre que préférait Regan quand elle était enfant.

Nora dit : « Regan, lorsque ton père rentrait du bureau, tu courais toujours vers lui avec un livre à la main. Je ne me rappelle plus celui que tu préférais. Un conte de fées peut-être ? *Cendrillon*, ou *Blanche-Neige*, *Le Petit Poucet* ?

— Non, dit Regan, ce n'était aucun de ceux-là. »

Lorsque vint l'aube, toutes les deux finirent par s'endormir d'un sommeil troublé.

L'une comme l'autre, elles furent incapables d'avaler leur petit déjeuner. À huit heures, Nora alla passer une radio. À son retour, une heure plus tard, Regan descendit à la cafétéria d'où elle rapporta deux gobelets de café.

« Regan, pendant que j'attendais qu'on me radiographie, une pensée m'est venue à l'esprit », dit Nora après avoir bu une première gorgée.

Regan attendit.

« Que le scénario d'un de mes premiers livres ait été utilisé pour organiser la remise de la rançon me paraît plausible. La carte qui accompagnait la photo de ton père était signée : "Votre fan numéro 1." Si cet individu est le ravisseur, il se peut qu'il connaisse toutes mes œuvres.

— C'est possible, en effet, admit Regan. Auquel cas nous aurions affaire à un obsédé. Mais que veux-tu dire exactement ?

— Alors que j'étais allongée sur la table de la radio, je me suis souvenue que j'avais écrit une autre histoire d'enlèvement, il y a longtemps.

— Vraiment ? Je ne l'ai jamais lue.

— Je l'ai écrite alors que j'étais enceinte de toi, se remémora Nora. C'était une nouvelle, pas un roman, mais elle relatait en détail une remise de rançon dans Queens. » Elle se mordit la lèvre. « Mon médecin m'avait forcée à garder le lit pendant que j'y travaillais, et je me souviens que ton père m'avait suggéré un endroit particulier pour la remise. Il s'était rendu sur place, avait pris des photos et dessiné un plan, allant jusqu'à marquer le meilleur emplacement pour déposer une valise remplie de billets. J'ai été payée cent dollars pour cette nouvelle, et lorsqu'elle a été publiée, ton père m'a dit en riant que je lui en devais la moitié. »

Regan sourit.

« Ça ne m'étonne pas de lui. »

Malgré l'angoisse qui lui serrait soudain le cœur à la pensée de son père, elle sentit un fol espoir la gagner. « Maman, supposons que tu aies raison et que le ravisseur soit un obsessionnel qui met en scène tes scénarios. Il est parfaitement possible qu'il ait mis la main sur cette nouvelle et qu'il s'en serve pour récupérer l'argent demain. Si nous connaissions à l'avance les indications qu'il va me donner, la police pourrait se poster en différents points de la route sans être vue. À quel endroit se situait la remise de cette rançon dans Queens ?

— Oh, Regan, il y a si longtemps que j'ai écrit cette histoire et, comme je te l'ai dit, c'est ton père qui avait fait le repérage à ma place. Je me souviens seulement que c'était dans les parages du Midtown Tunnel.

— Tu as certainement un exemplaire de la nouvelle en question.

— Elle est quelque part à la maison dans le grenier.

— Et le magazine qui l'a publiée ?

— Il y a longtemps qu'il a disparu de la circulation. »

Il y eut un coup frappé à la porte et le médecin entra en coup de vent dans la chambre, une série de clichés sous le bras, arborant le sourire d'un homme qui s'apprête à partir en vacances.

« Bonjour mesdames, dit-il gaiement. Comment va ma patiente préférée ?

— Plutôt bien, fit Nora.

— Assez pour rentrer à la maison ? »

Nora le regarda d'un air étonné.

« Je croyais que vous teniez à me garder hospitalisée au moins trois jours.

— Vous aviez une vilaine fracture, mais l'œdème se résorbe normalement et les radios sont bonnes. Vous devez avoir hâte de partir d'ici. Faites seulement attention de conserver votre jambe en élévation. »

Il se tourna vers Regan.

« L'an prochain, vous pourrez peut-être passer tous les trois Noël à Hawaii.

— Je l'espère », dit Regan.

Plus que vous ne l'imaginez, pensa-t-elle.

Quand il eut quitté la pièce, Nora et Regan se regardèrent.

« Regan, dit Nora, va en vitesse chercher la voiture. Je m'occupe des formalités de sortie. Il y a des piles et des piles de cartons dans le grenier. »

À neuf heures moins cinq, Alvirah se trouvait au premier rang du cortège des acheteurs de dernière minute qui attendaient l'ouverture des portes du magasin Long. Contrairement aux autres, elle n'avait aucune liste de cadeaux à acheter, qui pour la plupart seraient probablement rendus ou échangés quarante-huit heures plus tard.

À neuf heures une, elle descendait l'escalier roulant en direction du sous-sol. Malgré sa hâte, il y avait déjà foule devant le comptoir où les articles de Noël étaient maintenant bradés pour presque rien. Ces gens ont dû dormir sur place, pensa-t-elle, impatiente d'attirer l'attention de l'unique vendeuse.

La cliente qui la précédait, une septuagénaire menue couronnée de cheveux blancs, rayait consciencieusement les noms portés sur une liste au fur et à mesure qu'elle tendait à la vendeuse les cadres qu'elle venait de choisir. « Voyons. Un pour Aggie et Margie et Kitty et May. Faut-il que j'en prenne un pour Lillian ?... Non, elle ne m'a rien offert l'année dernière. » Elle souleva l'un des cadres portant l'inscription *Sonne donc, joyeux carillon*. « Quelle horreur ! décréta-t-elle. Ce sera tout. »

« Êtes-vous Darlene Krinsky ? demanda Alvirah à

la vendeuse quand elle parvint enfin à attirer son attention.

— Oui. »

La voix était méfiante.

Alvirah savait qu'elle devait faire vite. Elle sortit de la pile le cadre qu'elle avait repéré la veille.

« Mon amie est à l'hôpital », dit-elle dans l'espoir d'attirer la sympathie de la jeune femme. « Jeudi soir, quelqu'un a déposé pour elle un cadre semblable à celui-ci, sans laisser son nom. Nous pensons qu'il l'a acheté ici avant de se rendre à l'hôpital parce qu'il portait un sac de chez Long. Il y avait des vêtements rouges à l'intérieur. C'est un homme de taille moyenne, avec des cheveux bruns clairsemés, d'environ cinquante ans. »

Darlene Krinsky secoua la tête.

« Je voudrais pouvoir vous être utile. » Des yeux elle indiqua un groupe d'adolescents impatients de se faire servir. « Les gens sont hystériques aujourd'hui.

— Il avait un vieux portefeuille et il est probable qu'il a fait soigneusement l'appoint, insista Alvirah.

— Je suis désolée, j'aimerais beaucoup vous aider, mais... » Elle n'acheva pas sa phrase. « J'espère que votre amie va se rétablir. »

Elle prit une boîte à musique en forme de Père Noël que lui tendait un des adolescents.

C'est sans espoir, se dit Alvirah avec un sentiment d'accablement en s'éloignant du comptoir.

« Attendez », fit la vendeuse comme si elle se parlait à elle-même, tout en commençant à remonter le mécanisme de la boîte à musique.

Alvirah arrivait au pied de l'escalier mécanique

quand elle sentit quelqu'un lui frapper doucement l'épaule. « La vendeuse du comptoir là-bas vous appelle », lui disait un jeune homme.

Alvirah rebroussa chemin précipitamment.

« Vous dites qu'il avait un sac contenant des vêtements rouges ? Je crois savoir de qui il s'agit. Un des Pères Noël du magasin est descendu ici l'autre soir. Je suis sûre qu'il a acheté ce cadre. Il a essayé d'avoir le rabais consenti au personnel. »

C'est lui, se dit Alvirah.

« Savez-vous son nom ?

— Non, mais il est peut-être encore en haut en ce moment. Le rayon des jouets est au troisième étage. »

« Vous parlez sans doute d'Alvin Chance », dit le chef de rayon des jouets, un homme au visage en lame de couteau, proche de la soixantaine. « Il était ici jeudi soir, et il emportait certainement son costume avec lui afin de le faire repasser. Nous tenons à ce que nos Pères Noël donnent le bon exemple aux enfants.

— Doit-il revenir bientôt ?

— Il ne travaille plus chez nous.

— Il ne travaille plus chez vous ? s'exclama Alvirah, consternée.

— Non. Il a rendu son costume hier. Lorsque nous l'avons engagé, il nous a clairement signifié qu'il ne pourrait pas être présent la veille de Noël.

— Était-il là hier soir ?

— Non. Il est parti à seize heures.

— Auriez-vous son adresse et son numéro de téléphone ? »

Le chef de rayon la regarda d'un air sévère.

« Madame, nous respectons scrupuleusement la vie privée de nos employés. Il s'agit là d'informations strictement confidentielles. »

Jack Reilly ne mettra pas longtemps à les obtenir, pensa Alvirah, et elle remercia l'homme avant de se précipiter vers un téléphone. En tout cas, c'est à lui de prendre les choses en main désormais. Si Alvin Chance est impliqué dans cet enlèvement, Jack le saura vite.

Alvin Chance et sa mère tendirent leurs tickets à l'ouvreuse du Radio City Music Hall. Depuis qu'il était enfant, c'était une tradition pour eux d'assister au grand spectacle de la veille de Noël, et de s'offrir ensuite un bon déjeuner. Dans le passé ils allaient chez Schrafft's, et il fallait reconnaître que les choses n'étaient plus les mêmes depuis que ce vénérable restaurant, dont la spécialité était le poulet à la crème, avait fermé ses portes.

Après le déjeuner, si le temps le permettait, ils allaient admirer les vitrines de la Cinquième Avenue.

Aujourd'hui, ils avaient apprécié le spectacle, s'étaient attardés à table, et avaient demandé à un vigile de prendre leur photo annuelle devant l'arbre de Noël du Rockefeller Center. Le tout en ignorant que la moitié de la police de New York était à leur recherche.

Il n'était pas tout à fait onze heures trente lorsque Regan, avec Nora à moitié étendue sur la banquette arrière de la voiture, s'arrêta dans l'allée de leur résidence de Summit, dans le New Jersey. Alvirah et Willy les suivaient dans une autre voiture.

Alvirah avait téléphoné à Regan après avoir appelé Jack Reilly. Elle l'avait mise au courant des informations concernant Alvin Chance.

« Jack vous préviendra dès qu'ils l'auront trouvé », avait-elle promis. Puis, apprenant l'existence de la nouvelle écrite par Nora, elle avait tenu à participer à la recherche dans les cartons du grenier.

Appuyée sur ses béquilles, soutenue par Willy d'un côté et Regan de l'autre, Nora s'avança prudemment le long du chemin pavé qui conduisait à la maison.

« Lorsque je suis partie d'ici mercredi soir, je n'imaginais pas y revenir de cette façon. Et sans Luke », ajouta-t-elle tristement.

La maison paraissait sombre et morne, et Regan alluma rapidement la lumière dans toutes les pièces.

« Maman, où préfères-tu t'installer ? »

Nora fit un geste en direction du salon familial.

« Oh, là-bas. »

Alvirah leur emboîta le pas, enregistrant l'agencement de la pièce. La vaste cuisine s'ouvrait sur le salon accueillant avec son haut plafond, ses divans confortables, ses larges baies vitrées et sa vaste cheminée.

« C'est ravissant », fit-elle d'un ton admiratif.

Nora clopina jusqu'au fauteuil à oreillettes. Regan prit ses béquilles et, une fois sa mère confortablement assise, elle l'aida à poser sa jambe plâtrée sur le pouf placé en bout de pied.

« Ouf », soupira Nora en se laissant aller en arrière. « Il va me falloir du temps pour m'y habituer. »

Les gouttelettes de sueur qui perlaient sur son front témoignaient de l'effort qui lui avait été nécessaire pour parcourir le court trajet depuis la voiture.

Quelques minutes plus tard, Willy et Regan avaient descendu du grenier une demi-douzaine de cartons et ils s'attelèrent à rechercher le manuscrit de la nouvelle ou un exemplaire du magazine qui l'avait publiée. Nora se souvenait qu'elle avait pour titre : *Les Bornes du paradis.*

« Je pensais avoir conservé toute ma documentation, tous les brouillons, tous les manuscrits, même les lettres de refus des éditeurs à mes débuts », dit Nora. « Mais où est-elle donc ? »

Pendant qu'ils fouillaient minutieusement parmi les piles de papiers, Alvirah leur raconta comment elle était remontée jusqu'à Alvin Chance. « J'ai du mal à croire qu'un homme qui joue le rôle du Père Noël dans un grand magasin puisse être impliqué dans une histoire pareille », dit Nora.

Ils gardèrent ensuite le silence. Une demi-heure plus tard, Willy et Regan grimpèrent à nouveau au grenier d'où ils rapportèrent d'autres cartons. Mais leurs efforts restèrent vains. À quinze heures, Nora dit d'un ton abattu : « Je dois m'y résigner. Si un exemplaire de cette nouvelle existe encore, il n'est pas dans cette maison. » Puis elle se tourna vers Regan. « Tu devrais téléphoner chez Rosita et demander comment vont les enfants. Je m'inquiète à leur sujet. »

Au ton de Fred, Regan comprit tout de suite qu'il avait du mal à maîtriser la situation.

« Ils craignent que leur mère ne soit malade, expliqua-t-il. Tout ce que je peux faire pour l'instant, c'est essayer de les distraire. J'ai même ouvert le paquet de livres que votre mère leur a envoyé pour Noël et je leur ai fait la lecture. Ils ont paru y prendre plaisir. »

« Je suis contente qu'ils aient aimé ces livres », dit Nora lorsque Regan lui eut rapporté les propos de Fred. « J'ai demandé à Charlotte, qui est responsable du département jeunesse à la librairie, de les choisir et de les envoyer de ma part. À propos, elle a également sélectionné quelques cassettes des derniers films pour enfants. J'avais l'intention de les donner à Mona. » D'un geste de la main elle indiqua la maison voisine. « Elle attend la visite de ses petits-enfants la semaine prochaine. »

Elle se tourna vers Regan.

« Pourquoi ne les apporterais-tu pas à Chris et à Bobby ? Ainsi, si tu as la chance de parler à Rosita tout à l'heure, tu pourras lui dire que tu as vu ses fils. »

Regan consulta sa montre. Elle s'attendait à recevoir le prochain appel à seize heures. Il ne fallait pas plus d'un quart d'heure pour aller chez Rosita. Elle avait le temps. Nora voulait être près d'elle lorsque les ravisseurs téléphoneraient. Savoir son mari à l'autre bout de la ligne apportait une note d'espoir dans cette situation de cauchemar.

Alvin Chance et sa mère n'auraient pu passer une journée plus réussie. Du moins jusqu'au moment où ils rentrèrent chez eux pour trouver deux inspecteurs de police devant leur porte.

« Pouvons-nous vous parler ? demandèrent-ils.

— Bien sûr, messieurs, entrez donc. »

En plus de la sérénité que lui donnait la certitude d'avoir mené une existence sans reproche, Alvin était tout excité à la pensée que des policiers en chair et en os étaient venus lui parler. Peut-être un incident était-il survenu chez Long, et ils avaient besoin de son aide.

Sa mère était loin de partager son enthousiasme. Lorsque les policiers demandèrent l'autorisation de fouiller l'appartement, elle maudit silencieusement Alvin d'avoir accepté.

Sal Bonaventure, l'inspecteur qui entra dans la chambre d'Alvin, émit un sifflement à la vue de la quantité de littérature policière qui s'empilait du sol au plafond. Des amoncellements de manuscrits encombraient les rayonnages au-dessus de la longue table qui servait de bureau. Outre un ordinateur et une imprimante, s'y entassaient des douzaines de livres et de magazines, à première vue très anciens. À côté de l'ordinateur étaient éparpillés plusieurs romans de Nora Reilly, la plupart ouverts. Bonaventure constata que les pages étaient noircies d'annotations.

Sal et son collègue avaient contacté Jack Reilly dès qu'Alvin et sa mère étaient entrés dans le hall de l'immeuble. Jack leur avait recommandé de ne pas les interroger avant son arrivée.

Et si le Père Noël était le personnage clé de toute cette affaire ? pensa Sal avec optimisme.

La tempête de neige prévue pour le début de la journée finit par éclater – avec violence – au moment où Regan garait sa voiture devant l'immeuble de Rosita. Fred Torres surveillait son arrivée. « J'ai annoncé à Chris et à Bobby que vous leur apportiez des films formidables », dit-il joyeusement en lui ouvrant la porte.

Les garçons étaient assis par terre, une douzaine de billes éparses entre eux. Ils regardèrent Regan avec méfiance. « Quand est-ce que ta maman ira mieux pour que la nôtre puisse rentrer à la maison ? » demanda Chris.

Il s'efforce d'être poli, le pauvre chou, pensa Regan, mais il veut une réponse. « Bientôt », dit-elle en leur tendant le paquet de cassettes enveloppé d'un papier coloré. « Voilà pour vous deux. »

Sa voix s'était soudain altérée et elle ne vit pas les deux enfants s'emparer de leur cadeau. Elle regardait fixement la couverture d'un des albums posés sur la table basse. Le titre, *Le petit phare rouge et le grand pont gris*, avait retenu son attention et réveillé un flot de souvenirs.

« *Papa, lis-moi encore celui-là, juste une fois, s'il te plaît.* »

La couverture était ornée d'un pimpant petit phare rouge. Elle ouvrit l'album. L'illustration du frontispice représentait clairement le George Washington Bridge, avec le petit phare niché en dessous.

« *Ton livre préféré... je vois rouge... »*

Voilà ce que papa essayait de me faire comprendre. De l'endroit où il se trouve, il peut voir le phare.

« Regan, qu'avez-vous ? » demanda Fred d'un ton pressant.

Regan secoua la tête.

« J'espère que les films vous plairont, les enfants. À bientôt. »

Elle se tourna vers Fred.

« Je vous raccompagne à la porte », dit-il.

La tension qui habitait C.B. avait atteint un niveau explosif. Luke et Rosita le regardaient s'assombrir à mesure qu'approchait l'heure de passer son coup de fil. Il sait que c'est maintenant ou jamais, réfléchit Luke. Il sait que s'ils n'obtiennent pas l'argent ce soir, ils n'en verront jamais la couleur. Le vent forcissait au-dehors. Le bateau cognait de plus en plus violemment contre la jetée. Si la tempête ne s'apaise pas, songea-t-il, qui sait quand leur vol décollera, si tant est qu'il décolle ?

« Hé, C.B., dit Petey. Il faut que j'aille chez moi en vitesse. J'ai oublié mon passeport. »

Tu mens mon bonhomme, pensa Luke. Je t'ai vu le regarder il y a peu de temps. Que manigançait donc Petey ?

C.B. lui jeta un regard furieux.

« Tu as quoi ?

— J'ai voulu le ranger dans un endroit sûr. Je n'ai pas beaucoup de place ici. Tu as dormi chez toi pendant les deux dernières nuits, que je sache. Quelle importance de toute façon ? C'est à cinq minutes à pied. Tu n'as qu'à passer me prendre à l'appartement. »

C.B. regarda sa montre. « Sois en bas à seize heures dix précises.

— D'accord. » Le regard de Petey alla de Luke à Rosita. « On se reverra peut-être jamais, mais je vous souhaite toute la chance possible. »

Avec un petit salut rapide, il disparut.

Luke comprit pourquoi ses pieds étaient froids et humides. Le sol suintait. La glace, se dit-il. Cette barque de malheur commence à prendre l'eau.

Jack Reilly sut d'instinct qu'Alvin Chance n'était pas une menace pour le genre humain. Un drôle d'oiseau, sans doute, mais certes pas un kidnappeur. Nora Reilly faisait simplement partie des innombrables écrivains qu'il collectionnait.

À chaque question que posait la police, Alvin répondait précisément et sans hésitation. Il reconnut qu'il avait pris une photo de Luke à un dîner d'auteurs de romans policiers. Il avait acheté le cadre après avoir appris l'accident survenu à Nora.

« Elle ne l'a pas aimé ? » demanda-t-il.

Ils se tenaient tous dans sa chambre encombrée.

« Je sais pourquoi ils te posent toutes ces questions, intervint sa mère. Tu n'as pas signé la carte. » Elle secoua énergiquement la tête. « Ils n'aiment pas ça. Ils croient que tu as quelque chose à cacher.

— Mme Reilly a simplement été étonnée de recevoir un cadeau sans le nom de l'expéditeur », dit Jack d'un ton apaisant. « Vous avez vous-même acheté l'ours en peluche dans la boutique de cadeaux, n'est-ce pas ?

— *Quel* ours en peluche ? interrogea sa mère. Alvin, tu ne m'as pas dit un mot de cet ours.

— Je vois que vous avez écrit une quantité de notes personnelles dans les marges des romans de Mme Reilly. »

Jack prit un livre et le feuilleta.

« Oh, oui, répondit Alvin avec fierté. J'ai étudié des centaines d'auteurs de romans policiers pour comprendre la construction de leurs scénarios. C'est un formidable outil de travail. Je classe mes notes par catégories : meurtres, incendies volontaires, cambriolages, escroqueries. Quand je lis des faits divers dans les journaux, je les découpe pour les ajouter à mes dossiers.

— C'est donc pour cette raison que vous annotez les romans de Nora Reilly ?

— Bien sûr.

— Auriez-vous lu par hasard *Les Bornes du paradis* ?

— C'est une de ses premières nouvelles. Je l'ai classée dans la rubrique "enlèvements". »

Il contourna son lit, s'approcha d'un classeur, ouvrit un tiroir.

« Voilà », dit-il, tendant à Jack un magazine vieux de trente et un ans.

Regan conduisait aussi vite que la prudence le lui permettait sur des routes qui s'enneigeaient rapidement. *Papa et Rosita peuvent voir le petit phare rouge*, pensait-elle avec une lueur d'espoir. C'est-à-dire qu'ils sont retenus prisonniers à proximité du George Washington Bridge. Jack avait dit que les bruits de fond sur les cassettes semblaient indiquer qu'ils se trouvaient près d'un plan d'eau.

Elle composa le numéro de Jack.

« Je viens d'annoncer à votre mère qu'Alvin Chance n'était plus considéré comme suspect, dit-il. Mais il peut nous être d'une grande aide – il détient un exemplaire de sa nouvelle.

— Qu'est-ce que vous dites ?

— C'est un collectionneur de romans policiers. Si, par une chance extraordinaire, les ravisseurs s'inspirent de l'itinéraire décrit dans cette nouvelle, il sera beaucoup plus facile de les suivre à la trace.

— J'ai aussi quelque chose à vous dire. »

Regan lui rapporta ce qu'elle avait découvert dans l'appartement de Rosita.

« Dans ce cas, cela signifie qu'ils sont détenus dans le New Jersey.

— Pourquoi ?

— Réfléchissez, dit Jack. Votre père a quitté l'hôpital peu après dix heures. La voiture a ensuite été conduite dans le New Jersey, puisqu'elle a traversé le George Washington Bridge en direction de New York à onze heures seize. Puis elle a emprunté le Triborough Bridge en direction de Queens à onze heures quarante-cinq, ce qui est le temps normal pour couvrir cette distance sans s'arrêter. Puisqu'ils ne se sont pas

arrêtés à Manhattan à la sortie du pont, ils sont nécessairement sur l'autre rive d'où ils peuvent voir le
phare.

— Pour une raison que j'ignore, je me sens un peu
rassurée », dit Regan.

Le filet se resserre, pensa-t-elle.

Petey sirotait tranquillement une *tequila sunrise* au
Elsie's Hideaway. C'était l'heure des consommations
à prix réduit et toute la bande des habitués était présente. Petey se sentit envahi de nostalgie. J'en prendrai
une seule, se promit-il. Il faut que je garde mes esprits
pour le grand soir.

Si C.B. savait que je suis ici, il me tuerait, pensa-
t-il. Mais je ne pouvais pas quitter les États-Unis
d'Amérique pour toujours sans une dernière visite à
ce vieux saloon, où, comme le dit la chanson, « tout
le monde connaît votre nom ». J'ai été à la pêche avec
une bonne partie de ces types, se rappelait-il. On a
bien rigolé.

« Petey, t'as l'air dans un drôle d'état », lui dit Matt,
le fidèle barman d'Elsie, en remplissant à nouveau son
verre. « Elsie te souhaite un joyeux Noël.

— C'est drôlement gentil.

— J'ai entendu dire que tu partais en vacances.
Où ça ?

— Je vais pêcher.

— Où ?

— Dans le Sud », répondit vaguement Petey.

Matt alla s'occuper d'un autre client.

Petey regarda l'heure à sa montre. Il était temps de partir. Il descendit de son tabouret, contempla la *tequila sunrise* que Matt venait de lui offrir et, faisant preuve d'une fermeté inhabituelle, la laissa intacte.

« Petey, tu te sens bien ? »

Le visage de Matt trahissait son inquiétude.

« Super-bien, assura Petey. Comme un millionnaire.

— Content de l'entendre. Amuse-toi bien. Envoie-nous une carte.

— À propos, est-ce que tu as encore les cartes postales du Elsie's ? » demanda Petey.

Matt fouilla sous le bar. « Il nous en reste une. Je te l'offre. »

Avec un geste d'adieu de la main, Petey quitta le Elsie's pour la dernière fois.

Regan avait tenu Austin Grady au courant des événements récents. Depuis deux jours il avait reçu une quantité d'appels de la part des amis des Reilly qui avaient appris l'accident de Nora et ne parvenaient à les joindre ni elle ni Luke.

Lorsque Nora appela Austin à quinze heures quinze, il demanda s'il pouvait passer la voir en rentrant chez lui.

« Votre visite me fera plaisir, Austin. Vous êtes le seul de nos amis à savoir ce qui s'est passé. »

Austin était là depuis seulement quelques minutes quand Regan arriva et leur dit avoir vu le livre où il était question du petit phare rouge.

« *Le petit phare rouge et le grand pont gris* ! s'exclama Nora. Bien sûr ! Tu l'adorais.

— Ils sont donc à proximité de ce phare, dit catégoriquement Alvirah. En écoutant ces enregistrements, il ne fait aucun doute qu'il insiste sur les mots : *Je vois rouge.*

— En fait, Jack pense qu'ils se trouvent sur la rive du New Jersey de l'autre côté du pont », dit Regan, et elle expliqua pourquoi.

« Si seulement nous savions qui sont ces gens, gémit Nora. Mais nous n'en avons pas la moindre idée. Et ils vont téléphoner dans une demi-heure. Une fois qu'ils auront l'argent, pouvons-nous leur faire confiance pour respecter les termes du marché ? » Elle fit un geste en direction de la fenêtre. « Regardez ce temps. S'ils ont perdu le sac par erreur hier, pensez à ce qui pourrait arriver par un jour pareil. »

Le carillon de l'entrée les fit tous sursauter.

« Regan, nous ne pouvons recevoir personne. Dis que je me repose...

— Je sais, maman. »

Regan se hâta vers la porte. Dehors se tenait ce président loufoque d'une société horticole qui avait frappé à la fenêtre du bureau d'Austin deux soirs plus tôt. Il portait un bonnet tricoté, dont le haut était couvert de neige.

« Bonjour, Regan ! » lança-t-il de sa voix de fausset. « Vous vous souvenez de moi ? Nous nous sommes vus l'autre soir. Ernest Bumbles. »

Il portait sous le bras un paquet enveloppé d'un papier-cadeau.

« Bonjour, monsieur Bumbles, dit Regan d'un ton pressé.

— Votre père est-il là ? demanda-t-il.

— Malheureusement non. Il a été retenu à New York.

— Oh, quel dommage ! Ma femme et moi partons chez ma belle-mère à Boston. Même si personne ne devrait prendre la route par un temps pareil, soit dit en passant ! Bref, j'ai apporté ce présent que j'aurais beaucoup aimé remettre en main propre à votre père. Je suis navré de l'avoir manqué à chaque fois. Mais je souhaite qu'il l'ait pour Noël.

— Confiez-le-moi dans ce cas, dit Regan, impatiente de mettre fin à la conversation.

— Pouvez-vous me faire une faveur ? demanda Ernest avec un regard implorant.

— De quel genre ?

— J'aimerais que vous déballiez le cadeau de votre père et que vous me permettiez de vous prendre en photo pendant que vous le tenez dans vos mains. »

Regan l'aurait volontiers étranglé. Elle l'invita à entrer, dénoua hâtivement le ruban et ouvrit la boîte qui renfermait la proclamation encadrée.

« Qu'est-ce que cela signifie ? » demanda-t-elle quand elle eut fini de lire le document.

Ernest eut un large sourire. « Votre père a tant fait pour l'association Fleurs et Bourgeons. Il nous a présenté Cuthbert Boniface Goodloe. Le pauvre homme est décédé cette semaine, mais il nous a légué un million de dollars. Nous ne pourrons jamais remercier suffisamment votre père.

— Un million de dollars ? » s'étonna Regan.

Des larmes embuèrent les yeux d'Ernest. « Un million de dollars. Pratiquement toute sa fortune. Un homme très généreux. Et tout cela grâce à votre père. Nous avons aussi une nomination à remettre au neveu de M. Goodloe, en l'honneur* de son merveilleux oncle, mais lui non plus n'est jamais à son domicile ! Maintenant permettez-moi de vous prendre en photo. »

Dépêché par Nora qui s'inquiétait de ne pas voir sa fille revenir, Austin apparut sur le seuil de la porte du salon. Mon Dieu, faillit-il s'écrier en apercevant Bumbles. Ce type ne se lassera-t-il donc jamais !

Il croisa le regard de Regan. D'un geste imperceptible de la tête, elle l'empêcha de faire déguerpir l'intrus, comme il en avait eu l'intention.

Regan brandit la citation. « Austin, regardez ça », dit-elle avec un sourire forcé. « Mon père est à l'origine d'un don de un million de dollars offert à l'association de M. Bumbles par un certain Cuthbert Boniface Goodloe. Saviez-vous que mon père en était directement responsable ? »

Austin secoua la tête.

« Je l'ignorais.

— J'ai beaucoup regretté que votre père n'ait pas pu assister aux funérailles de notre bienfaiteur, continua Bumbles. Mais notre association s'est manifestée au grand complet.

— Votre présence a été la bienvenue », dit Austin. Regan a une patience d'ange, pensa-t-il. « Son neveu est sa seule famille.

— Vraiment ? » dit Regan. Elle regarda Ernest et ajouta d'un ton moqueur : « Comment a-t-il réagi au fait que son oncle ait fait un don aussi important à l'association Fleurs et Bourgeons ? »

Ernest eut l'air perplexe.

« Je ne pourrais pas vous le dire. Mais pourquoi ne se réjouirait-il pas pour nous ? Notre association est admirable. Et cette nomination lui fera plaisir, j'en suis convaincu. Enfin, si nous parvenons à le joindre.

— Où vit-il ? demanda Regan.

— À Fort Lee. »

Regan sentit sa gorge se serrer. Du côté du New Jersey, le George Washington Bridge débouchait dans l'agglomération de Fort Lee. Serait-ce possible ?

« Je suis certaine que mon père sera très honoré, dit-elle.

— Je suis heureux d'avoir pu vous remettre notre présent. Je garde l'autre dans la malle de ma voiture jusqu'à ce que j'arrive à joindre le neveu.

— Confiez-le-moi, dit Regan. Je dois me rendre dans les environs de Fort Lee en fin de soirée et je le déposerai chez lui afin qu'il l'ait pour Noël.

— Ce serait épatant ! s'écria Ernest. Malheureusement je n'ai pas son adresse.

— Je vais téléphoner au bureau, proposa Austin. Nous l'avons certainement dans nos dossiers.

— Je reviens tout de suite. »

Ernest fit demi-tour, sortit, glissa dans l'allée et faillit s'étaler avant d'arriver à sa voiture où l'attendait patiemment Dolly. À son retour, il tendit à Austin le second paquet.

« Voulez-vous le tenir, s'il vous plaît ? » lui demanda-t-il. Il se tourna vers Regan tout en réglant son appareil photo. « Souriez. Parfait.

— Au fait, comment s'appelle le neveu ? »

Austin et Ernest répondirent d'une même voix :
« C.B. Dingle. »

« C'est moi qui ai gagné, dit Bobby sans enthousiasme. Maintenant on va mettre une cassette vidéo.

— Il faut d'abord ramasser toutes les billes », dit
Fred.

Tous trois se mirent à quatre pattes pour récupérer
les billes éparpillées dans la pièce.

« Je crois que j'en ai vu une sous le canapé », dit
Fred.

Il souleva le bas de la housse et passa sa main à
tâtons sous le canapé. Ses doigts se refermèrent sur
une petite bille. Il s'aperçut qu'elle reposait non sur la
moquette, mais sur un rectangle de carton lisse. Il le
fit glisser vers lui. Il s'agissait d'une carte postale
adressée à Rosita.

Le message griffonné était maculé de peinture. Il
disait : « J'espère que nous dînerons bientôt ici !!!
Petey. »

Chris se tenait à côté de Fred. Il regarda la carte.
« Maman était si drôle quand elle l'a reçue. Elle a dit
que ce type était bête à manger du foin. »

Fred sourit. « L'as-tu déjà rencontré ? »

Chris le regarda en écarquillant les yeux, comme

étonné qu'il pût poser une question aussi stupide. « Nooon ! Maman l'a rencontré là où elle travaille.

— Il a été employé par M. Reilly ?

— Une fois. Ils ont trouvé la couleur affreuse. »

Fred retourna la carte postale. ELSIE'S HIDEAWAY, EDGEWATER, NEW JERSEY. Son cœur battit plus fort. Des traces de peinture dans la limousine abandonnée. Un individu qui avait travaillé pour Luke Reilly et été éconduit par Rosita. Qui fréquentait visiblement un bar dans les environs du George Washington Bridge.

« Commencez à regarder le film, dit-il aux garçons. Je vais dans la chambre donner un coup de fil. »

Après avoir souhaité un bon voyage à Ernest Bumbles, Regan et Austin emportèrent ses deux présents au salon.

« C'est de nature à fournir un mobile, dit Nora après avoir lu la proclamation. Mais C.B. Dingle est peut-être aussi innocent dans cette affaire qu'Alvin Chance.

— J'aurais souhaité que nous ayons plus de temps, afin de pouvoir mener une petite enquête sur ce bonhomme, dit Regan. Mais l'appel devrait avoir lieu dans dix minutes, et je serai probablement obligée de partir tout de suite pour New York. Jack doit m'y retrouver avec la rançon. »

La sonnerie du téléphone retentit dans la pièce comme un coup de fusil.

« Ils ne devraient pas appeler sur cette ligne, n'est-ce pas ? »

Regan courut vers le téléphone.

C'était Fred.

Elle écouta. « Ne quittez pas, Fred. » Elle se tourna vers Austin : « Fred vient de trouver une carte postale d'un dénommé Petey, qui aurait fait des travaux de peinture au funérarium. Il avait demandé à Rosita de sortir avec lui. Savez-vous de qui il s'agit ? »

Austin hocha la tête : « Nous l'avons employé un seul jour. Il avait complètement bousillé son travail. » Il réfléchit un instant avant de continuer : « Attendez ! Il a fait une apparition l'autre soir à la veillée funèbre de Goodloe. C'est un grand copain de C.B. Dingle. »

Nora étouffa un cri. « Il est peintre et on a retrouvé des traces de peinture dans la limousine !

— Et la carte postale qu'il a envoyée à Rosita représente un bar à Edgewater, dit Regan. C'est un patelin au sud de Fort Lee et on voit encore le phare de là-bas. »

Regan raconta à Fred ce qu'ils avaient appris de C.B. Dingle.

« Quel est le nom de famille de Petey ? » cria presque Fred dans l'appareil.

« Austin, connaissez-vous le nom de Petey ? »

Austin fit non de la tête. « Ne quittez pas. Je vais le savoir tout de suite. » Il prit son portable et appela son bureau. « Ils cherchent dans les dossiers. »

Un moment plus tard, il annonça :

« Il s'appelle Peter Commet. Vit à Edgewater. »

Austin nota l'adresse sur un bout de papier qu'il tendit à Regan. Elle communiqua l'information à Fred.

« Ils vont me téléphoner dans deux minutes. Je vous rappelle dès que je leur aurai parlé.

— Regan, je vais essayer de dénicher cet oiseau.

— J'aimerais pouvoir vous accompagner. »

À seize heures précises, son portable sonna.

« Soyez à la sortie du Midtown Tunnel, côté Manhattan, à dix-sept heures trente.

— La sortie du Midtown Tunnel, côté Manhattan », répéta-t-elle, et elle regarda Nora.

« Ils s'inspirent de ma nouvelle », souffla Nora.

« Je viens de ramener ma mère de l'hôpital, dit Regan précipitamment. Je suis dans le New Jersey. Il me faut plus de temps.

— Pas question. »

Austin posa sa main sur le bras de Regan. « Laissez-moi y aller », articula-t-il en silence.

Regan accepta d'un signe de tête. « Je ne suis pas très habile au volant par un temps pareil, expliqua-t-elle. Acceptez-vous que l'associé de mon père, Austin Grady, vous remette la rançon ? Il conduira ma voiture et utilisera mon téléphone. Vous ne gagneriez rien à ce que j'aie un accident. »

Il y eut un silence à l'autre bout de la ligne. Puis la voix dit à regret : « Bon. Mais si vous voulez revoir votre père et Rosita, ne nous faites pas d'entourloupe. Dites bonjour, vous deux. »

Regan entendit vaguement la voix de son père et celle de Rosita en arrière-plan. *Nous ne sommes plus très loin*, se retint-elle de crier.

Suivit un déclic.

Elle composa le numéro de Fred.

« Je pars pour Edgewater, dit Fred.

— Pendant ce temps, Alvirah et moi nous irons à Fort Lee.

— Puis-je déposer les enfants chez votre mère ? »

Regan hésita.

« Que vont-ils penser ?

— Je leur expliquerai que Rosita est allée faire une course avec votre père. Demain, de toute façon, il faudra leur dire la vérité. »

Regan lui indiqua comment arriver chez ses parents. « Donnez-moi votre numéro de portable. Notez aussi celui de ma mère. Je prendrai son appareil avec moi. Austin se servira du mien.

— Soyez prudente », dit Fred.

« Il fait un temps de chien dehors », dit C.B. à Luke en interrompant la communication. « Votre fille est trop nerveuse pour conduire, et elle envoie le dénommé Grady. »

Regan conduit par n'importe quel temps, songea Luke. Est-ce que Nora va plus mal ? Quelque chose d'autre est-il survenu ?

C'est un regard d'adieu que C.B. promena une dernière fois sur l'intérieur du bateau. Il sortit de sa poche les clés de leurs chaînes et les posa sur le dessus du poêle, hors de leur portée.

« Lorsque nous serons en possession de l'argent, vous rentrerez chez vous. Dès que nous aurons mis les voiles, nous leur indiquerons où vous êtes.

— À moins d'être décidés à nous éliminer, vous feriez mieux de les prévenir rapidement », dit Luke, désignant le plancher du house-boat.

La tempête s'était intensifiée, et l'embarcation tanguait de plus en plus violemment. Les chocs et les craquements de la glace contre les bordés se répétaient. Le plancher était inondé.

« Nous les appellerons de l'aéroport, une fois arrivés à destination.

— Ce sera trop tard, s'écria Rosita. Vous ne décollerez peut-être pas avant demain.

— Vous n'avez qu'à prier pour que nous partions avant », dit C.B.

La porte claqua derrière lui.

Peu avant dix-sept heures, Regan et Alvirah s'arrêtèrent devant l'immeuble de C.B. « Nous y voilà », dit Regan en sortant de la voiture.

Le portier sonna à l'interphone pour les annoncer. Il attendit une minute, puis secoua la tête. « Pas de réponse. Il est sans doute sorti.

— Son oncle est décédé cette semaine, dit Regan.

— Je sais.

— Mon père est le propriétaire du funérarium où se sont déroulées les obsèques et il doit d'urgence se mettre en contact avec M. Dingle. C'est très important. Pourrait-on me dire quand il sera de retour ?

— La femme du gérant de l'immeuble s'occupe de son appartement. Je vais lui téléphoner, proposa le portier. C'est tout ce que je peux faire pour vous.

— Merci, dit Regan. C'est très aimable de votre part. »

Alvirah et elle échangèrent un regard.

« Heureux de vous rendre service, fit-il en haussant les épaules. C'est Noël. »

Un instant plus tard, il se tourna à nouveau vers elles. « Dolores vous prie de monter. Au 2B. »

L'appartement de Dolores baignait dans une atmosphère de fête. L'arbre était illuminé, des chants de Noël résonnaient dans les pièces, le fumet d'un poulet rôti emplissait l'air.

« Nous ne voulons pas vous déranger trop longtemps, dit rapidement Regan. Mais nous avons besoin de contacter M. Dingle. »

Dolores, une femme proche de la soixantaine, prit un ton compatissant. « Pauvre garçon. Il m'a dit qu'il partait en voyage pour se changer les idées. Il faisait sa valise quand je suis montée chez lui ce matin.

— Vous étiez chez lui ce matin ?

— Je ne suis pas restée longtemps. Je lui ai apporté des friandises. Il semblait nerveux et inquiet, comme si quelque chose le tracassait. Un voyage lui fera du bien.

— Certainement », dit Regan.

Se pourrait-il que mon père et Rosita soient cachés dans une pièce là-haut ? se demanda-t-elle.

« Cet immeuble est très agréable, fit remarquer Alvirah en inspectant la pièce. Vous jouissez d'une vue magnifique sur la rivière. M. Dingle a-t-il la même que vous ?

— Oh, non ! » Un léger sourire supérieur étira les lèvres de Dolores. « Il occupe un des petits studios qui donnent sur la rue. »

À dix-sept heures quinze, enveloppé d'un tourbillon de neige, Fred Torres se tenait sur le perron de la maison de bois décrépite à un étage dans laquelle vivait Petey. Regan l'avait joint au téléphone après avoir quitté l'immeuble de C.B., pour lui rapporter la seule chose qu'elle avait apprise, à savoir que C.B. était parti le matin même en emportant ses bagages, soidisant en vacances. Elle était certaine que Luke et Rosita ne se trouvaient pas dans son appartement.

Et s'ils étaient ici ? se demanda Fred en sonnant à la porte une seconde fois. Il avait commencé par l'cntrée particulière menant à l'appartement de Petey au soussol de la maison, mais il faisait sombre à l'intérieur, et personne n'avait répondu.

Il y a quelqu'un à l'étage, se dit-il. On voyait de la lumière, et la télévision marchait.

Un homme ouvrit la porte, la soixantaine, l'air ensommeillé. Il portait un jean froissé, une chemise de flanelle au col ouvert, et était chaussé de pantoufles. Il ne semblait pas ravi d'avoir été dérangé.

« Êtes-vous le propriétaire de la maison ? demanda Fred.

— Ouais. Pourquoi ?

— Je cherche Petey Commet.

— Il est parti en vacances ce matin.

— Savez-vous où ?

— Il ne m'a rien dit, et c'est pas mes affaires. »

L'homme fit mine de refermer la porte. Fred sortit sa carte de police.

« Il faut que vous me parliez de lui. »

Toute trace de torpeur déserta le visage de l'homme.

« Il a des ennuis ?

— Je n'en sais rien pour le moment, répondit Fred. Depuis combien de temps habite-t-il ici ?

— Trois ans.

— Jamais eu de problèmes avec lui ?

— À part qu'il paie son loyer avec du retard, pas vraiment. De toute façon, il finit toujours par payer.

— Encore une ou deux questions et je ne vous ennuie plus. A-t-il de bons amis dans le quartier ?

— Si vous comptez la bande du Elsie's Hideaway, il en a une flopée. C'est le bar du coin. Dites donc, je commence à avoir froid.

— Une dernière chose. Êtes-vous entré chez lui ces deux derniers jours ?

— Ouais, j'ai vérifié le thermostat après son départ ce matin. En son absence, inutile de brûler du mazout – surtout avec le prix que ça coûte aujourd'hui. »

Fred le laissa refermer la porte. Comme il se mettait au volant, Alvirah et Regan vinrent s'arrêter en double file à côté de lui.

« Pas plus de chance par ici. Mais suivez-moi jusqu'au Elsie's Hideaway. »

Le temps étant compté, Jack Reilly procéda au transfert de l'argent dans la voiture de Regan quelques blocs avant l'entrée du Queens Midtown Tunnel.

« Nous vous suivrons, dit-il à Austin Grady. Mais s'il vous indique l'itinéraire que nous avons prévu, les hommes de notre unité mobile devront se replier. Ils sont trop visibles. Des agents sont postés dans plusieurs immeubles tout au long du trajet. Ils ne vous quitteront pas de l'œil. Bonne chance. »

À dix-sept heures trente l'appel eut lieu : « Traversez le tunnel. Restez sur la droite. Prenez la sortie de Borden Avenue immédiatement après le péage. »

« C'est ce que nous voulions entendre », se félicita Jack lorsque le centre d'écoute Eagle transmit le message.

Son portable sonna. C'était Regan. « Le neveu et le peintre ont tous les deux fait leurs valises aujourd'hui. Ils ont raconté qu'ils partaient en vacances. »

Jack sentit une décharge d'adrénaline le traverser. « Regan, je vous parie que ce sont nos hommes. S'ils ont pris leurs bagages, cela signifie qu'ils ne comptent pas regagner l'endroit où ils détiennent votre père et Rosita. Une fois en possession de l'argent, ils fileront vers l'aéroport.

— S'ils s'enfuient, il est possible que nous n'en entendions plus jamais parler.

— Nous les surveillerons, au cas où il leur viendrait quand même à l'idée de dire un dernier adieu à leurs otages, mais dès l'instant où ils pénétreront dans un aéroport, nous n'aurons d'autre choix que de les appréhender.

— Alvirah et moi, nous allons faire un tour dans un bar d'Edgewater où le peintre a l'habitude de traîner. Fred Torres nous accompagne. Quelqu'un, là-bas, pourra peut-être nous donner une ou deux informations.

— Regan, murmura Jack, faites attention. »

Un craquement se fit entendre, suivi d'une terrible embardée, et le bateau prit une gîte de vingt degrés. Rosita et Luke furent projetés sur le côté. Rosita poussa un cri, et Luke grimaça de douleur en sentant les chaînes lui meurtrir les poignets et les chevilles.

« Monsieur Reilly, le bateau est en train de couler ! Nous allons nous noyer !

— Non, la rassura Luke. C'est probablement l'une des amarres qui a lâché. »

Moins d'une minute plus tard, le house-boat fut à nouveau brutalement précipité contre le quai.

Luke entendit un gargouillement, et l'eau commença à s'infiltrer sous la porte. Au moment où le bateau faisait un nouveau bond en avant, le trousseau de clés que C.B. avait laissé sur le poêle glissa et tomba sur le plancher. Avec un effort désespéré, Luke se pencha en avant, aussi loin que ses chaînes le lui permettaient. Ses doigts effleurèrent l'une des clés, mais il n'eut pas le temps de s'en emparer. Le bateau pencha davantage et elles glissèrent hors de sa portée.

Luke avait cru jusque-là qu'ils avaient une chance de s'en tirer, mais l'espoir le quitta. Même si C.B. téléphonait une fois rendu à destination, il serait trop tard. L'eau montait régulièrement. Rosita avait raison – ils allaient se noyer. Leurs corps seraient retrouvés enchaînés, comme deux animaux pris au piège, si jamais on les découvrait. Cette barcasse serait réduite sous peu à l'état d'épave.

J'aurais voulu vivre encore longtemps, pensa-t-il, le cœur douloureusement serré, tandis qu'il évoquait les visages et les voix de Nora et de Regan.

Il entendit Rosita murmurer :

« Je vous salue Marie... »

Il termina la prière avec elle :

« ... jusqu'à l'heure de notre mort, Amen. »

À l'intérieur du Elsie's Hideaway, l'ambiance n'avait rien de morose. Regan, Fred et Alvirah ne mirent pas longtemps à s'orienter et à aller droit vers le bar.

Matt le barman s'approcha d'eux. « Que désirez-vous ?

— Une ou deux réponses. » Fred sortit sa carte. « Connaissez-vous Petey Commet ?

— Sûr que je le connais. Il était assis juste à votre place il y a moins de deux heures.

— D'après son propriétaire, il a quitté son domicile ce matin en emportant ses bagages.

— Peut-être bien, en tout cas il était ici cet après-midi. C'est vrai qu'il a dit qu'il partait en vacances.

— Savez-vous où ? C'est important.

— J'aimerais vous aider mais, à dire vrai, il est resté flou sur le sujet. Il a dit qu'il partait à la pêche quelque part dans le Sud. » Matt s'interrompit un instant. « J'ignore ce que ça signifie, mais Petey n'était pas comme d'habitude. Je lui ai demandé ce qu'il avait, et il a dit qu'il se sentait heureux comme un millionnaire. »

Le sang de Regan se glaça.

« Pouvez-vous nous dire où il aurait pu se trouver entre le moment où il a quitté son appartement ce matin et celui où il est venu ici voici quelques heures ?

— Il s'occupe de l'entretien d'un bateau à la marina de Weehawken. Peut-être qu'il a voulu vérifier les amarres avant de partir. Il traîne parfois par là-bas.

— Je connais le coin », dit Fred. Il prit son téléphone portable. « Donnez-moi le numéro de la patrouille fluviale de Weehawken. »

Un instant plus tard, il avait le bureau de la marina en ligne. Regan vit les muscles de son visage se contracter. On ne lui annonce pas de bonnes nouvelles, pensa-t-elle.

Fred conclut sa conversation et se tourna vers les deux femmes. « Il est parti avec le house-boat mercredi après-midi et n'est pas revenu depuis. L'employée à qui j'ai parlé dit qu'il est cinglé. La glace commence à descendre la rivière. Aucun bateau ne devrait sortir dans de telles conditions, à plus forte raison une embarcation aussi pourrie. »

Alvirah posa une main rassurante sur le bras de Regan, tandis que Fred appelait la patrouille fluviale.

Matt, qui avait apporté leurs consommations à d'autres clients, revint vers eux. « J'ai une idée. La plupart des gens ici connaissent Petey, et beaucoup travaillent dans les environs. Peut-être savent-ils quelque chose. »

Il grimpa sur le bar et siffla. La foule exprima bruyamment son approbation. « Une tournée gratuite pour tout le monde », cria quelqu'un.

Matt les fit taire d'un signe de la main. « Vous avez déjà mangé à l'œil ce soir. Maintenant écoutez, c'est important. Quelqu'un parmi vous a-t-il vu Petey Commet en ville avant qu'il ne vienne ici ? »

Mon Dieu, je vous en supplie, pria Regan. Elle les

vit tous se regarder, secouer la tête. Puis un homme prit la parole : « En quittant mon travail, je suis venu directement ici. J'ai vu Petey sur le chemin qui va à la Slocum Marina.

— La marina est fermée tout l'hiver. Pourquoi irait-il par là ? » marmonna un client près de Regan.

Regan se tourna vers lui. « Où se trouve exactement cette marina ? demanda-t-elle.

— En sortant, prenez à gauche. La marina se trouve quelques blocs plus loin sur la droite. Vous apercevrez le panneau indicateur au croisement. »

Fred, Regan et Alvirah se ruèrent hors du bar, coururent vers la voiture de Fred. Il démarra en trombe, dérapant en sortant du parking sur la chaussée enneigée.

« S'ils sont sur un vieux bateau par ce temps... » Regan ne termina pas sa phrase.

« Vous venez de dépasser le croisement ! » cria Alvirah.

Fred fit demi-tour et s'engagea à toute allure dans la descente déserte qui menait à la rivière. Les tourbillons de neige réduisaient considérablement la visibilité. Les phares perçaient à peine le rideau blanc, assez cependant pour leur permettre de constater que la marina était vide. Il n'y avait pas la moindre embarcation en vue.

Fred saisit une lampe torche dans la boîte à gants et bondit hors de la voiture. Suivi de Regan et d'Alvirah, il passa sans s'arrêter devant les bureaux fermés. Sur leur gauche leur parvenaient des bruits sourds, un cognement répété. Glissant, patinant sur la neige mouillée, ils tournèrent dans cette direction et se mirent à courir. Dans le puissant faisceau de la lampe apparut soudain un malheureux house-boat qui gîtait dangereusement, cognant avec violence contre le quai auquel il était amarré. Il semblait sur le point de couler.

« Mon Dieu ! s'écria Regan. Je parie qu'ils sont à l'intérieur. »

Fred et elle foncèrent le long de l'appontement, Alvirah s'essoufflant derrière eux.

L'aussière qui retenait le bateau était à moitié détachée de la bitte d'amarrage sur laquelle elle était enroulée. Fred s'en empara et la fixa du mieux qu'il put. « Alvirah, ne la laissez pas se détacher. »

« Papa ! » cria Regan en bondissant avec témérité sur le pont instable du bateau. « Rosita ! » Elle donna des coups de pied dans la porte cadenassée.

En entendant la voix de Regan, Luke et Rosita crurent d'abord qu'il s'agissait d'un effet de leur imagination. Ils s'efforçaient de garder leurs jambes levées, hors de l'eau glacée qui montait en tourbillons dans le fond du bateau. L'infiltration s'était transformée en un flot puissant et régulier.

« Regan ! cria Luke.

— Vite ! hurla Rosita.

— Nous arrivons », cria Fred à son tour, rejoignant Regan.

Ensemble ils assenèrent des coups redoublés à la porte. Le panneau de bois finit par céder et vola en éclats. Tirant de toutes leurs forces sur les planches, ils parvinrent à s'ouvrir un passage.

Fred entra le premier, balayant de sa torche le carré plongé dans le noir. Regan s'élança derrière lui, faillit trébucher dans l'eau, horrifiée à la vue de son père et de Rosita enchaînés à la paroi.

« Les clés sont tombées par terre sous le poêle », leur indiqua Luke avec précipitation. Fred et Regan se penchèrent, cherchant à tâtons dans l'eau glaciale qui montait inexorablement.

Pitié, pitié, pria Regan. *Pitié !* Près du réfrigérateur, sa main heurta un objet métallique, puis ne sentit plus rien. « Je les ai touchées, s'écria-t-elle. Par ici. »

Fred dirigea le faisceau de sa lampe au pied du refrigérateur.

« Les voilà ! » cria Regan en se jetant en avant pour les attraper. L'eau lui arrivait aux genoux. Elle ouvrit d'un coup sec l'anneau du trousseau, tendit une clé à Fred, se dirigea tant bien que mal vers Luke et lui prit le poignet. Ce n'était pas la bonne clé.

Fred se détourna de Rosita et ils firent l'échange.

Cette fois, les clés fonctionnèrent.

Quelques secondes plus tard, les deux paires de chaînes pendaient le long des parois. Soutenu par Regan, Luke se mit debout. Fred souleva Rosita dans ses bras.

« Le bateau ne tiendra pas trente secondes de plus, cria Fred. Décampons. »

Pataugeant dans l'eau, ils passèrent à travers ce qui restait de la porte.

Sur le quai, Alvirah invoquait Dieu et tirait de tout son poids sur l'amarre qui ne suffisait plus à retenir le house-boat à moitié englouti. Au moment où il fut projeté une dernière fois contre le quai, elle s'arc-bouta. Rassemblant les forces qu'elle utilisait pour déplacer armoires et pianos, à l'époque où elle faisait des ménages, Alvirah retint l'amarre jusqu'à ce qu'ils fussent tous les quatre sains et saufs à côté d'elle.

Le visage éclairé d'un sourire radieux, elle contempla Regan et son père enlacés, Fred qui entourait Rosita de ses bras.

Je savais qu'elle lui plaisait, pensa-t-elle.

Austin Grady suivait les instructions des ravisseurs : continuer vers l'est dans Borden Avenue puis tourner sur sa gauche dans la 25e Rue.

« Ensuite vous vous arrêterez et vous attendrez. »

Il roulait lentement sur les chaussées verglacées. Les essuie-glaces parvenaient avec peine à préserver un minimum de visibilité sous les tourbillons de neige.

La 25e Rue était noire et désolée, bordée de vieux entrepôts visiblement fermés depuis des lustres. Le téléphone sonna à nouveau.

« Parcourez encore un bloc, jusqu'à la Cinquante et Unième Avenue et tournez à droite. Allez jusqu'au bout et arrêtez-vous. Déposez le sac au coin de la rue. »

Nous y voilà, pensa Austin. Au bout de la Cinquante et Unième Avenue, il s'arrêta, sortit le sac contenant un million de dollars et le déposa sur le trottoir. Il remonta dans la voiture.

On l'appela à nouveau.

« C'est fait, dit Austin.

— Continuez à rouler. Tournez à gauche et barrez-vous. »

Jack était posté quatre rues plus loin. Quelqu'un

l'appelait sur son portable. C'était Regan. Sa voix était tremblante et triomphante : *« Nous les avons retrouvés !* Nous rentrons à la maison. »

Le centre d'écoute intervint au même moment : « Ils ramassent le sac. »

Jack brancha son émetteur.

« Coincez-les. »

Chris et Bobby jouaient aux cartes avec Willy dans le salon. Nora était assise, silencieuse, le regard perdu dans le vague. En proie à une angoisse paralysante, elle sursauta en entendant le téléphone sonner sur la table à côté d'elle. Elle le décrocha, redoutant à l'avance ce qu'elle allait entendre.

« Comment se porte cette jambe ? » demanda Luke.

Des larmes de soulagement coulèrent le long de ses joues.

« Oh, Luke, murmura-t-elle.

— Nous arrivons. » La voix de Luke était voilée par l'émotion. « Nous serons à la maison dans une demi-heure. »

Nora raccrocha. Chris et Bobby fixaient sur elle un regard plein d'espoir.

« Maman va rentrer », parvint-elle à leur dire.

C.B. et Petey, menottes aux poignets, étaient assis côte à côte à l'arrière de la voiture de police.

« C'est pas entièrement ma faute, protestait Petey. C'est ton oncle qui est mort. »

Une pensée incongrue traversa C.B. Après tout, se dit-il, la prison était peut-être préférable à une vie entière au Brésil en compagnie de Petey.

Ils déposèrent Jack Reilly devant son appartement de Tribeca. Il alla directement à sa voiture ; bagages et cadeaux se trouvaient encore dans la malle. Je serai à la maison pour Noël, se dit-il. Tout est bien qui finit bien.

Conduisant à travers les rues enneigées et désertes de Manhattan, il refit le trajet qu'il avait entrepris deux soirs plus tôt. Il se dirigea vers l'est, en direction du F.D.R. Drive. Puis, comme douée d'une volonté propre, la voiture fit demi-tour.

Fred et Rosita s'arrêtèrent dans l'allée derrière Regan, Luke et Alvirah. Le moteur était à peine arrêté que la porte d'entrée s'ouvrit brusquement et deux petits garçons en jaillirent, sans manteau ni chaussures. « Maman ! maman ! » criaient-ils, glissant et trébuchant dans leur précipitation.

Rosita rejeta la couverture dont elle s'était enveloppée, sortit en vacillant de la voiture et prit dans ses bras les enfants qu'elle avait cru ne jamais revoir.

« Je *savais* bien que tu reviendrais pour Noël », murmura Chris.

Bobby la regarda, saisi d'une inquiétude soudaine.

« Maman, tu ne vas pas être fâchée ? On a déjà décoré l'arbre. Mais nous avons gardé des décorations pour toi.

— Nous les accrocherons ensemble », le rassura Rosita en les serrant tous deux contre elle.

Fred, qui s'était tenu à l'écart, s'approcha d'eux. « Dites, les garçons, lequel d'entre vous dois-je porter à l'intérieur ? »

Luke, Regan et Alvirah sortirent de leur voiture. « Pourquoi ta mère n'accourt-elle pas pour m'accueillir ? demanda Luke.

— À cause d'un tapis dont je lui ai fait cadeau. »

Ils remontèrent ensemble l'allée pavée.

Debout sur le perron, Willy attendait Alvirah.

En franchissant le seuil de sa maison, Luke eut l'impression de la voir pour la première fois. « Comme on est bien chez soi ! » dit-il avec ferveur, puis il se hâta vers le salon où attendait Nora. Alvirah s'apprêtait à le suivre. Willy la prit par le bras.

« Laisse-les un peu seuls, mon chou.

— Tu as raison, Willy. Je suis une incorrigible romantique. »

Quarante minutes plus tard, réchauffés par une douche brûlante, habillés de vêtements propres, les otages et leurs sauveteurs se retrouvèrent dans le salon.

Le repas froid que Nora avait commandé chez le traiteur voisin venait d'être livré. Regan, Alvirah et

Willy dressèrent le buffet. Austin avait téléphoné, heureux d'avoir joué un rôle dans le sauvetage de son ami. « Je passerai demain avec la famille », avait-il dit.

Un verre de vin à la main, Nora annonça :

« Nous allons donner une grande fête la semaine prochaine – et j'inviterai Alvin Chance.

— N'est-ce pas ce type qui te fait des cadeaux quand j'ai le dos tourné ? » demanda Luke.

Rosita était assise sur le canapé avec Fred, les garçons à ses pieds. Elle se tourna vers lui.

« Pourrez-vous partir à temps ? »

Il la regarda et sourit :

« Pensez-vous réellement qu'après cette soirée j'aie encore envie de mettre les pieds sur un bateau ? »

Le visage de Rosita s'illumina en l'entendant ajouter :

« Je ne m'en vais nulle part, Cendrillon. »

Le carillon de l'entrée retentit.

« Je parie que c'est Ernest Bumbles, dit Alvirah.

— Je vais lui décerner un diplôme, déclara Nora. Ajoute son nom sur la liste des invités, Luke. »

Regan se dirigea lentement vers la porte, suivie par l'écho des rires qui éclataient dans la pièce. Elle se sentait submergée par un sentiment de gratitude, de paix, de fatigue... et par autre chose aussi, de plus secret.

Elle ouvrit la porte. L'homme dont elle avait fait la connaissance deux soirs plus tôt dans la chambre d'hôpital de sa mère se tenait devant elle et lui souriait.

« Reste-t-il une petite place pour un autre Reilly ? » demanda Jack.

REMERCIEMENTS

Maintenant que l'histoire est terminée, on nous demande : « Travailler ensemble a-t-il été difficile ? »

La réponse est « Non ». Ce fut très amusant. Arrivées aux dernières pages, nous formions une équipe tellement soudée que si nous cherchions un mot, il nous venait à l'esprit en même temps.

Bien sûr, les encouragements et l'aide de nos amis nous ont facilité la tâche.

C'est pourquoi nous dédions nos décorations de Noël à nos éditeurs, Michael Korda, Chuck Adams et Roz Lippel.

Une étoile scintillante à Lisl Cade, notre attachée de presse.

Des girandoles pour notre directrice littéraire Gipsy da Silva, notre lectrice Carol Catt, nos correcteurs Barbara Raynor et Steve Friedeman, et, chez Dix !, à Kelly Farley, Dwayne Harris et Barbara Decker.

Des sucres d'orge à nos agents Gene Winick, Sam Pinkus et Nick Ellison.

Un ban pour nos experts des forces de l'ordre, le sergent Steve Marron et Richard Murphy, inspecteur à la retraite de la police de New York.

Un baiser de fête pour les assistants du Père Noël, autrement dit pour la famille et nos proches, tout particulièrement

John Conheeney, Irene Clark, Agnes Newton et Nadine Perry.

Et tous nos vœux à nos lecteurs. Que vos jours soient radieux.

Dieu bénisse...

LE VOLEUR DE NOËL

En heureux souvenir de notre cher ami,
Buddy Lynch.
C'était le meilleur d'entre les meilleurs,
un garçon épatant.

Jamais je ne verrai
Un poème aussi beau qu'un arbre.

Joyce KILMER.

1

Packy Noonan marqua soigneusement d'une croix le calendrier qu'il avait punaisé au mur de sa cellule, dans la prison fédérale des environs de Philadelphie, la ville de l'amour fraternel. Packy débordait d'amour pour ses frères humains. Il était l'hôte du gouvernement des États-Unis d'Amérique depuis douze ans, quatre mois et deux jours. Mais comme il avait purgé quatre-vingt-cinq pour cent de sa peine et s'était montré un prisonnier modèle, la commission des libérations s'était décidée à lui accorder sa liberté conditionnelle à partir du 12 novembre, c'est-à-dire dans deux semaines.

Packy, de son vrai nom Patrick Noonan, était un escroc de haut vol qui avait réussi à extorquer à des investisseurs trop confiants une centaine de millions de dollars sous le couvert d'une société qu'il avait fondée, en apparence tout à fait légale. Lorsque le château de cartes s'était écroulé, après déduction des sommes dépensées en maisons, voitures, pots-de-vin et femmes faciles, la plus grande partie du butin, presque quatre-vingts millions de dollars, n'avait jamais été retrouvée.

Pendant toutes ces années de prison, l'histoire de

Packy n'avait pas varié d'un pouce. Il n'avait cessé de clamer que ses deux complices, aujourd'hui en fuite, avaient dérobé le reste de l'argent et que lui-même, comme ceux qu'il avait trompés, avait été victime de « sa nature trop confiante ».

La cinquantaine, le visage mince, avec un nez busqué comme un bec de rapace, des yeux rapprochés, des cheveux bruns clairsemés, et un sourire qui inspirait confiance, Packy avait enduré stoïquement son incarcération. Il savait que, le jour de sa libération, son magot compenserait largement ses années d'inconfort.

Une nouvelle identité l'attendait une fois l'argent récupéré. Un jet privé devait l'emmener au Brésil où un plasticien de grand renom transformerait ses traits anguleux qui semblaient dessinés à l'image de son cerveau tortueux.

Toutes ces dispositions avaient été prises par ses anciens associés, aujourd'hui établis au Brésil, où ils vivaient grâce à dix millions de dollars prélevés sur les fonds détournés. Packy étant parvenu à cacher le reste du magot avant d'être arrêté, il était certain de pouvoir compter sur la coopération de ses petits copains.

Le plan, élaboré de longue date, prévoyait qu'en sortant de prison il se rendrait au centre de réinsertion de New York, comme le stipulaient les termes de sa libération conditionnelle dont il respecterait le règlement à la lettre, puis sèmerait tous ceux qui tenteraient de le suivre, retrouverait ses complices et filerait avec eux à Stowe, dans le Vermont. Entre-temps, ils auraient loué une ferme, un semi-remorque à plateau, une grange où dissimuler ledit camion, plus l'équipement nécessaire pour abattre un arbre de grande taille.

« Pourquoi le Vermont ? avait demandé Giuseppe Como, plus connu sous le sobriquet de Jo-Jo. Tu nous avais dit que tu avais caché l'argent dans le New Jersey. Tu nous as menti ou quoi ?

— Moi, vous mentir ? s'était récrié Packy, l'air indigné. J'avais seulement peur que vous parliez en dormant. »

Jo-Jo et Benny, deux jumeaux de quarante-deux ans, avaient participé à l'arnaque dès le début, mais chacun reconnaissait humblement ne pas avoir assez d'imagination pour concocter des coups aussi grandioses. Ils n'étaient que les hommes de main de Packy, et se contentaient volontiers des miettes qui, après tout, étaient substantielles.

« Mon beau sapin, roi des forêts... », fredonna Packy qui se voyait déjà retrouvant une branche bien particulière d'un arbre choisi entre tous dans le Vermont, pour en retirer la flasque contenant les diamants qui y reposaient depuis plus de treize ans.

2

Malgré la fraîcheur de cette après-midi de la mi-novembre, Alvirah et Willy Meehan décidèrent de regagner à pied leur appartement de Central Park South en sortant de la réunion de l'Association de soutien aux gagnants de la loterie. Un groupe qu'Alvirah avait créé après que Willy et elle eurent gagné quarante millions de dollars et reçu quantité d'appels de la part d'heureux gagnants qui avaient vu leurs gains fondre comme neige au soleil. Ce mois-ci, ils avaient avancé la réunion de quelques jours car ils devaient partir dans le Vermont où ils passeraient un long week-end à la Trapp Family Lodge avec leurs bons amis, la détective Regan Reilly, son fiancé Jack Reilly, chef de la brigade des affaires spéciales de la police de New York, qui étrangement portait le même nom qu'elle, ainsi que les parents de Regan, Luke et Nora. Nora était une célèbre auteure de romans policiers et Luke entrepreneur de pompes funèbres. Bien que très occupé par ses affaires, il avait déclaré qu'il prendrait ces quelques jours de vacances envers et contre tout.

Âgés d'une soixantaine d'années, mariés depuis quarante ans, Alvirah et Willy habitaient encore

Flushing, dans Queens, le soir mémorable où les petites boules s'étaient mises à tomber, l'une après l'autre, chacune portant l'un des chiffres magiques de la combinaison. Elles étaient sorties suivant la séquence exacte que les Meehan jouaient depuis des années, combinant les dates de leur naissance et de leur anniversaire. Assise dans le séjour, Alvirah prenait un bain de pieds après une dure journée de ménage chez sa patronne du vendredi, Mme O'Keefe, une personne dont la propreté n'était pas le point fort. Willy, plombier à son compte, était rentré fourbu après avoir réparé les toilettes d'un appartement dans un immeuble voisin du leur. Passé le premier instant de stupéfaction, Alvirah avait bondi de sa chaise, renversant la bassine d'eau, les pieds ruisselants, et s'était mise à danser autour de la pièce avec Willy, tous deux riant et pleurant de joie.

Ils s'étaient montrés raisonnables. Leur seule folie avait été l'achat d'un trois-pièces avec terrasse donnant sur Central Park. Et quand bien même, ils étaient restés prudents, préférant conserver leur appartement de Flushing au cas où l'État de New York ferait faillite et ne pourrait plus continuer à verser leurs annuités. Ils épargnaient la moitié de la somme qu'ils percevaient tous les ans et l'investissaient judicieusement.

Grâce aux soins d'Antonio, le coiffeur des stars, la chevelure d'un roux flamboyant d'Alvirah avait aujourd'hui une couleur cuivrée plus subtile. Et c'était son amie, la baronne Min von Schreiber, qui avait choisi son tailleur-pantalon de tweed d'une coupe parfaite. Min la suppliait toujours de ne jamais faire d'achats sans elle. À l'entendre, Alvirah était la proie toute désignée de vendeuses essayant de se débarrasser de fins de séries invendables.

Bien qu'elle ait renoncé à son balai et à son chiffon à poussière, Alvirah était plus occupée que jamais. Son talent pour mettre son nez dans les affaires louches et résoudre les énigmes l'avait transformée en détective amateur. Pour l'aider à démasquer les malfaiteurs, elle portait à son revers une broche en forme de soleil munie d'un micro miniature qu'elle déclenchait dès qu'elle pressentait que son interlocuteur lui cachait quelque chose. Millionnaire depuis trois ans, Alvirah avait résolu une douzaine d'affaires au cours de sa nouvelle vie. En outre, elle rédigeait une chronique policière dans le *New York Globe*. Ses lecteurs appréciaient tellement ses aventures que sa chronique était devenue bi-hebdomadaire, même lorsqu'elle n'avait pas de nouvelle enquête à raconter.

De son côté, Willy avait fermé sa petite entreprise mais n'en travaillait pas moins pour autant, consacrant ses talents de plombier à améliorer l'existence de vieillards démunis du West Side, sous l'égide de sa sœur aînée, sœur Cordelia, une redoutable religieuse dominicaine.

Ce jour-là, donc, l'Association de soutien aux gagnants de la loterie s'était réunie dans un somptueux appartement situé dans la Trump Tower dont Herman Hicks venait de faire l'acquisition. Herman avait récemment gagné le gros lot et, comme Alvirah s'en inquiétait auprès de Willy, « dilapidait trop rapidement sa fortune ».

Ils étaient sur le point de traverser la Cinquième Avenue devant l'hôtel Plaza. « Le feu vient de passer à l'orange, fit remarquer Willy. Avec cette circulation, je n'ai pas envie de me retrouver coincé au milieu de la chaussée. Encore moins d'être fauché par une voiture. »

Alvirah s'apprêtait à accélérer le pas. Contrairement à son prudent de mari, elle détestait être obligée d'attendre avant de traverser. « Je suis du genre risque-tout », disait-elle volontiers.

« Ne te fais pas de souci pour Herman, la rassura Willy. Son rêve a toujours été d'habiter la Trump Tower et l'immobilier est un bon placement. Il a racheté les meubles des anciens propriétaires pour un prix correct et, à moins qu'il ne se soit offert une garde-robe complète chez Paul Stewart, il n'a commis aucune extravagance.

— Peut-être, répliqua Alvirah, mais à soixante-dix ans, il est veuf, sans enfant et dispose de vingt millions de dollars après impôts. Je peux t'assurer qu'il trouvera toutes les dames qu'il voudra pour lui confectionner des petits plats. Or, je souhaiterais seulement qu'il se rende compte des qualités d'Opal. »

Opal Fogarty était membre de leur association depuis sa fondation. Elle avait décidé de se joindre à eux après avoir lu les chroniques d'Alvirah dans le *New York Globe.* Car, comme elle le soulignait, « je suis passée du stade de Grande Gagnante à celui de Grande Perdante, et j'aimerais mettre en garde les nouveaux élus contre les escrocs bonimenteurs ».

Deux nouveaux membres assistaient à la réunion. Opal leur avait raconté son histoire, expliquant qu'elle avait investi dans une société de transports maritimes dont le fondateur n'avait jamais rien transporté d'autre que son argent depuis la banque jusque dans ses propres poches. « J'ai gagné six millions de dollars à la loterie. Une fois les impôts payés, il m'en restait environ trois millions. Un dénommé Patrick Noonan m'a alors persuadée de les investir dans sa société bidon. Fidèle de saint Patrick, j'ai stupidement pensé que quelqu'un portant ce prénom ne pouvait être qu'honnête. J'ignorais que cet escroc patenté avait pour surnom Packy, tête d'œuf. Il va sortir de prison dans quelques jours, et j'aimerais me transformer en ombre, et le suivre partout où il ira, car je suis convaincue qu'il a mis son magot en lieu sûr. »

Les yeux bleus d'Opal s'étaient voilés de larmes de rage à la pensée que Packy Noonan pourrait récupérer les sommes qu'il lui avait volées.

« Avez-vous perdu tout cet argent ? » interrogea Herman avec sollicitude.

C'était justement cette bienveillance dans son ton qui avait éveillé l'instinct de marieuse d'Alvirah.

« Au total, huit cent mille dollars ont été retrouvés, mais les honoraires des administrateurs judiciaires nommés par le tribunal se sont montés à presque un million. Résultat, après qu'ils se sont servis, nous n'avons rien récupéré. »

Il arrivait souvent qu'Alvirah et Willy se livrent à des réflexions après une réunion. « L'histoire d'Opal a beaucoup impressionné ce jeune couple qui a gagné six cent mille dollars au jeu du millionnaire, disait-il. Mais ça lui fait une belle jambe. À soixante-sept ans, elle est toujours serveuse dans un restaurant. Et les plateaux pèsent lourd.

– Elle va avoir quelques jours de congé d'ici peu, dit Alvirah d'un air songeur. Mais je crains qu'elle n'ait pas les moyens de s'offrir le moindre voyage. Oh, Willy, nous avons eu tellement de chance. »

Elle lui adressa un rapide sourire. C'est vrai qu'il est bel homme, pensa-t-elle pour la énième fois. Avec sa masse de cheveux blancs, son teint hâlé, ses yeux bleus au regard vif et sa carrure impressionnante, on le comparait volontiers à Tip O'Neil, le légendaire président de la Chambre des représentants.

Le feu passa au vert. Ils traversèrent la Cinquième et longèrent Central Park South jusqu'à leur immeuble situé à quelques mètres de la Septième. Alvirah désigna du doigt un jeune couple qui s'apprêtait à faire un tour en calèche dans le parc. « Tu crois qu'il va la demander en mariage ? Souviens-toi que c'est ici que tu l'as fait.

— Tu parles si je m'en souviens ! Pendant toute la promenade, j'ai craint de ne pas avoir assez d'argent pour payer le cocher. En sortant du restaurant, j'avais prévu de laisser au maître d'hôtel cinq dollars de pourboire et, comme un crétin, je lui en ai refilé cinquante. Je ne m'en suis aperçu qu'en cherchant dans ma poche la bague que je voulais te passer au doigt. En tout cas, je suis content que nous ayons décidé d'aller dans le Vermont avec les Reilly. Peut-être aurons-nous l'occasion de faire un tour en traîneau.

— Ce qui est sûr, c'est que je n'ai pas l'intention de skier, dit Alvirah. C'est pourquoi j'ai eu un moment d'hésitation lorsque Regan nous a fait cette proposition. Elle, Jack, Nora et Luke sont d'excellents skieurs.

Mais j'ai une pile de livres à lire, il y a une quantité de promenades à pied à faire dans le coin et, d'une façon ou d'une autre, je trouverai à m'occuper. »

Un quart d'heure plus tard, dans leur confortable salle de séjour avec vue panoramique sur Central Park, Alvirah ouvrait le colis que venait de lui remettre le portier. « Willy, c'est incroyable ! s'exclama-t-elle. Ce n'est même pas Thanksgiving, pourtant Molloy, McDermott, McFaddent & Markey nous envoient déjà un cadeau de Noël. » Les Quatre M, comme on les désignait à Wall Street, étaient les associés de la société de courtage qu'avaient choisie Alvirah et Willy pour gérer leur argent placé en obligations d'État ou en actions de père de famille.

« Et que nous envoient-ils ? demanda Willy depuis la cuisine où il préparait un manhattan, leur cocktail de prédilection.

— Je n'ai pas encore ouvert le paquet. Ils ont la manie aujourd'hui de tout envelopper dans des couches de plastique. Je crois qu'il s'agit d'une bouteille ou d'un pot. La carte dit : "Bonnes vacances." Seigneur, ils sont en avance.

— Peut-être une tirelire. Ne t'abîme pas les ongles. Je vais le défaire à ta place. »

Ne t'abîme pas les ongles. Alvirah eut un sourire au souvenir des années où elle aurait mis en pure perte un soupçon de vernis sur ses ongles à cause de tous les produits de nettoyage plus ou moins décapants qu'elle utilisait pour faire des ménages.

Willy entra dans le séjour avec un plateau chargé de deux verres et d'une assiette de crackers et de fromage. Herman leur avait offert en tout et pour tout des petits gâteaux à la crème et du café instantané auxquels ni l'un ni l'autre n'avaient touché.

Il posa le plateau sur la table basse et s'empara du paquet enveloppé de papier bulle. D'un coup sec, il arracha le ruban adhésif et retira la boîte de l'emballage. Son expression d'impatience se changea en surprise, puis en stupéfaction.

« Combien avons-nous placé chez Quatre M ? » interrogea-t-il.

Alvirah le lui dit.

« Chérie, regarde-moi ça. Ils nous envoient du sirop d'érable. C'est peut-être leur nouvelle conception du cadeau de Noël.

— Sans doute une blague. »

Alvirah saisit le pot à son tour. Puis elle lut l'étiquette.

« Willy, écoute. Ils ne nous envoient pas seulement du sirop. Ils nous font cadeau d'un arbre. *Ce sirop provient de l'arbre réservé pour Willy et Alvirah Meehan. N'hésitez pas à venir le saigner pour remplir votre pot chaque fois qu'il sera vide.* Je me demande où se trouve ce fameux arbre. »

Willy fouilla fébrilement dans la boîte. « Il y a un papier à l'intérieur. Non, c'est un plan. » Il l'examina et éclata de rire. « Mon chou, voilà une occupation à laquelle tu pourras te livrer lorsque nous serons à Stowe. Tu iras voir notre arbre. D'après cette carte, il se trouve juste à côté de la propriété de la famille von Trapp. »

Le téléphone sonna. C'était Regan Reilly. Elle

appelait de Los Angeles. « Tout est prêt pour le Vermont ? demanda-t-elle. Pas question de vous décommander, n'est-ce pas ?

— Pas question, la rassura Alvirah. J'ai quelque chose d'important à faire à Stowe. Il faut que j'aille voir un arbre. »

3

« Regan, tu dois être épuisée », s'inquiéta Nora Reilly en regardant affectueusement sa fille unique assise en face d'elle à table. Pour les autres, la belle Regan aux cheveux noir de jais était avant tout une séduisante détective privée, mais pour Nora, malgré ses trente et un ans, elle restait la petite fille pour laquelle elle aurait donné sa vie.

« Elle me semble au contraire en pleine forme », fit remarquer Luke Reilly en reposant sa tasse d'un geste décidé, signe qu'il s'apprêtait à partir.

Sa longue silhouette d'un mètre quatre-vingt-douze était prise dans un costume bleu nuit, agrémenté d'une chemise blanche et d'une cravate noire, une tenue dont il possédait une demi-douzaine de modèles tous semblables. La profession de Luke expliquait le classicisme de son habillement. Ses cheveux argentés encadraient un visage mince qui pouvait prendre une expression de compassion appropriée, mais s'éclairer d'un sourire chaleureux lorsqu'il se trouvait hors de ses salons funéraires. Et c'était ce sourire qu'il adressait en ce moment à sa femme et à sa fille.

Ils prenaient leur petit déjeuner dans la maison des

Reilly à Summit dans le New Jersey, la maison où Regan avait grandi et qu'habitaient toujours Luke et Nora. C'était aussi l'endroit où Nora Reilly écrivait les romans policiers qui l'avaient rendue célèbre. Elle se leva pour donner un baiser à son mari. Depuis qu'il avait été kidnappé un an plus tôt, il ne franchissait jamais la porte sans qu'elle n'éprouve un pincement au cœur à la pensée qu'il puisse lui arriver quelque chose.

Comme Regan, Nora avait des traits fins et réguliers, des yeux bleus et le teint clair. Au contraire de sa fille, cependant, elle était naturellement blonde. Avec son mètre cinquante-huit, elle mesurait dix centimètres de moins qu'elle, mais Luke les dominait toutes les deux.

« Ne te fais pas enlever, dit-elle, plaisantant à moitié. Nous partons pour le Vermont à deux heures, au plus tard.

— Un kidnapping une fois dans sa vie reste dans la moyenne, la rassura Regan. J'ai consulté les statistiques la semaine dernière.

— Et n'oublie pas, lui rappela Luke, que sans cette déplaisante petite mésaventure, Regan n'aurait jamais rencontré Jack, et que tu ne serais pas en train de préparer un mariage. »

Jack Reilly, chef de la brigade des Affaires spéciales de la police de New York, aujourd'hui fiancé à Regan, avait été chargé d'enquêter sur la disparition de Luke et de la jeune femme qui lui servait de chauffeur. Non seulement il avait arrêté les ravisseurs et récupéré la rançon, mais il avait en même temps capturé le cœur de la jeune détective.

« Difficile de croire que je n'ai pas vu Jack depuis trois semaines, soupira Regan en beurrant un toast. Il voulait venir me chercher à l'aéroport ce matin, mais je lui ai dit que je prendrais un taxi. Il doit faire un saut à son bureau pour régler une ou deux choses avant de partir. Il sera là dans deux heures. »

Elle tenta en vain de dissimuler un bâillement.

« Ces vols de nuit finissent par m'abrutir.

— Réflexion faite, je crois que ta mère a raison, dit Luke. Une petite sieste ne te ferait pas de mal. »

Il rendit son baiser à Nora, ébouriffa les cheveux de sa fille, et disparut.

Regan rit.

« On dirait que j'ai toujours six ans pour lui.

— C'est parce que tu vas te marier. Il commence déjà à parler de ses futurs petits-enfants.

— Oh ! là là ! À cette pensée je suis encore plus fatiguée. » Regan avala la dernière goutte de son café. « Je crois que j'ai sommeil, maman. Je vais dormir un peu. »

Restée seule à table, Nora remplit à nouveau sa tasse et ouvrit le *New York Times*. La voiture était déjà chargée, prête pour le voyage. Elle avait l'intention de travailler dans son bureau pendant le reste de la matinée, de prendre des notes pour son prochain livre. Elle n'avait pas encore décidé si Celia, son héroïne, serait avocate ou décoratrice d'intérieur. Deux types de femmes certes différents, reconnaissait-elle, mais, si elle était décoratrice, elle pourrait rencontrer son mari en rénovant son appartement. En revanche, si elle était avocate, cela donnerait une autre dynamique à l'histoire...

Lis d'abord le journal, se dit-elle. Première règle d'écriture : mettre le subconscient en veilleuse avant d'ouvrir l'ordinateur. Elle regarda par la fenêtre. La salle à manger donnait sur la pelouse couverte de neige et le jardin au fond duquel se trouvaient le tennis et la piscine. J'adore cet endroit, pensa-t-elle. J'ai horreur d'entendre les gens critiquer le New Jersey. « Laisse-les dire, disait mon père. Ils parlent de ce qu'ils ne connaissent pas. »

Chaudement enveloppée dans sa robe de chambre de satin molletonné, Nora savourait son bonheur. Au lieu de poursuivre des malfaiteurs à Los Angeles, Regan était revenue à la maison pour passer trois ou quatre jours de vacances avec eux. Elle s'était fiancée à bord d'une montgolfière quelques semaines auparavant. Au-dessus de Las Vegas. Cela pouvait paraître insensé, mais peu importait à Nora. Elle était trop excitée par les préparatifs du mariage et Regan n'aurait pas pu trouver mari plus parfait que Jack.

Dans quelques heures, ils partiraient pour la superbe Trapp Family Lodge où les rejoindraient leurs vieux amis, Alvirah et Willy Meehan. Que demander de plus ? se dit-elle en ouvrant les pages locales du journal.

Son attention fut immédiatement attirée par la photo d'une très belle femme en jupe longue, chemisier et gilet, qui se tenait debout au milieu d'une forêt. La légende disait : « Le Rockefeller Center choisit son arbre. »

Cette femme me rappelle quelqu'un, pensa Nora tout en parcourant rapidement l'article.

« Un épicéa bleu de vingt-quatre mètres de haut, à Stowe dans le Vermont, sera cette année l'arbre de Noël le plus célèbre du monde. Il a été choisi non seulement pour sa beauté majestueuse, mais parce qu'il a été planté dans une forêt voisine de la propriété de l'illustre famille von Trapp. Par une heureuse coïncidence, Maria von Trapp se promenait dans la forêt le jour où l'arbre fut planté et elle fut prise en photo près de lui. Comme le quarantième anniversaire de la fameuse comédie musicale *La Mélodie du bonheur* va être célébré prochainement, et que le film vante les valeurs familiales et le courage face à l'adversité, une cérémonie spéciale est prévue à New York pour fêter l'arrivée de l'épicéa.

« Il sera abattu lundi matin puis transporté jusqu'à une péniche près de New Haven avant de descendre le Long Island Sound jusqu'à Manhattan. Un chœur de cent jeunes écoliers de toute la ville l'accueillera au Rockefeller Center et interprétera un pot-pourri des airs de *La Mélodie du bonheur*. »

« C'est merveilleux ! s'exclama Nora. Nous serons sur place au moment où ils abattront l'arbre. Nous allons bien nous amuser. » Elle commença à fredonner : « *The hills...* »

4

Le même jour, à cent cinquante kilomètres de là, Packy Noonan se réveilla le sourire aux lèvres.

« C'est le grand jour, hein, Packy ? » lui lança d'une voix maussade son voisin de cellule.

Packy pouvait comprendre la raison de cette amertume. C.R. n'avait purgé que deux des quatorze années de sa condamnation, et il n'était pas encore habitué à la vie derrière les barreaux.

« Ouais, c'est le grand jour », convint-il d'un ton affable tout en emballant ses quelques effets personnels : affaires de toilette, sous-vêtements, chaussettes et une photo de sa mère décédée depuis des lustres.

Il parlait toujours d'elle avec adoration et les larmes aux yeux quand il tenait son rôle de conseiller auprès des autres prisonniers réunis à la chapelle. Il leur expliquait qu'elle avait toujours su voir ce qu'il y avait de bon en lui, même lorsqu'il était sorti du droit chemin. Sur son lit de mort, elle lui avait dit qu'un jour il deviendrait un honnête citoyen.

En réalité, il était resté vingt ans sans la voir avant qu'elle meure. Et il n'avait pas jugé bon de révéler à ses congénères qu'après avoir fait don de ses maigres effets aux sœurs de la Charité, elle avait écrit sur son testament : « Et à mon fils Patrick, plus connu sous le nom de Packy, je lègue un dollar et sa chaise de bébé, car elle symbolise les seuls instants où il m'a rendue heureuse. »

Maman avait le don de la formule, pensa Packy avec tendresse. J'ai hérité d'elle. La femme de la commission des libérations avait failli fondre en larmes quand il avait expliqué qu'il adressait tous les soirs une prière à sa mère. Mais ça ne lui avait pas servi à grand-chose. Il avait purgé sa peine minimum obligatoire, plus deux années supplémentaires, jusqu'au dernier jour. Le cœur sensible avait été mis en minorité par le reste de la commission, à six contre un.

La veste et le pantalon qu'il portait à son arrivée à la prison n'étaient plus à la mode, naturellement, mais il les enfila avec bonheur. Grâce à l'argent de ses escroqueries, ils avaient été confectionnés sur mesure chez Armani et il se trouvait plutôt élégant ainsi vêtu. Bien qu'il n'ait pas l'intention de conserver cette tenue trente secondes après son arrivée au Brésil.

Son avocat, Thoris Twinning, devait venir le chercher à dix heures pour l'accompagner au centre de réinsertion dénommé The Castle dans l'Upper West Side de Manhattan. Packy évoquait volontiers le fait qu'au cours de sa longue histoire The Castle avait été à deux reprises une école de filles catholique. Si maman avait su ça. Elle aurait pensé que je profanais les lieux !

Il était prévu qu'il y séjournerait pendant deux semaines, afin de faciliter sa réadaptation dans un monde où la plupart des gens travaillaient pour gagner leur vie. Y étaient programmées des réunions de groupe. Le règlement stipulait la nécessité de pointer régulièrement auprès de son officier d'application des peines. On lui assura qu'on lui trouverait un logement permanent ; il s'imaginait déjà créchant dans une minable pension de famille de Staten Island ou du Bronx... Les conseillers l'aideraient également à obtenir un job.

Packy brûlait d'impatience. Il savait que l'administrateur judiciaire nommé par la Commission des opérations en Bourse pour tenter de retrouver les sommes perdues par les investisseurs le ferait probablement filer. Il lui tardait de pouvoir le semer. Contrairement à ce qui s'était passé treize ans auparavant, quand Manhattan grouillait de policiers lancés à sa recherche. Il allait partir pour le Vermont afin de récupérer son butin quand il avait été arrêté. Ça ne lui arriverait plus.

On l'avait informé qu'il pourrait quitter exceptionnellement The Castle le dimanche matin pour aller à la messe, mais qu'il devrait rentrer dans la soirée. Et il avait prévu la façon exacte dont il sèmerait l'abruti qui était supposé le filer.

À onze heures moins vingt le dimanche matin, Benny et Jo-Jo l'attendraient à l'angle de Madison et de la 51ᵉ Rue, dans un minibus muni d'un porte-skis, et ils prendraient la route du Vermont. Suivant ses instructions, Benny et Jo-Jo avaient loué une ferme dans les environs de Stowe voilà six mois. Son seul intérêt était d'être dotée d'une vaste grange délabrée qui abritait en ce moment un camion à plateau.

Dans la maison principale, les jumeaux avaient installé une vieille connaissance, un type sans casier judiciaire à l'air incroyablement naïf et qui s'était montré ravi de garder la maison pour eux.

Ainsi, en cas de ratés, si les flics se mettaient à chercher un camion chargé d'un arbre, il y avait peu de chances qu'ils commencent par fouiller des maisons habitées. Suffisamment de propriétés avec des granges appartenaient à des citadins qui ne venaient skier qu'après Thanksgiving.

J'ai attaché la flasque contenant les diamants à la branche il y a treize ans et demi, se remémora Packy. Un épicéa bleu grandit d'environ quarante-cinq centimètres par an. La branche que j'ai choisie était à environ six mètres du sol à l'époque. Aujourd'hui cette branche devrait se trouver à environ douze mètres de haut. L'ennui, c'est qu'il n'existe aucune échelle aussi haute que ça.

Conclusion, il ne nous reste qu'à transporter l'arbre en entier et si quelqu'un pose des questions indiscrètes, on dira que c'est l'arbre de Noël de Hackensack, dans le New Jersey. Jo-Jo s'est fait faire un faux permis de bûcheron accompagné d'une autorisation bidon du maire de la ville. Ça les calmera.

Packy se creusa en vain la cervelle pour trouver une faille dans son raisonnement. Satisfait, il continua à passer son plan en revue. Amener le camion à la ferme, trouver la branche où était caché le butin et en route pour le Brésil, *cha-cha-cha*.

Toutes ces pensées se pressaient dans sa tête tandis qu'il prenait son dernier petit déjeuner au pénitencier fédéral et faisait des adieux chaleureux à ses compagnons d'infortune.

« Bonne chance, Packy, dit solennellement Tom, le pickpocket.

– Continue à répandre la bonne parole, l'encouragea un vieux dur à cuire. Tiens la promesse que tu as faite à ta mère et deviens un exemple pour les jeunes. »

Ed, l'avocat qui avait soulagé de quelques millions de dollars les fonds de placement de ses clients, eut un sourire railleur accompagné d'un geste nonchalant de la main. « Je te donne trois mois avant que tu reviennes nous voir. »

Packy dissimula combien cette remarque l'irritait. « Je t'enverrai une carte postale, Ed », dit-il. « Du Brésil », murmura-t-il pour lui-même en suivant le gardien jusqu'au bureau du directeur où l'attendait Thoris Twinning, son avocat commis d'office.

Thoris exultait. « Un jour faste ! s'exclama-t-il. Un jour faste ! Et j'ai d'excellentes nouvelles. J'ai parlé avec l'officier d'application des peines et il vous a trouvé un job. À partir de lundi prochain, vous travaillerez au buffet des crudités de la cafétéria du Palace-Plus, à l'angle de Broadway et de la 97e Rue. »

À partir de lundi prochain une flopée de serveurs me traiteront comme un prince, pensa Packy, arborant le sourire charmeur qui avait si bien séduit Opal Fogarty et les deux cents autres gogos qui avaient investi dans la société de transports maritimes Patrick Noonan. « Les prières de ma mère ont été exaucées », dit-il d'un ton joyeux. Il leva les yeux au ciel et, tandis qu'une expression de ravissement illuminait son visage anguleux, il soupira : « Un boulot honnête avec une paye décente. Exactement ce que maman a toujours désiré pour moi. »

5

« Wouah ! Quelle superbe voiture ! » s'exclama Opal Fogarty assise sur la banquette arrière de la Mercedes d'Alvirah et de Willy. « Quand j'étais petite, nous avions un pick-up. Mon père disait qu'il se sentait l'âme d'un cow-boy au volant, et ma mère lui répliquait qu'elle partageait son opinion car elle-même avait l'impression de faire du rodéo avec cet engin. Il l'avait acheté sans l'avertir, ce qui l'avait mise en rage ! Le pick-up a duré quatorze ans avant de rendre l'âme au milieu du pont de Triborough à l'heure de pointe. Même mon père a admis qu'il était temps de le remplacer et ma mère est allée avec lui acheter une nouvelle voiture. » Elle rit. « Cette fois, c'est elle qui a choisi. Une Dodge. Elle a failli à nouveau exploser en l'entendant demander s'il pouvait avoir un compteur de taxi en option. »

Alvirah se tourna vers Opal. « Pourquoi cette question ?

— Parce que Dodge était l'un des principaux fournisseurs de taxis de l'époque, expliqua Willy. L'histoire est très drôle, Opal.

— Papa était un homme plutôt amusant, reconnut

Opal. Il n'avait jamais un sou en poche, mais se donnait du mal pour s'en sortir. Il avait hérité de deux mille dollars à l'âge de huit ans, et quelqu'un l'avait persuadé de les placer en actions dans une fabrique de parachutes, sous prétexte qu'avec la multiplication des vols commerciaux, tous les passagers seraient munis de parachutes. Je pense que la crédulité est génétique chez nous. »

Alvirah se réjouit d'entendre le rire d'Opal. Il était deux heures et ils se trouvaient sur la Route 91, en direction du Vermont. Plus tôt dans la matinée, Willy et elle faisaient leurs bagages tout en regardant la télévision dans leur chambre, quand un flash avait attiré leur attention. On voyait Packy Noonan quitter la prison fédérale dans la voiture de son avocat. « Je regrette le mal que j'ai pu causer à ceux qui ont investi dans ma société », disait-il. Des larmes coulaient sur ses joues et ses lèvres tremblaient tandis qu'il poursuivait : « Je vais travailler au buffet des crudités du Palace-Plus et je ferai verser dix pour cent de mon salaire à ceux qui ont perdu leurs économies dans la société de transports maritimes Patrick Noonan. »

« Dix pour cent d'un salaire minimum ! Il se fiche du monde », s'était indigné Willy.

Alvirah s'était précipitée sur le téléphone et avait appelé Opal. « Regardez la chaîne 24 », lui avait-elle recommandé. Puis elle avait regretté son impulsion en apprenant qu'Opal s'était mise à pleurer à la vue de Packy. « Oh, Alvirah, penser que cet abominable escroc est libre comme l'air m'a rendue malade, alors que j'ai tellement besoin de prendre une semaine de vacances. Je suis si fatiguée. Croyez-moi, il va finir par rejoindre ses copains qui l'attendent sur la Riviera ou ailleurs avec mon argent plein leurs poches. »

C'était alors qu'Alvirah avait insisté pour qu'Opal les accompagne dans le Vermont. « Nous avons deux chambres spacieuses avec salle de bains dans notre chalet, et le grand air vous fera du bien. Vous pourrez nous aider à déchiffrer la carte et à trouver notre arbre. Il ne produira rien à cette époque, mais j'ai emporté le pot qui nous a été offert. Nous avons la jouissance d'une petite cuisine, je confectionnerai des crêpes pour tout le monde. Et nous goûterons ce fameux sirop. J'ai aussi lu dans le journal que l'arbre du Rockefeller Center doit être abattu dans les environs du chalet pendant notre séjour. Ce sera intéressant d'assister à l'opération, non ? »

Opal s'était laissé facilement convaincre. Et son moral s'améliorait déjà. Pendant le reste du trajet elle ne fit qu'une seule allusion à Packy Noonan. « Je le vois bien en train de travailler derrière un buffet de crudités. Il est capable de mettre les croûtons dans ses poches. »

6

Milo Brosky regrettait parfois d'avoir fait la connaissance des jumeaux Como. Il les avait rencontrés par hasard dans Greenwich Village voilà vingt ans. Il participait à une réunion de poètes dans l'arrière-salle de l'Eddie's Aurora. Benny et Jo-Jo traînaient au bar.

Je me sentais vraiment bien, se souvenait Milo, tout en savourant une bière dans la pièce principale d'une ferme décrépite à Stowe dans le Vermont. Je venais de lire mon poème qui parlait d'une pêche tombée amoureuse d'une mouche du fruit et l'assistance l'avait apprécié, y trouvant une signification profonde et une tendresse qui ne versait jamais dans la sentimentalité. J'étais tellement content que j'avais décidé de boire une bière avant de rentrer à la maison. C'est ainsi que j'ai rencontré les jumeaux.

Milo avala une autre gorgée. Je n'aurais jamais dû accepter leur proposition, songea-t-il, morose. Bien qu'ils se soient montrés plutôt sympathiques. Ils savaient que je n'avais pas encore percé en tant que poète, et que j'étais prêt à accepter n'importe quel boulot contre un toit où m'abriter. Mais ce toit semble près de s'écrouler aujourd'hui. Je suis sûr qu'ils manigancent quelque chose.

Milo fronça les sourcils. Quarante-deux ans, les cheveux aux épaules, la barbe hirsute, il aurait pu sortir d'un film sur Woodstock en 1969. Ses bras osseux pendaient le long de son long corps maigre. Ses yeux gris au regard naïf avaient une expression bienveillante, et sa voix chantante reflétait le caractère d'un garçon doux et gentil.

Milo savait que, douze ans auparavant, les frères Como avaient dû fuir la ville précipitamment parce qu'ils étaient impliqués dans le procès de Packy Noonan. Il n'avait plus entendu parler d'eux pendant des années, jusqu'à ce jour, six mois plus tôt, où il avait reçu un coup de téléphone de Jo-Jo. Il n'avait pas voulu dire où il se trouvait mais avait demandé à Milo si ça l'intéressait de toucher un paquet de fric sans le moindre risque. Tout ce que Milo avait à faire c'était de trouver une ferme à louer à Stowe dans le Vermont. Il fallait qu'elle possède une grange de grandes dimensions, au moins vingt-sept mètres de long. Jusqu'au premier de l'an, Milo devrait y séjourner pendant de longs week-ends. Il devrait aussi se lier avec les habitants du coin, leur expliquer qu'il était un auteur du genre de J.D. Salinger ou d'Alexandre Soljenitsyne et qu'il avait besoin d'une retraite au fond des bois en Nouvelle-Angleterre afin de pouvoir écrire dans la solitude.

Il était clair que Jo-Jo avait lu les noms de Salinger et de Soljenitsyne quelque part, et qu'il n'avait pourtant aucune idée de qui ils étaient, mais l'offre tombait à pic. Les petits boulots se faisaient rares. Le bail de l'appartement sous les combles venait à expiration et sa propriétaire avait refusé catégoriquement de le renouveler. Elle était incapable de comprendre pourquoi il lui était indispensable d'écrire tard la nuit, bien qu'il ait expliqué que c'était le moment où ses pensées transcendaient le monde ordinaire, et que la musique rap jouée à plein tube donnait des ailes à son inspiration poétique.

Il n'avait pas mis longtemps à trouver une ferme aux environs de Stowe et s'y était installé. Même si les versements réguliers effectués sur son compte en banque lui avaient permis de garder la tête hors de l'eau, ils ne lui donnaient pas la possibilité de louer un autre appartement à New York. Les prix étaient astronomiques et Milo regrettait le jour où il avait dit à sa propriétaire que s'il mettait la musique aussi fort c'était pour couvrir le bruit de ses ronflements. Bref, Milo n'était pas heureux. Il en avait marre de la campagne ; l'animation, l'effervence de Greenwich Village lui manquaient. Il aimait la compagnie et avait invité quelques résidents de Stowe à ses lectures de poésie. Mais plus personne n'était revenu après les deux premières soirées. Jo-Jo avait promis qu'il recevrait une prime de cinquante mille dollars à la fin de l'année. Milo commençait à soupçonner que la ferme et sa présence avaient un rapport avec la sortie de prison de Packy Noonan.

« Je ne veux pas avoir d'ennuis, avait-il dit à Jo-Jo lorsqu'ils s'étaient parlé au téléphone.

— Des ennuis ? Qu'est-ce que tu veux dire ? avait répliqué l'autre d'un ton affligé. Comment pourrais-je attirer des ennuis à un bon ami ? Qu'est-ce que tu as fait de mal ? Tu as loué une ferme. C'est un crime ? »

Un coup frappé à la porte interrompit les pensées de Milo. Il se précipita et resta pétrifié à la vue de ses visiteurs, deux hommes corpulents et trapus en tenue de ski, avec derrière eux un semi-remorque chargé de deux sapins aux branches emmêlées. Sur le moment, il ne les reconnut pas, puis il s'écria : « Jo-Jo ! Benny ! » Les serrant dans ses bras, il se rendit compte à quel point ils avaient changé.

Jo-Jo avait toujours été du genre enveloppé, mais il avait pris au moins dix kilos et ressemblait à un énorme matou. Benny avait la même taille, environ un mètre soixante-cinq, mais Milo se souvenait d'un type mince comme un coup de trique. Il avait pris du poids lui aussi et, bien qu'il soit moitié moins volumineux que Jo-Jo, il commençait à lui ressembler.

Jo-Jo abrégea les préliminaires. « Tu as mis un cadenas sur la porte de la grange, Milo. Bonne idée. Ouvre-le.

— Tout de suite. Tout de suite. »

Milo alla en traînant les pieds dans la cuisine où la clé du cadenas était suspendue à un clou. Au téléphone, Jo-Jo s'était montré très précis sur les dimensions de la grange. Les deux compères avaient une idée derrière la tête, lorsqu'ils l'avaient engagé. Il espérait qu'ils ne verraient pas d'inconvénient au fait qu'elle était équipée de stalles. Le propriétaire s'était ruiné en élevant des chevaux de course censés rapporter gros. En réalité, d'après les rumeurs qui circulaient, il faisait toujours courir de malheureux canassons qui se remplissaient le ventre à en éclater et s'asseyaient dès que le départ était donné.

« Grouille-toi, Milo », criait Benny, bien que Milo n'ait pas mis plus de trente secondes pour aller chercher la clé. « Pas envie qu'un plouc du coin se ramène pour écouter tes poèmes et se trouve nez à nez avec le camion. »

Pourquoi ? se demanda Milo. Mais, sans prendre le temps d'attraper un manteau ou de répondre à sa propre question, il s'élança au-dehors et courut ôter le cadenas, avant d'ouvrir en grand les portes de la grange.

Il faisait très froid et il frissonna. Dans le jour finissant, Milo distingua une autre voiture derrière le camion à plateau, un minibus avec un porte-skis sur le toit. Peut-être ont-ils l'intention de faire du ski, pensa-t-il. C'est drôle, je n'aurais jamais cru qu'ils étaient sportifs.

Milo alluma l'électricité et vit aussitôt la consternation se peindre sur le visage de Jo-Jo.

« Qu'est-ce que c'est que ces stalles ? demanda-t-il.

— On y mettait des chevaux autrefois. »

Milo ignorait pourquoi il se sentait brusquement nerveux. J'ai fait tout ce qu'ils m'ont demandé, songea-t-il, pour quelle raison suis-je inquiet ?

« Elle a les dimensions voulues, se défendit-il de sa voix chantante, et il n'y a pas beaucoup de granges de cette taille.

— Ouais, d'accord. Pousse-toi de là. »

D'un geste impérieux du bras, Jo-Jo fit signe à Benny de faire entrer le camion.

Benny avança lentement dans l'ouverture de la

porte et un violent craquement confirma qu'il avait accroché la première stalle, craquement qui se répéta à intervalles réguliers jusqu'à ce que le camion ait entièrement pénétré dans la grange. L'espace disponible était si limité que Benny dut descendre du côté du passager, entrouvrir la porte et s'aplatir contre les parois des stalles pour se glisser au-dehors.

Ses premiers mots en retrouvant Jo-Jo et Milo sur le seuil de la grange furent : « Je boirais bien une bière. Peut-être deux ou trois. Tu as de quoi manger, Milo ? »

Durant les six mois où il avait gardé la ferme, n'ayant pas grand-chose à faire à part écrire ses poèmes, Milo avait appris à cuisiner. Il se félicita d'avoir de la sauce tomate fraîche dans le réfrigérateur. Il se souvenait que les jumeaux adoraient les pâtes.

Un quart d'heure plus tard, les deux hommes buvaient tranquillement leur bière à la table de la cuisine, tandis que Milo faisait réchauffer la sauce et mettait de l'eau à bouillir. Pendant qu'il s'affairait dans la pièce, il les entendit avec effroi prononcer à voix basse le nom de « Packy » et comprit que son intuition était bonne : la ferme avait un lien avec la libération de Packy Noonan.

Mais *lequel* ? Et quel rôle jouait-il dans cette histoire ? Il attendit d'avoir déposé le plat de pâtes fumantes devant les jumeaux et dit sans ambages : « Si tout ça a un rapport quelconque avec Packy Noonan, je ne reste pas une minute de plus ici. »

Jo-Jo sourit. « Sois raisonnable, Milo. Tu as loué cet endroit à notre intention alors que tu savais que nous étions en cavale. On a versé du fric sur ton compte pendant six mois. Tout ce qui te reste à faire, c'est attendre tranquillement et écrire tes poèmes et, dans deux jours, tu recevras cinquante mille dollars en liquide et tu seras libre de regagner tes pénates.

— Dans deux jours ? » s'étonna Milo, incrédule, se représentant sa future existence avec cinquante mille dollars.

Il pourrait trouver un endroit correct où habiter dans le Village. Fini les emplois précaires pendant au moins les deux prochaines années ! Personne n'était capable de faire durer un dollar aussi longtemps que lui.

Benny l'observait. Il hocha la tête d'un air satisfait. « Comme je l'ai dit, tu n'as rien d'autre à faire que rester tranquille et écrire un poème. Un joli poème sur un arbre.

— Quel arbre ?

— Nous ne sommes pas plus avancés que toi sur la question. Mais nous saurons tout très bientôt. »

7

Je n'arrive pas à croire que je suis en train de dîner en compagnie non seulement d'Alvirah et de Willy, mais de la célèbre Nora Reilly, son mari Luke, leur fille Regan et son fiancé, Jack, pensait Opal. Ce matin, après avoir vu ce bandit de Packy Noonan à la télévision, j'ai eu envie de me fourrer la tête sous les couvertures et de ne plus jamais sortir du lit. Preuve que les choses peuvent changer.

Et ils étaient tous si gentils avec elle. Ils venaient de lui raconter l'enlèvement de Luke, retenu en otage dans un houseboat sur l'Hudson avec son chauffeur, une jeune mère de famille, expliquant, pour finir, qu'ils seraient morts noyés si Alvirah et Regan ne les avaient pas sauvés.

« Alvirah et moi formons une bonne équipe, dit Regan. D'ailleurs, j'aimerais que nous réfléchissions ensemble au moyen de récupérer votre argent, Opal. Vous êtes convaincue que ce Packy Noonan l'a caché quelque part, n'est-ce pas ?

— C'est sûr et certain, affirma avec vigueur Jack Reilly. Cette affaire a été jugée par le tribunal fédéral et nous ne nous en sommes pas occupés, mais il y a gros à parier que ce type a planqué l'argent. Si vous faites le total des sommes dépensées par Packy, selon les fédéraux, il manque entre soixante-dix et quatre-vingts millions de dollars. Il les a sans doute déposés sur un compte numéroté en Suisse ou aux îles Caïmans. »

Jack buvait lentement son café. Il avait passé son bras autour du dossier de la chaise de Regan. En voyant le regard qu'il posait sur elle, Opal regretta de n'avoir jamais rencontré quelqu'un d'aussi exception-nel au cours de son existence. C'est la séduction même, pensa-t-elle, et Regan est ravissante. Jack avait des cheveux blonds ondulés, des yeux noisette tirant sur le vert, et des traits réguliers dominés par une mâchoire volontaire. Regan et lui étaient entrés ensemble dans la salle à manger, se tenant par la main. Regan était grande mais Jack, avec sa carrure d'ath-lète, la dépassait d'une bonne tête.

Bien que ce fût la mi-novembre une chute de neige précoce signifiait qu'il y aurait de la poudreuse sur les pistes et sur les pentes. Demain les Reilly allaient faire du ski. C'est curieux tout de même que Jack porte lui aussi le nom de Reilly, pensa Opal. Elle avait décidé d'accompagner Alvirah et Willy en forêt à la recherche de l'arbre qui leur avait été offert. Alvirah, qui avait pourtant prévu de se consacrer à la lecture, avait décrété qu'un peu d'exercice lui ferait du bien. Aussi étaient-ils convenus de prendre une leçon de ski de fond dans l'après-midi. Alvirah lui avait raconté que Willy et elle avaient eu l'occasion d'en faire et qu'il n'était pas sorcier de garder son équilibre. En outre, c'était un sport très amusant.

Opal n'était pas certaine qu'elle trouverait ce genre d'exercice amusant, mais elle était prête à essayer. Elle avait été bonne en gymnastique jadis, au lycée, et elle pratiquait toujours la marche pour se maintenir en forme.

« Tu as le regard vague de l'écrivain plongé dans ses réflexions », fit Luke, s'adressant à Nora.

Nora sirotait son cappuccino. « Je me souviens de mon intérêt passionné pour l'histoire de la famille von Trapp. J'ai lu le livre de Maria bien avant de voir le film. Et je trouve formidable d'être ici en sachant qu'un arbre planté sous ses yeux a été choisi pour décorer le Rockefeller Center cette année. Avec toutes les tragédies qui frappent le monde, il est réconfortant de penser que les enfants de New York feront fête à l'arbre de Maria von Trapp. C'est un événement unique.

— En fait, l'arbre se dresse non loin d'ici, il profite de son dernier week-end dans le Vermont, dit Luke de son ton pince-sans-rire. Lundi matin, avant notre départ, nous pourrions nous rendre sur les lieux de son abattage et lui adresser un baiser d'adieu.

— À la radio, dans la voiture, j'ai entendu qu'il doit être débarqué de la péniche à Manhattan le mercredi matin, annonça Alvirah. Nous devrions aussi aller assister à son arrivée au Rockefeller Center. J'aimerais voir les enfants des écoles et les entendre chanter. »

Mais à l'instant où ces paroles sortaient de sa bouche, Alvirah eut soudain un curieux pressentiment. Elle parcourut des yeux l'agréable salle à manger. Les convives s'attardaient à la fin du dîner, souriant, bavardant tranquillement. Pourquoi cette intuition qu'une menace se profilait à l'horizon et qu'Opal en serait la cible ? Je n'aurais pas dû l'inviter à nous accompagner. Pour une raison que j'ignore, elle court un danger ici.

8

La première nuit de Packy au Castle fut d'un niveau de confort à peine supérieur, à son avis, à celui offert par le pénitencier fédéral. On l'enregistra, on lui indiqua un lit, non sans lui avoir expliqué pour la énième fois le règlement. Il s'assura aussitôt qu'il pourrait quitter les lieux le dimanche matin, expliquant qu'en bon catholique il ne manquait jamais la messe. Il ajouta que c'était l'anniversaire de la mort de sa mère. Packy avait depuis longtemps oublié la date précise de sa mort, mais il avait la larme facile quand il le fallait, et le sourire humble qui accompagna sa déclaration : « Que Dieu la bénisse car elle n'a jamais désespéré de moi », incita le conseiller de l'établissement à lui promettre qu'il pourrait assister seul à la messe du dimanche.

Rien de particulier ne vint marquer la journée du lendemain ni le surlendemain matin. Packy écouta sagement les sermons l'informant qu'il risquait de retourner en prison s'il n'observait pas à la lettre les règles de sa libération conditionnelle. Au réfectoire, il imagina les repas qu'il ferait dans les meilleurs restaurants du Brésil après la transformation de son visage.

Dans la chambre qu'il partageait avec deux anciens prisonniers récemment libérés il s'assoupit en rêvant des draps les plus fins, de pyjamas de soie, et qu'il mettait enfin la main sur la flasque remplie de diamants.

Le dimanche matin, le jour se leva vif et clair. La première chute de neige avait eu lieu deux semaines plus tôt et on en prévoyait une autre dans les heures prochaines. Un véritable hiver s'annonçait, comme autrefois, mais ces pronostics laissaient Packy de marbre. Il n'avait pas l'intention de partager la mauvaise saison avec ses concitoyens.

Pendant les années de son incarcération, il s'était arrangé pour garder le contact avec les frères Como en payant certains visiteurs des autres prisonniers pour qu'ils postent ses lettres aux jumeaux et lui transmettent en retour leurs réponses. Pas plus tard que la semaine passée, Jo-Jo avait confirmé qu'ils le retrouveraient derrière Saint-Patrick. Il lui recommandait d'assister à la messe de dix heures quinze puis d'aller faire un tour à pied dans Madison Avenue.

Benny et Jo-Jo seront là. Je ne vois pas pourquoi ils n'y seraient pas, se dit-il. À huit heures, il franchit la porte du Castle et sortit dans la rue. Il avait décidé de faire à pied le trajet de quarante blocs, non parce qu'il avait envie de prendre de l'exercice, mais parce qu'il serait sûrement suivi et voulait offrir à l'homme qui le prendrait en filature une bonne séance de mise en forme.

Il croyait entendre les instructions données au type chargé de le pister : « Ne le quitte pas des yeux. Tôt ou tard, il va nous mener à l'endroit où il a planqué le fric. »

« Compte là-dessus », marmonna Packy en marchant d'un pas pressé le long de Broadway. À plusieurs reprises, en s'arrêtant aux feux de signalisation, il regarda autour de lui, mine de rien, comme ravi par la vue d'un monde dont il avait été privé pendant si longtemps. Il repéra très vite l'homme qui le filait, un malabar déguisé en jogger.

Tu parles d'un coureur à pied, pensa Packy. Il aura de la veine s'il ne me perd pas avant que nous arrivions à Saint-Patrick.

Le dimanche matin, la messe de dix heures et quart était toujours la plus fréquentée. C'était celle où chantait le chœur au complet et où le cardinal en personne officiait. Packy savait exactement où il prendrait place. Sur le côté droit, dans les rangées de devant. Il attendrait le moment de la communion et se joindrait à la file avec tout le monde. Puis, juste avant que son tour n'arrive, il sortirait de la queue, couperait vers la gauche de l'autel pour rejoindre le long couloir qui menait à l'hôtel particulier de Madison Avenue où se trouvaient les bureaux du diocèse. Lorsqu'il était au lycée, les gosses de sa classe se rassemblaient dans ce bâtiment avant de se diriger en rang vers la cathédrale.

Jo-Jo et Benny l'attendraient avec le minibus dans Madison Avenue, à l'entrée du bâtiment du diocèse, et ils auraient filé avant même que le gorille attaché à ses trousses ait une chance de le rattraper.

Packy arriva à la cathédrale en avance et alluma un cierge devant la statue de saint Antoine. « Je sais que vous aidez les gens qui vous prient à retrouver quelque chose qu'ils ont perdu, rappela-t-il au saint, mais le truc que je veux récupérer n'est pas perdu, il est *caché*. Je n'ai donc pas besoin de vous pour ça. Ce que je vous demande, c'est de m'aider à semer ce gros lard de jogger. »

Ses mains étaient jointes, comme en prière, un geste qui lui permettait de dissimuler un petit miroir au creux de ses paumes. Il pouvait ainsi suivre les mouvements dudit gros lard qui avait pris place sur un banc voisin.

À dix heures un quart, Packy attendit que le cortège des officiants se mette en route depuis le fond de l'église. Puis il remonta rapidement l'allée et se glissa au bout du banc de la sixième rangée. Il constata dans son miroir que quatre rangées derrière lui le jogger n'avait pas trouvé de place en bout de rang et avait dû déranger deux vieilles dames avant de pouvoir s'asseoir.

Vive les vieilles dames, pensa Packy ! Elles veulent toujours être au bord de l'allée. Elles ont peur de manquer quelque chose en s'écartant pour faire place à un nouvel arrivant.

Lui apparut alors un problème qu'il n'avait pas prévu : la cathédrale grouillait d'agents de sécurité. Même un enfant de deux ans aurait remarqué que certains des appariteurs en veste lie-de-vin n'étaient pas là uniquement pour placer les fidèles. En outre, quelques flics en tenue étaient postés à l'intérieur.

Inquiet pour la première fois, décontenancé, Packy observa la scène avec encore plus d'attention. Des gouttes de sueur perlèrent sur son front quand il s'aperçut qu'il devrait jouer serré. La sortie sur le côté droit était sa meilleure chance. Le moment opportun pour bouger serait la lecture de l'Évangile. Tout le monde se lèverait à cet instant et il pourrait s'éclipser avant que le jogger ne s'aperçoive de sa disparition. Il tournerait alors sur sa gauche, franchirait au pas de course la moitié de la rue jusqu'à Madison Avenue et remonterait l'avenue jusqu'au minibus. Pourvu que Jo-Jo et Benny soient bien là ! pria-t-il in petto. Sinon, tenta-t-il de se rassurer, même s'il était suivi, quitter l'église plus tôt que prévu ne constituait pas une entorse à sa libération conditionnelle et à l'autorisation d'aller seul à la messe.

Son moral remonta. Il vit dans son miroir qu'une autre personne s'était installée sur le banc du jogger. Comme il l'avait parié, les vieilles dames étaient sorties dans l'allée pour la laisser prendre place, et le jogger était à présent coincé à côté d'un jeune homme athlétique qui ne serait pas facile à faire bouger.

« Méditons sur nos existences, sur ce que nous avons fait et ce que nous n'avons pas su accomplir », disait le cardinal qui officiait.

C'était la dernière chose à laquelle Packy voulait réfléchir. On lisait l'Épître. Packy ne l'entendit pas. Il était trop concentré sur la façon dont il allait s'enfuir.

« Alléluia », chantait le chœur.

L'assistance se leva. À peine le dernier fidèle était debout, que Packy avait déjà atteint la porte latérale de la cathédrale qui donnait sur la 50ᵉ Rue. Avant le deuxième alléluia, il courait dans Madison Avenue. Avant la dernière note prolongée du troisième

« Al... lé... lu... ia », il avait repéré le minibus, ouvert la porte, sauté à l'intérieur, et était parti.

Dans la cathédrale le jeune costaud était furieux : « Dites donc, disait-il au jogger, j'ai failli renverser ces dames en vous laissant passer devant moi. Un peu de calme, mon vieux. »

9

Le dimanche après-midi, c'est une Alvirah admirative qui accueillit Opal : « Vous êtes une skieuse-née, ma chère ! »

Le charmant visage d'Opal s'illumina. « J'étais assez bonne en sport à l'école, dit-elle. Je faisais partie de l'équipe de softball. Je crois être naturellement coordonnée dans mes mouvements. Quand j'ai chaussé ces skis de fond, j'ai eu l'impression de danser dans l'air.

— En tout cas, vous nous avez laissés loin derrière vous, Alvirah et moi, fit remarquer Willy. Vous avez démarré comme une flèche. »

Il était cinq heures. Une flambée réchauffait la pièce principale du chalet où ils savouraient un verre de vin. Ils avaient remis à plus tard leur projet de retrouver l'arbre d'Alvirah. Le samedi, quand ils s'étaient présentés à l'école de ski de fond, on leur avait dit qu'il ne restait presque plus de places aux cours de l'après-midi. Ils s'étaient donc inscrits aux leçons du matin. Puis, pendant le déjeuner, ils avaient appris que quelqu'un s'était désisté au cours de l'après-midi et Opal avait pris sa place.

Le dimanche, après avoir assisté à la messe à l'Église du Saint-Sacrement et fait une heure de ski, Alvirah et Willy en avaient eu assez et étaient rentrés au chalet, prendre une tasse de thé et faire un somme. Les ombres s'allongeaient lorsque Opal les avait rejoints. Alvirah commençait à s'inquiéter quand elle arriva en ski jusqu'au chalet, les joues roses, ses yeux bleus étincelants.

« Oh, Alvirah, soupira-t-elle en déchaussant ses skis. Je n'ai jamais été aussi heureuse depuis... » Elle s'interrompit et le sourire quitta ses lèvres.

Alvirah savait très bien ce qu'elle s'apprêtait à dire : « Je n'ai jamais été aussi heureuse depuis le jour où j'ai gagné à la loterie. »

Mais Opal ne mit pas longtemps à retrouver son entrain. « J'ai passé des moments merveilleux. Je ne vous remercierai jamais assez de m'avoir invitée. »

Les Reilly, Nora, Luke, Regan et son fiancé Jack avaient eux aussi passé la journée à skier. Ils avaient prévu avec Alvirah de se retrouver tous pour le dîner dans la salle à manger principale de la Lodge. Dans le feu de la conversation, Regan leur raconta l'une de ses affaires préférées – celle d'une vieille dame de quatre-vingt-treize ans qui s'était fiancée avec son conseiller financier et l'avait épousé trois jours plus tard. Elle avait, en secret, prévu de donner deux millions de dollars à chacun de ses quatre neveux et nièces s'ils assistaient tous au mariage.

« En fait, il s'agissait de son cinquième mariage, expliqua Regan. Les neveux et nièces ont eu vent de ses intentions et ont tout laissé tomber pour faire acte de présence. On les comprend. À l'exception d'une nièce, actrice de son métier, qui était partie en week-end aux Caraïbes. Elle avait fermé son téléphone mobile et personne ne savait où elle se trouvait. J'ai été chargée de la retrouver et de l'amener au mariage afin que ses cousins puissent recevoir leur dû.

— Sortez vos mouchoirs, commenta Luke.

— Pour deux millions de dollars, je me serais transformé en demoiselle d'honneur, dit Jack en riant.

— Ma mère écoutait régulièrement un programme de radio intitulé "M. Keen sur la trace des personnes disparues", se rappela Opal. Vous auriez pu prendre sa place.

— J'ai retrouvé quelques personnes disparues à une époque, reconnut Regan.

— Et certaines d'entre elles se seraient mieux portées si tu ne les avais pas prises en filature, ajouta Jack avec un sourire. Elles ont terminé derrière les barreaux. »

Le dîner fut aussi agréable que celui de la veille. Des gens charmants, une cuisine raffinée, un environnement de rêve, et le plaisir de pratiquer un sport nouveau. Opal était aux anges. Elle se sentait à des lieues du Village Eatery où elle avait travaillé durant les vingt dernières années, à l'exception des quelques mois où l'argent de la loterie était resté sur son compte en banque. Non que l'endroit fût désagréable. C'était un fast-food assez haut de gamme car il possédait une licence de vente d'alcool et un bar séparé. Mais les plateaux pesaient lourd et la clientèle était plutôt composée d'étudiants dont la plupart se disaient fauchés. Ce qui, aux yeux d'Opal, n'était pas une excuse pour laisser des pourboires riquiqui.

À voir la façon dont vivaient Alvirah et Willy depuis qu'ils avaient gagné à la loterie, et dont Herman Hicks avait utilisé une partie de ses gains pour acheter ce superbe appartement, Opal se reprochait encore davantage sa naïveté et la confiance qu'elle avait accordée à ce menteur patenté de Packy Noonan au point de perdre toute chance de profiter d'un peu de confort et même de luxe. Et il lui était encore plus douloureux d'entendre Nora parler avec excitation du futur mariage de Regan et de Jack. La nièce d'Opal, sa petite préférée, épargnait sou à sou pour se marier.

« Je dois faire attention, tante Opal, lui avait dit Kristy. Les professeurs gagnent peu. Maman et papa n'ont pas les moyens de m'aider et tu n'as pas idée du prix que coûte même un modeste mariage. »

Kristy, la fille du plus jeune frère d'Opal, habitait Boston. Elle avait suivi ses études à l'université grâce à une bourse après s'être engagée à enseigner dans une école des quartiers pauvres de la ville, ce qu'elle faisait à l'heure actuelle. Tim Cavanaugh, le jeune homme qu'elle devait épouser, suivait des cours du soir pour passer sa maîtrise de comptabilité. Ils formaient un couple charmant, entouré d'une quantité d'amis. J'aurais tellement aimé pouvoir leur offrir un beau mariage, regretta Opal, et les aider à meubler leur première maison. Si seulement...

Si j'avais su, si j'avais pu, si j'avais été, si, si, si... Ça suffit. Pense à autre chose.

Le « autre chose » qui lui vint à l'esprit était le fait que le groupe de six personnes avec lequel elle avait skié samedi après-midi était passé devant une ferme isolée à trois kilomètres de là. Au milieu de l'allée, un homme était en train de charger des skis sur le toit d'un minibus. Elle l'avait juste entraperçu mais, pour une raison étrange, il lui avait semblé familier, comme si elle l'avait rencontré récemment. Il était petit et trapu, mais pas plus que la moitié des gens qui venaient au restaurant. C'est un individu comme un autre, voilà tout. Il n'y a rien à en dire de plus. Pourtant, le souvenir de cet homme continuait à l'obséder.

« Ça vous convient, Opal ? » demandait Willy.

Avec un sursaut, Opal se rendit compte que c'était la seconde fois que Willy lui posait la question. De quoi parlait-il ? Ah oui. Il proposait de prendre un petit-déjeuner tôt le lendemain matin, puis d'aller en skis regarder l'abattage du sapin du Rockefeller Center, et ensuite de partir à la recherche de l'arbre d'Alvirah, de revenir à la Lodge, de déjeuner et de s'apprêter pour le voyage du retour.

« C'est parfait pour moi, répondit rapidement Opal. Je voudrais acheter un appareil photo et prendre quelques vues avant de partir.

— Ne vous donnez pas cette peine, l'interrompit Nora. J'ai un appareil. J'ai l'intention de prendre une photo de l'arbre d'Alvirah et de l'envoyer à notre courtier. Il ne nous a jamais offert autre chose qu'un cake aux fruits jusqu'ici.

— Un pot de sirop d'érable et un arbre à saigner à des kilomètres de l'endroit où vous habitez, c'est ce que j'appelle une dépense somptuaire ! s'exclama Alvirah. Les gens chez lesquels je faisais le ménage recevaient des magnums de champagne en cadeau de la part de leurs courtiers.

— C'était l'époque où les toilettes étaient munies

d'une chaîne, dit Willy avec un geste significatif de la main. Aujourd'hui, vous pouvez vous estimer heureux si votre courtier n'envoie pas en votre nom à un organisme de charité dont vous n'avez jamais entendu parler une somme dont vous ne connaîtrez jamais le montant.

— Dieu soit loué, dans ma profession les gens préfèrent ne pas entendre parler de nous, surtout pendant les vacances », fit Luke de sa voix traînante.

Regan rit. « Allons, tout ça n'a aucune importance. J'ai hâte de voir abattre le sapin du Rockefeller Center. Songez à tous ces gens qui vont le regarder briller de tous ses feux à la période de Noël. Ensuite, ce sera amusant de suivre le plan qui doit nous conduire à l'arbre d'Alvirah. »

Regan ne pouvait savoir que leur joyeuse excursion se transformerait en cauchemar le lendemain quand Opal s'aventurerait en skis jusqu'à la ferme où elle avait repéré cet homme trapu qu'elle avait cru reconnaître. La ferme où Packy Noonan venait justement d'arriver.

10

J'ai l'impression de me trouver dans *La Petite Maison dans la prairie*, pensa Milo en soulevant le couvercle de la grande cocotte dans laquelle mijotait du bœuf en daube. On était dimanche, le jour tombait et une atmosphère confortable régnait dans la ferme qu'embaumaient les effluves provenant de la cuisine. Il regarda par la fenêtre et vit qu'il commençait à neiger. Malgré l'aspect chaleureux de la scène, il lui tardait d'en avoir fini avec ce job, de partir d'ici, de retourner à Greenwich Village. Il avait besoin de l'émulation des lectures, du contact avec les autres poètes. Ils l'écoutaient avec attention réciter ses œuvres, applaudissaient, faisaient parfois part de l'émotion qu'ils ressentaient à l'entendre. Même s'ils n'en pensaient pas un mot, ils feignaient à merveille l'enthousiasme. Ils me procurent l'encouragement dont j'ai besoin, se disait-il.

Les jumeaux l'avaient prévenu qu'ils seraient de retour à la ferme dans la soirée du dimanche peu après six heures. « Et n'oublie pas de préparer le dîner », avaient-ils ajouté. Ils étaient partis le samedi après-midi et s'ils lui avaient paru nerveux à leur arrivée avec le camion, ce n'était rien en comparaison de leur agitation au moment de leur départ en minibus. Quand il avait demandé innocemment où ils allaient, Jo-Jo avait aboyé : « C'est pas tes oignons. »

Je lui ai conseillé de prendre un calmant, se souvint Milo. J'ai cru qu'il allait exploser de rage. Ensuite, il a ordonné à Benny d'ôter les skis qui étaient sur le toit du minibus et de les y remettre en les arrimant convenablement. L'un d'eux était mal attaché, et il n'aurait plus manqué qu'il tombe sur l'autoroute et heurte une voiture de flics. « Espèce de crétin, tu veux qu'on ait la police de l'État sur le dos, qu'ils mettent la main sur nos permis de conduire trafiqués ? »

Puis, un quart d'heure après, il s'était remis à hurler, sommant Benny de rentrer en quatrième vitesse parce qu'un groupe de skieurs traversaient le champ devant la ferme. « Il y a sûrement un flic parmi eux. Si je me souviens bien, on t'a vu à la télé le jour où ils ont fait cette émission sur Packy. Tu aimerais peut-être prendre sa couchette au pénitencier ? »

Les jumeaux sont dans un tel état de panique qu'ils perdent les pédales, avait pensé Milo, mais à la réflexion, il n'était pas mieux loti qu'eux. Il était clair que leur voyage comportait un risque. S'ils étaient arrêtés et faisaient allusion à lui, on pourrait l'accuser d'avoir hébergé des fugitifs, voire pire. Il n'aurait jamais dû s'associer avec des individus en cavale. Il était prêt à parier que leur petite excursion avait un rapport avec la sortie de taule de Packy Noonan. À qui ferait-il croire que, treize ans auparavant, il igno-rait que les frères Como avaient disparu au moment précis où Packy avait été arrêté, et qu'il n'avait eu aucun contact avec eux depuis ? Jusqu'à aujourd'hui, naturellement, rectifia-t-il.

Non, personne ne le croirait.

Jo-Jo et Benny avaient échappé à la justice durant des années et, à voir leur silhouette rebondie et leur nouvelle dentition étincelante, ils avaient dû bien vivre. Ils avaient certainement disposé d'une partie de l'argent de l'escroquerie menée par Packy. Pourquoi dans ce cas prendre le risque de revenir ?

Packy a payé sa dette à la société, pensa Milo, mais il est en liberté surveillée. D'après ce que j'ai pu saisir en douce de leur conversation, les deux loustics projettent de quitter les États-Unis d'Amérique dans les prochains jours. Pour aller où ? Avec quoi ?

Milo piqua un morceau de viande dans la cocotte et l'enfourna dans sa bouche. Jo-Jo et Benny étaient restés en sa compagnie pendant moins de vingt-quatre heures et, en ce court laps de temps, toutes ces années où ils s'étaient perdus de vue s'étaient dissipées. Avant que l'humeur de Jo-Jo ne tourne au vinaigre, ils avaient ri en évoquant le bon vieux temps. Benny, après avoir sifflé deux bouteilles de bière, l'avait même invité à venir les voir au Bré...

À ce souvenir, Milo eut un sourire. Benny avait commencé à dire « Bré... », et Jo-Jo l'avait fait taire. Au lieu de prononcer « Brésil », comme il en avait l'intention, Benny avait bredouillé : « Bro, non, Bora-Bora. »

Benny n'avait jamais eu l'esprit vif.

Il mit le couvert. Si par hasard les jumeaux débarquaient avec Packy Noonan, ce type aimerait-il le bœuf en cocotte ou avait-il mangé trop de ragoût en prison ? De toute façon, personne ne le prépare comme *moi*, se rassura Milo. Et si quelqu'un n'aime pas la daube, il reste des spaghettis en sauce. D'après ce qu'il avait entendu dire, Packy pouvait se montrer odieux quand les choses n'allaient pas comme il le souhaitait. Pourtant, il ne lui déplaisait pas de le rencontrer, a priori. Indéniablement, c'était quelqu'un qui possédait ce que l'on appelle du charisme. Voilà pourquoi son procès avait fait tant de bruit. Les gens sont fascinés par les criminels dotés de ce genre de magnétisme.

Une salade verte avec des copeaux de parmesan, des biscuits faits maison et une glace viendraient compléter un repas qui aurait satisfait la reine d'Angleterre si elle s'était présentée à la porte. Les assiettes ébréchées et dépareillées ne sont certes pas dignes d'une reine, pensa Milo, mais qu'importe. Les jumeaux ne s'en rendront même pas compte. Quelle que soit la somme sur laquelle ils ont mis la main, ils resteront toujours les mêmes rustres. Comme le disait maman : « Milo, mon chéri, la classe ne s'achète pas ! »

Il n'y avait rien d'autre à faire qu'à attendre leur arrivée. Il alla à la porte d'entrée et l'ouvrit. Il jeta un coup d'œil à la grange et s'interrogea à nouveau. Que diable comptent-ils faire de ce camion à plateau ? S'ils ont décidé d'aller au *Br-Br-Brésil*, ce n'est sûrement pas avec ce type de véhicule qu'ils y parviendront. Il y avait deux malheureux pins déplumés sur la plate-forme quand ils étaient arrivés. La veille, Benny les avait jetés dans une des stalles.

Peut-être devrais-je écrire un poème sur un arbre, songea Milo en claquant la porte. Il se dirigea vers le vieux secrétaire déglingué de la pièce principale que l'agent immobilier avait eu le culot de qualifier d'antiquité. Il s'assit et ferma les yeux.

Un arbre miteux dont personne ne veut plus. On le jette dans une stalle d'écurie où croupit un vieux canasson destiné à l'abattoir. L'arbre et le cheval sont terrifiés. L'arbre sait qu'il va finir dans la cheminée.

Au début, l'arbre et le cheval n'ont rien à se dire. Mais comme le malheur aime la compagnie et que leur sort est lié, ils deviennent amis. L'arbre raconte au canasson qu'il n'a jamais pu grandir et que tout le monde l'appelait Courtaud : c'est pour cette raison qu'on l'a fourré dans cette stalle. Le tocard lui révèle alors que pendant la seule course qu'il aurait pu gagner, il s'est assis au moment du signal du départ, mort de fatigue à l'avance. Tocard saisit alors Courtaud par une branche, le jette sur son dos, s'échappe de la stalle et part au galop en direction de la forêt, où ils vivent heureux depuis lors...

Les larmes aux yeux, Milo secoua la tête. « Il arrive qu'un poème me vienne à l'esprit comme ça, d'un seul jet », dit-il tout haut. Il renifla, prit une feuille de papier et se mit à écrire.

11

Dès l'instant où il repéra le minibus dans Madison Avenue, Packy Noonan s'aperçut qu'en treize ans le Q.I. des jumeaux Como ne s'était pas amélioré. Sautant sur la banquette arrière et claquant la portière derrière lui, il s'exclama, furieux : « Qu'est-ce que vous foutez avec ces skis ? Pourquoi ne pas mettre un écriteau : VÉHICULE TRANSPORTANT PACKY NOONAN ?

— Quoi ? » ronchonna Benny, stupéfait.

Jo-Jo était au volant. Il appuya sur l'accélérateur et atteignit en une fraction de seconde le feu de croisement qui passa brusquement au rouge. Il pila, préférant ne pas prendre de risque, surtout avec un agent de la circulation au milieu du carrefour. Même si le flic leur tournait le dos, mieux valait ne pas brûler un feu.

« Je vous avais dit d'installer les skis après m'avoir ramassé, dit Packy d'un ton excédé. De cette façon, si quelqu'un m'avait vu courir dans la rue, il aurait pensé que j'étais monté dans un minibus. C'est plus tard que nous devions nous arrêter pour les mettre sur le toit. Ils chercheraient un vieux minibus quelconque, sans skis. Vous n'êtes que deux crétins. Vous auriez pu aussi bien le couvrir d'autocollants du style : SI VOUS AIMEZ JÉSUS, KLAXONNEZ ! »

Jo-Jo tourna la tête. « On a risqué notre peau pour venir te chercher, Packy. On n'y était pas obligés, tu sais.

— Démarre ! hurla Packy. Le feu est vert. Tu as besoin d'une carte d'invitation pour accélérer ? »

Pour un dimanche matin la circulation était plus dense qu'à l'accoutumée. Jo-Jo remonta lentement le long bloc qui les séparait de la 52e Rue, puis vira en direction de l'est. Au moment où il disparaissait dans la rue, le jogger que Packy avait qualifié de gros lard déboula dans Madison. Il hurlait : « *À l'aide ! À l'aide !* Quelqu'un a-t-il vu un type s'enfuir ? »

Le flic, qui n'avait pas vu Packy courir ni monter dans le minibus, se hâta vers l'homme, visiblement persuadé qu'il avait affaire à un cinglé. Animés par une même curiosité, passants et touristes s'arrêtèrent.

Le jogger criait de plus belle : « Personne n'a vu un type foncer dans la rue il y a une minute ?

— Fermez-la, mon vieux, lui ordonna le flic. Je pourrais vous arrêter pour trouble à l'ordre public. »

Sur le trottoir d'en face, un enfant de quatre ans tira sur la jupe de sa mère qui répondait à un appel sur son téléphone mobile. « Il y a un homme qui courait tout à l'heure, il est monté dans une voiture avec des skis sur le toit, dit-il timidement.

— Occupe-toi de ce qui te regarde, Jason, lui dit sa mère. Tu n'as pas à être témoin d'un crime. L'homme qu'ils recherchent est probablement un pickpocket. Qu'ils se débrouillent tout seuls. Ils sont payés pour ça. »

Elle lui prit la main et se remit à marcher dans la rue tout en poursuivant sa conversation au téléphone.

« Jeannie, tu es ma sœur, c'est pour ton bien que je te le dis : *Laisse tomber ce pauvre type.* »

À moins de deux cents mètres de là, le minibus progressait lentement dans les encombrements. À l'arrière, Packy se concentrait de toutes ses forces, comme s'il voulait débloquer la circulation. Park Avenue... Lexington... Troisième... Seconde... Première.

À la Première Avenue, Jo-Jo mit son clignotant. Encore dix blocs jusqu'au FDR Drive. Packy s'agita sur son siège, se mit à se ronger les ongles, une habitude qu'il avait abandonnée à l'âge de neuf ans. Il chercha à se rassurer. Je n'ai rien à me reprocher jusqu'au moment où je ne me présenterai pas au Castle. Pourtant, si je suis pris avec les jumeaux, je suis foutu. L'association avec d'anciens criminels entraîne la révocation immédiate de la libération conditionnelle. J'aurais dû demander à ces deux abrutis de me laisser le minibus quelque part dans le coin. Mais dans ce cas, quelle explication donner à la police si jamais j'étais arrêté seul au volant ? Que je l'ai gagné à la loterie ?

Il poussa un grognement.

Benny tourna la tête. « J'ai un bon pressentiment, Packy », dit-il, se voulant optimiste. « On va y arriver. »

Mais Packy remarqua que la sueur lui dégoulinait sur le visage. Et Jo-Jo avançait si lentement qu'il avait l'air de faire du surplace. Je sais qu'il ne veut pas être pincé à un feu de croisement, mais c'est débile. Au-dessus de leur tête un martèlement indiquait qu'un des skis était en train de se détacher. « Arrête-toi ! » gueula Packy. Deux minutes plus tard, entre la Première et la Deuxième Avenue, il détacha les skis du toit et les jeta à l'intérieur. Puis il fit signe à Jo-Jo de prendre la place du passager. « C'est comme ça qu'on t'a appris à conduire au Brésil ? Benny, va à l'arrière. »

Pendant les vingt minutes suivantes, les trois hommes restèrent plongés dans un silence total tandis qu'ils progressaient en direction du nord. Benny, le plus timoré, était recroquevillé sur sa banquette. Il avait oublié que Packy perdait complètement son sang-froid sous l'effet de l'angoisse. Et maintenant, qu'est-ce qu'il a dans la tête ? se demanda-t-il. Dans ses lettres, il nous a d'abord dit de trouver quelqu'un de confiance pour louer une ferme avec une grande grange, à Stowe. On l'a fait. Ensuite, il nous a dit de dégotter une scie passe-partout, de la corde et une hache, et enfin un semi-remorque à plateau. On l'a fait. Pour finir, il nous ordonne de venir le récupérer aujourd'hui. On l'a fait. Qu'est-ce que ça signifie ? Il nous a juré qu'il a planqué le reste du butin dans le New Jersey. Alors pourquoi est-ce qu'on va dans le Vermont ? À ma connaissance, la route du New Jersey n'est jamais passée par le Vermont.

Sur le siège avant, Jo-Jo se faisait les mêmes réflexions. Benny et moi nous sommes partis au Brésil avec dix millions de dollars en poche. On a eu la belle vie là-bas, mais rien d'extravagant. Ensuite, Packy nous raconte qu'il a entre soixante-dix et quatre-vingts millions supplémentaires sur lesquels il peut mettre la main dès sa sortie de prison. Mais il n'a jamais précisé combien Benny et moi toucherions dans le partage et, si les choses tournent mal, nous risquons de nous retrouver en taule avec lui. Nous aurions dû rester au

Brésil et le laisser trimer dans ce restaurant où ils lui ont trouvé un job. Ensuite, quand nous serions venus à son secours, il nous aurait peut-être mieux accueillis. En fait, il nous aurait baisé les pieds.

En voyant le panneau BIENVENUE DANS LE CONNECTICUT, Packy ôta ses mains du volant et applaudit. « Plus qu'un État avant le Vermont ! » s'exclama-t-il. Avec un large sourire, il se tourna vers Jo-Jo : « On va pas s'éterniser ici. Le temps de régler nos affaires et en route pour le soleil du Brésil. »

Si Dieu le veut, pensa pieusement Jo-Jo. Quelque chose me dit qu'on aurait dû se contenter des dix millions que nous avions déjà. Son estomac gargouilla en même temps qu'il rendait timidement son sourire à Packy.

12

À huit heures moins le quart, Milo entendit le gron-dement d'une voiture qui s'engageait dans l'allée. Avec une impatience mêlée d'appréhension, il alla en courant ouvrir la porte d'entrée. Il vit Jo-Jo descendre par la portière du passager du minibus tandis que Benny sortait à l'arrière.

Qui donc se trouvait au volant ? Il ne se posa plus la question lorsque s'ouvrit la portière du conducteur. Le peu de lumière qui filtrait par les fenêtres du salon lui suffit pour confirmer son intuition : Packy Noonan était l'invité mystère.

Benny et Jo-Jo laissèrent Packy les précéder sur les marches de la galerie. Milo ouvrit la porte en grand. Il se demanda s'il devait s'incliner, mais Packy lui tendit la main. « Alors c'est vous, Milo le poète, dit-il. Merci d'avoir gardé la maison pour moi. »

Si j'avais su que c'était pour toi mon vieux, je ne serais pas là, pensa Milo, mais il lui rendit machinale-ment son sourire.

« C'est un plaisir pour moi, monsieur Noonan.

— Packy », le corrigea doucement l'autre, tandis que son regard parcourait rapidement la pièce. Il reni-fla : « Ça sent drôlement bon.

— C'est mon bœuf en daube », dit Milo, bredouillant un peu dans sa précipitation. « J'espère que vous aimez le bœuf en sauce, mons... Packy.

— C'est mon plat préféré. Ma maman m'en faisait tous les vendredis. Ou peut-être était-ce le samedi. »

Packy commençait à se détendre. Milo était aussi transparent qu'un adolescent. J'ai le don d'impressionner les gens, se félicita-t-il. Comment aurais-je pu sinon inciter tous ces investisseurs à placer leur fric dans mon puits sans fond ?

Jo-Jo et Benny entraient à leur tour dans la maison. Packy décida que c'était le moment de s'assurer que Milo faisait vraiment partie de leur équipe. « Jo-Jo, tu as apporté l'argent comme je te l'ai demandé ?

— Ouais, Packy, bien sûr.

— Sors cinquante des plus gros billets et donne-les à notre ami Milo. » Packy passa un bras autour des épaules de Milo. « Ce n'est pas la totalité de ce que nous te devons. C'est seulement un bonus parce que tu es un type épatant. »

Cinquante billets ? pensa Milo. Mais il a dit les plus gros. Des billets de cinquante mille dollars ? C'était impossible ! Son cerveau ne pouvait intégrer qu'il allait mettre la main sur une telle somme d'argent en espèces sonnantes et trébuchantes.

Pourtant, deux minutes plus tard, il restait bouche bée, tandis qu'un Jo-Jo à l'air revêche ouvrait à contre-cœur une valise pleine de billets d'où il extrayait cinquante liasses. « Il y a dix billets de cent dans chaque liasse. Tu as bien compris que chacune représente mille dollars ? dit-il. Compte-les quand tu auras fini d'écrire ton prochain poème.

— Par hasard, vous n'auriez pas de plus petites coupures ? demanda Milo timidement. Il n'est pas facile de changer des billets de cent dollars.

— Va voir le marchand de glaces ambulant, lui lança Jo-Jo. D'après ce qu'on dit, il a toujours de la monnaie.

— Milo, reprit patiemment Packy, changer des billets de cent dollars n'est plus un problème aujourd'hui. Maintenant, laisse-moi t'expliquer certains détails. Nous avons l'intention de filer d'ici mardi au plus tard. Ce qui signifie que ton seul boulot sera de continuer à t'occuper de tes affaires et d'ignorer nos allées et venues jusqu'à notre départ. Et quand nous partirons, on te remettra encore cinquante mille dollars. Ça te va ?

— Oh, oui ! monsieur Noonan. Je veux dire Packy. Tout à fait d'accord, monsieur. »

Milo croyait déjà sentir l'air de Greenwich Village.

« Si quelqu'un sonne à la porte et demande si tu as vu un semi-remorque à plateau dans les environs, tu oublieras qu'il y en a un à la ferme, n'est-ce pas ? »

Milo hocha vigoureusement la tête.

Packy le regarda dans les yeux et s'estima satisfait.

« Très bien. Je vois que nous nous comprenons. Et maintenant si on dînait ? On s'est tapé un maximum d'encombrements et l'odeur de ton bœuf en daube me donne faim. »

13

Ils n'ont pas seulement bon appétit, ils sont littéralement affamés, se dit Milo en remplissant les assiettes de Packy et des jumeaux pour la troisième fois. Avec satisfaction, il regarda disparaître salade et biscuits. Lui-même avait tellement goûté à ses préparations qu'il n'avait plus faim, et se contentait d'aller chercher et d'ouvrir de nouvelles bouteilles de vin. Packy, Jo-Jo et Benny semblaient disputer le concours du buveur le plus rapide.

Et plus ils s'abreuvaient, plus ils étaient d'humeur détendue. Que les skis aient fait un raffut d'enfer sur le toit du minibus leur paraissait soudain du plus haut comique. Que quatre bagnoles se soient embouties sur la Route 91, provoquant un énorme bouchon les obligeant à marcher au pas au milieu d'une armée de flics, déclencha un autre accès de rires.

À onze heures, les yeux des jumeaux papillotaient. Packy avait un coup dans l'aile. Milo, pour sa part, s'était limité à deux verres de vin. Il ne voulait pas se réveiller le lendemain en ayant oublié tout ce qui s'était dit dans la soirée. Il avait également l'intention de rester sobre jusqu'à ce que son argent soit en sécurité sous son matelas, à Greenwich Village.

Jo-Jo repoussa sa chaise, se leva et bâilla. « Je vais me coucher. Dis donc, Milo, ce bonus de cinquante mille vaut bien que tu fasses la vaisselle. » Il commença à rire, mais Packy frappa du poing sur la table et lui ordonna de se rasseoir.

« T'es pas le seul à être crevé, imbécile. Parlons un peu affaires. »

Avec un rot qu'il ne chercha pas à dissimuler, Jo-Jo se laissa retomber sur sa chaise. « Pardon, marmonna-t-il.

— Si nous ne mettons pas tout au point, ce n'est pas à nous que tu demanderas pardon. Tu en seras peut-être à implorer la grâce du gouverneur. »

Milo fut parcouru d'un frisson. Il se demandait à quoi s'attendre.

« Réveil à l'aube demain, continua Packy. Nous boirons notre café, que Milo aura préparé... »

Milo approuva d'un signe de tête.

« ... puis nous sortirons le camion de la grange et nous l'amènerons à quelques kilomètres d'ici jusqu'à un arbre particulier qui se trouve sur la propriété d'un type pour qui j'ai travaillé quand j'étais môme. Ensuite, il nous restera à abattre l'arbre en question.

— Abattre un arbre ? le coupa Milo. Vous n'allez pas être seuls à abattre un arbre demain ! » Il se dirigea rapidement vers la pile de journaux rangée près de la porte du fond. « Lisez, c'est en première page ! "Demain à dix heures du matin sera abattu l'épicéa bleu qui a été choisi pour décorer le Rockefeller Center cette année. Les préparatifs ont duré toute la semaine. La moitié de la ville sera présente ainsi que de nombreux journalistes." La télévision, la radio, tout le tremblement !

— Où se trouve cet arbre ? demanda Packy, d'un ton dangereusement calme.

— Voyons... » Milo parcourut l'article. « Il est temps que je porte des lunettes », fit-il d'un air faussement désinvolte. « Ah, voilà. L'arbre est situé sur la propriété des Pickens. Une sacrée aubaine pour les Picsou ! »

Il parut ravi de son jeu de mots.

Packy bondit de sa chaise. « Donne-moi ça ! » Il lui arracha le journal des mains. À la seconde où il posa les yeux sur la photo de l'arbre destiné à être transporté à New York, il poussa un véritable hurlement de rage. « C'est mon arbre ! *C'est mon arbre !*

— Il y a plein de très beaux arbres dans le coin que nous pouvons abattre à la place de celui-ci, suggéra Milo, s'efforçant de le réconforter.

— *Sortez le camion*, ordonna Packy. *Tout de suite. Nous allons abattre mon arbre dès ce soir !* »

14

À onze heures, avant d'aller se coucher, Alvirah s'attarda un moment devant la fenêtre. La plupart des chalets étaient déjà plongés dans le noir. On distinguait au loin le contour des montagnes. Elles paraissent si immobiles, si silencieuses, songea-t-elle.

Willy était déjà au lit. « Quelque chose te tracasse, mon chou ?

— Non, pas du tout. Mais je suis tellement new-yorkaise que j'ai du mal à m'habituer à un tel calme. À la maison, le hurlement des sirènes, les bruits de la circulation, le grondement des camions se fondent en une sorte de berceuse.

— Hm-hm. Viens te coucher, Alvirah.

— Tout est si paisible, continua Alvirah. Je parie que si nous étions sur l'un de ces sentiers en ce moment, nous n'entendrions que le froufrou des petits animaux qui détalent dans la neige, ou le bruissement d'un arbre, ou peut-être le ululement d'une chouette. Tout est différent, tu ne trouves pas ? À New York à la même heure, une file de voitures attend que le feu passe au vert sur Columbus Circle, klaxonnant parce qu'un conducteur ne démarre pas assez vite. Ici, il n'y a pas le moindre bruit sur la route. À minuit toutes les lumières seront éteintes, tout le monde sera en train de rêver. J'adore cet endroit. »

Un faible ronflement dans le lit l'avertit que Willy avait succombé au sommeil.

« Voyons ce qui se passe dans le monde, dit Nora au moment où Luke ouvrait la porte de leur chalet. J'ai envie de regarder les nouvelles avant d'aller me coucher.

— Ce n'est pas toujours une bonne idée, la railla Luke gentiment. Les histoires que raconte la télévision le soir ne sont pas toujours source de rêves agréables.

— Quand je n'arrive pas à dormir au milieu de la nuit je regarde toujours les informations, dit Regan. Ça m'aide à retrouver le sommeil. À moins, naturellement, qu'il n'y ait un événement vraiment important. »

Jack avait déjà actionné la télécommande. Les nouvelles de Flash News Network apparurent sur l'écran. Les deux présentateurs n'arboraient pas leurs chaleureux sourires habituels. Un enregistrement vidéo montrait Packy Noonan quittant le pénitencier. « Incroyable ! » s'exclama Jack.

Le présentateur avait pris un ton grave de circonstance : « Packy Noonan, récemment libéré après avoir purgé une peine de douze ans et demi de prison pour avoir escroqué plusieurs personnes qui avaient investi leur argent dans sa société de transports maritimes fictive, a quitté ce matin son centre de réinsertion pour assister à la messe à la cathédrale Saint-Patrick. Il était suivi par un détective privé engagé par le cabinet d'avocats chargé de récupérer l'argent détourné. Mais Packy lui a faussé compagnie pendant l'office. Il a été vu en train de s'enfuir dans Madison Avenue. En ne regagnant pas le centre ce soir-là, il n'a pas respecté les clauses de sa libération conditionnelle. Nous avons reçu des appels téléphoniques et des e-mails de déposants furieux qui ont appris la nouvelle par un communiqué. Ils ont toujours été persuadés que Noonan avait mis leur argent à l'abri et pensent qu'il s'apprête à aller récupérer leur fortune. Une récompense de dix mille dollars est offerte pour tout renseignement qui contribuera à la capture de Noonan. Si vous avez des informations à donner, veuillez appeler le numéro qui apparaît en bas de votre écran. »

« Ce type prend un risque énorme, dit Jack. Il a pratiquement purgé sa peine de prison, et maintenant il s'expose à retourner derrière les barreaux pour avoir rompu ses engagements. À mon avis, il a planqué l'argent et ne veut pas attendre les deux ou trois années de sa libération conditionnelle pour retrouver ses millions. Je vous parie qu'il aura bientôt quitté le pays.

— Pauvre Opal, soupira Nora. Il y a de quoi lui saper le moral. Elle a toujours affirmé que l'argent était caché quelque part. Si Packy lui tombe sous la main, elle va l'écharper. »

Regan secoua la tête. « Penser au nombre de gens qui ont été escroqués comme elle de sommes qui auraient pu leur assurer une existence facile me rend malade. Quand Packy était en prison, ils savaient au moins que son sort était peu enviable. À partir de maintenant, ils vont imaginer qu'il s'apprête à mener la grande vie à leurs dépens, en leur faisant un pied de nez.

— J'avais prévu le coup, dit Luke. À présent, personne ne va pouvoir s'endormir tranquillement. »

En dépit des nouvelles, ils éclatèrent de rire. « Tu es impossible ! fit Nora. Espérons seulement qu'Opal ne regarde pas la télévision ce soir. »

À quelques mètres de là, dans le chalet qu'elle partageait avec Alvirah et Willy, Opal s'était endormie d'un profond sommeil dès qu'elle avait posé la tête sur l'oreiller. Bien qu'elle ignorât la nouvelle de la disparition de Packy, elle rêva de lui. Les portes de la sombre prison s'ouvraient en grand. Packy sortait en courant, serrant des taies d'oreillers rebondies contre lui. Elle savait qu'elles étaient bourrées d'argent. *Son* argent. *Son* argent de la loterie. Elle tentait de s'élancer derrière lui mais était incapable de remuer les jambes. Dans son rêve, elle devenait de plus en plus fébrile. « Pourquoi mes jambes ne m'obéissent-elles pas ? se demandait-elle, affolée. Il faut que je le rattrape. » Packy disparaissait au bout de la rue. Le souffle court, Opal se réveilla en sursaut.

Oh, mon Dieu ! pensa-t-elle, sentant son cœur battre la chamade. Encore un de ces cauchemars à propos de ce salaud de Packy Noonan. Tandis qu'elle s'efforçait de retrouver son calme, elle eut l'impression que son subconscient tentait de faire remonter quelque chose à la surface. Quoi ? Cela va me revenir, se dit-elle en refermant les yeux. J'en suis sûre.

15

« Tous mes plans s'écroulent, gémit Packy. Douze années et demie à purger ma peine, des années horribles pendant lesquelles je n'ai cessé à chaque minute de penser au moment où je mettrais la main sur mon arbre. Et voilà ce qui arrive. »

Depuis la banquette arrière, Benny se pencha en avant. Il passa la tête entre Packy et Jo-Jo. « Qu'est-ce qu'il a de particulier cet arbre ? demanda-t-il. Il représentait quelque chose de spécial pour toi ou quoi ? »

Il faisait nuit noire. Le minibus était seul à rouler sur la route de campagne déserte. Packy, Jo-Jo et Benny se dirigeaient vers le domaine de Pickens pour repérer les lieux. Comme l'avait fait remarquer Packy avec amertume : « Il est très possible que les gens du Rockefeller Center aient placé un garde de nuit pour surveiller l'arbre. Avant d'aller jouer aux bûcherons avec le camion, il faut voir comment se présente la situation. »

« Benny, réfléchis un peu, grogna Jo-Jo. Packy a sans doute caché quelque chose dans l'arbre et il s'inquiète de ne pouvoir le récupérer. C'est notre argent que tu as planqué là, hein, Packy ?

— Bingo ! aboya Packy. Tu devrais t'inscrire à la Mensa Society. Ils t'admettraient tout de suite.

— C'est quoi la Mensa Society ?

— Une sorte de club. On te fait passer un test. Si tu es reçu, tu assistes à des réunions avec des gens qui ont été admis et se congratulent les uns les autres d'être tous si intelligents. J'en avais un dans mon quartier au pénitencier. Il était tellement malin que le jour où il avait braqué une banque, il avait inscrit la somme qu'il réclamait au caissier sur un bulletin de versement à son nom. »

Packy savait qu'il divaguait comme s'il avait perdu la raison. C'était une chose qui lui arrivait quand il était en pétard. Calme-toi, se dit-il. Respire à fond. Pense à des choses agréables. À l'argent.

Dehors la température chutait rapidement. Les roues patinaient lorsque le minibus passait sur une plaque de verglas.

« Réponds-moi, Packy, insista Jo-Jo. Notre fric est dans cet arbre, oui ou non ? Tu es resté en taule pendant plus de douze ans. Pourquoi ne pas l'avoir mis dans un compte numéroté en Suisse, ou dans un coffre-fort ? Pourquoi tu t'es transformé en écureuil ? »

Packy prit malgré lui une voix stridente : « Je vais t'expliquer. Et écoute-moi bien pour que je n'aie pas à le répéter, parce que nous sommes presque arrivés. » Il enfonça le frein en voyant un daim jaillir des buissons sur le bord de la route. « Fous le camp, Bambi », marmonna-t-il. Comme s'il l'avait entendu, le daim fit demi-tour et détala.

La route tournait brusquement sur la droite. Packy

reprit de la vitesse, mais plus prudemment. Supposons qu'un garde rôde autour de son arbre. Que ferait-il dans ce cas ?

« Allons, Packy, je veux connaître la vérité », dit Jo-Jo d'un ton impatient.

Jo-Jo et Benny avaient le droit de savoir ce qui les attendait, reconnut Packy. « Vous êtes tous les deux mouillés jusqu'au cou dans l'affaire de la compagnie de transports maritimes. La différence avec moi, c'est que vous vous êtes tirés avec un paquet de fric, et que vous avez passé ces douze dernières années au Brésil, alors que je partageais une cellule avec un cinglé.

— Nous n'avons eu que dix millions », le corrigea Benny d'un ton ulcéré. « Tu en as gardé soixante-dix ou quatre-vingts.

— On peut pas dire que ça m'a servi à grand-chose derrière les barreaux. Pendant que ces handicapés du cerveau me filaient leur fric à investir, j'ai acheté des diamants. Des pierres non montées, dont certaines valent deux millions pièce.

— Pourquoi tu nous as pas demandé d'en prendre soin pendant que tu étais à l'ombre ? demanda Benny.

— Parce que je serais encore en train d'attendre sur Madison Avenue que vous veniez me chercher.

— C'est pas sympa de dire ça, dit Benny en secouant la tête. Donc si je devine bien, les diamants sont quelque part dans ton arbre, hein ? Heureusement que Milo a mentionné que l'arbre allait être coupé demain matin. Penser qu'on aurait pu arriver après coup et pas voir la couleur de ces diamants. »

Jo-Jo coupa son frère. « Tu facilites pas les choses, Benny. Mais c'est vrai, Packy, pourquoi tu as choisi cet arbre au fin fond du Vermont ? Tu sais, il y a plein de beaux arbres dans le New Jersey et c'est bien plus près de New York.

— Je vous ai déjà dit que j'avais travaillé pour les gens qui possédaient ce domaine ! leur répondit sèchement Packy. Quand j'avais seize ans, maman a obtenu du tribunal qu'il m'envoie là pour une sorte d'expérience de "retour dans le droit chemin".

— Quelle sorte de boulot tu y faisais ? demanda Jo-Jo.

— J'abattais les arbres. Surtout à la période de Noël. J'étais pas mauvais. J'ai même appris à utiliser une grue pour transporter les plus grands qu'achetaient les mairies à travers tout le pays. En tout cas, quand j'ai vu que les commissaires aux comptes étaient à nos trousses, j'ai pris les diamants qui étaient au coffre, je les ai mis dans une flasque métallique et les ai planqués ici. Je n'ai pas pensé que treize ans s'écouleraient avant que je revienne les récupérer. Les propriétaires du terrain ont planté cet arbre le jour de leur mariage, il y a cinquante ans. Il avaient juré de ne jamais l'abattre.

— C'est un coup de veine, convint Benny. Avec toutes les opérations immobilières aujourd'hui, ç'aurait très bien pu arriver. C'est comme dans notre ancien quartier, le terrain de base-ball....

— Je me fous de ton ancien quartier ! s'écria Packy. Voilà l'entrée de la clairière. Croisez les doigts. Je vais m'arrêter ici et nous ferons le reste du chemin à pied.

— Et si on tombe sur un garde ?

— Peut-être qu'il devra passer la nuit à nous regarder abattre l'arbre. Jo-Jo, file-moi la torche. »

308

Packy ouvrit la portière du minibus et descendit. Son sang courait si vite dans ses veines qu'il ne remarqua pas la différence brutale entre la chaleur de la voiture et le froid de l'air nocturne. Il resta sur le bord du chemin, prêt à se fondre dans l'ombre au cas où quelqu'un l'apercevrait. Il longea lentement le dernier tournant, suivi par les jumeaux, puis s'immobilisa, n'en croyant pas ses yeux. Il n'y avait aucune lumière à l'exception du clair de lune qui filtrait à travers les nuages et se reflétait sur la neige, permettant de distinguer les contours de la scène. Packy alluma la lampe torche et la garda dirigée vers le sol.

Près de l'arbre, son arbre, se trouvait un camion à plateau. Une grue était déjà dressée, ses câbles entourant le sommet de l'épicéa pour le guider vers la plate-forme au moment où il serait abattu. Il n'y avait apparemment personne dans les parages.

Pour une fois, Jo-Jo et Benny ne dirent pas un mot.

Lentement, avec hésitation, Packy s'approcha de la cabine du camion et jeta un coup d'œil à l'intérieur. Elle était vide. Il essaya d'actionner la poignée de la porte du conducteur, mais elle était verrouillée. Sous le pare-chocs, pensa-t-il. Neuf conducteurs de poids lourds sur dix laissent un deuxième jeu de clés sous le pare-chocs.

Il les y trouva et se mit à rire. « Un vrai cadeau, dit-il aux jumeaux. On dirait que ce camion et la grue nous attendaient. Nous allons bientôt récupérer une flasque remplie de diamants qui valent des millions de dollars, un trésor caché quelque part dans cet arbre. Mais avant, il nous faut regagner la ferme pour prendre la scie passe-partout. Dommage qu'aucun de vous deux n'ait pensé à l'emporter à l'arrière du minibus.

— Il y a une tronçonneuse sur le plateau, fit remarquer Benny. Pourquoi ne pas l'utiliser ?

— Tu es fou ou quoi ? Ce truc réveillerait un mort. Vous abattrez l'arbre en vitesse pendant que je manœuvrerai la grue.

— J'ai le dos fragile, protesta Benny.

— Écoute, explosa Packy, ta part des quatre-vingts millions de dollars te permettra de te payer tous les chiropracteurs et masseurs du monde. En route, il n'y a pas de temps à perdre. »

16

Quelques kilomètres plus loin, dans une ferme du XVIIIe siècle située au centre de sa propriété, Lemuel Pickens avait du mal à trouver le sommeil. En général sa femme Vidya et lui se couchaient à neuf heures et demie précises et s'endormaient aussitôt. Mais ce soir, à cause de l'arbre, ils avaient évoqué d'anciens souvenirs, étaient allés chercher leur vieil album de photos et avaient regardé celle où ils plantaient l'arbre le jour de leur mariage, cinquante ans plus tôt.

Nous n'étions pas de la première jeunesse alors, se rappela Lemuel avec un petit rire. Vidya avait trente-deux ans et moi trente-cinq. C'était vieux pour l'époque. Mais comme elle le disait toujours : « Lemmy, nous avions des responsabilités. Je devais m'occuper de ma mère et toi de ton père. Lorsque nous assistions à la messe le dimanche, je voyais bien que tu me faisais les yeux doux, et ce n'était pas pour me déplaire. » Puis la mère de Viddy est décédée. Deux semaines plus tard mon père a eu un malaise et, en moins de temps qu'il n'en faut pour le dire, il est mort lui aussi, se rappela Lemuel en donnant un coup de coude à Vidya. Cette femme ronfle comme un tuyau d'orgue, pensa-t-il, tandis qu'elle se tournait sur le côté et que cessait le grondement.

Nous n'avons pas eu la joie d'avoir des enfants, mais cet arbre a presque comblé ce manque. Les yeux de Lemuel s'embuèrent. Le voir grandir, avec ses branches si parfaites et régulières, ces reflets bleus qu'avivait le soleil. C'est sans aucun doute le plus bel arbre que j'aie jamais vu. Sans parler de la façon dont il se dresse, isolé au milieu de la clairière. Nous n'avons jamais voulu rien planter d'autre à proximité. Année après année, nous l'avons nourri de compost. Dorloté. Nous avons passé des moments merveilleux.

Il se tourna sur le côté. Quand ces gens sont venus et ont demandé l'autorisation de le couper pour le Rockefeller Center, je les ai presque menacés de mon fusil. Mais lorsque j'ai appris qu'après notre refus, ils étaient allés trouver Wayne Covel, avec l'intention de lui demander d'abattre son grand épicéa bleu, sacré nom, mon sang n'a fait qu'un tour.

Viddy et moi nous avons réfléchi pendant deux minutes. Bientôt nous ne serons plus là pour nous occuper de notre arbre. Même si nous stipulons dans notre testament que personne n'aura le droit de l'abattre, les choses ne seront pas les mêmes après notre mort. Il n'aura plus la même importance pour personne, tandis que, s'il est installé au Rockefeller Center, il fera la joie de milliers de gens. Et quand il arrivera à New York les enfants des écoles et toutes ces adorables Rockettes lui feront fête et chanteront les chansons du film de Maria von Trapp. C'est étonnant qu'elle se soit trouvée là au moment même où nous le plantions. Elle savait que c'était le jour de notre mariage et elle a chanté une chanson nuptiale autrichienne à notre intention, ensuite elle nous a pris tous les deux en photo devant l'arbre, et nous l'avons photographiée à son tour, au même endroit.

Lemuel soupira. Viddy meurt d'envie d'aller à New York voir notre arbre se dresser dans l'éclat de ses lumières. Le pays tout entier pourra l'admirer à la télévision. Et tout le monde saura que c'est notre cinquantième anniversaire de mariage. Ils veulent même nous interviewer dans l'émission *Today Show*. Viddy est tellement excitée qu'elle veut se faire coiffer dans l'un des plus grands salons de New York. Quand j'ai su combien ça coûtait, j'ai failli avoir une attaque. Mais elle m'a rappelé qu'elle n'y était allée qu'à deux reprises durant toutes ces années et qu'on ne vit qu'une fois.

Je voudrais seulement voir l'expression de Wayne Covel quand nous apparaîtrons à la télévision. Il est furax que nous ayons finalement rattrapé ces gens pour les autoriser à couper notre arbre, et qu'ils aient laissé tomber le sien comme une vieille chaussette.

Lemuel donna un second coup de coude à Vidya qui s'était remise à ronfler. Elle fait autant de bruit que le tuyau d'un poêle, pensa-t-il.

17

Wayne Covel n'en croyait pas ses oreilles. Il était perché, à six mètres de haut, sur une échelle derrière le précieux épicéa bleu de Lemuel Pickens, machette à la main, sur le point de couper des branches. Son intention était de faire un tel gâchis de cet arbre que les types du Rockefeller Center reviendraient le voir au pas de course. Il n'avait pas encore décidé de l'attitude qu'il prendrait au début, s'il feindrait d'hésiter ou non, mais, au bout du compte, il les laisserait emporter son bel arbre, moyennant un bon prix, naturellement...

Today Show, me voilà !

C'est alors qu'il avait entendu ce bruit provenant de l'autre côté de l'arbre, un bruit de pas, et il se souvint d'avoir vaguement remarqué le faible ronronnement d'une voiture quelques minutes plus tôt. Conscient qu'il était trop tard pour descendre de l'échelle et s'enfuir, il fit la seule chose possible : il remit la machette dans l'étui pendu à sa ceinture et resta parfaitement immobile. Pourvu qu'ils ne s'attardent pas, implora-t-il. J'espère que ce ne sont pas des gardes chargés de rester toute la nuit. Il était désespéré. Que faire ? Je n'ai pas le droit d'être ici. Lem Pickens comprendra tout de suite ce que je suis venu faire. Je suis piégé.

Plusieurs hommes marchaient non loin de l'arbre et s'approchaient du côté opposé à celui où il se trouvait. Ils parlaient de diamants cachés dans les branches. Des millions de dollars de diamants ! Il faillit tomber de son échelle tant il se concentrait pour entendre chacun des mots qu'ils prononçaient.

Il crut d'abord qu'ils plaisantaient. Mais non, il y avait des diamants cachés dans une flasque de métal quelque part dans cet arbre, et ces types allaient le voler pour les retrouver.

Wayne était terrifié. Visiblement ces individus n'étaient pas recommandables. Pouvait-il descendre de l'échelle et déguerpir sans qu'ils le voient ? S'ils le découvraient, ils comprendraient aussitôt qu'il avait surpris leur conversation. Et alors ? Il préférait ne pas imaginer la suite.

« ... avant, il nous faut regagner la ferme pour prendre la scie passe-partout, disait l'un des hommes d'un ton furieux. Dommage qu'aucun de vous deux n'ait pensé à l'emporter à l'arrière du minibus. »

Merci, mon Dieu ! faillit s'écrier Wayne. Ils partent ! J'ai le temps de descendre et d'appeler les flics. Peut-être y aura-t-il une récompense ! Je serai un héros. Ces types n'auraient pas caché des diamants dans cet arbre s'ils les avaient acquis honnêtement, on peut en être sûr.

Il attendit que s'estompe le bruit de leur voiture, puis porta la main à sa ceinture, saisit sa lampe torche, et l'alluma. Où pouvaient-ils avoir caché une flasque pleine de diamants ? Il fallait qu'elle soit attachée au tronc ou à une branche. Les branches n'étaient pas assez grosses pour qu'on y pratique un trou afin de dissimuler une flasque à l'intérieur. Quant à creuser le tronc, c'était impossible, la sève ne passerait plus et l'arbre serait mort.

Wayne s'inclina en avant, souleva plusieurs branches avec ses gants épais et projeta le faisceau de sa torche autour de lui. C'est une plaisanterie, pensa-t-il. Autant essayer de dénicher une aiguille dans une botte de foin. Mais peut-être vais-je avoir de la chance et trouver cette fichue flasque. On peut toujours rêver. Et peut-être que Boston gagnera pour la première fois de son existence les World Series.

Néanmoins, il se mit à descendre l'échelle un barreau après l'autre, écartant soigneusement les branches, braquant sa lampe entre elles. Trois barreaux plus bas, le faisceau de lumière se réfléchit sur quelque chose qui était accroché à une branche, à mi-distance entre le tronc et l'échelle.

Non ! C'était impossible...

À moins que...

Wayne saisit sa machette et se pencha vers l'intérieur de l'arbre. Les aiguilles lui piquaient le visage et se plantaient dans sa moustache en guidon de vélo, mais il ne les sentait pas. Il n'arrivait pas à allonger le bras suffisamment pour couper la branche au-delà de l'objet en question.

Dressé sur la pointe des pieds, en équilibre, il sectionna la branche d'un coup, la fit tomber et descendit à toute vitesse de l'échelle. Lorsqu'il atterrit sur le sol, sa lampe éclaira une flasque liée à la branche par du fil métallique semblable à celui qu'on utilise pour les clôtures électriques. Un frisson d'excitation le parcourut.

D'un grand coup de machette, Wayne coupa la branche à nouveau, à une trentaine de centimères de la flasque. Il retint un cri de triomphe, comme il en poussait lorsque les Red Sox marquaient un point contre les Yankees, et il se mit à courir. Dans sa hâte, il ne s'aperçut pas que la machette, sur laquelle était inscrit son nom, avait glissé de sa ceinture et était tombée sur le sol.

Toute intention d'appeler les flics avait disparu de son esprit.

Les voies de Dieu sont impénétrables, pensa-t-il en contournant au pas de course la propriété de Lem Pickens. Si mon arbre avait été choisi, j'aurais eu mon quart d'heure de gloire, mais sans plus. Aujourd'hui, si la flasque est réellement remplie de diamants, je suis riche – et cet empêcheur de tourner en rond de Lem n'a aucune chance de devenir une star.

Il aurait aimé être présent le lendemain matin pour voir la déconvenue de Lem rendant une dernière visite à son épicéa chéri et ne découvrant qu'une malheureuse souche sortant du sol. Wayne était transporté de joie à cette idée. Et quelle tête feraient ces types quand ils découvriraient que la branche à laquelle était attachée la flasque avait disparu ? Mais il les bénissait. Ils avaient fait tout le boulot pour lui. S'ils parvenaient réellement à abattre l'arbre de Lem, c'est le sien qui prendrait la route du Rockefeller Center.

Wayne accéléra le pas dans la nuit. Il faut que je vérifie mon horoscope, se dit-il. Mes planètes doivent être alignées. C'est sûr.

18

À la ferme, Milo, qui dormait sur le canapé, fut réveillé et prié de se rendre dans la cuisine pour recevoir les dernières instructions de Packy.

« Je ne veux pas être mêlé à vos histoires, protesta-t-il.

— Que tu le veuilles ou non, tu y es mêlé », répliqua sèchement Packy. « Maintenant, tous les trois, retenez bien ce que je vais vous dire. Il est impossible de faire entrer deux camions à plateau dans la grange. Et nous ne pouvons pas en laisser un exposé à la vue de tout le monde.

— Il y a une quantité de routes isolées dans les parages, fit remarquer Benny. Pourquoi ne pas laisser le nôtre sur l'une d'elles ? Bien que ce soit dommage. C'était une bonne affaire. Quand tu nous as demandé depuis la prison d'acheter un vieux camion à plateau, Jo-Jo et moi on a déniché celui-là dans une vente aux enchères. On l'a payé comptant. On était vachement contents de nous.

— Benny, s'il te plaît ! s'écria Packy. Quand nous serons de retour ici avec mon arbre, tu sortiras notre camion de la grange, et tu prendras la Route 100 en direction du nord pendant une quinzaine de kilomètres, puis tu l'abandonneras quelque part. Non, attends une minute ! Milo, c'est toi qui conduiras le camion. On te connaît dans le coin. Il n'y a aucune loi qui interdise de conduire ce genre d'engin. Benny, tu le suivras dans le minibus et tu le ramèneras à la ferme. »

C'est plus que ce que je me suis engagé à faire, pensa Milo. Et je crois que je n'ai pas besoin de tout cet argent. Mais il préféra ne pas protester. Il était déjà trop mouillé, comme lui avait dit Packy, et ne s'était jamais senti aussi malheureux de sa vie.

« Bon, c'est décidé, dit sèchement Packy. Milo, n'aie pas l'air aussi inquiet. Nous serons bientôt sortis de ton existence. » Il regarda les jumeaux. « Venez, vous deux. Nous n'avons pas beaucoup de temps devant nous. »

Lorsqu'ils se retrouvèrent dans la clairière, la neige avait cessé de tomber et quelques étoiles brillaient à travers les nuages. Packy s'en réjouit. Cela lui permettrait de régler la lampe torche au minimum afin de guider Jo-Jo et Benny lorsqu'ils seraient en train de scier l'arbre.

La grue du Rockefeller Center était en position pour recevoir l'arbre au moment de sa chute.

C'était idiot de ma part de penser qu'on pourrait abattre un arbre de cette taille et le faire tomber droit sur notre plateau, fut obligé de reconnaître Packy. J'avais oublié que les basses branches doivent être attachées. Et, avouons-le, j'ai surtout été stupide d'y cacher les diamants. Heureusement que les types du

Rockefeller Center ont tout prévu à ma place, se consola-t-il. De vrais potes.

Jo-Jo et Benny se mirent en position de part et d'autre du tronc. Chacun tenait une extrémité de la scie.

« Très bien, dit Packy. Voilà comment il faut s'y prendre. Benny, tu pousses pendant que Jo-Jo tire. Puis Jo-Jo, tu pousses pendant que Benny tire.

— Alors je pousse pendant que Jo-Jo tire, fit Benny, et je tire pendant que Jo-Jo pousse. C'est ça, Packy ? »

Packy eut envie de hurler. « C'est ça. Commencez. Allez ! Grouillez-vous ! »

Bien que la scie fût manuelle, le son sembla se propager à des lieues à la ronde. Installé au volant de la grue, Packy pointait le faisceau de la torche sur le tronc. À un moment, il la dirigea vers l'arrière de l'arbre, à l'endroit où il pensait avoir caché la flasque. C'est alors qu'il aperçut une échelle qu'il n'avait pas vue la première fois, et remarqua un bout de branche récemment sectionnée sur le sol. Une sensation de malaise le gagna. Il tourna à nouveau sa lampe vers les jumeaux qui poussaient et tiraient à qui mieux mieux.

Dix minutes passèrent. Un quart d'heure.

« Vite, les pressa Packy. Vite.

— Nous poussons et tirons aussi vite que nous le pouvons, haleta Benny. Nous y sommes presque. Nous y sommes... Attention ! » hurla-t-il.

Ils avaient coupé l'arbre à sa base. Il oscilla pendant un instant puis, guidé par Packy, il resta en suspens en l'air, maintenu par les câbles, et finit par venir se poser sur le plateau. La sueur ruisselait sur le visage de Packy. C'est un miracle que je me sois souvenu de toute la manœuvre, pensa-t-il. Il relâcha les câbles, descendit rapidement de la grue, et se précipita dans la cabine du semi-remorque. « Benny, monte avec moi. Jo-Jo, tu nous suivras dans le minibus comme si tu nous escortais. Pourvu que la chance continue à nous sourire... »

Avec une lenteur insupportable, il amena le semi-remorque hors de la clairière, jusqu'à la route de terre, contourna le côté est de la propriété de Lem Pickens pour atteindre la Route 108, et enfin s'engagea sur Mountain Road.

Quelques voitures les dépassèrent sur la 108, leurs conducteurs sans doute trop fatigués ou distraits pour se poser des questions. « Il arrive que l'on transporte de grands arbres la nuit pour éviter de provoquer des embarras de circulation, expliqua Packy, plus pour lui-même que pour Benny. C'est sans doute ce que ces abrutis nous croient en train de faire. S'ils sont capables de penser. »

Il y avait autre chose qui le tourmentait. Cette branche sur le sol. Juste au-dessous de l'endroit où il avait caché la flasque. Ce côté de l'arbre était exposé sur le dessus du plateau. Il était impatient de commencer à chercher les diamants.

Il était trois heures du matin quand ils atteignirent la ferme. Benny sauta d'un bond du semi-remorque, courut jusqu'à la grange, ouvrit la porte et sortit leur camion à plateau en marche arrière, faisant voler en éclats les dernières stalles encore debout, le tout dans un vacarme épouvantable. Milo s'élança hors de la maison et remplaça Benny au volant du camion.

Quand il passa ensuite avec le minibus à la hauteur de Packy, Benny lui adressa un signe de la main, sourit et donna un petit coup de klaxon. Avec un grognement furieux, Packy fit entrer le semi-remorque volé dans la grange. Au moment où il en descendait, Jo-Jo refermait la porte.

« Maintenant il ne me reste plus qu'à repérer le cercle que j'ai peint en rouge sur le tronc à l'endroit où se trouve la branche à laquelle est attachée la flasque. Et ensuite, en route pour le Brésil. Si mes calculs sont exacts, elle doit être à une douzaine de mètres du pied. »

Jo-Jo sortit le mètre à ruban que Packy lui avait ordonné d'apporter et ils entreprirent de mesurer l'arbre. Packy sentit sa gorge se serrer à la vue d'un moignon à peu près à six mètres de la base. La branche qu'il avait vue sur le sol pouvait-elle provenir de là ? Sans se préoccuper des aiguilles acérées, il tira sur le morceau restant et poussa un cri en se coupant le doigt avec un fragment de fil métallique. Sa lampe torche était braquée sur le tronc et le cercle rouge à la hauteur du moignon qu'il venait de casser.

Il n'y avait aucune trace de la flasque, seulement les restes du fil métallique avec lequel il avait si soigneusement assujetti son trésor.

« Quoi ? hurla-t-il. Je n'y comprends rien ! Je me suis trompé dans mes calculs. Je croyais que la branche se trouverait beaucoup plus haut. Il faut retourner là-bas ! La flasque doit être coincée dans la branche que j'ai vue par terre à côté de l'échelle.

— On peut pas y retourner avec le camion ! Il faut

attendre que Milo et Benny reviennent avec le mini-bus, fit remarquer Jo-Jo.

— Et la guimbarde de Milo ? cria Packy.

— Il garde les clés dans la poche de sa veste », répondit Jo-Jo.

J'aurais dû rester au Brésil et laisser Packy servir ses crudités dans ce restaurant minable, se dit-il pour la troisième fois de la journée.

19

Lem Pickens dormit d'un sommeil agité, peuplé de cauchemars. Il ignorait pourquoi, mais il craignait que quelque chose ne tourne mal. Après tout, peut-être avait-il fait une erreur en cédant cet arbre.

C'est normal, tenta-t-il de se rassurer. Tout à fait normal. Il avait lu quelque part que, à partir d'un certain âge, tout bouleversement dans l'existence provoquait crainte et anxiété. En tout cas, cela ne semble pas inquiéter Viddy outre mesure, constata-t-il en l'entendant manifester bruyamment la profondeur de son sommeil.

Lem essaya de penser à des choses agréables pour calmer son inquiétude. Au moment, par exemple, où l'on actionnerait l'interrupteur et où leur arbre illuminerait le Rockefeller Center, resplendissant de plus de trente mille petites ampoules colorées. *Imaginez le spectacle !*

Il savait ce qui le tracassait. Il redoutait d'assister à l'abattage de son épicéa. Il se demanda si l'arbre lui-même avait peur. Soudain, il prit une décision. Il réveillerait Viddy très tôt et, après avoir avalé une tasse de café, ils iraient à pied jusqu'à leur arbre, s'assiéraient à côté de lui, et lui feraient les adieux qui convenaient.

Sur ce, un peu rasséréné, Lem ferma les yeux et s'assoupit à nouveau. Quelques minutes plus tard, les vibrations sonores venant de son côté étaient loin d'égaler malgré tout les ronflements formidables de Viddy.

Tandis qu'ils dormaient, un Packy Noonan en larmes était assis sur la souche de leur arbre bien-aimé, une machette à la main, le faisceau de sa lampe éclairant le nom marqué sur le manche : *Wayne Covel.*

20

Wayne Covel était hors d'haleine en atteignant l'arrière de sa maison, serrant dans sa main la branche à laquelle était attachée la flasque des malfaiteurs. Il la posa sur la table de sa cuisine en désordre, se servit un grand verre de whisky pour calmer sa nervosité, puis sortit les pinces coupantes de l'étui qu'il portait à sa ceinture. Les doigts tremblants, il sectionna le fil métallique qui maintenait la flasque et la détacha.

Ce genre de récipient ne peut contenir que des choses intéressantes, se dit-il en avalant une gorgée de whisky. Celui-ci était pratiquement scellé tant le dépôt était épais autour du bouchon. Wayne se dirigea vers l'évier et ouvrit le robinet. Une sorte de gémissement fut suivie de l'apparition d'un filet d'eau qui mit un certain temps pour se réchauffer. Il maintint la flasque sous l'eau, jusqu'à ce que la plus grande partie du dépôt disparaisse. Malgré tout, il dut s'y reprendre à trois reprises avant que le bouchon ne cède sous sa main.

Il saisit un torchon graisseux, l'étendit sur la table. Puis il s'assit et, lentement, avec révérence, commença à secouer le contenu de la flasque au-dessus du coq chantant dessiné au centre du torchon. Ses yeux s'agrandirent à la vue du trésor qui se déversait devant lui. Ces types ne plaisantaient pas. Des diamants aussi gros qu'un œil de hibou, certains de la plus belle couleur dorée, d'autres bleutés, un autre encore qui lui parut aussi gros qu'un œuf de pigeon. Il dut secouer la flasque plus fort pour faire sortir ce dernier du goulot. Son cœur battait si vite qu'il eut besoin d'une seconde gorgée de whisky. Il croyait rêver.

C'est une chance que Lorna m'ait laissé tomber l'année dernière, pensa-t-il. Vingt ans avec moi lui suffisaient, a-t-elle déclaré. Eh bien, vingt ans avec elle c'était plus qu'assez. Vingt ans à râler, râler, râler. J'ai été trop gentil de ne pas la virer à coups de pied dans le derrière. Elle était partie s'installer à quarante-cinq minutes de là, à Burlington. Il avait entendu dire qu'elle cherchait l'âme sœur sur l'Internet. Je te souhaite de trouver le cœur sensible que tu cherches, ma chérie.

Il ramassa une poignée de diamants, n'en croyant toujours pas ses yeux. Lorsque j'aurai trouvé un moyen de liquider une partie de ces pierres précieuses, je m'offrirai peut-être une croisière en première classe et j'enverrai à Lorna une carte postale pour lui raconter que je mène la belle vie. Et que je n'ai pas envie qu'elle soit là.

Pas mécontent à la pensée de faire enrager Lorna, Wayne revint au moment présent. Dès que Lem s'apercevra que son arbre a disparu, il va clamer que c'est moi qui ai fait le coup. Je sais que j'ai le visage égratigné, il faut que je trouve une explication. Je pourrai toujours dire que j'étais en train d'élaguer un de mes arbres et que j'ai perdu l'équilibre, songea-t-il. La seule chose qu'il faisait correctement était de soigner les arbres sur la partie de la propriété qu'il n'avait pas encore vendue.

Le second problème était de cacher les diamants. Il entreprit de les remettre dans la flasque. On va me soupçonner d'avoir coupé l'arbre, j'ai donc intérêt à être super-prudent. Je ne peux pas conserver ces pierres dans la maison. Si les flics décident de venir fouiller chez moi, avec ma chance habituelle ils trouveront la flasque.

Pourquoi ne pas faire exactement la même chose que ces bandits ? La cacher dans un de mes arbres jusqu'à ce que les choses se calment et que je puisse faire le voyage à New York ?

Wayne recouvrit complètement la flasque de papier adhésif brun, puis ouvrit l'un après l'autre les tiroirs encombrés de la cuisine jusqu'à ce qu'il trouve le fil métallique servant à suspendre les tableaux que Lorna avait achetés avec le fol espoir d'améliorer le décor de la maison. Cinq minutes plus tard, il était en haut du vieil orme derrière la ferme, et replaçait la flasque aux diamants sous la protection de mère Nature.

21

Opal eut du mal à trouver le sommeil après avoir rêvé de Packy. Elle passa son temps à se réveiller et à se rendormir, consulta sa pendulette à deux heures, à trois heures et demie, puis une heure plus tard.

Son cauchemar l'avait profondément troublée, ranimant toute la colère et tout le ressentiment qu'elle éprouvait envers Packy Noonan et ses complices. Elle avait tenté de prendre les choses à la légère, mais comment ce voleur osait-il dire qu'il donnerait dix pour cent de ce qu'il gagnerait au restaurant pour rembourser ses victimes ? C'était une véritable *insulte* !

Il se moque de nous une fois de plus !

Le reportage télévisé consacré à sa libération lui revenait sans arrêt en mémoire. Sur l'une des chaînes ils avaient donné un bref résumé de l'escroquerie et montré Packy en compagnie de ces deux mariolles de Benjamin et Giuseppe Como, au moment de son inculpation. Opal se souvenait du jour où elle s'était retrouvée assise dans une salle de conférences en face de ces trois individus qui la poussaient à investir davantage dans leur société. Benny s'était levé pour se servir du café. Il se déplaçait comme un véritable balourd – comme s'il avait du plomb dans son pantalon, aurait dit sa mère.

C'était ça ! pensa Opal. Elle se redressa brusquement dans son lit et alluma la lumière. L'homme qu'elle avait vu en train de placer des skis sur le toit d'un minibus lui rappelait Benny.

Le groupe de skieurs auquel elle s'était jointe le samedi après-midi avait été ralenti par un cours de débutants et avait fini par couper à travers bois et passer devant une vieille ferme délabrée.

Mon lacet s'est défait, se souvint Opal, et je me suis assise sur un rocher, près de la ferme. Devant la bâtisse, un homme installait des skis sur le toit d'un minibus. J'ai eu l'impression de l'avoir vu quelque part, mais quelqu'un l'a appelé et il s'est éloigné. Bien qu'il semblât pressé, il se déplaçait lourdement en regagnant la maison. Il était petit et trapu. Il marchait pesamment. Ma tête à couper qu'il s'agissait de Benny Como !

Mais c'est impossible ! se dit Opal, l'esprit en ébullition. Que ferait-il par ici ? Le procureur qui s'apprêtait à poursuivre les Como a déclaré qu'il était convaincu que Benny et Jo-Jo avaient fui le pays pendant qu'ils étaient en liberté sous caution. Comment Benny pourrait-il se trouver dans le Vermont ?

Incapable de rester plus longtemps au lit, Opal se leva, enfila sa robe de chambre et descendit au rez-de-chaussée. Le grand living-room était un espace complètement ouvert avec des poutres apparentes, une cheminée de pierre et de grandes baies qui donnaient sur les montagnes. Le coin cuisine était surélevé de deux marches par rapport au reste de la pièce et délimité par un comptoir. Opal se prépara rapidement du café, s'en versa une tasse et alla à la fenêtre, goûtant à cette mixture particulière qu'ils appelaient café dans le Vermont. Mais elle y toucha à peine. En contemplant le merveilleux paysage, elle se demandait si Benny se trouvait encore dans cette ferme. Et si c'était le cas, pour y faire quoi.

Alvirah et Willy ne seront pas levés avant deux heures, se dit-elle. Je pourrais aller à skis jusqu'à la ferme. Si le minibus est encore là, je noterai son numéro d'immatriculation. Je demanderai à Jack Reilly de procéder aux vérifications d'usage pour moi. Si je ne fais pas ça, je me contenterai d'assister à l'abattage du sapin de Noël du Rockefeller Center avec les autres, de rendre visite à l'arbre d'Alvirah et de rentrer à New York. Et je me demanderai toujours si cet homme était vraiment Benny, et si j'ai raté l'occasion de le faire mettre en prison. Non ! Je ne vais pas laisser passer cette chance, décida Opal.

Elle remonta à l'étage et s'habilla en vitesse, enfilant un gros pull sous l'anorak qu'elle avait acheté à la boutique de la Lodge. Dehors, le ciel était couvert et l'air humide. Il va neiger, pensa Opal. Tous les amateurs de ski seront au septième ciel en voyant la neige tomber si tôt dans la saison.

J'ai un bon sens de l'orientation, se dit-elle en chaussant ses skis, se remémorant le chemin de la ferme. Je n'aurai pas de difficulté à la trouver.

Poussant sur ses bâtons, Opal traversa le champ qui s'étendait devant le chalet. Tout était si calme, si beau. Malgré le manque de sommeil, Opal se sentait alerte et en pleine forme. C'est peut-être de la folie, s'avouat-elle, mais je ne veux laisser passer aucune occasion de faire prendre ces voleurs et de les voir menottes aux poignets.

Et avec des fers aux pieds, ajouta-t-elle. Ce serait un spectacle à ne pas manquer.

Elle remontait la pente à une allure régulière. Je ne suis pas mauvaise sur ces planches, pensa-t-elle avec une certaine satisfaction. J'ai hâte de retrouver Alvirah pour le petit déjeuner et de lui raconter ce que j'ai fait ce matin ! Elle m'en voudra de ne pas l'avoir réveillée.

Une demi-heure plus tard, Opal atteignait la partie boisée qui entourait la ferme. Je dois être prudente. Les gens se lèvent tôt à la campagne, se rappela-t-elle. Pas comme certains de ses voisins en ville qui n'ouvraient jamais leurs rideaux avant midi.

Mais on ne décelait aucune activité autour du bâtiment principal de la ferme. Le minibus était garé en plein devant la porte d'entrée. Le conducteur aurait presque pu monter dedans directement de la salle de séjour. Opal attendit vingt minutes sans voir personne apparaître pour aller traire les vaches ou jeter du grain aux poules. Je me demande s'ils ont des bêtes dans la grange, songea-t-elle. Elle est très grande. Elle pourrait contenir tous les animaux de l'arche de Noé.

Elle se déplaça vers la gauche afin de jeter un coup d'œil sur la plaque minéralogique du minibus. C'était une plaque du Vermont, mais de son poste d'observation il lui était impossible de distinguer les numéros. Elle devait s'approcher plus près, même si c'était risqué.

Opal inspira profondément, sortit des bois et skia à découvert, ne s'arrêtant qu'une fois arrivée à quelques mètres du minibus. Vite, je dois faire vite et déguerpir d'ici au plus tôt, pensa-t-elle. Sentant la nervosité la gagner, elle répéta à voix basse le numéro inscrit sur la plaque verte et blanche. « BEM 360, BEM 360. Je le noterai dès que je ne serai plus en vue. »

À l'intérieur de la ferme, à la table où avait régné une atmosphère de convivialité à peine quelques heures plus tôt, trois escrocs défaits, fatigués et furieux se creusaient la cervelle, cherchant comment récupérer la flasque de diamants qui avait représenté la garantie d'une longue vie facile. La machette dont le manche était gravé au nom de Wayne Covel reposait au centre de la table. L'annuaire du téléphone local était ouvert à la page où figuraient le nom et le numéro de Covel, déjà entourés d'un cercle par Packy. Son adresse n'était pas indiquée.

« Encore des pancakes pour les affamés ? » Milo avait déjà rempli deux cafetières et préparé deux tournées de crêpes au bacon et aux saucisses. Ils s'étaient jetés sur leur petit déjeuner, mais à présent Packy et les jumeaux ne semblaient pas entendre sa proposition. Tous trois lançaient des regards haineux à la machette de Covel.

Préparons-en toujours quelques-uns, pensa Milo, en versant plusieurs cuillerées de pâte dans la poêle. Leur déconvenue n'avait visiblement pas entamé leur appétit.

« Milo, arrête de jouer au roi de la Chandeleur, ordonna Packy. Assieds-toi. J'ai des projets pour toi. »

Milo obéit. Dans sa précipitation, il monta la flamme du gaz au lieu de l'éteindre sous la poêle.

« Tu sais où habite ce bandit de Covel, hein ? lui demanda Packy d'un ton accusateur.

— Bien sûr, affirma fièrement Milo. C'est écrit noir sur blanc sur la deuxième page de l'article que je vous ai montré concernant l'arbre du Rockefeller Center. On y disait qu'il était rare de trouver deux arbres dignes du Rockefeller Center dans le même État, et encore plus rare dans deux propriétés mitoyennes. Tout le monde sait où vit Lem Pickens, et que Covel habite à côté. »

Benny fronça le nez. « Ça sent le brûlé. »

Ils se tournèrent d'un même mouvement vers la cuisinière. Des flammes et de la fumée s'échappaient de la vieille poêle en fonte pleine de graisse.

« Tu veux notre mort ou quoi ? hurla Packy. Ça pue dans cette pièce, la fumée me donne de l'asthme. »

Il se leva d'un bond, se rua vers la porte d'entrée, l'ouvrit brutalement et sortit rapidement dans la galerie.

À quelques pas de là, une femme chaussée de skis de fond regardait fixement la plaque minéralogique à l'arrière du minibus.

Elle tourna la tête et leurs yeux se croisèrent. Bien que plus de douze ans se fussent écoulés, ils se reconnurent immédiatement.

Opal fit demi-tour, voulut rebrousser chemin et se mit à pousser désespérément sur ses bâtons. Dans sa hâte elle glissa et tomba. Il fallut moins d'une seconde à Packy pour la rattraper. Une main appliquée sur sa bouche, un genou enfoncé dans son dos, il la maintint à terre. Un moment plus tard, hébétée, terrifiée, elle sentit d'autres mains l'agripper brutalement et la tirer à l'intérieur de la maison.

Alvirah se réveilla à sept heures et quart tout excitée. « On croirait que les vacances de Noël ont déjà commencé, tu ne trouves pas Willy ? Voir l'arbre du Rockefeller Center, ici, dans son environnement naturel, avant qu'il ne se dresse, brillant de tous ses feux, à New York. »

Après quarante-trois ans de mariage, Willy était habitué aux réflexions que formulait Alvirah dès le petit matin et avait appris à y répondre par un grognement d'approbation tout en paressant quelques dernières minutes au lit.

Alvirah le contempla. Il avait les yeux mi-clos, la tête enfoncée dans l'oreiller. « Willy, la fin du monde vient juste de se produire, toi et moi sommes morts, dit-elle.

— Hum-hum, marmonna-t-il. Formidable. »

Ça ne sert à rien de le réveiller maintenant, conclut Alvirah.

Elle prit une douche et s'habilla d'un pantalon de lainage gris sombre et d'un cardigan gris et blanc, choisis eux aussi par la baronne Min, avant de vérifier son apparence dans un miroir en pied à l'intérieur de la penderie. Pas mal, apprécia-t-elle avec détachement. Autrefois j'aurais enfilé un pantalon violet avec un sweat-shirt orange et vert. C'est toujours ainsi que je suis vêtue en mon for intérieur. Willy et moi n'avons pas changé. Nous aimons tous deux venir en aide aux autres. Il répare les tuyaux des malheureux qui n'ont pas les moyens de s'offrir les services d'un plombier. J'essaye de démêler des situations dont les gens n'arrivent pas à se dépêtrer.

Elle se dirigea vers la commode, prit sa broche en forme de soleil équipée d'un micro et l'épingla à son cardigan. Je veux enregistrer les réflexions des badauds au moment où l'arbre sera abattu, décidat-elle. Ça peut faire un sujet intéressant pour ma chronique.

« Chérie. »

Alvirah se retourna. Willy était assis dans le lit.

« Est-ce que tu as parlé de la fin du monde ?

— Oui, et je t'ai dit que nous étions morts tous les deux. Mais ne t'inquiète pas, nous sommes encore en vie et la fin du monde a été annulée. »

Willy lui adressa un sourire penaud. « Je suis réveillé à présent, mon chou.

— Je vais commencer à faire nos bagages pendant que tu prends ta douche et que tu t'habilles. Les autres nous attendent dans la salle à manger de la Lodge pour le petit-déjeuner à huit heures trente. C'est bizarre, je n'ai entendu aucun bruit dans la chambre d'Opal. Je ferais mieux d'aller la réveiller. »

Willy et elle occupaient la chambre principale au rez-de-chaussée du chalet, Opal était à l'étage dans l'autre grande chambre. Alvirah pénétra dans la salle de séjour, huma l'odeur de café et aperçut la note d'Opal sur le comptoir. Pourquoi Opal était-elle sortie si tôt ? se demanda-t-elle en se hâtant de lire le billet.

Chers Alvirah et Willy,
Je suis partie faire un peu de ski de fond. Il y a quelque chose que je voulais vérifier. Je vous retrouve pour le petit-déjeuner.
Amicalement,

Opal.

Avec une inquiétude grandissante, Alvirah relut la lettre. Opal était bonne skieuse, mais connaissait mal les pistes. Certaines mènent très loin, réfléchit-elle. Elle n'aurait pas dû s'y aventurer seule. Qu'y a-t-il de si important qu'elle ait voulu le vérifier sans attendre que nous soyons tous levés ?

Elle se servit une tasse de café. Il était un peu amer, comme s'il était resté sur la plaque chauffante pendant une ou deux heures. Elle a dû partir à l'aube, se dit-elle.

Pendant qu'elle attendait que Willy ait fini de s'habiller, Alvirah contempla les montagnes. De gros nuages s'amoncelaient. Le jour était gris. Les pistes sont nombreuses dans les environs, pensa-t-elle. Opal pourrait facilement se perdre.

Il était huit heures et quart. Opal avait promis de les retrouver à huit heures et demie. C'est stupide de ma part de m'inquiéter, décida Alvirah. Dans quelques minutes, nous serons tous en train de déguster un excellent petit-déjeuner.

Willy apparut sur le seuil de la chambre, vêtu d'un

338

pull autrichien qu'il avait acheté à la boutique de cadeaux. « Tu ne crois pas que je devrais apprendre à chanter la tyrolienne ? » demanda-t-il. Puis il regarda autour de lui. « Où est Opal ?

— Nous devons la retrouver à la Lodge », répondit Alvirah. Du moins je l'espère, ajouta-t-elle in petto.

23

Regan, Jack, Nora et Luke quittèrent leur chalet à huit heures vingt et se dirigèrent vers la Lodge.

« Cet endroit est tellement agréable, soupira Nora. Pourquoi faut-il toujours rentrer chez soi quand on commence juste à se détendre ?

— Si tu n'acceptais pas de prendre la parole à tous ces déjeuners, tu serais aussi détendue que feu mes chers clients, répliqua Luke d'un ton moqueur.

— Comment peux-tu dire de pareilles horreurs ! protesta Regan.

— Ce n'est pas facile de refuser quand il s'agit de réunir des fonds pour des organisations caritatives, se justifia Nora. La réunion de demain est particulièrement importante.

— Je n'en doute pas, ma chère. »

Jack avait écouté leur échange avec amusement. Luke et Nora semblaient ne jamais s'ennuyer ensemble, pensa-t-il. C'est ainsi que nous serons, Regan et moi, après de longues années de mariage. Il passa son bras autour des épaules de Regan qui leva la tête et lui sourit avec un regard attendri. « Ça fait plus de trente ans que ça dure, fit-elle remarquer.

— Nous verrons de quoi vous parlerez dans trente ans, dit Luke. Je peux vous garantir que vous ne direz rien de bien fascinant. Les couples ont tendance à ressasser les mêmes sujets de conversation.

— Nous ferons de notre mieux pour entretenir l'intérêt, Luke, promit Jack en souriant. Mais je ne pense pas une seconde que vous disiez des banalités.

— La banalité est parfois préférable », dit Nora au moment où Luke ouvrait la porte de la Lodge. « Surtout lorsque je sais que Regan court un danger dans son travail.

— Une inquiétude que je partage pleinement, dit Jack.

— C'est une des raisons pour lesquelles je suis si heureuse que vous vous mariiez, dit Nora. Car même si vous ne travaillez pas ensemble, j'ai le sentiment que vous veillez sur elle.

— Vous pouvez en être sûre.

— Merci les copains, les interrompit Regan. C'est chouette de penser que j'ai une équipe qui broie du noir dans mon dos. »

Ils traversèrent la réception et pénétrèrent dans la salle à manger. Un buffet était dressé sur une longue table à une extrémité de la pièce.

L'hôtesse les accueillit avec un sourire chaleureux : « Votre table est prête. Vos amis ne sont pas encore arrivés. » Elle les conduisit à leur place. Au moment où ils s'asseyaient, elle ajouta : « Je crois que vous partez aujourd'hui, n'est-ce pas ?

— Malheureusement oui, dit Nora. Mais d'abord nous irons voir abattre l'arbre de Noël du Rockefeller Center.

— Trop tard.

— Comment ?

— Vous arrivez trop tard.

— L'ont-ils coupé plus tôt que prévu ? demanda Nora.

— Si l'on veut. Ce matin, à six heures, Lem Pickens est allé sur place dire au revoir à son arbre et, quand il est arrivé, l'épicéa avait disparu. Quelqu'un l'a scié au milieu de la nuit et a même volé le camion qui était censé transporter l'arbre. On ne parle que de ça. Une de nos clientes vient de regarder l'émission d'Imus, notre présentateur-vedette, sur MSNBC, qui s'est déjà emparé de l'histoire.

— J'imagine bien ce qu'Imus a pu dire à ce sujet, dit Regan.

— Il a dit que c'était sans doute l'œuvre d'une bande d'ivrognes, rapporta l'hôtesse en leur tendant les menus. Il se demande qui d'autre aurait pu s'intéresser à cet arbre.

— C'est le genre de coup que pourrait monter une bande d'ados, dit Jack.

— Que vont-ils faire à présent ? demanda Nora.

— S'ils ne retrouvent pas l'arbre aujourd'hui, ils iront sans doute voir le type qui habite à côté de chez Pickens. Son arbre était le choix numéro deux.

— Voilà un mobile tout trouvé ! lança Jack, plaisantant à moitié.

— Vous avez probablement raison, fit l'hôtesse, les yeux brillants d'excitation. Lem Pickens était déjà l'invité de la chaîne locale ce matin, clamant que son voisin avait fait le coup.

— Il risque d'être poursuivi s'il l'accuse sans preuves, fit remarquer Regan.

— Il s'en fiche, à mon avis. Oh, voici vos amis. »

Alvirah et Willy les avaient aperçus et se dirigeaient vers leur table. Regan eut l'impression qu'Alvirah était inquiète en dépit de son sourire. Une impression qui se confirma quand, après un rapide « bonjour », Alvirah demanda : « Opal n'est pas encore arrivée ?

— Non, Alvirah, répondit Regan. N'était-elle pas avec vous ?

— Elle est partie tôt ce matin faire du ski de fond et a dit qu'elle nous rejoindrait pour le petit-déjeuner.

— Alvirah, asseyez-vous. Je suis certaine qu'elle sera là d'ici quelques minutes, dit Nora d'un ton rassurant. En attendant, écoutez la nouvelle. Vous allez être stupéfaite.

— Que se passe-t-il ? »

Il était visible qu'Alvirah reprenait du poil de la bête à la pensée d'entendre les derniers potins.

« Quelqu'un a abattu l'arbre du Rockefeller Center au cours de la nuit et s'est volatilisé avec.

— *Quoi ?*

— Personne n'a pris l'arbre d'Alvirah, j'espère ? demanda Willy. Parce que, dans ce cas, il risquerait de sérieux ennuis. »

Alvirah ignora sa remarque. « Pourquoi diable quelqu'un se donnerait-il autant de mal pour voler un arbre ? Et où pourrait-il l'emporter ? »

Regan leur raconta rapidement que non seulement l'arbre et le semi-remorque avaient disparu, mais que le propriétaire de l'arbre, Lem Pickens, accusait son voisin du vol.

« Dès que nous aurons fini notre petit-déjeuner, je veux aller voir sur place ce qui se passe », annonça Alvirah. Elle jeta un coup d'œil vers la porte de la salle à manger. « Et j'aimerais bien qu'Opal se dépêche de rentrer. »

Jack porta à ses lèvres le café que la serveuse venait de lui servir. « Savez-vous si Opal a appris la nouvelle concernant Packy Noonan ?

— Quelle nouvelle ? demandèrent Alvirah et Willy à l'unisson.

— Il n'est pas rentré hier soir au centre de réinsertion, ce qui signifie qu'il a déjà mis fin à sa libération conditionnelle.

— Opal a toujours prétendu qu'il avait caché de l'argent quelque part. En ce moment même, il est probablement en route pour l'étranger avec son butin. » Alvirah secoua la tête. « C'est révoltant. » Elle tendit la main vers la corbeille à pain, examina son contenu et préféra un morceau d'*apfelstrudel*. « Je ne devrais pas, murmura-t-elle. Mais c'est si bon. »

Elle avait posé son sac à ses pieds. La sonnerie de son téléphone mobile la fit sursauter. « J'ai oublié de l'éteindre avant d'arriver », s'excusa-t-elle en fourrageant à la recherche de son appareil. « C'est tellement plus pratique pour les hommes. Ils accrochent ce truc à leur ceinture et répondent à la première sonnerie... à moins, bien entendu, qu'ils ne soient en train de tromper leur femme... Allô... oh, bonjour Charlie. »

« C'est Charley Evans. Son rédacteur en chef au *New York Globe* », précisa Willy à l'intention des autres. « Je vous parie qu'il est au courant de la disparition de l'arbre. Il sait toujours tout avant même que cela n'arrive. »

« Oui, nous venons de l'apprendre, disait Alvirah. Dès que j'aurai fini mon petit déjeuner, j'ai l'intention de me rendre sur place, Charley. Parler aux habitants du cru apporte toujours un élément humain intéressant. C'est devenu une histoire policière, n'est-ce pas ? » Elle rit. « Bien sûr que j'aimerais pouvoir la résoudre. Oui, Willy et moi pouvons rester ici un ou deux jours de plus. Je vous donnerai des nouvelles dans quelques heures. Oh ! À propos, quelles sont les dernières informations concernant Packy Noonan ? Je viens d'apprendre qu'il ne s'était pas présenté à son centre de réinsertion hier soir. Une amie à qui l'on a escroqué beaucoup d'argent est ici avec moi. »

Willy et les autres virent soudain l'incrédulité envahir son visage. « On l'a aperçu dans Madison Avenue en train de monter dans un minibus immatriculé dans le Vermont ? »

Ils se regardèrent.

« Immatriculé dans le Vermont ! s'exclama Regan.

— Peut-être est-ce lui qui a abattu l'arbre, suggéra Luke. Lui ou George Washington. » Il prit un ton grave : « "Père, je ne puis mentir. C'est moi qui ai coupé le cerisier."

— Notre historien local a encore frappé, dit Regan à Jack. La différence entre Packy Noonan et George Washington est que Packy n'avouerait pas, même pris la hache à la main.

— George Washington n'a jamais rien dit de semblable, rectifia Nora. Ces histoires stupides ont été inventées après sa mort.

— De toute façon, parions que l'individu qui a coupé cet arbre ne deviendra jamais président des États-Unis, fit remarquer Willy.

— Qui sait », marmonna Luke.

Alvirah referma son téléphone. « Je coupe la sonnerie et garde le vibreur. Opal appellera peut-être si elle s'est mise en retard. » Posant le téléphone sur la table, elle continua : « Un prêtre de Saint-Patrick a remarqué un minibus immatriculé dans le Vermont qui stationnait devant le bâtiment du diocèse dans Madison Avenue. Puis une mère de famille a téléphoné, son petit garçon affirme avoir vu un homme remonter la rue en courant et s'engouffrer dans le minibus. Or il se trouve que Packy venait d'assister à la messe à Saint-Patrick. Le détective qui le filait l'a même vu allumer un cierge devant la statue de saint Antoine.

— Peut-être ce détective devrait-il allumer lui aussi une bougie pour l'aider à retrouver Packy, suggéra Willy. Ma mère priait toujours saint Antoine. Elle passait son temps à perdre ses lunettes et mon père ne retrouvait jamais les clefs de la voiture.

— Saint Antoine aurait fait un grand détective », conclut Regan en prenant le même ton pince-sans-rire que son père. « Je devrais avoir une image de lui dans mon bureau.

— Nous ferions mieux de commander », dit Nora.

Pendant tout le petit déjeuner Alvirah ne cessa de regarder en direction de la porte, mais Opal n'apparut pas. Le téléphone se mit à vibrer dans sa main au moment où ils sortirent de la salle à manger. C'était à nouveau son rédacteur.

« Alvirah, dit Charley, on vient de dénicher des

informations sur le passé de Packy Noonan. À l'âge de seize ans, il a travaillé dans le cadre d'un programme de réadaptation pour jeunes délinquants à Stowe. Il abattait des arbres de Noël sur la propriété de Lem Pickens. Il n'y a peut-être aucun rapport mais, comme je vous l'ai dit, on l'a vu quittant New York dans un minibus immatriculé dans le Vermont. J'ignore pourquoi il se donnerait le mal d'abattre un arbre, mais gardez ça en tête quand vous parlerez avec les gens du coin. »

Le cœur d'Alvirah se serra. Opal avait une heure de retard et il était possible que Packy Noonan soit dans les parages. Opal était partie à skis ce matin parce qu'elle voulait vérifier quelque chose. Le sixième sens d'Alvirah, celui sur lequel elle avait toujours compté, lui disait qu'il y avait un lien entre les deux.

Et ce n'était pas rassurant.

24

Plus tôt ce matin-là, alors que le soleil se levait au-dessus de la montagne, Lem et Viddy, main dans la main, chaussés de raquettes, avaient traversé leur pro-priété, impatients de jeter un dernier regard à leur arbre bien-aimé avant qu'il n'appartienne au monde.

« Je sais que c'est dur, Viddy », dit Lem. La buée de son haleine montait dans l'air froid du petit matin. « Mais pense aux moments merveilleux que nous allons passer à New York. Et l'arbre n'est pas parti pour toujours. J'ai entendu dire qu'après avoir démonté les sapins de Noël, ils les utilisent parfois pour en faire des copeaux destinés à aménager des chemins de l'Ap-palachian Trail [1].

Viddy avançait en trébuchant. Elle répondit avec des larmes dans la voix : « C'est très bien, Lem, mais je n'ai pas envie de faire une randonnée sur l'Appala-chian Trail. C'est une époque révolue pour moi.

— Il leur arrive aussi de se servir du tronc pour fabri-quer des obstacles pour le Centre équestre national.

— Je n'ai pas plus envie que des chevaux sautent

_____

1. Appalachian Trail : célèbre chemin de randonnée qui s'étend sur 2 160 miles du Maine à la Géorgie. (*N.d.T.*)

par-dessus mon arbre. Et où est-il, ce fameux centre équestre ?

— Quelque part dans le New Jersey.

— Ne compte pas sur moi pour y aller. Après ce voyage à New York, je ne ferai plus jamais de valise de ma vie. Lorsque nous serons de retour, tu pourras donner mes bagages à la Croix-Rouge. »

Ils avaient franchi la dernière courbe du sentier et débouchaient dans la clairière. Ils restèrent bouche bée. Là où leur arbre chéri s'était épanoui pendant cinquante ans ne restait qu'une souche irrégulière d'une trentaine de centimètres de hauteur. L'échelle des bûcherons chargés de préparer l'arbre était couchée sur le côté et la grue avait été déplacée.

« Ils sont venus à l'aube et ont abattu notre épicéa ! s'écria Lem, furieux. Ces types se croient tout permis. Mais ils ne perdent rien pour attendre. L'arbre nous appartenait jusqu'à dix heures du matin, ils n'avaient pas le droit de le couper plus tôt. »

Viddy, plus prompte à réfléchir, lui désigna la grue. « Mais Lemmy, pour quelle raison auraient-ils agi ainsi alors qu'ils savaient que l'abattage se ferait en présence d'une quantité de journalistes et de caméras de télévision ? New York adore la publicité. C'est bien connu. » Oubliant son humeur chagrine sous le coup de l'indignation, elle déclara : « Tout ça n'a aucun sens. »

Comme ils s'approchaient de la souche, ils entendirent le roulement d'une voiture qui arrivait dans leur direction.

« Peut-être viennent-ils récupérer la grue », dit Lem planté fermement à côté de la souche. « Je vais leur dire leur fait. »

Un homme d'une trentaine d'années s'avançait vers

eux. Lem l'avait rencontré la veille quand l'équipe de bûcherons attachait les basses branches de l'arbre. Un dénommé Phil Machinchose. Viddy et lui virent une expression de stupéfaction se peindre sur son visage. « *Qu'est-il arrivé à cet arbre ?* » hurla-t-il.

La colère de Lem explosa. « Vous ne le savez donc pas ?

— Comment voulez-vous que je le sache ! Je me suis réveillé à l'aube et j'ai décidé de venir plus tôt. Les autres seront là à huit heures. Et où est passé notre camion à plateau ? »

Viddy soupira. « Lem, je t'ai dit que ce n'était certainement pas les gens du Rockefeller Center qui avaient coupé notre arbre, que ça n'avait aucun sens. Mais qui d'autre a pu le faire ? »

À côté d'elle, son mari se dressa de tout son mètre quatre-vingt-deux, pointa un doigt accusateur en direction des bois, et hurla : « C'est ce fumier de Covel qui a fait le coup ! »

Presque quatre heures plus tard, lorsque les Reilly et les Meehan arrivèrent sur les lieux, Lem était toujours là, éructant, lançant son accusation à la face du monde. La nouvelle s'étant déjà répandue que quelqu'un s'était emparé d'un arbre de trois tonnes, la centaine de spectateurs attendue s'était transformée en une foule de trois cents personnes qui ne cessait d'augmenter. La forêt grouillait de journalistes, de caméras de correspondants des principales chaînes de télévision. Pour le plus grand plaisir des médias, ce qui avait commencé comme un divertissement typiquement américain devenait un fait divers excitant.

Les Meehan et les Reilly se dirigèrent vers l'officier de police qui se trouvait au poste de contrôle, à la lisière de la clairière. Alvirah scrutait la foule dans l'espoir de voir apparaître Opal.

Jack se fit connaître auprès de l'officier, lui présenta le petit groupe qui l'accompagnait, précisant qu'Alvirah écrivait un article pour un journal de New York, et lui demanda de le mettre au courant des événements.

« Eh bien, cet arbre, qui était censé finir sa carrière dans votre ville, a été purement et simplement volé. Nous avons trouvé un camion à plateau abandonné sur la Route 100, près de Morristown, ce qui laisse supposer qu'il a servi aux malfaiteurs qui ont fait le coup. On est en train de vérifier l'immatriculation du véhicule. Les gens du Rockefeller Center ont offert une récompense de dix mille dollars pour l'arbre s'il est encore en bon état. Avec une telle couverture médiatique – il montra les caméras – tout le monde va se lancer à sa recherche.

— Croyez-vous que des jeunes auraient pu s'amuser à le prendre ? » demanda Alvirah.

L'officier eut l'air sceptique. « Il faudrait qu'ils soient drôlement forts. Il ne suffit pas de se pointer et de donner quelques coups de hache pour abattre un arbre de cette taille. Si vous le coupez sous un mauvais angle, il risque de vous tomber dessus. Mais qui sait ? On le retrouvera peut-être tout décoré sur le campus d'un collège. Ça m'étonnerait, cependant. »

Lem Pickens finit par se calmer. Il était resté sur les lieux pendant presque quatre heures, n'en bougeant que pour aller frapper avec le chef de la police à la porte de Wayne Covel. Il commençait à avoir froid malgré sa rage. Viddy avait déjà fait deux ou trois trajets à la maison pour en rapporter du café. À présent, ils se dirigeaient vers l'officier de police.

« Sergent, est-ce qu'on a vraiment cuisiné ce voleur d'arbre de Wayne Covel ?

— Lem, répondit l'officier d'un ton las, vous savez très bien que nous n'avons rien à lui reprocher pour l'instant. Nous l'avons tiré du lit à l'aube. Il affirme ne rien savoir. Ce n'est pas parce que vous le croyez coupable qu'il l'est forcément.

— Mettons, mais qui d'autre alors ? » demanda Lem. Il posait la question pour la forme.

Alvirah profita de l'occasion : « Monsieur Pickens, je suis journaliste au *New York Globe*. Pourrais-je vous interroger à propos d'un homme qui a travaillé chez vous il y a des années ? »

Lem et Viddy se retournèrent et se retrouvèrent face à Alvirah et aux gens qui l'accompagnaient.

« Et vous, d'où sortez-vous ? demanda Lem.

— Nous venons de New York et vous aimerez peut-être savoir que nous avons résolu un certain nombre d'affaires criminelles. »

Alvirah présenta ses amis aux Pickens.

« J'ai lu vos livres, madame Reilly ! s'exclama Viddy. Allons à la maison prendre un chocolat chaud. Nous pourrons parler plus tranquillement. »

Parfait, se dit Alvirah. Nous pourrons surtout poser des questions sur Packy Noonan sans que personne ne nous dérange.

« C'est ça, venez à la maison », insista Lem d'un ton bourru, accompagnant l'invitation d'un geste de sa grosse main.

Alvirah se tourna vers l'officier de police. « Une de mes amies est partie tôt dans la matinée faire une balade en skis de fond. Elle devait nous rejoindre pour le petit déjeuner. Je commence à m'inquiéter. »

Willy l'interrompit : « Je suis sûr qu'il ne lui est rien arrivé, ma chérie. Je vais l'attendre. Elle finira bien par revenir. Nous te rejoindrons ou te retrouverons ici.

— Cela ne t'ennuie pas ?

— Non, ça ne manque pas d'animation dans le coin. Peut-être devrais-tu me prêter ta broche. »

Alvirah sourit. « Compte là-dessus ! » Elle rejoignit les autres qui suivaient déjà les Pickens.

25

Opal s'était évanouie pendant qu'on la traînait à l'intérieur de la maison. Les hommes la déposèrent sur le canapé défoncé du séjour. Elle revint aussitôt à elle, mais réfléchit qu'il valait mieux feindre d'être inconsciente jusqu'à ce qu'elle trouve un moyen de se sortir d'affaire. Une odeur de graillon flottait dans la pièce et les fenêtres ainsi que la porte étaient ouvertes, sans doute dans l'espoir de l'éliminer. Un courant d'air froid la fit frissonner. Gardant les paupières mi-closes, elle aperçut Benny et Jo-Jo et comprit que c'étaient eux qui avaient prêté main-forte à Packy pour la tirer à l'intérieur.

Ces trois maudits escrocs se sont donc retrouvés ! De vrais Pieds Nickelés, pensa-t-elle avec mépris. Une chose était sûre, Dieu n'avait pas fait don de la beauté aux deux jumeaux. Je me suis souvenue de la démarche de pachyderme de Benny et voilà où ça m'a menée. J'aurais dû dire à Alvirah où j'allais et pourquoi. Que vont-ils faire de moi ?

« Tu peux fermer les fenêtres maintenant, aboya Packy. On pèle ici. »

Il s'approcha du canapé et contempla Opal. Puis il

se mit à lui tapoter les joues. « Allez, allez. Réveillez-vous. »

Dégoûtée par son contact, Opal ouvrit brusquement les yeux. « Bas les pattes, Packy Noonan ! Espèce de sale voleur !

— On dirait que vous avez repris vos esprits, gronda Packy. Jo-Jo, Benny, emmenez-la dans la cuisine et attachez-la à une chaise. Pas question qu'elle nous fausse compagnie. »

Les skis d'Opal étaient posés par terre. Les jumeaux la conduisirent sans ménagement dans la cuisine où Milo préparait nerveusement une autre cafetière tout en se demandant quelle peine encourait l'auteur d'un kidnapping. L'odeur de graisse brûlée et des crêpes carbonisées, combinée à l'air froid, incommoda davantage Opal.

Elle regarda Milo. « C'est vous le chef cuistot ? Il semble que vous ayez besoin de quelques leçons.

— Je suis poète », répondit Milo d'un ton navré.

Benny et Jo-Jo passèrent une corde autour des jambes et de la poitrine d'Opal.

« Laissez-moi les mains libres, leur dit-elle sèchement. Vous aurez peut-être envie que je vous signe un autre chèque. Et je voudrais un café.

— Elle est déchaînée cette nana, grogna Jo-Jo.

— Non, mon vieux, le reprit Benny. Elle est ficelée comme un saucisson. »

Il pouffa, ravi de son bon mot.

« La ferme, Benny », ordonna Packy en pénétrant dans la pièce. « Il n'y a personne d'autre dehors. Elle est sans doute venue seule. » Il s'assit à la table en face d'Opal. « Comment avez-vous su que nous étions ici ?

— Donnez-moi mon café d'abord. »

L'angoisse qui s'était emparée d'elle au début avait fait place à la colère. Le visage de Packy trahissait qu'il était aux abois. Il était clair qu'il aurait dû se trouver dans le centre de réinsertion de New York en ce moment. Il n'avait certainement pas obtenu l'autorisation de passer le week-end dans le Vermont. Avant de mettre les voiles, était-il venu récupérer l'argent qu'elle l'avait toujours soupçonné d'avoir mis en lieu sûr ? Était-il caché dans les environs ? Pour quelle autre raison lui et les jumeaux seraient-ils dans le Vermont ? Sûrement pas pour s'adonner aux joies du ski.

« Du lait et du sucre dans votre café ? demanda Milo poliment. Nous avons du lait écrémé ou demi-écrémé.

— Écrémé et pas de sucre. » Elle examina les jumeaux de la tête aux pieds. « Cela ne vous ferait pas de mal d'en faire autant. »

Curieusement, Opal ressentait une certaine satisfaction à lancer des insultes à la tête de ces hommes qui lui avaient causé un tel préjudice autrefois. Je devrais avoir peur, se dit-elle, mais je réagis comme s'il ne pouvait rien m'arriver de pire que ce qu'ils m'ont déjà fait.

« J'ai essayé de suivre un régime, dit Benny. C'est pas facile quand on est stressé.

— Ça fait à peine quatre jours que tu es stressé, lui rétorqua Packy. Essaye plutôt douze ans et demi de taule, tu verras. »

Milo posa un gobelet de café devant Opal. « J'espère que vous le trouverez à votre goût », lui murmura-t-il gentiment.

« Accouchez maintenant, Opal », la somma Packy.

Opal avait déjà réfléchi aux informations qu'elle lui communiquerait. Si elle lui disait que des gens allaient se mettre à sa recherche, est-ce qu'ils la relâcheraient ou au contraire l'emmèneraient-ils avec eux ? Elle choisit de ne pas s'éloigner de la vérité. « En me baladant en skis l'autre jour, j'ai aperçu un homme devant la ferme qui attachait des skis sur le toit du minibus. J'ai cru le reconnaître. Son image m'a poursuivie toute la journée, et ce matin je me suis rendu compte qu'il me rappelait Benny. C'est alors que j'ai décidé de venir voir si je m'étais trompée.

— Benny a encore frappé, bougonna Packy. À qui en avez-vous parlé ?

— À personne. Mais mes amis vont commencer à s'inquiéter en ne me voyant pas rentrer. »

Elle préféra ne pas préciser que les amis en question comprenaient le chef de la brigade des Affaires spéciales de la police de New York, une détective privée, ainsi que la meilleure enquêtrice amateur de tout le pays.

Packy la regarda fixement, puis se tourna vers Benny. « Allume la télévision. » Il y avait un petit poste sur le comptoir de la cuisine. « Voyons s'ils ont déjà découvert la souche dans la forêt. »

Il n'aurait pu mieux tomber. Un gros plan montrait un Lem Pickens gesticulant, furieux, le doigt pointé vers la souche, jurant que son voisin Wayne Covel était l'auteur de ce forfait. Packy saisit sur la table la machette marquée au nom de Wayne.

« Ça y est, les gars. C'est notre bonhomme, dit-il d'un ton neutre. Benny, Jo-Jo, il faut que je vous parle en privé. » Il s'adressa à Milo : « Surveille-la. Récite-lui un poème ou je ne sais quoi. »

« Quelqu'un a scié l'arbre de Noël du Rockefeller Center ! » s'écria Opal tandis que les trois hommes gagnaient la salle de séjour et se rassemblaient dans un coin, hors de portée de voix.

Milo fit un geste dans leur direction. « Ce sont *eux* qui ont fait le coup. C'est à peine croyable, non ? »

« Jo-Jo, disait Packy, est-ce que tu as acheté le somnifère pour le vol de retour au Brésil ?

— Bien sûr, Packy.

— Où est-il ?

— Dans ma valise.

— Va me le chercher. Presto. »

Benny parut ennuyé. « Packy, je sais que nous n'avons pas fermé l'œil, la nuit dernière, je sais que tu es nerveux et préoccupé. Mais je ne crois pas que tu devrais prendre une pilule maintenant.

— De quoi je me mêle ! » siffla Packy entre ses dents.

Jo-Jo se dépêcha de monter à l'étage et revint un instant plus tard, un flacon à la main. Il le tendit à Packy, l'air interrogateur.

« Nous devons au plus vite aller chez Wayne Covel, nous introduire chez lui et trouver les diamants. Même attachée, cette bonne femme risque de s'échapper. Et si quelqu'un la découvre ici, elle parlera. Il faut donc s'assurer qu'elle restera inconsciente jusqu'à ce que nous soyons à bord de l'avion, déjà loin. Deux de ces petites pilules la feront tenir tranquille pendant au moins dix-huit heures.

— Je croyais que Milo devait rester ici ?

— Exact. Endormi à côté d'elle. »

Packy versa quatre pilules dans sa main.

« Comment tu vas t'y prendre pour qu'ils les avalent ? murmura Benny.

— Tu serviras à Milo une tasse de café, tu y verseras les deux cachets et tu remueras. Quand il aura ingurgité le tout, ça m'étonnerait qu'il puisse rester éveillé assez longtemps pour écrire un poème. De mon côté, je vais être très aimable et préparer une autre tasse pour Miss Pleine-aux-As. Si elle refuse de la boire, je passerai au plan B.

— C'est quoi le plan B ?

— La forcer à l'avaler. »

En silence, ils regagnèrent la cuisine où Opal fournissait à Milo une liste détaillée de tous les gens qui avaient laissé des plumes dans l'escroquerie.

« Un couple a placé chez eux le montant de sa retraite, disait-elle. Et ils ont dû vendre leur jolie maison de Floride. Aujourd'hui, ils font des petits boulots pour améliorer les versements de la Sécurité sociale. Et il y a cette femme qui...

— Cette femme qui bla-bla-bla, l'interrompit Packy. Je n'y peux rien, si vous avez tous été aussi stupides. En attendant, je boirais bien un autre café. »

Milo se leva d'un bond.

« Ne te dérange pas mon vieux, je m'en occupe, proposa Benny.

— Oh regardez ! » s'exclama Packy, un doigt pointé vers la télévision.

Sur l'écran, un officier de police et Lem Pickens frappaient à la porte d'une ferme en piteux état. La voix du journaliste informait les auditeurs que le policier avait insisté pour l'accompagner jusqu'à la maison de Wayne Covel. « Pendant des années, Pickens et Covel ont passé leur temps à se quereller et, cette année, l'arbre de Covel a failli être choisi pour le Rockefeller Center », expliquait le reporter.

« Je me souviens d'avoir vu cette baraque quand j'étais môme », dit Packy en posant la tasse de café à côté d'Opal. « Elle a l'air encore plus minable aujourd'hui. »

Un homme hirsute en chemise de nuit rouge apparaissait sur le seuil. Un dialogue animé s'ensuivait entre Lem et lui. Un gros plan du visage de Wayne Covel remplit l'écran.

« Regardez ces égratignures, gronda Packy. Elles sont récentes. Il s'est éraflé la figure en fouillant dans l'arbre et en volant notre flasque.

— Il paraît que c'est vous qui avez abattu l'arbre, dit Opal d'un ton accusateur. Qu'aviez-vous caché à l'intérieur ? »

Packy la regarda droit dans les yeux. « Des *diamants*, ma chère. Une fortune en diamants. L'un d'eux vaut trois millions. Je lui ai donné votre nom. » Il se tourna à nouveau vers la télévision. « Cet égratigné de malheur les a volés. Mais nous allons les récupérer. Je penserai à vous quand nous mènerons la belle vie avec votre fric.

— Vous n'y arriverez jamais.

— C'est vous qui le dites. » Il regarda la tasse à moitié vide d'Opal et sourit. Celle de Milo était encore aux trois quarts pleine. Il s'assit. « Maintenant, que tout le monde la boucle, je veux écouter les nouvelles. »

Ils eurent droit à plusieurs spots publicitaires, suivis du bulletin météo local.

« Temps froid et couvert. Des nuages de neige devraient se former dans la journée. »

Packy et Jo-Jo se lancèrent un coup d'œil. Ils avaient appelé leur pilote au milieu de la nuit pour lui signifier de gagner la piste d'atterrissage non loin de Stowe et d'attendre. Maintenant, avec la menace d'une tempête de neige, leur départ risquait d'être retardé. Packy bouillait d'impatience, mais il savait qu'il devait rester calme jusqu'à ce que les pilules fassent leur effet. Ses chances de s'enfuir au Brésil étaient de plus en plus minces.

Lorsque le chroniqueur météo en eut terminé avec les prévisions, l'histoire de l'arbre volé revint sur le tapis. Puis un nouveau sujet occupa l'antenne. « Packy Noonan, un escroc de grande envergure récemment libéré sous condition, a été vu hier en train de monter dans un minibus dans le centre de Manhattan. Le véhicule, immatriculé dans le Vermont, avait des skis sur le toit. » Le contenu du gobelet de Packy alla éclabousser l'écran. « Peut-être se dirige-t-il vers notre région, ajouta l'un des deux présentateurs du journal.

— Espérons que non », dit son comparse, visiblement tout excité. « Comment cet homme a-t-il pu duper autant de gens ? Il n'a pas l'air tellement intelligent.

— C'est vrai », bredouilla Opal d'une voix ensommeillée.

Packy ignora sa remarque et se leva pour baisser le son. « Super, dit-il d'un ton furieux. On ne peut plus utiliser le minibus et tout le monde a vu ma photo.

— Et personne ne peut oublier un aussi joli minois », murmura Opal. Ses paupières lui semblaient très lourdes soudain.

Benny commença à bâiller. Il regarda la tasse de café qu'il tenait à la main et une expression horrifiée se peignit sur son visage. Il se retourna et vit que Packy et Jo-Jo le fixaient, consternés. Pour la première fois de sa vie, Benny comprit qu'il valait mieux ne rien dire.

Jo-Jo articula silencieusement les mots : « Espèce d'imbécile », puis se rua à l'étage à la recherche de deux pilules supplémentaires. Il descendit et remplit à nouveau la tasse de Milo.

Vingt minutes plus tard, ils étaient trois dans les vapes, la tête appuyée sur la vieille table de bois.

Jo-Jo tenta d'excuser son frère. « Benny a été distrait par les informations à la télé. Parfois, il a du mal à se concentrer sur plus d'une chose à la fois.

— J'ai pas besoin d'un dessin, l'interrompit Packy. On va porter le poète et la peste à l'étage et les attacher aux lits. Quant à Benny, nous le fourrerons dans le coffre de la voiture de Milo. Dès que nous aurons les diamants, nous filerons d'ici en vitesse.

— Peut-être qu'on devrait laisser un petit mot à Benny et revenir le chercher, suggéra Jo-Jo.

— Je suis pas chauffeur de taxi. Il sera très bien dans le coffre. J'espère seulement qu'il ne faudra pas le porter jusqu'à l'avion. Maintenant en route ! »

26

Les quatre Reilly et Alvirah étaient assis dans le séjour de Lem et de Viddy. Au-dessus de la cheminée, dans des cadres identiques, étaient exposées deux photos, l'une de Lem et Viddy le jour de leur mariage en train de planter l'épicéa bleu aujourd'hui disparu, et l'autre de Maria von Trapp souriante, le doigt pointé vers le jeune arbre.

Lem entra avec un plateau chargé de tasses de chocolat fumant. Viddy le suivait portant une assiette de biscuits maison en forme de sapins de Noël. « Je viens d'apprendre à les faire. J'avais l'intention de les distribuer aujourd'hui au moment où l'on abattrait l'arbre et, au cas où ils auraient été appréciés, j'avais prévu d'en confectionner une bonne quantité et de les apporter à New York. » Son front se plissa. « Autant oublier la recette, désormais.

— Pas de précipitation, Viddy, la reprit Lem. Nous allons récupérer cet arbre, même si je dois mettre une balle dans chaque orteil de Wayne Covel pour qu'il m'avoue où il l'a caché. »

Ce type n'y va pas de main morte, pensa Regan.

Lem distribua les tasses de chocolat, puis s'assit sur

le vieux rocking-chair en face du canapé. Le fauteuil semble faire partie du personnage, se dit Regan. Elle accepta un des biscuits de Viddy avec un sourire. Visiblement, Lem était prêt à aller au fait.

« À propos, Alvirah, c'est vraiment comme ça que vous vous appelez ?

— Oui.

— D'où tirez-vous un nom pareil ?

— Du même endroit d'où vous avez tiré Lemuel.

— Un point pour vous. Maintenant, dites-moi : que vouliez-vous me demander ? » Il but une gorgée de son chocolat, poussa un « Ahhhhh ! » et regarda autour de lui. « Vous feriez mieux de souffler dessus avant de boire. Il est brûlant. »

Alvirah éclata de rire. « Ma mère avait une amie qui versait son chocolat dans une soucoupe pour qu'il refroidisse. Son mari lui demandait : "Pourquoi ne pas l'éventer avec ton chapeau ?"

— J'avoue que ça m'aurait agacé. »

Alvirah rit à nouveau. « Sans doute y était-il habitué. Ils sont restés mariés soixante-deux ans. Mais revenons à nos moutons. Avez-vous le souvenir d'un dénommé Packy Noonan qui a travaillé chez vous voilà des années dans le cadre d'un programme de réinsertion pour jeunes délinquants ?

— Packy Noonan ! s'exclama Viddy. C'est le seul de ce groupe qui soit jamais revenu nous rendre visite. Les autres n'étaient qu'une bande d'ingrats. Bien que, pour être franche, je me sois longtemps demandé si ce n'était pas lui qui avait chipé le camée monté en broche sur ma coiffeuse.

— Nous n'avons pas eu d'enfants, continua Lem, et

nous avions l'habitude de contribuer à ce programme pendant la saison d'automne, lorsque les gens venaient choisir leurs arbres de Noël. C'était important pour ces garçons à problèmes. Une façon de leur redonner confiance en eux. De les aider à se reprendre en main.

— La méthode n'a pas marché avec Packy Noonan, dit Alvirah catégoriquement.

— Que voulez-vous dire ?

— Il vient de sortir de prison après avoir purgé une peine de plus de douze ans pour avoir soutiré de grosses sommes d'argent à beaucoup de gens. Il était en liberté surveillée et n'a pas respecté ses obligations. On l'a vu hier à New York montant dans un minibus immatriculé dans le Vermont. Je me demandais si vous aviez gardé un contact avec lui pendant toutes ces années.

— Il a été emprisonné il y a douze ans ? s'exclama Lem.

— C'est incroyable ! dit Viddy. Ce serait donc bien *lui* qui aurait pris ma broche ! Mais il m'a paru si gentil quand il est venu nous faire une petite visite. Il était transformé. Très chic. Gosse, vous lui auriez donné six sous, ce jour-là il avait l'air prospère.

— Après avoir fait prospérer l'argent des autres, marmonna Luke dans sa barbe.

— Viddy, quand est-il venu nous voir ? » demanda Lem.

Viddy ferma les yeux. « Laisse-moi réfléchir. Ma mémoire n'est plus ce qu'elle était, mais elle est encore assez bonne... »

Ils attendirent.

Les yeux toujours clos, Viddy chercha à tâtons sa

tasse de chocolat, la porta à ses lèvres, souffla dessus et but une minuscule gorgée. « C'était au printemps. Je me souviens que je faisais des gâteaux pour la vente de charité en faveur du centre du troisième âge dont la cave avait été inondée. Toutes les cartes du jeu de bingo étaient fichues. C'était il y a treize ans et demi exactement. Juste après l'orage qui avait éclaté le jour de la fête des Mères. Toutes ces dames étaient trempées à la sortie de l'église. Quoi qu'il en soit, c'est cette semaine-là que Packy a sonné à notre porte. Je l'ai invité à entrer et il s'est montré charmant. Il a mangé une part de gâteau et bu un verre de lait. Il a dit que cela lui rappelait ses visites à sa mère, et il a ajouté qu'elle lui manquait terriblement. Il en avait les larmes aux yeux. Je lui ai demandé ce qu'il faisait dans la vie et il a répondu qu'il était dans la finance.

— Pour sûr qu'il était dans la finance ! s'exclama Alvirah. Et vous, Lem, l'avez-vous vu ce jour-là ?

— Lem était retourné dans la forêt pour élaguer des arbres, répondit Viddy. J'ai utilisé le sifflet qui est accroché à la porte pour le prévenir et il est revenu tout de suite.

— Je suis descendu de l'échelle et je suis rentré. J'ai été sacrément surpris de voir Packy.

— Vous a-t-il donné la raison de sa visite ? demanda Alvirah.

— Il nous a dit qu'il passait dans la région pour ses affaires et qu'il avait voulu nous remercier pour tout ce que nous avions fait pour lui. Puis il a vu la photo de l'arbre sur la cheminée et a demandé si c'était toujours notre préféré. J'ai répondu que oui et l'ai invité à venir l'admirer. Ce qu'il a fait. Il a dit qu'il était magnifique. Puis il m'a aidé à rapporter l'échelle jusqu'à la grange. Je l'ai prié de rester dîner, mais il devait partir. Il a promis qu'il donnerait de ses nouvelles. Jamais plus entendu parler de lui. Maintenant je sais pourquoi. Les seuls appels que vous pouvez passer depuis une prison sont en PCV.

— J'espère qu'il n'a pas l'intention de nous rendre visite à nouveau. La prochaine fois, je lui claquerai la porte au nez », promit Viddy.

Regan et Alvirah échangèrent un regard.

« Tout ça s'est donc passé voilà treize ans et demi ? demanda Alvirah.

— Oui », répondit Viddy, les yeux maintenant grands ouverts.

« Je ne comprends pas pourquoi Packy Noonan reviendrait dans le coin, dit Lem. Qu'est devenu l'argent qu'il a volé ?

— Personne ne le sait, dit Regan. Mais tout le monde semble penser que, où qu'il soit en ce moment, il va se pointer là où il l'a caché.

— Il ne vous a pas sollicités pour investir dans sa compagnie de transports bidon ce jour-là ? demanda Alvirah. C'était pourtant l'époque où son escroquerie fonctionnait à plein régime.

— Il ne nous a pas demandé un cent. Il n'aurait pas essayé de rouler Lemuel Pickens ! »

Alvirah secoua la tête. « Il a roulé un tas de gens très malins. J'ai une amie qui a perdu beaucoup d'argent dans cette escroquerie à ce moment-là. La veille de son arrestation, Packy la poussait encore à inciter certains de ses amis à investir dans sa compagnie. C'est étonnant qu'il n'ait pas tenté de vous demander un chèque. Il devait avoir une autre idée en tête. Cette amie dont je vous parlais était censée nous retrouver pour le petit déjeuner ce matin et nous ne l'avons pas revue. La pensée que Packy soit dans le Vermont, peut-être non loin d'ici, m'inquiète terriblement.

— Le seul criminel dont vous ayez à vous soucier dans le coin, s'écria Lem, c'est celui qui habite à côté, Wayne Covel. Il a abattu mon arbre, et il va le payer.

— Lem, du calme, le reprit Viddy. Alvirah se fait du souci pour son amie.

— Est-ce que ce Wayne Covel aurait pu rencontrer Packy à l'époque où il travaillait chez vous ? » demanda Alvirah.

Lem haussa les épaules. « C'est possible. Ils ont à peu près le même âge.

— Je devrais peut-être aller le trouver et lui parler.

— En tout cas, il ne risque pas de me parler à moi ! » hurla Lem.

Viddy sentit qu'il était temps de changer de sujet. Lorsque Lem s'énervait, il fallait du temps pour le calmer. « Nora, dit-elle, j'aime beaucoup lire. J'ai même essayé d'écrire de la poésie. D'ailleurs, il y a un garçon récemment arrivé à Stowe qui donne des lectures de poésie dans la vieille ferme qu'il habite. Mais il est d'un ennui mortel et je n'y suis jamais retournée. Il a lu un de ses anciens poèmes à propos d'une pêche qui tombe amoureuse d'une mouche du fruit. Vous imaginez !

— C'est un dénommé Milo, un type bizarre aux cheveux longs, avec une petite barbe, n'est-ce pas, Viddy ? demanda Lem.

— Il n'est pas si bizarre.

— Tu parles ! Il se ramène dans le Vermont. Ne skie pas, ne patine pas. Reste dans cette vieille ferme délabrée toute la journée à écrire des poèmes. Il y a quelque chose de pas normal là-dessous. Ce n'est pas votre avis, Nora ?

— Oh ! commença Nora, un écrivain a parfois besoin de travailler dans le calme et la solitude.

— Travailler ? Écrire sur les pêches et les mouches du fruit, je n'appelle pas ça travailler ! Je me demande combien de temps il pourra tenir. Comment paye-t-il ses factures ? »

Alvirah s'impatientait. Il lui tardait de partir et d'aller voir si on avait des nouvelles d'Opal. « Comme vous le savez, j'écris un article pour mon journal à propos de votre arbre. Voyez-vous un inconvénient à ce que je vous téléphone plus tard ? La police aura peut-être une piste. Je n'arrive pas à croire qu'un sapin de Noël de vingt-quatre mètres se soit volatilisé dans la nature.

— Moi non plus, je n'y crois pas, dit Lem. Et je vais constituer une équipe pour le retrouver !

– Quelqu'un veut-il encore du chocolat ? » demanda Viddy.

27

Wayne Covel avait essayé de dormir un peu après avoir caché la flasque aux diamants dans l'orme de son jardin.

Mais le sommeil l'avait fui. Il s'était rendu compte qu'avoir planqué les diamants dans l'arbre avait été une idée stupide. Si les gens du Rockefeller Center venaient le supplier de leur vendre son épicéa bleu, qui sait ce qui pouvait arriver ? L'orme n'en était pas très éloigné. Supposons qu'un photographe veuille grimper dedans pour avoir une vue d'ensemble de l'abattage de l'arbre ?

La pensée de ne pas avoir gardé la flasque en sécurité, sous ses yeux, avait rendu Wayne nerveux.

Peu avant l'aube, il était sorti de la maison, avait grimpé dans l'orme et repris la flasque. Il l'avait emportée avec lui dans son lit, avait dévissé le bouchon, jeté un rapide coup d'œil aux diamants, puis s'était enfin assoupi, serrant son bien contre lui.

Quand Lem Pickens avait cogné à la porte avec le chef de la police, Wayne s'était levé d'un bond, la flasque lui avait échappé des mains pour aller atterrir sur le plancher rugueux avec un bruit sourd. Le bouchon avait volé en l'air et les diamants s'étaient répandus dans toute la pièce, au milieu d'un incroyable fatras, se mêlant au linge sale jeté çà et là.

Wayne était allé ouvrir dans sa chemise de nuit rouge et avait reculé, horrifié, à la vue de la batterie de caméras de télévision braquées sur lui. Sa première pensée avait été que le chef de la police était peut-être muni d'un mandat de perquisition. Quand il s'était rendu compte qu'ils étaient venus simplement pour permettre à Lem de se défouler, Wayne les avait injuriés à son tour et envoyés paître. Chacun est maître chez lui, s'était-il dit. Il n'allait pas se laisser intimider par le premier venu. Il avait fermé la porte à clé et couru dans sa chambre ramasser les diamants.

Maintenant qu'il était seul, après avoir trié le linge sale et s'être assuré que tous les diamants étaient bien dans la flasque, il résolut de faire une lessive. J'aurais dû compter les diamants hier au soir, regretta-t-il, même si la flasque lui paraissait pleine.

Prenant une pile de linge, il se dirigea vers la porte de la cuisine qui menait au sous-sol, l'ouvrit, actionna l'interrupteur, et descendit les marches branlantes, évitant avec soin la dernière qui était cassée. Pas étonnant que je ne m'aventure pas souvent ici, pensa-t-il en respirant l'odeur de moisi de la cave. Il faudrait que je me décide à faire le ménage un jour, mais désormais je vais pouvoir engager quelqu'un pour toutes ces corvées. Avant tout, je devrais me débarrasser de la réserve à charbon. Papa a installé le chauffage au mazout après la Seconde Guerre mondiale, mais il s'est contenté de la vider, d'installer une porte et en a fait un petit atelier qu'il n'a jamais utilisé.

Moi non plus, d'ailleurs, reconnut-il. Le plus facile serait sans doute d'y mettre le feu au lieu de la nettoyer. Il déposa la pile de linge à même le sol devant la machine à laver, saisit une boîte de lessive quasiment vide sur une étagère et versa son maigre contenu dans la machine. Il ramassa la moitié des vêtements, les tassa dans le tambour, ferma la porte, régla le cadran et remonta l'escalier.

Le téléviseur était posé sur le comptoir de la cuisine près de l'ordinateur. Il mit la machine à café en marche, transporta l'ordinateur sur la table et alluma la télévision. Pendant le reste de la matinée, il la laissa allumée, zappant nerveusement entre les chaînes d'information, qui toutes couvraient la disparition de l'arbre. Il les entendit aussi répéter et répéter en boucle que Packy Noonan, un escroc en fuite, avait été vu en train de monter dans un minibus immatriculé dans le Vermont et qu'il avait travaillé jadis à Stowe dans le cadre d'un programme d'aide aux jeunes délinquants.

Packy Noonan, réfléchit Wayne. Packy Noonan. Ce nom me dit quelque chose.

Dans le même temps, Wayne essayait d'en savoir plus sur le monde des diamants en se connectant à divers sites Internet. Il faut que je trouve où vendre ces pierres, se disait-il. Il tomba sur des offres d'expertise : « Achetons aux plus hauts prix et vendons aux plus bas » semblait être le slogan universel de la plupart des officines qui faisaient le commerce des diamants. Ouais, d'accord, pensa Wayne. Ouais, je sais que les diamants sont éternels. Les meilleurs amis d'une femme. Bla-bla-bla. Lâchez-moi les baskets avec votre pub ! Il sourit. Lorna serait morte d'envie si elle avait pu jeter un coup d'œil à ces merveilles.

À ce moment – était-ce de la transmission de pensée ? –, il entendit le signal indiquant qu'un nouveau message venait d'arriver dans sa boîte et il fut stupéfait en voyant qu'il émanait de son ex.

Wayne,

Je vois que tu as gardé ta vieille chemise de nuit rouge et que tu te querelles toujours avec Lem Pickens. Et j'ai compris que s'ils ne retrouvent pas son arbre, c'est le tien qui pourrait être choisi pour le Rockefeller Center. Je sais que ce n'est pas toi qui l'as volé – ç'eût été trop de travail ! Peut-être aurais-tu pris la machette que je t'ai offerte à Noël et coupé une ou deux branches, mais pas plus. S'ils choisissent ton arbre, et que tu veux de la compagnie pour t'accompagner à New York, je suis à ta disposition.

Bisous,

Lorna.

P.-S. Et ces égratignures sur ta figure ? On dirait que tu as une nouvelle petite amie qui est une vraie tigresse – à moins que tu te sois attaqué à cet arbre, après tout !

Wayne resta un instant à regarder le mail d'un air dégoûté. Bisous. Beurk. Elle cherche seulement à se faire offrir un voyage gratuit à New York. Elle veut que je la mette dans le coup. Si elle était au courant de la chose incroyable qui vient de se produire, elle sauterait sur son balai et rappliquerait aussitôt.

Qu'elle lui rappelle la machette qu'elle lui avait offerte pour Noël le fit sourire. Elle n'avait pas manqué de souligner qu'elle avait fait graver son nom sur le manche. On aurait dit qu'elle lui faisait cadeau d'un objet précieux. Puis, lentement mais sûrement, une inquiétude s'empara de lui.

La machette.

Sa ceinture à outils lui avait paru légère quand il l'avait bouclée ce matin pour aller chercher la flasque. À son retour, il l'avait jetée sur la chaise de la cuisine. Il s'en empara et la souleva.

La machette n'y était plus !

L'ai-je laissée tomber la nuit dernière près de l'arbre de Lem ? J'étais comme fou après avoir découvert la flasque, j'ai pu la perdre sans m'en apercevoir. Quelle idée stupide d'y avoir fait graver mon nom !

Lem ne l'avait certainement pas trouvée, sinon il l'aurait brandie devant moi ce matin.

Ces escrocs qui ont abattu l'arbre – peut-être ont-ils mis la main dessus, eux. Peut-être sont-ils déjà en route pour venir ici. Peut-être vont-ils me tuer pour avoir pris leur butin.

Je ne veux pas rester tout seul dans cette maison. Mais si je pars, tout le monde croira que c'est moi qui ai abattu l'arbre.

Le téléphone sonna. Impatient d'entendre le son d'une voix, Wayne décrocha : « Allô ! »

La personne qui était au bout du fil resta sans rien dire.

« Allô ! répéta Wayne. Il y a quelqu'un ? »

Seul un déclic lui répondit.

28

« C'est lui qui a la flasque, déclara Packy en refermant son mobile.

— Comment le sais-tu ? demanda Jo-Jo.

— Je le sais. Appelle ça l'instinct criminel.

— Tu parles en connaisseur, hein Packy ? »

Ils étaient en retard sur leur horaire. Packy et Jo-Jo étaient assis dans la guimbarde marron déglinguée que le propriétaire de la ferme conservait à l'origine pour son homme à tout faire, et qu'il avait ensuite vendue à Milo sans se faire prier. Quinze ans d'âge, réparée avec des pièces récupérées à la ferraille, les ailes cabossées, le pare-chocs arrière attaché par une corde, c'était l'exemple même de la voiture que seul un naïf comme Milo pouvait acheter.

Jo-Jo et Packy s'étaient mis à deux pour porter Milo et Opal dans les chambres à l'étage et les attacher aux montants des lits. Ils avaient en vain essayé de réveiller Benny en lui jetant un seau d'eau froide au visage. Ils avaient fini par y renoncer, l'avaient tiré à l'extérieur et hissé dans le coffre de la voiture. Pris d'un élan d'affection fraternelle, Jo-Jo s'était précipité dans la maison et en était revenu avec un oreiller, qu'il avait placé sous la tête de Benny, et une couverture pour lui tenir chaud. Puis il avait placé une lampe torche dans sa main et épinglé un billet sur sa veste au cas où il se réveillerait et se demanderait ce qui lui était arrivé. « J'ai écrit qu'il devait rester sans bouger et ne pas faire de bruit jusqu'à notre retour, expliqua-t-il.

— Pourquoi pas lui lire une de ces histoires qu'on raconte aux enfants pour les endormir ? » grommela Packy.

Il savait qu'il leur était impossible d'utiliser le minibus, bien que Jo-Jo l'ait prévenu que la voiture de Milo risquait à tout moment de tomber en panne.

« Tu n'entends donc pas ce qu'ils disent à la télévision ! s'écria Packy. Ils disent qu'on m'a vu monter dans un minibus avec un porte-skis sur le toit et immatriculé dans le Vermont. Ils disent que j'ai travaillé ici, à Stowe, quand j'étais môme. À partir d'aujourd'hui, chaque flic du Vermont, surtout dans cette zone, va inspecter tous les minibus équipés de porte-skis. Si on sort le nôtre, autant nous rendre et toucher la prime offerte pour ma capture.

— Avec le tas de ferraille de Milo, on aura de la chance si on arrive jusqu'à la grange, répliqua Jo-Jo.

— On pourrait aussi utiliser le camion avec l'arbre. »

Packy et Jo-Jo se fusillèrent mutuellement du regard. Puis Packy se calma. « Jo-Jo, dit-il, il faut récupérer nos diamants. C'est sûrement ce type, Covel, qui les a. Personne ne nous remarquera dans cette guimbarde. Allons-y. »

Packy s'était installé au volant. Il mit ses lunettes noires. « Passe-moi un des bonnets de ski, demanda-t-il d'un ton cassant.

— Tu veux le bleu avec des rayures orange ou le vert avec...

— Passe-moi n'importe quel bonnet ! »

Packy mit le contact. Le moteur crachota et cala. Il enfonça plusieurs fois l'accélérateur. « Démarre ! Démarre !

— Je devrais peut-être mettre un bonnet à Benny, dit Jo-Jo. Il n'y a pas de chauffage dans le coffre. Ses cheveux sont encore mouillés.

— Qu'est-ce qui te prend ? hurla Packy. Il suffit que ton frère roupille pour que tu deviennes encore plus bête que lui. »

Jo-Jo avait ouvert la porte. « Je vais lui mettre son bonnet, s'entêta-t-il. En outre, il n'a plus assez de globules rouges depuis notre séjour au Brésil. »

S'efforçant de garder toute sa raison, Packy entreprit d'évaluer les problèmes et leurs solutions possibles. Tout d'abord, personne ne prêterait attention à cette voiture. Le poète l'avait souvent utilisée. Nous devons faire le pari qu'elle ne tombera pas en panne. En tout cas, nous savons que Covel est chez lui. Nous nous introduirons dans cette masure qui lui sert d'habitation et l'obligerons à rendre la flasque. Il n'y a qu'une quinzaine de kilomètres jusqu'à l'aéroport et le pilote nous y attend.

Jo-Jo remonta dans la voiture.

« Grouille-toi, cria Packy. Il faut mettre les voiles avant que quelqu'un se pointe à la recherche de Sherlock Holmes.

— Qui est Sherlock Holmes ? demanda Jo-Jo.

— Opal Fogarty, crétin ! La femme qui a placé son fric chez nous.

— Oh, elle ! Elle a un sacré caractère. Je n'ai pas envie de me trouver dans les parages quand elle se réveillera et se verra ligotée. »

Packy ne daigna pas faire de commentaire. Il appuya sur l'accélérateur et, cette fois, la voiture bondit en avant avec ses trois occupants, dont deux étaient bien décidés à retrouver leurs diamants et le troisième, s'il avait été conscient, aurait partagé cette détermination.

À l'intérieur de la ferme soigneusement fermée à clé, le brûleur que Jo-Jo croyait avoir éteint sous la cafetière était resté en veilleuse. Peu après le départ de la voiture, la flamme mourut. Un moment plus tard, une odeur délétère émanait de la cuisinière. Du gaz commençait à s'en échapper.

29

À l'instant où Alvirah aperçut Willy seul près de la souche de l'épicéa, son cœur se serra. Elle fendit la foule des badauds et se précipita vers lui. « Pas de nouvelles d'Opal ? » demanda-t-elle.

La voyant bouleversée, Willy évita de répondre franchement. « Elle n'est pas ici, chérie, mais il y a gros à parier qu'elle est rentrée au chalet à l'heure qu'il est, et qu'elle est en train de faire sa valise, soucieuse de nous avoir manqués au petit déjeuner.

— Elle m'aurait appelée sur mon mobile. J'ai laissé un message pour elle au chalet. Willy, tu sais aussi bien que moi qu'il lui est arrivé quelque chose. »

Les Reilly les rejoignirent. En voyant l'expression d'Alvirah, Regan comprit qu'Opal n'avait pas réapparu. « Vous devriez regagner votre chalet, dit-elle. Peut-être Opal s'est-elle perdue pendant sa randonnée à skis et est-elle seulement en train d'arriver à la Lodge. »

Alvirah fit un signe de tête. « Comme j'aimerais vous croire. »

Ils quittèrent rapidement la clairière toujours noire de journalistes et de caméras de télévision. Avant qu'ils aient atteint l'endroit où ils avaient garé leurs voitures, le téléphone d'Alvirah se mit à sonner. Ils retinrent leur souffle tandis qu'elle sortait rapidement son mobile de sa poche.

C'était Charley Evans, son rédacteur. « Alvirah, l'affaire se corse de minute en minute. Toutes les chaînes câblées en parlent. D'un bout à l'autre du pays, des gens envoient des mails horrifiés, exprimant leur indignation à l'égard de ceux qui ont volé l'arbre. Les téléspectateurs disent qu'il fait partie du patrimoine américain et qu'il faut le récupérer.

— C'est très bien », dit Alvirah distraitement.

Elle ne pensait qu'à Opal. Mais la suite la fit frissonner.

« Ce n'est pas tout. Écoutez la suite, il s'agit de Packy Noonan : un des types qui partageaient sa chambre au centre de réinsertion a écouté les nouvelles à la télévision concernant le vol de l'arbre et la fuite de Packy. Il a appelé la police et leur a dit que Packy avait parlé la nuit dans son sommeil. Il marmonnait : "Faut que je retrouve la flasque."

— "Faut que je retrouve la flasque ?" répéta Alvirah. Il est resté sans rien boire pendant treize ans. Il rêvait peut-être d'un whisky.

— Mais c'est ce qu'il a dit ensuite qui est intéressant, poursuivit Charley.

— Qu'a-t-il dit ?

— Il répétait : "Stowe, Stowe." Son compagnon de chambre n'a fait le rapprochement que ce matin, en entendant parler de l'immatriculation du minibus dans le Vermont.

— Oh, mon Dieu ! s'écria Alvirah. L'amie qui

380

nous a accompagnés ici, et dont je vous ai dit qu'elle avait perdu tout son argent dans l'escroquerie, a disparu.

— Elle a *disparu* ! »

Alvirah crut voir se déployer les antennes de Charley comme chaque fois qu'il flairait un scoop. « Elle n'est pas rentrée de sa randonnée en skis ce matin, dit-elle. Elle devait nous rejoindre à huit heures et demie.

— Si elle se trouvait soudain face à Packy Noonan, le reconnaîtrait-elle ? demanda Charley.

— Sans aucun doute.

— Vous semblez inquiète, Alvirah. J'espère qu'elle va bientôt revenir. Tenez-moi au courant. »

Alvirah informa ses amis des révélations sur Packy.

« Il a dit : "Faut que je retrouve la *flasque*" ? s'étonna Regan. S'il avait eu envie d'un verre de whisky ou d'une boisson quelconque, il n'aurait pas utilisé le mot *flasque*. Cette phrase doit avoir un autre sens.

— Beaucoup de gens se servent d'une flasque pour dissimuler de l'alcool, l'interrompit Nora. Boire un coup en douce.

— C'est ce que faisait l'oncle Terry, tu te souviens ? dit Luke. Il était imbattable pour lever le coude.

— Papa, pourrais-tu attendre que je sois mariée pour raconter nos charmantes histoires de famille ? » demanda Regan.

Jack lui sourit. « Attends de connaître les nôtres. » Puis il redevint sérieux. « Je me demande pour quelle raison Packy Noonan rêvait d'une flasque.

— J'aimerais savoir quelle importance a cette

flasque pour lui, dit Alvirah à son tour. Mais pour l'instant ce qui m'inquiète vraiment, c'est qu'il ait parlé de *Stowe* pendant son sommeil. »

Opal n'était pas au chalet. Et elle n'y était pas passée pour faire ses bagages. Sa chambre était dans le même état depuis qu'Alvirah et Willy étaient partis, plusieurs heures auparavant. Le billet qu'Alvirah avait écrit à Opal était toujours sur le comptoir.

Ils se hâtèrent vers la Lodge et interrogèrent la réception.

« Notre amie Opal Fogarty semble avoir disparu, dit Alvirah. Avez-vous entendu parler d'une skieuse qui aurait eu un accident sur une piste de fond ? »

La réceptionniste parut inquiète. Elle secoua la tête. « Non, mais je peux vous assurer que les pisteurs parcourent les pistes en permanence. Je vais leur demander de faire des recherches. Depuis combien de temps miss Fogarty est-elle partie ?

— Elle a quitté notre chalet très tôt dans la matinée et devait nous retrouver pour le petit déjeuner à huit heures et demie. Presque trois heures se sont écoulées depuis. » Le ton d'Alvirah trahissait son angoisse.

« Ils vont envoyer des scooters des neiges immédiatement. S'ils ne la retrouvent pas, nous avertirons le Centre de secours de Stowe. »

Le Centre de secours. Le nom même sonnait sinistrement aux oreilles d'Alvirah. « Opal a suivi deux cours de ski de fond depuis son arrivée, dit-elle à la réceptionniste. Pourriez-vous interroger le ou les moniteurs avec lesquels elle a skié ?

— Je vais voir si je peux les joindre. » La jeune fille appela la boutique de sports et posa quelques questions. Elle raccrocha peu après. « Le moniteur avec lequel miss Fogarty a skié hier dit qu'il n'est rien arrivé de particulier pendant son cours. Le samedi, elle a skié avec une monitrice qui est en congé aujourd'hui mais n'a rien rapporté de spécial à leur retour.

— Merci », dit Alvirah.

Elle communiqua le numéro de son mobile à l'employée en la priant de l'appeler aussitôt si elle avait des nouvelles d'Opal. Puis elle se tourna vers ses amis qui affichaient tous un air sombre. « Je n'ai vraiment pas envie d'aller voir mon érable en ce moment et je sais que vous devez partir. Allez-y. Je vous préviendrai dès que Willy et moi aurons appris quelque chose. »

Regan regarda Jack. « Je ne suis pas obligée de rentrer. Je vais rester et aider Alvirah et Willy dans leurs recherches.

— Moi aussi », décida Jack.

Nora parut frustrée. « J'aimerais en faire autant, mais j'ai un avion à prendre demain matin à la première heure. » Elle secoua la tête. « Je ne peux absolument pas annuler ce déjeuner.

— Ne vous tracassez pas, ma chère, dit Alvirah. Quant à vous, Regan, Jack, vous n'avez pas besoin de rester.

— Nous restons, dit Jack, d'un ton sans réplique.

— Ne sois pas si anxieuse, chérie, dit Willy. Tout va s'arranger.

— Mais Willy, protesta-t-elle, il se peut que Packy Noonan soit dans les parages ! Il n'a pas respecté ses engagements et Opal a disparu. Si leurs routes se sont croisées, j'ignore ce qu'il a pu lui faire. Il sait qu'elle le déteste et donnerait tout pour le voir retourner en prison. En enfreignant les obligations de sa libération conditionnelle, c'est exactement là qu'il va finir.

— Alvirah, avez-vous une photo d'Opal dans vos affaires ? demanda Regan.

— Je n'ai même pas une seule photo de Willy.

— Est-ce que sa photo a paru dans la presse quand elle a gagné à la loterie ?

— Oui. C'est ainsi que ce bandit de Packy Noonan a découvert qu'elle avait de l'argent et décidé de s'attaquer à elle.

— Nous pouvons nous brancher sur le site du journal, imprimer la photo d'Opal et faire des copies que nous montrerons aux gens en leur demandant s'ils l'ont vue, dit Regan.

— Je m'en occupe, proposa Jack. Luke et Nora, je sais que vous devez faire vos bagages et rentrer chez vous. Alvirah et Willy, retrouvons-nous à votre chalet dans une demi-heure. Puis nous irons montrer la photo d'Opal en ville.

— J'ai un mauvais pressentiment, leur confia Alvirah. Je m'en veux de l'avoir invitée à nous accompagner. Dès notre arrivée, j'ai eu l'intuition que quelque chose allait mal tourner. »

Comme si un sixième sens l'avertissait que le gaz se répandait en ce moment dans la ferme où Opal et Milo reposaient, inconscients sous l'effet du somnifère.

30

Après le départ des Reilly et des Meehan, Viddy s'affaira à desservir. Lem l'aida à emporter les tasses dans la cuisine et c'est seulement alors que Viddy réalisa pleinement ce qui venait de se passer. Le choc éprouvé en constatant la disparition de leur arbre n'avait pas vraiment pénétré son esprit quand la police et les médias avaient envahi la scène. Apparaître à la télévision avec Lem l'avait grisée et, ensuite, elle avait été distraite par sa rencontre avec ces gens charmants, les Meehan et les Reilly – d'autant plus que Nora Reilly était son auteur de romans policiers favori.

Mais, à présent, elle ne pensait plus qu'à son arbre que Lem et elle avaient planté le jour de leur mariage, au moment précis où Maria von Trapp était passée sur le sentier et s'était arrêtée pour les féliciter, les autorisant à la prendre en photo. Et j'ai eu le culot de lui demander de chanter pour nous cet air nuptial autrichien. Elle l'a fait avec beaucoup de gentillesse et la chanson était ravissante. Je me suis juré que nous ne planterions jamais rien dans la clairière afin que nos enfants puissent jouer plus tard autour de notre arbre nuptial.

Nous n'avons jamais pu avoir d'enfants et, sans doute est-ce stupide, mais nous avons traité cet épicéa comme un bébé. Nous mesurions sa hauteur tous les ans. Depuis dix ans, cependant, quelqu'un le faisait à notre place, car j'interdisais à Lem de grimper aussi haut sur l'échelle.

Lorsque ces gens étaient venus chez eux à l'improviste, Viddy s'était empressée de sortir son plus joli service de porcelaine, tout en redoutant que l'un des invités ne casse une tasse ou une soucoupe. Elle ne l'utilisait jamais, sauf à Noël et à Thanksgiving. La femme du neveu de Lem, Sandy, n'était certes pas méchante, mais elle empilait tout à la va-vite quand elle desservait la table. Malgré tout, Viddy était parvenue à conserver son service intact tout au long des années. Un peu ébréché par endroits, mais rien de bien méchant.

Connaissant l'attachement de Viddy à toutes ces choses, Lem déposa soigneusement les tasses dont il était chargé sur la paillasse de l'évier. Viddy les prit pour les laver mais, soudain, les larmes lui montèrent aux yeux. Dans un geste instinctif pour les essuyer, elle lâcha la tasse qu'elle tenait et qui serait tombée si la grosse main de Lem ne l'avait rattrapée au vol.

« Pas de panique, Viddy, je l'ai ! »

Stupéfait, il vit alors Viddy se précipiter dans leur chambre et en redescendre tenant à la main leur album de photos. « Je me fiche de mon service de porcelaine, s'écria-t-elle. Je sais parfaitement qu'à la minute où je fermerai les yeux pour de bon, Sandy en héritera et s'en servira pour les goûters d'enfants. »

Les mains tremblantes, elle ouvrit l'album et désigna la dernière photo qu'ils avaient prise de l'arbre.

« Oh, Lem, j'aurais tellement voulu pouvoir observer l'expression de tous ces gens le jour où ils l'auraient vu à New York, tout illuminé. Je voulais qu'il soit une œuvre d'art que tout le monde admire en poussant des oh ! et des ah ! Je voulais avoir une grande photo que j'aurais placée entre ces deux-là. »

Elle désigna les deux agrandissements exposés sur la cheminée. « Je voulais avoir un enregistrement du chœur des écoliers à l'arrivée de notre arbre au Rockefeller Center. Lem, nous sommes vieux à présent. Tous les ans, à l'arrivée du printemps, je me demande si je verrai le suivant. Je sais que nous ne quitterons pas ce monde couverts de gloire. Mais notre arbre nous aurait apporté la célébrité d'une certaine manière.

– Allons, allons, Viddy », dit maladroitement Lem, tentant de la calmer.

Viddy ne lui prêta pas attention, tira un Kleenex de son tablier, se moucha et continua : « Au Rockefeller Center, ils conservent l'histoire de chaque arbre, sa hauteur et son envergure, son âge, l'identité des donateurs et ce qu'ils peuvent avoir de particulier. Il y a quelques années, un couvent a fait don d'un arbre et ils ont une photo de la religieuse qui l'a planté, et une autre de la même religieuse, cinquante ans plus tard, quand on l'a abattu. C'est de l'Histoire, Lem. Notre histoire avec l'arbre allait être consignée pour que tout le monde puisse la lire. Et, à présent, il a probablement été jeté quelque part dans les bois où il pourrira, et ça JE NE LE SUPPORTE PAS ! »

Avec un gémissement, Viddy jeta l'album, s'écroula sur le canapé, et plongea la tête dans ses mains.

Lem la regarda, stupéfait. En cinquante ans, il n'avait jamais entendu Viddy, toujours si calme et réservée, en dire autant ni manifester ainsi son émotion. Je ne l'ai jamais réellement comprise au fond, pensa-t-il. Je ne peux pas dire que j'en sois fier.

Il se pencha et lui prit le visage entre les mains.

« Laisse-moi tranquille, Lem. Laisse-moi tranquille.

— D'accord, Viddy, mais avant, je vais te dire quelque chose. Tu m'écoutes ? »

Elle hocha la tête.

Il la regarda dans les yeux. « Arrête de pleurer. Je vais te faire une promesse. »

Elle renifla et l'écouta.

« Bon. À mon avis, c'est ce salaud de Covel qui a coupé notre arbre. Mais tu as entendu les gens du Rockefeller Center dire que celui ou ceux qui ont fait le coup ont utilisé la grue pour le déposer sur le plateau. Ce qui signifie qu'il est encore en bon état. Ce fumier a peut-être réussi à emporter notre arbre, mais il ne peut pas être parti bien loin avec. Il était encore en chemise de nuit ce matin quand on a frappé à sa porte. Il a peut-être planqué l'arbre dans la forêt, mais il n'a pas pu cacher un camion à plateau. Notre arbre se trouve quelque part dans les environs et j'ai l'intention de le retrouver. Quitte à passer au peigne fin chaque centimètre de ce territoire. J'entrerai dans toutes les propriétés qui ont un grand terrain à l'arrière, j'irai inspecter toutes les granges assez grandes pour abriter un camion à plateau, et je RETROUVERAI NOTRE ARBRE ! »

Lem se redressa. « Aussi vrai que je m'appelle

Lemuel Abner Pickens, je ne reviendrai pas sans notre arbre. Tu me crois, Viddy ? »

Le visage de Viddy se renfrogna. Elle ne paraissait pas convaincue.

« Je le voudrais bien. Mais ne te fais pas arrêter en pénétrant sans autorisation dans les propriétés des autres. »

Lem avait déjà franchi la porte.

« Surtout, ne te fais pas tirer dessus », lança-t-elle encore.

Lem ne l'entendit pas. Tel don Quichotte, il était chargé d'une mission.

31

« Vise-moi toutes ces bagnoles, maugréa Jo-Jo. Peut-être qu'ils sont en train de distribuer les diamants.

— Tu as toujours le mot pour rire, lui lança Packy. Ils sont simplement en contemplation comme des crétins devant la souche que nous avons laissée. »

Il y avait deux files ininterrompues de voitures dans les deux sens sur la route qui menait à la propriété de Lem Pickens. Les gens s'arrêtaient, se garaient sur le talus, et pénétraient à pied dans la forêt. On aurait dit le premier jour de la saison de football.

« Je suis surpris qu'ils ne s'emboutissent pas les uns les autres, grommela Packy. Qu'y a-t-il de si intéressant à propos de cet arbre ? S'ils connaissaient la véritable histoire...

— S'ils la connaissaient, on ne pourrait plus circuler du tout », dit Jo-Jo.

La route s'incurvait peu à peu. À l'approche de l'embranchement avec le chemin de terre, les voitures étaient garées les unes derrière les autres.

« Ça peut nous faciliter les choses », murmura Packy en passant devant l'endroit où ils s'étaient arrêtés la veille.

La route continuait à décrire une courbe pendant les trois cents mètres suivants, pour aboutir à une barrière métallique qui marquait la limite entre les propriétés de Lem Pickens et de Wayne Covel. Un camion de télévision était arrêté dans l'allée qui menait à la maison délabrée qu'ils avaient vue à la télévision, quand Lem Pickens avait violemment cogné à la porte de Wayne Covel et proféré ses accusations. Un groupe de journalistes était rassemblé autour d'un arbre majestueux devant la maison.

« Sans doute le numéro deux du concours de beauté, fit Packy. Je l'abattrais si j'avais le temps.

— Dommage qu'il n'ait pas gagné, dit Jo-Jo. Covel ne se serait pas occupé de notre arbre. Regarde, le voilà. »

La porte d'entrée venait de s'ouvrir et Wayne Covel apparaissait sur le seuil, arborant un large sourire à l'intention des caméras braquées sur lui.

« Parfait, dit rapidement Packy. Ils sont tous rassemblés devant la maison. Passons par-derrière. »

Il continua à longer la route. D'autres voitures étaient stationnées sur le bas-côté. Il choisit un espace libre entre deux d'entre elles et y gara la guimbarde de Milo qui passerait plus inaperçue que si elle avait été isolée.

Rabattant son bonnet de ski sur son front, Packy ouvrit la portière et descendit de voiture. Puis il se pencha à nouveau à l'intérieur et prit le sac en papier qui contenait la machette de Wayne Covel. Remercions le ciel qu'elle soit gravée, pensa-t-il, sinon nous serions dans le brouillard, en train de chercher le salaud qui s'est tiré avec notre flasque. Mais quelle idée de faire graver une machette ! Quel crétin !

Avec un regard inquiet en direction du coffre, Jo-Jo sortit à son tour de la voiture et s'élança dans les bois à la suite de Packy. Ils atteignirent l'arrière de la ferme de Wayne. Jetant un coup d'œil depuis le couvert des arbres, ils aperçurent une petite grange. La porte était ouverte et un pick-up garé à l'intérieur.

« Qu'est-ce qu'on fait maintenant, Packy ? souffla Jo-Jo. Tu crois qu'on peut atteindre la cave par là ? » Il montrait les panneaux en métal rouillé qui permettaient visiblement d'accéder au sous-sol à partir de l'extérieur de la maison.

« En premier, je veux saboter sa bagnole au cas où il voudrait décamper avant que nous ayons récupéré les diamants. Je vais arracher quelques fils dans le moteur de ce pick-up.

– Bonne idée, dit Jo-Jo, admiratif. C'est ce que font les nonnes dans *La Mélodie du bonheur*. Tu te souviens quand elles disent à la mère supérieure qu'elles ont péché ?

— La ferme, Jo-Jo. Attends ici. Je te ferai signe quand j'aurai fini et nous foncerons jusqu'à l'entrée de la cave. »

Packy franchit en courant les quelques mètres de terrain découvert qui le séparaient de la grange, priant feu sa mère que personne ne le voie. En deux minutes, il avait soulevé le capot, coupé deux ou trois fils avec la machette de Covel et refermé le capot, satisfait à la pensée que c'était lui, désormais, qui utilisait la machette. Une pensée qui lui rappela aussi que ce même outil avait servi à détacher la flasque de la branche à laquelle elle était attachée depuis plus de treize ans. Il attendit sur le seuil de la grange d'être sûr que la voie fût dégagée. Puis il piqua un sprint jusqu'aux portes métalliques de la cave. Le vieux cadenas sauta au premier coup de machette. Retenant son souffle, Packy se pencha et souleva l'un des panneaux. Le grincement des charnières rouillées le glaça. Il le tint suffisamment ouvert pour pouvoir se glisser jusqu'aux premières marches de l'escalier. Puis il fit signe à Jo-Jo de le rejoindre en vitesse.

Il regarda anxieusement Jo-Jo s'élancer lourdement à travers la cour et l'aida à s'introduire dans l'ouverture. Jo-Jo commença à descendre, puis s'arrêta soudain. « Tu crois pas que je devrais ramasser le cadenas ? murmura-t-il. Si quelqu'un passe derrière la maison et le voit, il pourrait se poser des questions.

— Ramasse-le et rentre ! »

Packy abaissa le panneau au-dessus de la tête de Jo-Jo, et ils restèrent un moment sans rien y voir.

« Ça pue là-dedans, dit Jo-Jo.

— Pas plus que dans le gymnase qu'apparemment tu n'as pas fréquenté depuis un bout de temps.

— Je préfère la plage. »

Comme leurs yeux s'accoutumaient à l'obscurité, ils constatèrent que la seule source de lumière provenait d'un soupirail couvert d'une épaisse couche de poussière. Packy alluma sa torche et regarda autour de lui, cherchant avec précaution son chemin sur le sol de ciment. La machine à laver ronronnait bruyamment.

« Qui peut faire une lessive à une heure pareille ? demanda Jo-Jo. Peut-être lave-t-il les vêtements qu'il portait quand il a abattu l'arbre ? Destruction de preuves, tu sais, Packy. C'est ce qu'ils font au cinéma.

— J'ignorais que tu étais cinéphile. »

À côté de la machine à laver une cloison grossière percée d'une porte formait une sorte d'atelier. Packy l'ouvrit et regarda à l'intérieur. « Nous allons nous cacher ici jusqu'à ce que nous soyons sûrs que Covel est seul. » L'atelier était équipé d'un établi sur lequel étaient dispersés quelques outils.

La porte en haut de l'escalier intérieur s'ouvrit et une ampoule suspendue à un fil au-dessus des marches s'alluma. Packy et Jo-Jo disparurent dans l'atelier au moment où un paquet de vêtements sales roulait dans l'escalier. La lumière s'éteignit et la porte claqua.

Jo-Jo jeta un coup d'œil sur le linge éparpillé dans la cave. « Ce mec est un vrai cochon. Et il n'avait pas besoin de nous ficher une telle frousse. »

Le cœur de Packy tambourinait dans sa poitrine. « Ça ne va pas être facile. D'abord, il faut s'assurer qu'il est seul. »

Ils sortirent du réduit et Packy braqua sa torche sur la pile de linge sale qui venait d'atterrir sur le sol. Le tambour de la machine à laver s'emballa comme une tornade.

« Cet engin semble prêt à décoller », fit remarquer Jo-Jo, stupéfait.

La porte s'ouvrit à nouveau, les faisant sursauter. Dans sa hâte pour se réfugier à l'intérieur de l'atelier, Jo-Jo se prit les pieds dans l'une des chemises de flanelle en lambeaux de Wayne. Pour éviter de heurter trop brutalement le sol, il projeta ses deux mains en avant et s'écorcha la droite sur ce qu'il prit pour une pierre coupante. Étouffant un cri, il la prit et l'examina. La pierre brillait. La serrant fortement au creux de sa paume, il regagna à quatre pattes l'atelier.

Un autre paquet de linge dégringola l'escalier et la porte se referma à nouveau.

« Je me suis écorché, se plaignit Jo-Jo, essayant de reprendre son souffle. Mais je crois que ça valait le coup. » Il ouvrit la main et la tendit vers Packy. « Regarde. » Packy se pencha et dirigea le faisceau de la torche vers la paume rebondie de Jo-Jo.

Il prit entre ses doigts le diamant sur lequel il n'avait pas posé les yeux depuis plus de treize ans et l'embrassa. « Enfin, murmura-t-il.

— Tu es sûr que c'est un des tiens ? interrogea Jo-Jo. Je veux dire, un des *nôtres* ?

— Sûr et certain. C'est un des diamants jaunes. Tu ne t'en rends peut-être pas compte, mais tu as sous les yeux deux millions de dollars. Qu'est-ce que ce fêlé a fait du reste ?

— Il faudrait peut-être fouiller dans le linge sale, suggéra Jo-Jo. Ça me dégoûte, mais je pense que c'est nécessaire.

— Bonne idée. Tu n'as qu'à commencer », lui ordonna Packy. Il ramassa la machette. « Je vais monter discrètement en haut de l'escalier et écouter si j'entends du bruit. S'il est seul, il va passer un mauvais quart d'heure. »

32

Munis de plusieurs exemplaires de la photo d'Opal brandissant d'un air radieux le chèque de la loterie, Regan et Jack regagnèrent le chalet de Willy et d'Alvirah. Sous la photo, ils avaient imprimé une notice indiquant qu'elle avait disparu et priant quiconque l'avait vue ou détenait des informations à son sujet de contacter Alvirah ou la police locale.

« Nous en avons affiché un certain nombre à la Lodge, dit Regan. Jack et moi avons repéré les pistes où son groupe a skié hier. Nous allons les parcourir à pied, coller sa photo sur des arbres le long du trajet, et sonner aux portes des quelques habitations situées alentour.

— Et nous chercherons un vieux minibus blanc muni d'un porte-skis, ajouta Jack. J'ai appelé mon bureau et leur ai demandé de me communiquer tout ce qu'ils ont sur Packy Noonan, et tout ce qu'ils apprendront de nouveau sur l'affaire. C'est eux qui m'ont dit que le minibus était blanc. Quand ils ont su que j'étais sur place lorsque l'arbre destiné au Rockefeller Center a été volé, ils ont été stupéfaits. »

Ils étaient assis dans la salle de séjour du chalet qui

avait perdu un peu de son atmosphère chaleureuse. Plus les minutes passaient, plus Alvirah était convaincue qu'Opal courait un danger. « Qui sait où elle se trouve, dit-elle d'une voix crispée. Quelqu'un a pu la forcer à monter dans une voiture. Elle est partie si tôt ce matin qu'il ne devait pas y avoir grand monde dehors. Je vais aller en ville avec Willy, nous afficherons aussi quelques photos et les montrerons aux gens du coin. Le temps presse. Je sais que je me répète, mais j'ai le sentiment que chaque minute compte.

— Retrouvons-nous dans une heure pour faire le point, dit Regan. Jack et moi avons notre téléphone mobile et vous aussi. »

Ils quittèrent ensemble le chalet. Willy et Alvirah montèrent dans leur voiture. Jack et Regan se dirigèrent à pied vers la piste où Opal avait skié le dimanche avec son cours et s'enfoncèrent dans les bois. Aujourd'hui la piste était déserte. Tandis qu'ils la longeaient, Regan demanda : « Jack, crois-tu possible qu'Opal soit tombée sur Packy Noonan ?

— Elle est partie vérifier on ne sait quoi ce matin et n'a pas réapparu depuis. Si elle a remarqué quelque chose de suspect et que Packy Noonan se trouve dans les parages... » Il leva les mains. « Qui sait ? »

La neige crissait sous leurs pas. Ils marchaient côte à côte, presque épaule contre épaule, inspectant les bois de part et d'autre du chemin.

« Il a peut-être un ami dans le coin chez lequel il s'est réfugié, poursuivit Regan. Mais pour quel motif ? Il a payé sa dette à la société pour son escroquerie. Comme tu le faisais remarquer hier soir, il risque gros pour avoir enfreint ses engagements.

Tu sais, Jack, c'est bizarre que Packy Noonan ait travaillé pour Lem Pickens et que l'arbre de Lem ait été abattu moins de vingt-quatre heures après qu'il s'était enfui dans une voiture immatriculée dans le Vermont. Je ne vois pas pourquoi il se serait donné la peine de couper un arbre, mais la coïncidence est frappante, tu ne trouves pas ? »

Jack acquiesça. Plongés dans leurs pensées, ils continuèrent d'avancer le long de la piste, s'arrêtant tous les trois cents mètres pour placarder une photo d'Opal sur un arbre. Ils frappèrent aux portes des rares fermes situées sur le chemin. Personne ne reconnut Opal, personne n'avait rien remarqué de spécial. Ceux qui étaient chez eux avaient allumé la télévision et regardaient les informations qui relataient la disparition de l'arbre de Lem Pickens.

« Ces deux-là ne se sont jamais entendus, fit observer une femme. Mais, si vous voulez mon avis, Wayne Covel n'aurait certainement pas eu l'énergie nécessaire pour abattre cet arbre, encore moins pour le transporter on ne sait où. Ça ne tient pas debout ! Je l'ai engagé un jour pour faire de petits travaux chez nous, et il a mis une éternité pour en venir à bout. » Elle les invita à prendre un café mais Regan et Jack déclinèrent son offre.

Comme ils regagnaient la piste, Regan dit : « Nous sommes partis depuis près d'une heure. Je vais appeler Alvirah. » Au ton découragé d'Alvirah quand elle décrocha, Regan comprit immédiatement qu'elle et Willy n'avaient trouvé personne qui puisse leur fournir la moindre indication.

Regan venait de refermer son téléphone quand celui

de Jack se mit à sonner. Regan vit son expression changer tandis qu'il écoutait. Il coupa la communication et se tourna vers elle. « Ils ont identifié le camion à plateau abandonné. Il est immatriculé au nom d'un homme qui n'a jamais entendu parler de cet arbre. Mais il se trouve que ses deux cousins, Benny et Jo-Jo Como, ont pris part à l'escroquerie de Packy Noonan. Et voilà où ça devient intéressant : on a relevé les empreintes de Benny sur le volant.

— Oh, mon Dieu ! fit doucement Regan. Opal est peut-être tombée sur lui.

— Tout le monde croyait que ces zigotos avaient quitté le pays. Eh bien, non.

— C'est peut-être Benny qui attendait Packy dans le minibus », dit Regan, réfléchissant tout haut. « Mais pourquoi un camion à plateau ? Packy pourrait-il être impliqué dans le vol de l'arbre ? Pourquoi ?

— Il a rendu visite aux Pickens moins d'un an avant d'être arrêté. Peut-être cherchait-il un endroit où cacher son butin. Tu le sais comme moi, beaucoup d'escrocs ne font confiance ni aux banques ni aux coffres-forts, ni même aux paradis fiscaux comme les îles Caïmans.

— Il a filé avec plusieurs millions de dollars, dit Regan. Tout ne peut pas être en liquide. C'est impossible. Ce serait trop difficile à dissimuler.

— Les voleurs convertissent souvent leur argent en objets de valeur, comme des bijoux ou des pierres précieuses, déclara Jack. C'est plus difficile à repérer.

— Mais s'il a caché des bijoux dans l'arbre de Lem Pickens, pourquoi s'être donné le mal de le couper pour les récupérer ? demanda Regan. Ça n'a aucun sens. En tout cas, nous ferions mieux de tenir Alvirah au courant. Je suis certaine que la nouvelle va être diffusée aux informations dans quelques minutes. Son rédacteur l'a peut-être déjà appelée... » Regan composa à nouveau le numéro d'Alvirah.

Alvirah venait juste d'être mise au courant de la bouche même de Charley. « Regan, nous retournons à la Lodge, dit-elle. J'ai l'impression que nous perdons notre temps en ville. J'aimerais m'entretenir à nouveau avec la réceptionniste et savoir qui faisait partie du cours de ski d'Opal. J'espère qu'ils ne sont pas tous partis à l'heure qu'il est. Je voudrais aussi contacter la monitrice qui est en congé aujourd'hui.

— Nous vous retrouverons là-bas. Nous sommes presque au bout de la piste. »

Une fausse piste, songea Regan en refermant son téléphone.

33

Lem monta d'un bond dans son pick-up et démarra pleins gaz dans l'allée. Sa seule consolation était qu'une forte récompense était offerte pour son arbre, ce qui multiplierait le nombre de gens décidés à le chercher. Il lui importait peu que quelqu'un d'autre le trouve avant lui et empoche les dix mille dollars promis par le Rockefeller Center. Ce qu'il désirait surtout, c'était le voir dans toute sa splendeur partir pour la gloire à New York. Il imaginait le ravissement de Viddy le jour de la cérémonie, lorsqu'on actionnerait l'interrupteur et que des milliers de lumières illumineraient ses branches.

Lem tourna au bout de l'allée et accéléra. Il avait l'intention de passer devant la maison de Wayne Covel pour voir s'il y avait du nouveau. De là, il ferait le tour de toutes les granges, inspecterait certaines voies sans issue aux abords de Stowe, où les amateurs de ski avaient fait construire leurs chalets. Beaucoup n'arrivaient qu'après Thanksgiving. Covel avait pu conduire le semi-remorque du Rockefeller Center au bout d'une de ces routes et l'y abandonner. À moins de patrouiller dans tout le coin, personne ne le découvrirait avant plusieurs jours.

Il alluma la radio. Sur la chaîne locale, les commentaires concernant la disparition de l'arbre allaient bon train.

« Si j'étais Wayne Covel et n'avais rien à voir avec cette histoire, je poursuivrais Lem Pickens en justice pour obtenir réparation. Je lui demanderais une indemnité proportionnelle au montant exact de ses biens : ses bois, les poules de son poulailler, et jusqu'à ses dents en or, disait le présentateur. Dans ce pays, on ne diffame pas impunément les gens. Nous avons fait appel à notre expert juridique... »

Furieux, Lem éteignit la radio. « Bande d'imbéciles, vous n'entendez rien à la justice, dit-il, crachant littéralement ses mots. Un homme doit parfois prendre les choses en main. Viddy ne peut pas vivre sans son arbre. Je ne vais certainement pas attendre que les flics le retrouvent. Pour jeter un simple coup d'œil dans une grange, il leur faut un de ces stupides mandats de perquisition. »

Il ralentit en passant devant la ferme de Wayne Covel. La vue du grand épicéa devant sa maison le fit bouillir. Si celui-là se retrouve au Rockefeller Center, Viddy ne s'en remettra pas, songea-t-il. Les journalistes campaient dans l'allée de Covel. Il nota que plusieurs personnes de sa connaissance se tenaient autour de l'arbre, admiratives. Il savait que nombre de ces gens n'aimaient pas Wayne, qu'ils voulaient seulement voir leur bobine à la télévision. Quelle honte !

Après un virage, il aperçut la voiture du poète. Impossible de ne pas la remarquer avec son pare-chocs retenu par une corde. Il aurait volontiers dégonflé ses pneus. Comment cet abruti osait-il enquiquiner Viddy avec ses poèmes de malheur ? Il avait même eu le culot de lui offrir un exemplaire de l'ode qu'il avait écrite sur une mouche du fruit. Viddy disait qu'il aimait en faire profiter la terre entière.

Lem poursuivit sa route. Après réflexion, il décida de commencer par les faubourgs de la ville. Même Covel ne serait pas assez stupide pour abandonner l'arbre à proximité de sa maison.

Pendant l'heure et demie qui suivit, il pénétra en douce dans toutes les propriétés des alentours de Stowe. Il s'introduisit dans les granges, ouvrit les portes qui n'étaient pas fermées à clé, inspecta par la fenêtre les bâtiments assez grands pour contenir un camion à plateau. Il finit par être chassé par le caquètement des poules, le hennissement des chevaux, et un chien qui le poursuivit en aboyant pendant qu'il battait en retraite.

Toute cette activité lui avait creusé l'appétit, mais il s'interdit de rentrer chez lui. Il ne voulait pas reparaître devant Viddy avant d'avoir récupéré leur arbre. Il remonta dans son pick-up et tourna le bouton de la radio. C'est alors qu'il entendit qu'on avait retrouvé le camion à plateau et les empreintes digitales de Benny sur le volant.

« C'est un coup de Packy Noonan ! s'écria-t-il. Je savais bien au fond de moi qu'il avait de mauvaises intentions quand il s'est arrêté chez nous il y a treize ans. Mais je voulais croire qu'il s'était acheté une conduite. Tu parles ! Et Viddy l'a toujours soupçonné d'avoir volé son camée. J'espère seulement que Packy a fait le coup avec Wayne Covel. Parce que si Wayne est innocent, je risque de sérieux ennuis. Non seulement Viddy aura perdu son arbre, mais elle n'aura plus de toit. » Il préféra ne pas y penser.

Il renonça à son intention de déjeuner rapidement dans un Restoroute. Il devait coûte que coûte retrouver au plus vite son épicéa.

Chaque chose en son temps.

34

Accroupi sur la première marche de l'escalier de la cave, Packy s'attendait à tout moment à ce que Wayne Covel envoie un nouveau ballot de linge valdinguer. Auquel cas je le prendrai en pleine poire, pensa-t-il. Mais ils ne pouvaient se permettre d'attendre plus longtemps.

Il avait mal au dos et aux genoux. Il se tenait dans cette position depuis quarante minutes.

Il y avait d'abord eu Dennis Dolan, un journaliste d'une petite ville du Vermont. Il avait sonné à la porte et Wayne l'avait invité à prendre un café, ou une bière. Dolan avait expliqué qu'il voulait faire un sujet de société sur Wayne dans le cas où son arbre serait finalement choisi par le Rockefeller Center.

Packy dut supporter l'histoire de la vie de Wayne, y compris le fait que sa petite amie, Lorna, lui avait envoyé un e-mail le matin même.

Lorsque Dolan eut posé une dernière question inepte et fut parti, Wayne regagna la cuisine et augmenta le volume de la télévision. Machette à la main, Jo-Jo derrière lui armé de ruban adhésif et d'une corde, Packy s'apprêtait à ouvrir brusquement la porte et à se jeter sur Covel quand quelqu'un frappa vivement à la porte d'entrée, réduisant à néant son plan. Covel quitta la cuisine pour aller ouvrir et accueillit cordialement son visiteur. C'était un copain de bar, Jake, qui passait lui offrir son soutien moral face aux accusations de Lem Pickens. Entrebâillant la porte de la cave, Packy entendit sans difficulté la conversation.

« Écoute, mon vieux, j'ai dit à ces journalistes que Lem avait perdu les pédales. Et ça, uniquement parce qu'il a jamais pu te blairer. Trop heureux de pouvoir t'accuser, hein ? À mon avis, si son arbre ne réapparaît pas, ils vont te prier à genoux de leur accorder le tien. Un conseil en passant. S'ils veulent te filmer à côté de lui quand ils viendront l'abattre, tu ferais bien d'aller chez le coiffeur te faire couper les tifs. C'est ce que je m'apprête à faire. Pourquoi tu viendrais pas avec moi ? »

En entendant cette suggestion, Packy dut se retenir pour ne pas crier. Mais Wayne refusa l'offre.

« Peut-être que tu peux laisser tomber la coupe de cheveux, continua Jake, mais si j'étais toi je taillerais ma moustache et je me raserais, bien que toutes ces égratignures sur ton visage ne fassent pas net. Bon, je te laisse, tchao. »

Des égratignures... Packy serra plus fort sa machette. Tu te les es faites en volant ma flasque, pensa-t-il.

Wayne ouvrit la porte et remercia son copain de sa visite. Puis, à la consternation de Packy, une autre voix se fit entendre :

« Monsieur Covel, permettez-moi de me présenter. Je suis Trooper Keddle, avocat. Puis-je entrer ? »

Oh non ! se désola Packy. Non !

406

Il sentit qu'on le tirait par le bas de son pantalon. Jo-Jo murmura : « On peut pas rester ici à faire tapisserie en espérant que quelqu'un nous invite à danser, Packy. On n'y voit pas grand-chose par la fenêtre, mais je peux te dire que le ciel se couvre.

— J'ai pas besoin d'un bulletin météo, lui rétorqua Packy. Tais-toi. »

L'avocat suivait Wayne dans la cuisine. « Asseyez-vous, lui disait Covel. Sortez votre carnet et notez ceci. Si vous croyez m'effrayer en venant de la part de Lem Pickens, vous vous fourrez le doigt dans l'œil et lui aussi. Je n'ai pas pris son arbre et il n'a pas à m'attaquer en justice. Compris, bonhomme ? »

Keddle essaya de le calmer :

« Non, non, non, monsieur Covel. Il est question que *vous* le poursuiviez. Il a proféré des accusations diffamatoires. Il n'a pas utilisé le mot *présumé*. D'un point de vue juridique, vous pouvez accuser quelqu'un d'à peu près n'importe quel crime à condition que vous *présumiez* qu'il en soit l'auteur. En des termes on ne peut plus clairs, sur une chaîne de télévision nationale de surcroît, M. Pickens vous a accusé d'avoir commis un délit. Mon cher monsieur Covel, l'ambition de notre cabinet est de vous voir pleinement indemnisé pour cette insulte à votre honnêteté. Vous le *méritez*, monsieur Covel. Votre famille le mérite.

— Suis pas marié et j'aime pas mes cousins, répondit Wayne. Mais, d'après vous, ce que j'ai entendu à la radio serait exact ? Je pourrais donc le poursuivre pour m'avoir traîné dans la boue ? »

Il éclata d'un rire sonore.

« Vous pouvez l'attaquer pour avoir nui à votre

réputation, pour vous avoir affecté psychologiquement, occasionnant un choc et une souffrance qui risquent de perturber votre travail, pour vous avoir esquinté le dos en vous tirant brutalement du lit lorsqu'il a frappé à coups redoublés à votre porte, pour...

— Je comprends ce que vous voulez dire, dit Wayne. Vous m'intéressez.

— Et pas un centime à débourser. Mon cabinet s'intéresse avant tout à la justice. "Justice pour les victimes", c'est la devise inscrite sur les bureaux de tous nos associés.

— Combien de personnes compte votre cabinet ?

— Deux. Ma mère et moi. »

Derrière la porte, Packy réfléchissait :

Je n'ai jamais porté d'arme sur moi, je n'en ai jamais eu besoin, je suis un escroc en col blanc, mais je donnerais cher pour en avoir une maintenant. Heureusement Jo-Jo est un malabar. Il peut maîtriser Covel. De mon côté, je n'ai qu'à brandir cette machette pour lui faire peur et nous récupérerons nos diamants en moins de deux. Covel ne prendra pas le risque de me résister. Mais comment maîtriser en même temps ce racoleur qui prétend défendre la veuve et l'orphelin ? D'après le peu que je vois, il est plutôt costaud et il y a peut-être des gens à l'extérieur. Un seul cri et nous sommes cuits.

Jo-Jo le tirait à nouveau par son pantalon. « Tu dis que le diamant que nous avons trouvé vaut deux millions ? murmura-t-il. On pourrait peut-être s'en contenter. »

Packy secoua la tête si violemment qu'il heurta la porte.

« C'est la porte de la cave qui craque », expliqua Wayne à Trooper Keddle en fourrant sa carte professionnelle dans sa poche. « Je la ferai réparer avec l'argent de Lem. » Cette pensée déclencha chez lui un autre éclat de rire que Keddle fit de son mieux pour imiter.

Puis, non sans s'être vanté une dernière fois d'être capable d'obtenir réparation des torts causés à Wayne, il s'en alla enfin.

C'est le moment, décida Packy. Il fit un signe à Jo-Jo. Une seconde plus tard, comme Wayne se dirigeait vers la table, la porte de la cave s'ouvrit brusquement et, avant qu'il ait eu le temps de dire ouf, il était par terre. Packy colla le ruban adhésif sur sa bouche et Jo-Jo lui ramena les bras puis les jambes en arrière et les attacha.

« Va baisser les stores dans les pièces de devant, Jo-Jo, ordonna Packy. Ferme à clé la porte d'entrée. S'il y a encore des gens dehors, ils croiront que notre ami ne veut plus voir personne. » Il posa la machette sur le sol, à quelques centimètres du visage de Covel. « Tu la reconnais ? Je suis sûr que oui. Peut-être qu'elle va t'aider à te rappeler ce que tu as fait de mes diamants. »

Il frappa doucement la tête de Wayne. « Et n'essaye pas de faire du raffut, sinon tu iras bouffer les pissenlits par la racine. Compris ? »

Wayne hocha vigoureusement la tête.

Packy se leva et alla à la fenêtre de la cuisine. Il tira sur le store qui se retrouva drapé autour de son bras. Il avait été fixé n'importe comment sur l'enrouleur avec de la ficelle. Avec un regard méprisant à l'adresse de Wayne, il saisit le ruban adhésif, monta sur une chaise et entreprit de le réparer.

Jo-Jo eut plus de chance avec les stores de la chambre et du séjour, mais au moment où il se diri-geait vers la porte d'entrée pour mettre le verrou, la poignée tourna et il entendit un : « Waynnnne... Ché-riiii... » Et Lorna entra dans la pièce en criant : « Sur-prise, surprise ! »

Opal retrouvait les sensations qu'elle avait eues pendant son opération de l'appendicite. Elle se souvenait d'avoir entendu quelqu'un dire : « Elle revient à elle, augmente la dose. » Un autre avait protesté : « Elle en a eu assez pour assommer un éléphant. »

Elle avait la même impression en ce moment, comme si elle était dans le brouillard ou sous l'eau, cherchant à remonter à la surface. Lors de son opération, elle leur avait dit : « Je suis une dure à cuire. Vous n'allez pas m'avoir facilement. »

C'était ce qu'elle pensait *maintenant*. Lorsque son dentiste lui avait arraché une dent de sagesse, il avait dû lui inoculer une dose massive d'anesthésiant. Elle avait dit au Dr Ajong qu'elle était aussi difficile à soûler qu'un juge de paix.

D'où me vient cette résistance ? se demanda-t-elle, vaguement consciente qu'elle ne pouvait pas remuer les bras. Je pense qu'on nous attache pour l'opération. Elle sombra à nouveau dans le sommeil.

Ce ne fut qu'un peu plus tard qu'elle revint vaguement à elle. Qu'est-ce qu'il m'arrive ? On dirait que j'ai bu cinq vodkas. Pourquoi suis-je dans cet état ? Elle s'imagina qu'elle était au mariage de son cousin Ruby. Le vin qu'ils avaient servi était si mauvais qu'il lui avait suffi de deux verres pour avoir la gueule de bois.

Mon cousin s'appelle Ruby... Mon nom est Opal... La fille de Ruby se nomme Jade... Des noms de pierres précieuses, songea-t-elle à moitié endormie. Je n'ai pas l'impression d'être une opale. Quand j'ai déclaré à papa qu'Opal était un nom stupide, il m'a répondu : « Parles-en à ta mère. C'était son idée. » Maman a dit que mon grand-père nous appelait ses bijoux, et qu'il avait suggéré de nous donner ces noms. *Des noms de pierres précieuses.*

Opal se rendormit.

Quand elle rouvrit enfin les yeux, elle tenta de remuer les bras et comprit qu'il lui était arrivé quelque chose. Où suis-je ? Pourquoi ne puis-je pas bouger ? Je me souviens ! Packy Noonan ! Il m'a vue regarder la plaque d'immatriculation du minibus. Les deux autres m'ont attachée. J'étais assise à la table de la cuisine. Ils ont acheté des diamants avec l'argent qu'ils m'ont volé. Ils ont aussi volé l'arbre de Noël. Mais ils n'ont pas les diamants, pas encore. L'homme qui est apparu à la télévision, celui qui a des égratignures sur le visage, c'est lui qui les a... Comment s'appelle-t-il déjà ? Wayne... J'étais assise à la table de la cuisine. Qu'est-il arrivé ? Le café avait un drôle de goût. Je ne l'ai pas fini. Elle se rendormit.

Elle rêva qu'elle avait oublié d'éteindre un brûleur de sa cuisinière. Elle sentait l'odeur du gaz. En se réveillant, elle balbutia : « Ce n'est pas un rêve. Ça sent vraiment le gaz. »

36

Alvirah et Willy regagnèrent la Lodge avant Regan et Jack. « Les pisteurs ont ratissé toutes les pistes, leur annonça la réceptionniste. Ils n'ont trouvé aucune trace de votre amie, mais tout le monde a été alerté. »

La photo d'Opal était en évidence sur le comptoir. « Est-ce que beaucoup de clients ont quitté l'hôtel ? demanda Alvirah.

— Oui, répondit l'employée. Les gens viennent surtout durant le week-end. Nous leur avons montré la photo. Malheureusement personne n'a pu nous donner la moindre information concernant Mlle Fogarty. Quelques-uns se souvenaient de l'avoir vue dans la salle à manger, mais c'est tout. »

Regan et Jack les rejoignirent.

« Regan, dit Alvirah, je suis convaincue que Packy Noonan et Benny Como détiennent Opal. J'ai appelé la police au cas où quelqu'un aurait signalé quelque chose, mais naturellement personne ne s'est manifesté. Ils m'auraient prévenue, de toute façon. »

Willy exprima tout haut ce qu'ils pensaient tous : « Que fait-on maintenant ? »

Alvirah se tourna vers la réceptionniste. « Je sais

que vous avez laissé un message à la monitrice qui donnait le cours du samedi après-midi. Pourriez-vous lui téléphoner à nouveau ?

— Bien sûr. Nous avons tenté de la joindre à plusieurs reprises, chez elle et sur son portable, mais je vais encore essayer. Elle est peut-être allée faire une ou deux descentes. À moins qu'elle ne soit pas encore réveillée.

— Pas encore réveillée ! s'exclama Alvirah. Il est midi passé.

— Elle n'a que vingt ans », dit la réceptionniste avec un petit sourire en composant le numéro.

Elle laissa un nouveau message. Alvirah marmonna : « Inutile de s'obstiner, nous n'obtiendrons rien de ce côté-là.

— Et si nous allions interroger les skieurs qui étaient dans le cours d'Opal samedi ? suggéra Jack. On a sûrement la liste de leurs noms quelque part.

— Je peux facilement les trouver, dit la réceptionniste. Donnez-moi une minute. »

Elle se hâta vers le bureau adjacent à l'accueil.

Ils restèrent à l'attendre en silence. Lorsqu'elle ressortit du bureau, la jeune femme tenait à la main une liste de six noms. « Je sais que certaines de ces personnes ont quitté l'hôtel ce matin. Mais laissez-moi vérifier si les autres sont encore là. »

La porte du hall s'ouvrit alors comme sous l'effet d'une tornade. Un garçon roux d'une dizaine d'années entra en trombe dans le hall. Tout le monde put alors profiter des commentaires adressés à ses parents qui arrivaient derrière lui, visiblement épuisés.

« Je ne peux pas *croire* que quelqu'un a coupé cet

arbre ! Je me demande comment ils s'y sont pris. Maman, est-ce qu'on peut donner à développer les photos aujourd'hui pour que je les montre demain à mes copains à l'école ? Ils vont en faire une tête quand ils verront la taille de la souche ! Et je voudrais aller à New York pour voir l'arbre qu'ils auront mis à sa place avec toutes les lumières. Est-ce qu'on pourra y aller pendant les vacances de Noël ? Je veux prendre une photo pour la mettre à côté de celle de la souche. »

La vue de la photo d'Opal affichée à la réception le fit taire. « C'est la dame qui était dans mon cours de ski du samedi après-midi ! » Débordant d'énergie, il sautillait sur place en regardant la photo.

« Tu connais cette dame ? demanda Alvirah. Tu as skié avec elle ?

— Oui. Elle est super. Elle m'a dit qu'elle s'appelait Opal et que c'était la première fois qu'elle faisait du ski. Elle était drôlement bonne. Bien meilleure que la vieille qui croisait tout le temps ses skis. »

Alvirah décida de ne pas relever la remarque sur « la vieille ».

« Bobby, on ne dit pas "la vieille", le reprit son père. On dit "la dame âgée".

— Mais pourquoi c'est mal ? C'est comme ça que le chanteur de mon groupe préféré, Screwy Louie, appelle sa femme.

— Quand as-tu skié avec Opal ? demanda vivement Alvirah.

— Samedi après-midi. »

Alvirah se tourna vers les parents. « Étiez-vous aussi dans ce cours ? »

Tous deux eurent l'air embarrassé. « Non, répondit

416

la mère. Je me présente, Janice Granger. Mon mari et moi avions skié avec Bobby toute la matinée. Après le déjeuner, il a eu envie de recommencer. La monitrice le connaît bien et elle nous a promis de faire attention à lui.

— Faire attention à moi ? C'est moi qui ai fait attention à la dame. »

Il désignait la photo.

« Que veux-tu dire ? demanda Alvirah.

— Elle a dû s'arrêter et s'asseoir pour renouer son lacet. Je l'ai attendue. Je lui ai même dit de se dépêcher parce qu'elle restait plantée à regarder une ferme.

— Elle regardait une ferme ?

— Il y avait un type qui fixait des skis sur le toit de son minibus. Elle l'observait. Je lui ai demandé si elle le connaissait. Elle m'a dit non, mais qu'il lui rappelait quelqu'un qu'elle avait connu autrefois.

— De quelle couleur était ce minibus ? » demanda Alvirah.

Il leva les yeux, se mordit la lèvre, regarda autour de lui. « Je suis à peu près sûr qu'il était blanc. »

Regan, Jack, Willy et Alvirah n'avaient plus aucun doute : l'individu en question était soit Packy Noonan soit Benny Como. Désormais, le pire était à craindre.

« Où se trouve cette ferme ? demanda Jack.

— Est-ce que quelqu'un a un plan des pistes ? » demanda Bobby.

La réceptionniste en sortit un du bureau et le déplia sur le comptoir.

« Nous venons ici depuis que Bobby est né, dit le père du garçon. Il connaît la station comme sa poche. »

Bobby étudia le plan, pointa son doigt sur l'une des

417

pistes. « C'est un endroit formidable pour faire du ski, dit-il.

— Et la ferme ? demanda Alvirah. Où se trouve cette ferme ? »

Il désigna un point sur la carte. « C'est là où étaient les débutants qu'on a dépassés. Et c'est là que... que la... dame âgée... Opal s'est arrêtée pour renouer son lacet.

— Et la maison était à cet endroit précis ? l'interrogea à son tour Regan.

— Ouais. Et il y a une grande grange à côté.

— Je vois à peu près où elle se trouve, dit Bill Granger.

— Pouvez-vous nous y emmener ? demanda Jack. Nous n'avons pas une minute à perdre. C'est d'une extrême urgence.

— Naturellement.

— Je viens avec vous, déclara Bobby avec assurance, les yeux brillants d'impatience.

— Non, tu restes ici, lui dit sa mère.

— Ce n'est pas juste ! Et je suis le seul qui sait vraiment à quoi ressemble cette ferme.

— Il a raison, fit Alvirah d'un ton ferme.

— Je ne veux pas que Bobby coure un danger.

— Vous pourriez tous nous y conduire, insista Jack. Je vous en prie, c'est terriblement important. »

Les parents de Bobby échangèrent un regard. « Notre voiture est juste devant l'hôtel, dit Bill Granger.

— Youpi ! » s'écria Bobby en franchissant sans les attendre la porte du hall.

Ils coururent jusqu'au parking. Jack prit le volant

de la voiture d'Alvirah et de Willy. Ils suivirent les Granger sur la route qui conduisait de la Lodge jusqu'à la ferme envahie par le gaz où Opal luttait désespérément pour reprendre conscience.

37

La détermination est une chose. La réussite en est une autre. Lem avait beau se démener, il n'aboutissait à rien. La promesse qu'il avait faite à Viddy de retrouver leur arbre semblait aussi facile à tenir que d'attraper la lune.

Il descendait à présent Main Street. En voyant l'enseigne de son restaurant favori, il eut un moment d'hésitation puis s'arrêta. Il avait l'estomac dans les talons et était incapable d'aligner deux idées. Un homme affamé ne peut pas réfléchir, décida-t-il. Et cette pause était d'autant plus justifiée qu'il n'avait même pas pris de petit déjeuner. Je ne suis pas rentré à la maison depuis que nous avons invité ces gens de la ville et, bien qu'il soit excellent, le chocolat de Viddy n'est pas suffisant pour nourrir un homme.

Au moment où il descendait du pick-up, la photo d'une femme affichée sur un réverbère attira son regard. Lem s'immobilisa un instant pour l'examiner. La femme brandissait un billet de loterie. À sa vue, il se rappela qu'il aurait pu gagner le gros lot à la loterie du Vermont mais avait oublié d'acheter un billet. Les numéros que Viddy et lui jouaient habituellement étaient sortis cette semaine-là.

Viddy était restée plutôt froide avec lui pendant un certain temps, se souvenait-il. Grâce à Dieu, ce n'était pas un très gros lot. Et il avait dit à Viddy que les impôts leur en auraient pris la moitié, que des vendeurs bidon seraient venus les harceler pour leur proposer des affaires dont ils n'avaient pas besoin, comme des terrains en Floride qui étaient sans doute des marécages remplis d'alligators.

Viddy avait fait la moue. Elle n'avait pas paru convaincue.

Lem plissa les yeux. Si l'on savait quelque chose au sujet de cette dénommée Opal, les numéros qu'il fallait appeler étaient ceux de la police ou d'Alvirah.

Justement Alvirah était venue chez eux aujourd'hui. Curieuse coïncidence. Nous recherchons tous deux quelque chose de très important pour nous.

Lem entra dans le restaurant et s'assit au bar. Le garçon qui servait ce jour-là s'appelait Danny. « Lem, je regrette vraiment pour votre arbre.

— Merci. Il faut que je mange en vitesse. Je dois le retrouver coûte que coûte.

— Que prendrez-vous ?

— Deux œufs sur le plat avec du jambon et du bacon, un jus d'orange et deux toasts. Pas de beurre, j'évite le beurre en ce moment. »

Danny lui servit une tasse de café. Au-dessus de sa tête, sur la droite, la télévision était allumée, mais le son à peine audible.

Lem y jeta un coup d'œil. Un journaliste montrait un semi-remorque. Lem commençait à devenir un peu dur d'oreille. « Est-ce qu'on pourrait augmenter le volume ? » cria-t-il.

Danny saisit la commande à distance et obtempéra.

« ... le camion où ont été relevées les empreintes digitales de Benny Como était une vraie poubelle. Mais nos informateurs nous disent que parmi les sachets de chips, les papiers de chewing-gum et les boîtes de biscuits, les enquêteurs ont fait une découverte étrange, étant donné l'individu qui était au volant... »

Lem se pencha en avant pour mieux entendre.

« ... un exemplaire d'un poème intitulé *Ode à une mouche du fruit* était coincé au-dessus du pare-soleil. Le poète est inconnu. La signature impossible à déchiffrer... »

Lem fit un bond en l'air comme s'il avait touché un fil électrique. « C'est le poème de Milo ! s'écria-t-il. Et il est nul ! Quel imbécile je suis ! » Il s'élança hors du restaurant et traversa la rue en courant jusqu'à son pick-up.

Il sortit en trombe du parking. Il était furieux contre lui. Je suis un parfait crétin ! C'était aussi évident que le nez au milieu de la figure, mais je ne me suis douté de rien. Le type à qui Milo loue sa ferme a agrandi la grange il y a quelques années. Il pensait que ses mulets, qu'il baptisait chevaux de course, allaient gagner le Kentucky Derby. Mais cette *grange* ! *Elle est assez grande pour contenir mon arbre !*

38

« Où est ma flasque ? demanda calmement Packy. Où sont mes diamants ? »

Questions auxquelles Wayne ne pouvait pas répondre puisqu'il avait les lèvres scellées par du ruban adhésif. Wayne et Lorna étaient assis sur les chaises de la cuisine. Comme Wayne, Lorna avait les mains et les jambes liées. Après l'avoir avertie que le moindre cri serait son dernier, Packy ne s'était pas donné la peine de la bâillonner. Il avait pensé qu'elle était trop effrayée pour appeler à l'aide, et il ne s'était pas trompé. En outre, au cas où cet escroc de Wayne essayerait de le mener en bateau, elle aurait peut-être une idée de l'endroit où il avait planqué les diamants.

« Wayne, disait maintenant Packy, tu as pris la flasque dans l'arbre de Pickens. C'est pas sympa de ta part. C'est ma flasque, pas la tienne. Je vais ôter ce ruban de ta bouche et si tu te mets à crier, je risque de me fâcher. Tu comprends ? »

Wayne opina du bonnet.

« Il a compris, dit Lorna d'une voix tremblante. Il a bien compris. Il n'a peut-être pas l'air malin comme ça, pourtant il est intelligent. J'ai toujours dit qu'il aurait pu réussir s'il n'avait pas été aussi paresseux.

— J'ai déjà entendu l'histoire de sa vie, l'interrompit Packy. Il l'a racontée à un journaliste. Il a même parlé de vous. »

Lorna tourna la tête vers Wayne. « Qu'est-ce que tu lui as raconté ? » lui demanda-t-elle.

« Packy, faut qu'on se dépêche », s'impatienta Jo-Jo.

Packy lui jeta un regard noir. Il avait vu la peur se dissiper dans les yeux de Covel. La petite amie avait raison. L'homme n'était pas stupide. En ce moment même, son cerveau tournait à plein régime, cherchant une astuce pour conserver les diamants. D'un geste sec, Packy ôta le ruban de sa bouche, arrachant quelques longs poils de sa moustache.

« Ouille ! gémit Wayne.

— Sois pas aussi douillet. Des millions de femmes paient pour qu'on leur fasse la même chose tous les mois. On appelle ça se faire épiler. » Packy se pencha au-dessus de la table. « La flasque. Les diamants. Tout de suite.

— Il n'a pas de diamants, protesta Lorna. En réalité, il n'a pas un sou vaillant. Si vous ne me croyez pas, regardez dans cette boîte à cigares près de l'évier. Elle est pleine de factures. La plupart sont marquées : IMPAYÉ.

— Ma p'tite dame, bouclez-la, dit Packy. Covel, je veux ces diamants.

— Je ne les ai pas...

— Tu les as ! » gronda Packy.

Il sortit de sa poche le diamant jaune qu'ils avaient trouvé sur le sol de la cave, l'agita sous le nez de Covel, puis le posa sur la table.

« Il était au milieu du linge sale que tu as jeté en bas.

— Quelqu'un a dû le laisser tomber. Il y a eu une quantité de gens qui ont défilé ici aujourd'hui. »

La voix de Covel était stridente.

« Il est magnifique ce diamant ! » s'exclama Lorna.

Il a la frousse, mais pas encore assez pour cesser de tergiverser, constata Packy. Il se pencha en travers de la table jusqu'à ce que son visage ne soit qu'à quelques centimètres de celui de Wayne.

« Je pourrais demander à Jo-Jo de te brutaliser un peu. Et s'il commence, tu parleras. Mais je ne suis pas chien. Je suis équitable. » Il prit le diamant et le déposa dans la poche de la chemise de Wayne. « Ce petit objet près de ton cœur vaut deux millions de dollars. Il est à toi si tu nous remets immédiatement la flasque avec le reste des diamants.

— Je vous l'ai dit, je ne sais rien. »

Il cherche à gagner du temps, pensa Packy. Peut-être attend-il une visite. Il prit la machette et la contempla d'un air songeur. « Je crois que nous allons perdre patience, qu'est-ce que tu en penses, Jo-Jo ?

— Nous allons bientôt perdre patience », confirma Jo-Jo d'un air lugubre.

Packy leva la machette au-dessus de sa tête et visa la table. Avec un bruit sourd elle se ficha dans le plateau de bois. Il la dégagea.

« La belle machette que je t'ai donnée pour Noël ! s'écria Lorna d'un ton accusateur.

— C'est à cause d'elle que nous sommes dans ce pétrin », gronda Wayne. Il se tourna vers Packy. « D'accord, d'accord, je vais vous le dire. Mais seulement si vous me donnez encore un diamant – celui qui est gros comme un œuf de pigeon. Il vous en restera plein d'autres.

— Si vous en avez tellement, j'aimerais bien en avoir un moi aussi, dit Lorna. Un petit me suffira.

— Il n'y en a pas de petits, hurla Packy. Covel, tu veux l'œuf de pigeon, et ta copine en veut un petit. Vous faites une sacrée équipe. *Où est la flasque ?*

— Marché conclu ? demanda Wayne. Je prends les deux diamants. Vous en faites pas pour elle.

— *La flasque ?*

— Vous n'avez encore rien promis.

— O.K. Je promets. Croix de bois, croix de fer... »
Wayne hésita, ferma les yeux et les rouvrit lentement. « Je vais vous faire confiance. La flasque est dans le grand tiroir en bas de la cuisinière, dans un faitout auquel il manque une poignée. »

L'instant d'après, Jo-Jo était à quatre pattes, ouvrait le tiroir et en sortait précipitamment cocottes, casseroles, poêles et même un moule à gâteaux rouillé. Le faitout était coincé au fond. Jo-Jo tira dessus si fort que tout le tiroir se déboîta, le projetant en arrière.

« C'est bien ça, hein, Packy ? » Il brandissait la flasque.

Packy la lui prit des mains, dévissa le bouchon, regarda à l'intérieur, versa quelques diamants dans sa paume qu'il referma amoureusement avec un soupir. « C'est bon, elle a l'air pleine. Celui que nous avons trouvé était sans doute le seul qui manquait.

— Et l'œuf de pigeon ? lui rappela Wayne.

— Ah, oui, c'est vrai. » Il versa avec précaution quelques diamants de plus. « Le voilà. Il est tellement

426

gros qu'il refuse de sortir. Mais c'est sans importance. »

Il remit les diamants dans la flasque. Puis il se tourna et, d'un geste rapide comme l'éclair, sa main plongea dans la poche de Wayne. Au moment où il en retirait le diamant jaune, Wayne lui mordit le doigt.

« Ouille, hurla Packy. J'espère que je ne vais pas attraper la rage.

— Wayne, je savais que tu n'aurais pas dû lui faire confiance, gémit Lorna. Tu te laisses toujours avoir. »

Un instant plus tard, Jo-Jo les avait bâillonnés. Packy agita la flasque devant les yeux de Wayne. « Tu te crois malin, dit-il. Ta petite amie se croit maligne. Dommage, si j'avais eu le temps je vous aurais vendu le pont de Brooklyn. Quiconque croit un escroc capable de tenir parole n'a pas sa place dans ce monde. »

Jo-Jo et lui se dirigèrent vers la porte de derrière.

39

Les Granger s'engagèrent sur un chemin de terre marqué SANS ISSUE et durent ralentir à cause des ornières pleines de neige. Derrière eux, Alvirah, Willy, Regan et Jack s'impatientaient. Les Granger s'arrêtèrent enfin devant une ferme et la porte arrière de leur voiture s'ouvrit brusquement. Bobby en jaillit.

« C'est là », s'écria-t-il en montrant la maison du doigt.

« Remonte tout de suite », lui intima sa mère.

Jack avança jusque dans le champ, devant la maison, et coupa le moteur.

« L'endroit a l'air désert », dit Willy en parcourant des yeux le bâtiment principal et la grange.

Ils se dirigèrent d'un pas rapide vers la ferme. « Regardez », s'écria Jack en désignant le côté de la grange. « Il y a un minibus blanc avec un porte-skis garé le long du mur. »

Alvirah et Regan montèrent précipitamment les marches qui menaient à la galerie et regardèrent par les fenêtres. Alvirah saisit le bras de Regan. « Il y a des skis de fond sur le plancher.

— Alvirah, ils peuvent appartenir à n'importe qui, dit Regan.

428

— Ils n'appartiennent pas à n'importe qui, répliqua Alvirah. Je vois le bonnet d'Opal par terre, à côté ! Entrons.

— Tu as raison, Alvirah. » Willy essayait en vain d'ouvrir la porte principale.

Il saisit une des chaises de la galerie et, à la stupéfaction générale, la lança à travers la fenêtre. « Si nous nous sommes trompés, je paierai la réparation, dit-il, mais je fais confiance à l'instinct d'Alvirah. »

Une puissante odeur de gaz les frappa.

« Mon Dieu, s'écria Alvirah, si Opal est quelque part à l'intérieur... »

Jack avait déjà donné un coup de pied dans les carreaux restants, escaladé la fenêtre et ouvert la porte. Ses yeux larmoyaient sous l'effet des émanations gazeuses.

« Opal ! » appela Alvirah.

Ils parcoururent à la hâte le rez-de-chaussée sans trouver personne. Willy courut à la cuisinière et éteignit un des brûleurs. « Voilà d'où venait le gaz ! »

Regan et Jack se ruèrent à l'étage, suivis d'Alvirah. Il y avait trois chambres. Les portes étaient fermées.

« Le gaz n'est pas aussi concentré en haut », dit Regan en toussant.

La première chambre était vide. Dans la deuxième, ils trouvèrent un homme attaché sur le lit. Alvirah ouvrit brusquement la troisième porte et étouffa un cri. Opal s'y trouvait étendue, inerte, elle aussi ligotée.

« Oh, non ! » murmura Alvirah. Elle s'élança, se pencha et constata que les lèvres d'Opal remuaient et que ses paupières battaient. « Elle est en vie ! »

En un instant, Jack arriva près d'elle, il coupa la

corde avec son canif tandis que Regan passait un bras autour d'Opal et la soulevait.

« Si les portes des chambres étaient restées ouvertes, ces deux-là seraient morts à l'heure qu'il est, fit remarquer Jack d'un air sombre. Pouvez-vous vous occuper d'Opal, toutes les deux ?

— Bien sûr », dit Alvirah.

Jack gagna rapidement l'autre chambre, pendant que Regan et Alvirah emportaient Opal dans le couloir.

Jack et Willy les suivirent, soulevant un homme aux cheveux longs, complètement inconscient.

Quelques instants plus tard, ils sortaient par la porte principale, traversaient la galerie et allaient se réfugier à une distance respectable.

« Si nous avions sonné à la porte, nous aurions sans doute fait sauter la maison, dit Jack. Avec la quantité de gaz qui s'était répandue en bas, la décharge électrique aurait pu déclencher une explosion. »

Au moment où ils traversaient le champ, ils entendirent le bruit d'un moteur. Un pick-up se dirigeait à toute allure vers la ferme. Sans avoir eu le temps d'imaginer qu'il s'agissait peut-être des ravisseurs d'Opal, ils aperçurent Lem Pickens au volant. Il ne sembla pas les voir, passa devant eux en trombe et, dans un crissement de pneus, s'arrêta pile devant la grange. Il s'élança, ouvrit la porte en grand.

« Notre arbre ! cria-t-il, en sautant sur place. Notre arbre ! J'ai retrouvé notre arbre ! » Il se rua à l'intérieur.

« Son arbre est là ! » s'exclama Regan.

Aidée d'Alvirah, elle soutenait toujours Opal.

« Packy, l'entendit-elle murmurer. Les diamants. Mon argent.

— Opal, savez-vous où se trouve cet escroc ? » lui demanda Alvirah.

Lem sortit en courant de la grange et se précipita vers eux. « Il est intact. À peine une branche cassée ! » Il prêta enfin attention à la scène qui se déroulait devant lui. « Qu'est-il arrivé à ces deux-là ? demanda-t-il.

— Ils ont sans doute été drogués, lui expliqua Alvirah. Et Packy Noonan est derrière tout ça.

— Ainsi que ce rimailleur. » Lem pointait un doigt accusateur vers Milo, toujours inconscient.

« Wayne... a... les diamants... Packy est parti..., murmura Opal. »

— Parti où ? demanda Regan.

— Chez Wayne...

— Je savais bien que Wayne trempait dans l'histoire ! » jubila Lem.

Regan se tourna vers lui. « Lem, vous savez comment aller chez Wayne. Montez avec nous. Vite ! Il n'y a pas une minute à perdre ! »

Son téléphone à l'oreille, Jack prévenait la police locale.

Lem se tourna vers la grange. « Sûrement pas ! criat-il. Pas question que je perde mon arbre de vue. »

Bobby Granger avait échappé à ses parents et courait vers eux. « Je vais le surveiller, monsieur. Je ne laisserai personne y toucher ! »

— La police va arriver dans une minute. Une autre voiture se dirige vers la maison de Covel. Votre arbre ne risque absolument rien, dit Jack sèchement. Monsieur Pickens, nous avons besoin de votre aide. Vous connaissez ces parages par cœur. »

Les Granger avaient rejoint leur fils. « Nous resterons ici, promit Bill Granger.

— Bon, d'accord, dit Lem. Mais dites à la police que j'ai les clés du camion dans ma poche. C'est moi qui le conduirai jusqu'à la maison. Et je ne veux pas m'asseoir à côté de ce Milo de malheur.

— Nous nous occuperons de lui aussi », dit Bill Granger.

Alvirah et Willy montèrent à l'arrière de leur voiture. Puis Jack installa Opal à côté de Willy. Regan, Jack et Lem grimpèrent à l'avant. Jack démarra, conduisant aussi vite que le permettait le chemin cahoteux.

« Tournez à gauche, indiqua Lem à un moment. Je savais que Wayne Covel, Packy Noonan et ce prétendu poète étaient à mettre dans le même sac. Si vous cherchez des objets volés, je ne serais pas surpris que vous trouviez tout le butin dans la maison de Covel. Maintenant prenez à droite. »

La vieille guimbarde de Milo apparut devant eux venant en sens inverse.

« Ça alors ! s'exclama Lem. C'est la voiture du rimailleur ! Mais c'est sûr que ce n'est pas lui qui conduit. »

Au même moment, Alvirah poussa un cri : « Packy Noonan est au volant ! »

Jack fit immédiatement demi-tour, mais se retrouva derrière un camion de livraison. La route était trop étroite et sinueuse pour qu'il puisse le dépasser. Il s'impatienta. « Vite, plus vite ! »

Lorsqu'ils arrivèrent à un croisement, la voiture de Milo avait disparu.

« Ils sont allés par là ! dit Lem en pointant l'index vers la gauche.

— Comment le savez-vous ? demanda Jack.

— Regardez, là ! Le pare-chocs au milieu de la route ! Il a fini par se détacher. »

Regan avait déjà composé le numéro du poste de police. Elle leur expliqua rapidement qu'ils avaient repéré Packy Noonan, fit la description de la voiture, indiqua la direction qu'elle avait prise. À côté d'elle, Opal murmura :

« Rattrapez-le. Vite... mon argent...

— Nous allons le pincer, Opal, lui promit Regan. Dommage que vous ne soyez pas complètement réveillée pour voir ça. »

À un détour de la route ils rattrapèrent la voiture de Milo, qui peinait à avancer. Avec un large sourire, Jack la suivit, accélérant au besoin pour empêcher un autre véhicule de s'intercaler entre eux. Ils virent au loin une voiture de police foncer vers eux, gyrophare en action. Jack ralentit pour lui permettre de faire un demi-tour et de se placer derrière Packy. Un instant plus tard la voix d'un policier retentissait dans le mégaphone :

« Arrête-toi, Packy. Ne cherche pas d'autres ennuis. Tu en as assez comme ça. »

Une seconde voiture de police dépassa Jack, tandis que deux autres arrivaient dans la direction opposée.

Packy prit la flasque et la passa à Jo-Jo. « Débarrasse-nous de ça ! »

Jo-Jo ouvrit la fenêtre et la jeta. La flasque pleine de diamants roula en bas du talus.

« Je me suis escrimé à escroquer tous ces crétins et voilà le résultat », se lamenta Packy en voyant la flasque disparaître. Il pila et coupa le contact.

« Sortez, les mains en l'air », tonna la voix dans le mégaphone tandis que les policiers jaillissaient des quatre voitures.

Jack s'arrêta et ils se précipitèrent dehors, à l'exception d'Opal, toujours prostrée sur la banquette arrière. Regan s'élança sur la route, rebroussa chemin sur une trentaine de mètres, puis glissa en bas du talus, se rattrapant comme elle pouvait. Une flasque métallique reposait dans la neige, au pied d'un arbuste. Regan la ramassa, la secoua et entendit un léger tintement. Elle dévissa le bouchon. « Seigneur ! » murmura-t-elle en jetant un regard à l'intérieur. Elle versa quelques-uns des diamants dans sa main. « Il y a une vraie fortune là-dedans. Quelle sera la réaction d'Opal quand elle verra ça ? »

Elle remit avec précaution les pierres dans la flasque, remonta le talus et se rua vers Packy Noonan que les policiers avaient menotté. « La voilà donc, la flasque de vos rêves, Packy ? » demanda-t-elle d'un ton sarcastique. « Ceux qui ont perdu leur argent dans votre soi-disant société de transports maritimes vont se réjouir en prenant connaissance de son contenu. »

Des coups provenant du coffre de la voiture de Milo les firent tous sursauter. Armes à la main, deux policiers actionnèrent la serrure et se reculèrent tandis que le couvercle se soulevait lentement. Benny se redressa, le billet de Jo-Jo toujours épinglé à sa veste, et embrassa la scène du regard. « Jo-Jo avait raison, on aurait dû se contenter de ce qu'on avait, dit-il en bâillant. Réveillez-moi quand nous arriverons au poste de police. » Il se recoucha et ferma les yeux.

Regan se tourna vers Alvirah. « Avant de les remettre aux autorités, allons montrer les diamants à Opal. »

Elles se hâtèrent jusqu'à leur voiture, redressèrent Opal sur la banquette et lui mirent la flasque dans les mains. « Réveillez-vous, Opal, la pressa Alvirah. Regardez. »

Regan dévissa le bouchon.

« C'est quoi ? demanda Opal d'une voix ensommeillée.

— Ces diamants représentent l'argent que vous avez gagné à la loterie. Vous allez en récupérer une bonne partie. »

Les paroles d'Alvirah pénétrèrent le cerveau embrumé d'Opal et elle se mit à pleurer.

Une heure plus tard, Lem Pickens traversait la ville au volant du semi-remorque à plateau, actionnant son klaxon. À côté de lui, Bobby Granger faisait des signes à la foule enthousiaste qui s'était massée au bord de la route.

Lorsque Lem arriva en haut de la côte qui menait à sa maison, il vit Alvirah, Willy, Regan, Jack, les Granger et une Opal maintenant ragaillardie qui l'attendaient avec Viddy sur les marches de la galerie. La nouvelle de la découverte de l'arbre s'était répandue comme une traînée de poudre. Les médias étaient déjà là, rassemblés devant la maison, ne voulant pas manquer le moment où Lem Pickens pénétrerait fièrement dans sa propriété au volant du camion du Rockefeller Center. L'expression de Viddy à la vue de son épicéa bleu rappela à Alvirah la joie qui s'était peinte sur le visage d'Opal un moment plus tôt et, comme Opal, Viddy se mit à pleurer.

Épilogue

Lorsque vint le moment d'illuminer l'arbre de Noël, Lem et Viddy étaient pratiquement devenus des New-Yorkais accomplis. Deux jours après que Lem eut retrouvé son cher épicéa, ils étaient au Rockefeller Center pour assister à son arrivée solennelle et écoutaient les enfants chanter pendant qu'on le dressait à l'emplacement habituel. Le choix des airs tirés de *La Mélodie du bonheur* émut tout particulièrement Viddy.

Edelweiss, pensa-t-elle. Notre épicéa bleu est mon edelweiss.

Ils avaient été invités à revenir pour la réception que les autres investisseurs de la Patrick Noonan Shipping & Handling Company avaient prévu de donner en l'honneur d'Opal. Les diamants étaient estimés à plus de soixante-dix millions de dollars, et tous récupéreraient au moins les deux tiers de l'argent qu'ils avaient perdu.

Packy Noonan, Jo-Jo et Benny étaient en prison en attente de leur procès et ne mettraient pas le pied sur une plage du Brésil, ni ailleurs, avant très, très longtemps. Milo s'en était tiré avec un blâme, grâce aux éléments à charge qu'il avait fournis et au témoignage favorable d'Opal soulignant qu'il avait été involontairement entraîné dans cette arnaque criminelle. Milo avait aujourd'hui retrouvé Greenwich Village où il écrivait des poèmes sur la trahison. Le bonus de cinquante mille dollars que la police avait trouvé dans la ferme était de la fausse monnaie. Mais il avait déjà reçu un prix pour l'un de ses poèmes dont le sujet était un semi-remorque à plateau.

Lorsque la police avait découvert Wayne Covel et sa petite amie ligotés, Wayne avait prétendu ignorer pourquoi Packy Noonan s'était attaqué à lui. Une déclaration contredite par les récits combinés d'Opal, Milo, Packy, Jo-Jo et Benny. Mais comme le dit alors Wayne : « Sans moi, Packy Noonan serait au Brésil à l'heure qu'il est, et il s'y prélasserait avec tout le fric des investisseurs. » Il avait avoué avoir coupé la branche de l'arbre pour reprendre la flasque et prétendu qu'il cherchait un moyen de rendre les diamants, mais sans vouloir révéler comment il les avait obtenus. Son histoire bancale fit hausser quelques sourcils mais, pour finir, il n'écopa que de douze heures de service d'intérêt général. Ils vont comprendre leur douleur avec ce flemmard, pensa Viddy. Quant à son ex-petite amie, elle était retournée à Burlington et cherchait à nouveau sur l'Internet un homme au cœur sensible et généreux. Bonne chance, lui souhaita Viddy.

Le plus dur à avaler pour Packy fut d'apprendre que les épicéas bleus grandissaient par la cime et qu'il avait abattu l'arbre en vain. Sa flasque était restée à la même distance du sol que le jour où il l'avait attachée. S'il l'avait su, il leur aurait suffi, à lui et à ses complices, de contourner l'arbre. Ils auraient trouvé Wayne perché sur son échelle, l'en auraient fait descendre et auraient simplement sectionné la branche à laquelle était fixée la flasque.

Aujourd'hui, dans l'enceinte réservée aux invités, Lem et Viddy attendaient que l'arbre s'illumine. Alvirah, Willy, Regan, Jack, Nora, Luke, Opal et son ami, Herman Hicks, ainsi que les trois Granger les accompagnaient. Après la cérémonie, ils se rendraient tous à l'appartement d'Herman. C'était une belle nuit froide. Le Rockefeller Center grouillait de monde, les rues avoisinantes étaient fermées à la circulation.

« Viddy, Lem et vous avez été formidables au *Today Show* ce matin, dit Regan. Vous êtes des acteurs-nés.

— Vraiment ? Comment était ma coiffure ?

— J'espère qu'elle était réussie, avec le prix qu'elle m'a coûté ! fit remarquer Lem.

— J'ai adoré me faire maquiller, confessa Viddy. J'ai dit à Lem que je voulais recommencer quand nous reviendrions pour votre mariage.

— Dieu m'en préserve », marmonna Lem.

Opal et Bobby étaient assis l'un près de l'autre. Il se tourna vers elle. « Je suis drôlement content d'avoir été dans le même cours de ski que vous.

— C'est réciproque, dit Opal.

— Sinon je ne serais pas ici. »

Opal éclata de rire. « Et moi je ne serais ni ici, ni ailleurs ! »

Herman lui prit la main. « Je vous en prie, ne dites pas une chose pareille, Opal.

— Tout est si beau », soupira Alvirah en admirant le spectacle.

Willy sourit. « Quelque chose me dit que nous allons nous arrêter dans ce coin tous les soirs pendant un mois.

— Alvirah, nous n'avons jamais été voir votre érable, lui rappela Nora.

— Chérie, nous avons raté une quantité de choses excitantes, fit Luke de sa voix traînante.

— J'ai eu assez de moments excitants pour l'instant ! protesta Opal. Et croyez-moi, à partir d'aujourd'hui je garde mon argent dans une tirelire. Plus de Packy Noonan dans mon existence. »

Les chants de Noël s'élevaient. Dans une minute se produirait le grand moment.

C'est magique, pensa Regan. Jack passa son bras autour de ses épaules. Et ça aussi, c'est magique, se dit-elle avec un sourire.

La foule commença à compter. « Dix, neuf, huit... »

Lem et Viddy retinrent leur souffle et unirent leurs doigts. Avec une immense émotion, ils regardèrent l'arbre qu'ils avaient chéri pendant cinquante ans s'embraser soudain de milliers de lumières colorées, tandis que la foule massée tout autour poussait des cris d'enthousiasme.

À propos de Maria von Trapp...

Entre les deux guerres, Maria Kutschera, jeune religieuse autrichienne, était devenue la gouvernante d'un officier à la retraite père de sept enfants, le capitaine von Trapp, qu'elle épousa peu après et avec qui elle eut trois enfants. Tous étaient passionnés de chant. En 1938, Maria dut s'enfuir d'Autriche avec ses proches. À son arrivée en Amérique, elle créa une troupe familiale de chanteurs qui connut un immense succès. Le récit de cette aventure, *The Story of the Trapp Family Singers*, allait être à l'origine de deux films tournés en Allemagne, puis de *The Sound of Music,* une des comédies musicales les plus célèbres de tous les temps, et enfin de sa version filmée, en français : *La Mélodie du bonheur*.

Aux États-Unis, la famille avait découvert Stowe, alors un petit village du Vermont, et y avait créé un camp où l'on enseignait la musique. Au début, la Lodge était destinée à recevoir les étudiants. L'hôtel, aujourd'hui dirigé par un des enfants de Maria, existe toujours, et c'est lui qui sert de décor à une partie du roman de Mary Higgins Clark et Carol Clark.

REMERCIEMENTS

« Et si vous écriviez une histoire dans laquelle on volerait l'arbre de Noël du Rockefeller Center ? »

L'idée venait de Michael Korda. Elle nous parut amusante à toutes les deux et nous décidâmes de nous embarquer dans ce projet.

Maintenant est venue l'heure d'offrir des brassées de mercis à ceux qui nous ont soutenues durant l'aventure.

Mille étoiles, donc, pour nos éditeurs, Michael Korda et Roz Lippel. Vous êtes magnifiques !

Des guirlandes de diamants pour nos agents, Gene Winick et Sam Pinkus, et notre attachée de presse, Lisl Cade.

De l'or par poignées pour Gypsy da Silva, notre correctrice en chef et son équipe, Rose Ann Ferrick, Jim Soller et Barbara Raynor.

Un coup de chapeau au sergent Steven Marron et à l'inspecteur Richard Murphy, toujours là pour nous éclairer.

Joyeux Noël à Inga Paine, cofondatrice de la plantation Paine's Christmas Trees, à sa fille Maxine Paine-Fowler, sa petite-fille Gretchen Arnold, et sa sœur Carlene Allen, que nous sommes venues déranger le dimanche à Stowe avec nos questions concernant les arbres que nous faisions figurer dans ces pages.

Joyeux Noël aussi à Timothy Shinn, qui nous a expliqué comment on déplaçait un arbre de neuf tonnes. Si nous avons commis des erreurs, qu'il nous pardonne. Merci à Jack Larkin qui nous a fait connaître Tim.

Mille baisers à notre famille et nos amis, tout spécialement à John Conheeney, Agnes Newton et Nadine Petry.

Une pluie de confettis pour Carla Torsilieri d'Agostino et Byron Keith Byrd, auteurs de *The Christmas Tree at Rockefeller Center*.

Un hymne de gratitude pour les responsables du Rockefeller Center, qui apportent depuis des décennies un moment de joie partagée à des milliers de gens en décorant le plus bel arbre de Noël du monde.

Et enfin, à vous nos lecteurs, nos vœux affectueux. Que vos vacances soient remplies de bonheur et de joie.

Table

Le Livre de Poche www.livredepoche.com

- le **catalogue** en ligne et les dernières parutions
- des **suggestions de lecture** par des libraires
- une **actualité éditoriale permanente** : interviews d'auteurs, extraits audio et vidéo, dépêches…
- **votre carnet de lecture** personnalisable
- des **espaces professionnels** dédiés aux journalistes, aux enseignants et aux documentalistes

Composition réalisée par NORD COMPO

Achevé d'imprimer en octobre 2009, en France sur Presse Offset par
Maury-Imprimeur - 45330 Malesherbes
N° d'imprimeur : 150856
Dépôt légal 1re publication : novembre 2009
LIBRAIRIE GÉNÉRALE FRANÇAISE - 31, rue de Fleurus - 75278 Paris Cedex 06

31/3375/8